HELENA HUNTING

Sweet On Me

HELENA HUNTING

sweet on me

Roman

Ins Deutsche übertragen
von Beate Bauer

LYX

LYX in der Bastei Lübbe AG
Dieser Titel ist auch als E-Book und als Hörbuch erschienen.

MIX
Papier aus verantwortungsvollen Quellen
FSC® C014496
FSC www.fsc.org

Die Originalausgabe erschien 2020 unter dem Titel »Kiss My Cupcake«
bei Forever einem Imprint der Hachette Book Group, New York, USA.

Dieses Werk wurde durch die Literarische Agentur
Thomas Schlück GmbH, 30161 Hannover vermittelt.

Textredaktion: Ulrike Gerstner
Umschlaggestaltung: © Sandra Taufer unter Verwendung
von Motiven von © Kat Ka; Gumenyuk Dmitriy;
Julia Poleeva; Taigi; Angie Makes;
tomertu; j.chizhe; Kat Ka / shutterstock
Satz: Greiner & Reichel, Köln
Gesetzt aus der Adobe Caslon
Druck und Verarbeitung: GGP Media GmbH, Pößneck
Printed in Germany
ISBN 978-3-7363-1656-0

1 3 5 7 6 4 2

Sie finden uns im Internet unter lyx-verlag.de
Bitte beachten Sie auch: luebbe.de und lesejury.de

Für die Außenseiterinnen, die bereit sind,
unkonventionelle Wege zu beschreiten.

1

Nur ein Haufen alter Krempel

Blaire

»Ich habe eine großartige Idee für deinen kleinen Cupcake-Laden, Glücks-Blaire!«

Ich winde mich bei dem Spitznamen, wie grässlich laut mein Vater ist, und dann bezeichnet er meinen allerersten Unternehmensversuch auch noch als »kleinen Cupcake-Laden«. Es ist nicht herablassend gemeint, klingt aber so.

Mein erster Impuls ist, mit einer sarkastischen Bemerkung zu kontern, doch mir ist bewusst, dass er auf seine unpassende Art hilfreich sein will und das Gespräch viel schneller zu Ende sein wird, wenn ich mitspiele. »Was ist das für eine großartige Idee, die dich so begeistert?«

»Das Café neben dem *Decadence* schließt zum Ende des Jahres. Ich würde gern den Pachtvertrag für das Gebäude übernehmen, dann könntest du einen Laden direkt nebenan eröffnen! Wäre das nicht wunderbar? Und so viel praktischer als das, was du im Augenblick tust.«

Ich halte das Telefon vom Ohr weg und atme viermal tief ein und aus, um ihn nicht anzublaffen. »Mein Mietvertrag läuft ein Jahr, Dad.«

»Kannst du den nicht auflösen?«

»Nein, nicht ohne Vertragsstrafe.«

»Hmm. Nun, die könnte ich übernehmen. Es schadet bestimmt nicht, wenn du der Sache für ein paar Monate eine Chance gibst, aber dann kannst du wieder nach Hause kommen und in das Familiengeschäft einsteigen. Und selbstverständlich versorge ich dich mit dem notwendigen Kapital, wenn du das vorhast.«

Und da ist auch schon die Karotte, auf die ich gewartet habe. »Darf ich darüber nachdenken?« Es besteht nicht die geringste Chance, dass ich auf sein Angebot zurückkomme. Nicht dass ich die finanzielle Unterstützung nicht wollte. Es sind die ganzen Bedingungen, die damit einhergehen, auf die ich mich nicht einlassen will.

»Aber natürlich. Das ist eine großartige Chance, und ich möchte nicht, dass du sie verpasst. Wollen wir gegen Ende der Woche noch mal sprechen?«

»Klar. Das klingt gut.«

»Hab dich lieb, Glücks-Blaire!«

»Ich dich auch, Dad.« Ich beende das Gespräch mit einem genervten Seufzer und falle beinahe auf die Nase, als ich einem Hundehaufen auszuweichen versuche. Ich bin außerdem gefährlich nah dran, meinen Plastikbehälter mit Köstlichkeiten, gekrönt mit Buttercreme, fallenzulassen. Der Hundehaufen befindet sich zufällig direkt vor meinem »kleinen Cupcake-Shop«. Ich drohe dem gedankenlosen Hundebesitzer, der die hübsche Überraschung zurückgelassen hat, in Gedanken mit der Faust.

Hoffentlich ist das kein Zeichen.

Ich sehe mich um auf der Suche nach etwas, um den visuellen und geruchsmäßigen Affront zu entfernen, doch auf dem Gehsteig liegt nirgendwo Abfall. Normalerweise bin ich froh, wenn es keine alten Zeitungen oder Take-away-Verpackungen gibt, die die Straße entlangtreiben, aber ausgerechnet heute ist das ziemlich unpraktisch. Das Letzte, was ich möchte, ist ein stinkender Haufen direkt vor meinem Laden. Als Warnung für Passanten pflücke ich eine gelbe Blume aus einem der Pflanzenständer, die den Eingang zu meinem brandneuen Cocktail-Café-inklusive-Bäckerei schmücken, das passenderweise *Buttercream and Booze* heißt – und in einer Woche eröffnen soll – und stecke den Stiel in den frischen Haufen. Ich werde zurückkommen und ihn wegmachen, damit niemand das gleiche Beinahe-Schicksal erleidet.

Nicht einmal der eben noch vermiedene Ekelunfall und das Gespräch mit meinem Vater konnten meine gute Laune trüben. Auf der Suche nach meinen Schlüsseln wühle ich in meiner Handtasche – sie wandern immer ganz nach unten. Schließlich erwische ich sie, lasse den Schlüssel ins Schloss gleiten und stoße die Tür auf. Es klingelt fröhlich, eine akustische Begleitung zu der strahlenden, blitzsauberen Inneneinrichtung.

Ich wollte es schlicht, hell und schick, ohne zu viel jugendlichen Schnickschnack. Also habe ich Pink aus der Einrichtung gestrichen, das schließt Cupcake-Glasur allerdings nicht mit ein. Stattdessen habe ich mich für einen hellen Holzfußboden, einfache weiße Tische und bequeme Stühle mit leicht zu reinigendem hellgrauem Kunstleder entschieden. Farbakzente in Knallgelb und Hellblau und der Tischfuß in Silber. Die Fenster sind blitzblank und streifenfrei, und das Ladenschild ist sauber, schnörkellos und ganz klassisch in einem auffälligen Metallicgrau.

Ich atme einmal tief ein, als ich eintrete, und der schwache Geruch nach frischer Farbe und Bleichmittel wird beinahe gänzlich verdrängt von dem Zitronenöl, das in den Ecken versprüht wurde, und dem Duft echter Vanillekerzen von gestern.

Ich vergesse völlig, den Hundehaufen zu entfernen, und stoße einen kleinen Schrei aus, als ich die Schachtel auf dem Tresen bemerke. Ich stelle Handtasche und Plastikbehälter auf dem nächsten Tisch und meinen Kaffee auf dem Tresen ab. Trotz meiner Aufregung nehme ich mir die Zeit, die Hände zu waschen, bevor ich mir eine Schere schnappe. Vorsichtig fahre ich mit der Spitze am Rand entlang, um das Klebeband aufzuschlitzen.

»Ich dachte schon, du machst Sex-Geräusche hier draußen.« Meine beste Freundin Daphne taucht am Ende des Flurs auf und erschreckt mich zu Tode.

Die Schere rutscht ab und erwischt meinen Finger. »Autsch! Mist!« Ein Tropfen Blut quillt aus der Schnittwunde, und ich sauge an der Daumenkuppe, wobei mir vom metallischen Geschmack ein wenig schwummerig wird. Ich bin etwas empfindlich, was den Anblick von Blut betrifft.

»Tut mir leid.«

Daphne eilt durch das Café, wobei ihre Absätze auf dem Holzfußboden klappern. Sie schnappt den kleinen Erste-Hilfe-Kasten hinterm Tresen, klappt ihn auf und nimmt ein Pflaster heraus.

»Schon gut. Ich bin heute Morgen nur ungeschickt und nervös.«

»Alles okay?« Sie setzt eine besorgte Miene auf, während sie die Wunde rasch mit einem Pflaster bedeckt.

»Klar, du weißt, wie das ist. Ich bin um drei aufgewacht, weil ich aufs Klo musste, und konnte einfach den Kopf nicht abschalten. Dann hatte ich noch eine Idee für Eröffnungs-Cupcakes, weshalb ich eine Prüfcharge gebacken und dabei eine ganze Kanne Kaffee getrunken habe.«

Sie blickt zu der hübschen Cupcake-Uhr an der Wand. »Du bist also seit drei Uhr auf?«

»Mhmm. Und natürlich hat heute Morgen mein Dad mit einer seiner tollen Ideen angerufen.«

Sie verzieht das Gesicht. »Oh nein.«

»Oh doch.«

»Was für einen wunderbaren Vorschlag hatte er diesmal?« Daphne kennt das fortwährende Drängen meiner Eltern, ins Familiengeschäft einzusteigen. Ich liebe sie, und sie haben hart für alles gearbeitet, aber ihre Träume und meine passen einfach nicht zusammen. Sie bevorzugen es, die Reichen und Berühmten zu bekochen und mit ihnen zu verkehren. Ich bevorzuge Butter und Zucker und Vanille und *kein* Verkehren.

Ich erzähle ihr die verkürzte Version.

»Und wie hat das Gespräch geendet?«

»Ich habe lediglich gesagt, dass ich darüber nachdenken würde.«

»Hast du nicht!«

Ich hebe eine Hand. »Nicht ernsthaft, Daph, aber mir war auch nicht nach einem stundenlangen Vortrag darüber, warum es besser für mich sei, Teil des Familienbetriebs zu sein. Ich weiß genau, was passiert, wenn ich wieder mit meiner Familie zusammenarbeite. Ich werde keinerlei Mitspracherecht haben. Sie werden alles an sich reißen und mein Cocktail- und Cupcakes-Thema in etwas Albernes und Überkandideltes verwandeln. Sie werden mir jegliche Entscheidungsgewalt entreißen, alle meine Ideen lächerlich machen, und ich kann dabei zusehen, wie sich mein Traum in Luft auflöst.« Es klingt dramatisch, doch das ist es eigentlich nicht. Meine Familie ist wohlmeinend, aber aufdringlich. »Ich habe nicht so hart gearbeitet, um wieder zu Kobe-Rindfleisch und Pommes in Entenschmalz und Trüffelöl zurückzukehren.« Nicht dass damit etwas nicht in Ordnung wäre. Ich esse beides gern, allerdings bereite ich es nicht so gern zu, wie es meine Familie tut.

»Okay. Das ist gut. Ich habe mir einen Moment lang Sorgen gemacht.« Daphne streift ihre dünne Strickjacke ab und hüpft geschmeidig auf den Tresen. Ich bemerke schließlich ihr Outfit: Sie trägt ein Paar blassgelbe Jeans und ein hellgraues Shirt mit *Buttercream and Booze* in silbernen und blauen Lettern auf der Brust.

»Oh mein Gott! Die Shirts sind gekommen!« Ich bin viel zu laut für die frühe Stunde, aber ich kann mich vor Begeisterung nicht beherrschen. »Ich muss ein Foto machen.« Ich betaste meine Hüfte, doch das Handy ist in der Tasche, die noch immer auf dem Tisch steht. Ich strecke einen Finger hoch. »Moment! Ich brauche mein Telefon. Oder vielleicht hole ich sogar den Fotoapparat. Und wir benötigen einen Cupcake. Wir sollten ein paar Fotos arrangieren.«

»Blaire.« Daphne packt mich am Handgelenk. »Jetzt mach mal halblang.«

»Aber wir brauchen ein Foto. Eins für unseren Instagram-Account. Oh! Wir sollten ein T-Shirt als Werbegeschenk anbieten!«

»Beides schon erledigt. Ich habe es vor einer halben Stunde gepostet, und es ist auch schon in unseren Storys und auf Facebook und der Website. Social-Media-Unheil angerichtet.« Den letzten Satz spricht sie mit britischem Akzent, um das »Unheil angerichtet« aus *Harry Potter* nachzuahmen. Wir sind beide riesige Fans. Manchmal machen wir Wochenendmarathons, obwohl wir die Filme bereits buchstäblich hundert Mal gesehen haben. Nicht urteilen. Es gibt schlimmere Süchte.

Daphne ist Fotografin und hat ihren eigenen Laden ein paar Blocks weiter. Sie hat ihr Studio letztes Jahr eröffnet, und ich war dabei und habe ihr geholfen, so gut ich konnte. Anders als im *B&B* musste bei ihr nicht so viel gemacht werden, aber ich war da mit einem Pinsel und moralischer Unterstützung. Ich habe sogar den *Cupcakes-to-Go!*-Wagen am Eröffnungstag hingefahren, um mit Süßigkeiten neue Kunden anzulocken.

Daphne war es, die mir von dem Laden hier erzählt hat. Sie war auch so nett, sich um meine Social-Media-Kanäle zu kümmern. Im Augenblick bezahle ich sie mit Cupcakes, weil ich mir viel mehr als Gegenleistung nicht erlauben kann. Sie hat mir versichert, dass das eine tolle Ergänzung zu ihrem Portfolio sei und sie bestimmt profitieren würde, sobald *Buttercream and Booze* durchstartet. Ich drücke ihre Hand. »Du bist wirklich toll.«

»Ich weiß. Das ist einer der vielen Gründe, weshalb ich deine beste Freundin bin.« Sie zwinkert. »Jetzt mach schon die verdammte Box auf, damit wir uns für etwas anderes begeistern können und du ein paar heiße Insta-Posts hochladen kannst.«

»Okay! Jawohl!« Ich nehme einen dieser tiefen Atemzüge, die Daphne mir empfohlen hat, weil ich klinge, als hätte ich mir Koks reingezogen, nachdem ich siebzehn Energy-Drinks getrunken habe, und als wäre alles, was ich sage, mit einem Ausrufezeichen versehen. »Erst mal muss ich mich beruhigen, bevor ich mich noch mehr begeistere«, murmle ich, als ich den Deckel aufklappe. Die Ruhe hält ungefähr eine Viertelsekunde an, und dann bin ich schon wieder am Ausflippen.

»Sie sind so witzig!« Vorsichtig nehme ich eins der Einhorn-Martinigläser aus der Kiste. »Sind sie nicht das Entzückendste, was du je gesehen hast?«

»Und ob sie das sind.« Daphne beißt sich auf die Lippen, offensichtlich um ein Lachen zu unterdrücken.

»Nun, ich denke, sie sind perfekt.« Ich kann mir bereits den selbstkreierten Martini und die Cupcakes vorstellen, die ich dazu serviere. Die Gläser waren ein klein wenig teuer und leicht über meinem Budget, aber sie sind so wunderhübsch auf Fotos für Social-Media-Posts.

»Ich stimme dir voll und ganz zu. Du solltest ein paar davon dort oben hinstellen.« Sie zeigt auf das Regal neben dem Tresen, auf dem mehrere von Süßigkeiten inspirierte Martinigläser aufgereiht sind.

»Ohhh! Eine tolle Idee!« Ich nehme vorsichtig zwei weitere Einhorngläser aus der Kiste und umrunde den Tresen.

Daphne hüpft herunter. »Ich bin gleich zurück.«

Ich mache *Mm-hmm*, zu beschäftigt damit, die Gläser auf dem Regal neu zu arrangieren, als dass ich mich darum gekümmert hätte, wohin Daphne geht.

Sie kommt zurück, als ich gerade mit den Gläsern fertig bin. Sie lächelt und hat die Hände hinter dem Rücken verschränkt. »Schließ die Augen.«

Ich kneife die Lider zusammen. »Sie sind zu.«

»Arme hoch.«

Ich strecke sie über meinen Kopf, und Daphne lacht. »Nun zur Seite, als wolltest du einen Hampelmann machen.«

Ich senke sie herab, bis sie ein T bilden. »Oh mein Gott. Was hast du? Was ist gekommen?«

»Hör auf rumzuhopsen, und finde es heraus.«

Mir ist nicht einmal aufgefallen, dass ich vor Aufregung in die Luft springe. Ich halte still und warte, bis mir Daphne etwas über den Kopf zieht.

Als sie es auf meinem Rücken zusammenbindet, beginne ich wieder zu hüpfen. »Das ist meine Schürze, oder?«

»Hör auf zu zappeln und wag es ja nicht, heimlich zu schauen.« Sie gibt mir einen Klaps auf den Hintern.

»Au!«

»Das war nur ganz leicht, böses Mädchen.«

»Es war unerwartet.« Und das meiste an Action, was ich seit Langem hatte. Ein eigenes Geschäft zu eröffnen bedeutet, sehr wenig Zeit für andere Dinge als Arbeit und noch mehr Arbeit zu haben, und nicht genug Schlaf.

»Augen zulassen, bis ich es dir sage.« Sie packt mich an den Schultern und schiebt mich vorwärts. »Okay. Du kannst sie aufmachen.«

Ich öffne erst das eine Lid und dann das andere. Daphne hat mich in die Mitte des Cafés geschoben, wo ein riesiger Spiegel mit dem aufgeklebten Schriftzug von *Buttercream and Booze* an der Wand hängt. Ich stehe auf der rechten Seite, um die brandneue Schürze betrachten zu können.

Meine Hände beginnen wie von selbst zu flattern, weshalb ich sie zu Fäusten balle und einen Augenblick lang hinter dem Rücken verstecke, während ich mich zu beruhigen versuche. »Sie ist einfach perfekt, oder nicht?« Ich bin den Tränen nahe, so verzückt bin ich.

Das ist es, worauf mich der Laden reduziert: Tränen und Begeisterung. Ich habe mich krummgebuckelt, um es bis hierher zu schaffen.

»Das ist sie.« Daphne, als die großartige Freundin, die sie ist, reicht mir ein Taschentuch, bevor ich fragen kann. »Du hast einen weiten Weg über Wochenendmärkte und einen Cupcake-Truck zurückgelegt.«

Ich begutachte das Ergebnis meiner harten Arbeit. »Es war ein ordentlicher Marsch, nicht wahr?«

»Ein beschwerlicher Kampf bis ganz nach oben auf den Cupcake-Berg«, stimmt Daphne zu.

»Ich gehe lieber den schwierigen Weg, als meinen Traum zu verraten.« Ich lasse die Fingerspitzen über die Buchstaben gleiten, die *Buttercream and Booze* bilden. Das Handy in meiner Handtasche summt und signalisiert einen Anruf. Der Klingelton des Titelsongs von »The Addams Family« bedeutet, es ist meine Mutter.

Daphne und ich schauen erst zur Handtasche und dann einander an. »Ich gehe nicht ran. Ich bin mir zu hundert Prozent sicher, dass meine Mutter anruft, um in die gleiche Kerbe zu hauen wie mein Vater.«

Daphne seufzt. »Sie kapieren es wirklich nicht, oder?«

»Nein.«

»Hast du ihnen gesagt, wann dein Eröffnungstermin ist?«

»Um Himmels willen.« Ich kann es nicht gebrauchen, dass sie am Eröffnungstag auftauchen und mich mit Ratschlägen überschütten. Außerdem wäre es wirklich nicht schwer für sie, die Information selbst zu finden, wenn sie mit sozialen Medien umgehen könnten, aber ich war sehr vage, was die ganze Sache angeht.

»Unheimlich schade, dass sie dich nicht einfach unterstützen können, ohne sich in alles einzumischen.«

»Sie haben die besten Absichten, kriegen aber echt nichts mit.« Zwei Eigenschaften, die mir nicht fremd sind.

»Das kannst du laut sagen.« Daphne stößt einen Seufzer aus. »Es wäre schön, wenn sie dir Zugriff auf deine Geldanlage gewähren würden, ohne dir ihre Meinung aufzudrängen.«

»Ihnen gefällt anscheinend das Konzept eingeschränkter Unabhängigkeit.«

Meiner Familie gehören ein paar der angesehensten Nobelrestaurants am Nordwestpazifik. Von Anfang an gab es die Erwartung, dass ich Köchin würde und das Familienerbe antrete.

Daphne klopft auf den Tresen. »Es ist einfach frustrierend zu wissen, dass du Geld hast, jedoch alle möglichen blöden Bedingungen daran geknüpft sind. Das macht den Zweck einer Geldanlage von vornherein zunichte, oder nicht?«

Daphnes Familie ist ebenfalls wohlhabend. Wir waren auf

derselben Prep-School und sind seit unserer Kindheit Freundinnen. Der größte Unterschied ist, dass ihre Familie jeden ihrer Träume, der auch nur den Hauch einer Chance auf Erfolg hatte, unterstützt hat, während meine noch immer versucht, das Unmögliche zu tun und mich nach ihrer Vorstellung zu formen. »Aus diesem Grund bleibt das Geld eben da, wo es ist, bis der Laden läuft und ich bewiesen habe, dass ich das schaffen kann.«

Daumen drücken, damit genau das passiert. Seit ein paar Jahren spare ich jeden Pfennig und wohne in einer Bruchbude, weil ich entschlossen bin, das hier zu einem Erfolg zu machen, selbstverdient. Also habe ich die Suchanzeige geschaltet, einen Laden in einer passenden Gegend gefunden, den ich mir leisten kann, einen Businessplan erstellt, für die Finanzierung gesorgt und jetzt bin ich hier, eröffne ohne Unterstützung meiner Familie und sehr zu ihrem Verdruss meinen eigenen Laden.

Daphne zeigt auf den Laden. »Wie viel Beweis brauchen sie denn noch?«

»Einen Cupcake-Truck zu unterhalten ist nicht ganz dasselbe wie einen Laden zu führen.« Ich lasse einen Finger über den Rand des Martiniglases gleiten.

Daphne klopft auf den Tresen. »Ich finde, der Truck war wahrscheinlich sogar schwieriger. Der ganze Kram, mit dem du dich regelmäßig rumschlagen musstest, war Wahnsinn. Wenigstens brauchst du dir keine Gedanken mehr über zerstochene Reifen zu machen.«

»Gott sei Dank.« Das Food-Truck-Business ist kein Spaß. Es herrscht ein heftiger Konkurrenzkampf, sowohl was den Standort als auch die Preise angeht. Die vielen Male, die ich meine Reifen ersetzen musste, weil irgendein eifersüchtiger Konkurrent *Cupcakes to Go!* vertreiben wollte, war einfach unglaublich.

Meine Familie hat sich die ganze Zeit Sorgen um meine Sicherheit gemacht. Trotzdem war es mein erster Versuch als unabhängige Geschäftsfrau. Und jetzt bin ich hier mit meinem eigenen Laden und beabsichtige nicht, je wieder für meine Familie zu arbeiten.

Als ich noch jünger war und meinen Eltern gegenüber Zugeständnisse zu machen versuchte, war ich auf der Kochschule und bin bei Chefkoch Raphael Du Beouf in die Lehre gegangen. Er war talentiert, attraktiv und charmant. Ich war naiv, leicht zu beeindrucken und hingerissen. Ich war richtig verknallt in seinen sexy Akzent, seine unglaublich geschickten Hände und seine Fältchen. Natürlich habe ich die Aufmerksamkeit und das Lob, mit dem er mich überschüttet hat, in mich aufgesogen und bin schließlich mit ihm im Bett gelandet. Ich dachte, es wäre Liebe, während er dachte, ich würde nicht herausfinden, dass er mit drei weiteren angehenden Köchinnen schlief.

Untröstlich und völlig ernüchtert habe ich zugelassen, dass mir meine Eltern – die sich teilweise dafür verantwortlich fühlten, weil sie diejenigen waren, die uns zusammengebracht hatten, nachdem er in einem ihrer Restaurants angefangen hatte – ein Jahr in Paris finanzierten. Ich bin über Raphael hinweggekommen und habe mich in sämtliche Sorten von Gebäck und süßen Sünden verliebt. Ich kehrte mit einem neuen Plan zurück, der – sehr zum Schrecken meiner Familie – nicht vorsah, in ihrem Geschäft mitzuarbeiten.

Also knüpfte ich meine eigenen Kontakte und fing von vorn an. Ich mietete einen Stand auf dem lokalen Straßenmarkt und verkaufte jedes Wochenende Cupcakes, während ich ansonsten in einer Nobelbäckerei schuftete. Wo ich meinen guten Freund und Geschäftspartner Paul kennenlernte. Er arbeitete ebenfalls auf dem Straßenmarkt, und schließlich legten wir unsere Ersparnisse zusammen, kauften einen Food-Truck und starteten den mobilen Cupcake-Laden *Cupcakes to Go!*. An den Wochenenden waren wir weiterhin auf den lokalen Märkten, aber während der Woche drehten wir unsere Runden und lieferten unsere köstliche, dekadente Ware aus.

So sehr ich meine Beziehung zu Raphael auch bereue, hat mich seine Art, Frauen aufzureißen, doch auf den richtigen Pfad geführt. Also: Ich bereue nichts!

Ich schüttle die Erinnerungen ab und zeige auf meine mit einer Schürze bekleidete Gestalt. »Sollen wir ein paar Instagram-taugliche Bilder machen?«

»Ja!« Daphne springt auf und schnappt sich ihre Kamera – sie ist wie ein Teil ihres Körpers.

Sie lässt mich an verschiedenen Stellen im Laden posieren, wobei sie alle möglichen Requisiten bereithält, einschließlich der Cupcakes, die ich vor meiner Ankunft gebacken habe. »Du siehst aus wie das uneheliche Kind von Betty Crocker und Ward Cleaver«, murmelt sie, während sie mich herumschiebt und Foto um Foto macht.

Ich bin ein großer Fan von Fünfziger-Jahre-Kleidern mit ausgestelltem Rock und den Hochfrisuren von damals. Das ist nicht nur ein Werbegag; es ist einfach mein Ding. Ich schnappe mir eins der dekorativen Martinigläser vom Regal hinter dem Tresen und will gerade so tun, als würde ich einen Schluck nehmen, als ein heftiger Schlag den gesamten Laden erschüttert und das Schaufenster und die Flaschen auf dem Tresen zum Klirren bringt. Ich lasse beinahe das Martiniglas fallen. Es ist aus Plastik, also wäre es kein Unglück, aber trotzdem.

»Was zum Henker war das?« Ich stelle das Glas auf den nächsten Tisch, eile zum Schaufenster und blicke hinaus auf die Straße. Ich habe keine Ahnung, was ich dort erwarte. Einen Panzer? Eine Abrissbirne?

»Ich weiß nicht, aber es hat sich wie ein Erdbeben angefühlt.«

Ich wirble zu Daphne herum. »Wann gab es in Seattle das letzte Mal ein Erdbeben?«

Sie sagt ohne Zögern: »2001, glaube ich.«

»Woher weißt du so was?«

Daphne zuckt mit den Achseln und bedeckt dann den Kopf mit ihren Händen, als ein zweiter Schlag die Martinigläser – die echten – so sehr zum Klirren bringt, dass eins meiner neuen Einhorngläser vom Regal gleitet und auf dem Boden zerschellt.

»Oh nein!« Daphne schlägt sich eine Hand vor den Mund.

Wir betrachten die glitzernden Scherben ganz erschrocken; das goldene Horn ist noch zu erkennen, und die Augen blicken uns schief aus dem Massaker heraus an.

»Rettet die Einhörner!«, rufe ich.

Wir stürzen zum Regal und greifen nach den restlichen Gläsern, bevor ihnen das gleiche traurige Schicksal widerfährt. Ich drücke sie an meine Brust und nehme so viele, wie ich kann.

Der nächste Schlag ist nicht mehr so unerwartet, bringt aber trotzdem alles zum Erbeben, und beinahe gleitet mir ein Einhorn aus der Hand. Natürlich pikt mich ein Horn in die Brust. Wenigstens besteht für die Gläser nicht mehr die Gefahr, vom Regal zu fallen.

»Das kommt vielleicht von nebenan.« Daphne stellt ihre geretteten Einhörner vorsichtig auf dem Tresen ab.

»Was zum Teufel ist dort drüben? Ein Tor zu einer anderen Dimension?« Ich stemme die Faust in die Hüfte und starre die Wand an, als könnte mein wütendes Gesicht das Klopfen auf der anderen Seite beenden.

»Eine alte Kneipe, glaube ich.« Daphne und ich zucken beim nächsten lauten Schlag zusammen. »Um ehrlich zu sein, habe ich nie besonders darauf geachtet.«

»Es klingt, als würden sie durch die verdammte Wand brechen! Ich gehe rüber und sehe nach, was los ist.«

Ich nehme die leere Schachtel und lege vorsichtig die Scherben des zerbrochenen Einhorn-Martiniglases hinein. Wer auch immer dort drüben ist, soll sehen, was er angerichtet hat.

»Ich bin gleich zurück.« Ich gehe rasch hinaus und schaffe es, um den Hundehaufen herumzugehen, bevor ich zu der heruntergekommenen Kneipe nebenan stakse. Ich blicke hinauf zu dem verblassten, abblätternden Schild über dem Eingang. *The Knight Cap*. Widerstrebend gebe ich zu, dass das ein originelles Wortspiel ist: So wird aus dem Schlaftrunk ein Rittertrunk.

Die Fenster sind mit braunem Papier zugeklebt, die Tür ebenfalls, aber drinnen erklingt ein weiterer lauter Schlag. Ich klopfe ziemlich kräftig und rufe laut Hallo, aber ich bin sicher, dass mich niemand über den grässlichen Lärm hinweg hören kann. Ich höre außerdem ein schwaches Wummern von Bässen.

Ich komme zu dem Schluss, dass ich wohl am besten den Kopf durch die Tür stecke, um nachzusehen, was los ist. Ich ziehe an der Tür, die sich zwei Zentimeter öffnet und dann wieder zuknallt, als stünde auf der anderen Seite ein Poltergeist, der sie festhält. Ich versuche es erneut und kämpfe mit der Tür, die eigentlich nicht so schwer sein sollte. Es gibt eine Art Luftsog, der sie erneut zuzieht, doch schließlich gelingt es mir, sie aufzudrücken und durch den Spalt zu schlüpfen, wobei ich noch immer die Schachtel mit dem zerbrochenen Einhorn-Martiniglas an mich drücke. Mein Kleid bleibt beinah hängen, aber ich kann es losmachen, bevor ich im Eingang stehenbleibe.

Ich huste ein paarmal, als ich Sägemehl einatme. Der Laden ist völlig verdreckt und runtergekommen. Er ist irritierend groß und tief, und der gesamte hintere Bereich des Pubs ist mit

Sperrholz vertäfelt. Jetzt, wo ich drin bin, kann ich mehr von dem Song hören, der aus der Musikanlage schallt und den Boden zum Vibrieren bringt. Es ist ein Rocksong mit schweren Gitarrenriffs und viel Schlagzeug.

»Hallo!«, rufe ich und mache ein paar vorsichtige Schritte über den staubigen Holzfußboden. Als niemand antwortet, rufe ich noch einmal.

Eine große, kräftige Gestalt taucht im Durchgang zwischen dem alten, staubbedeckten Tresen und dem frisch vertäfelten Bereich auf. Das grelle Licht hinter ihm verdunkelt sein Gesicht, bevor er einen weiteren Schritt nach vorn macht und deutlich zu sehen ist.

In etwa sieben Metern Entfernung steht ein gutgebauter Mann in farbbekleckssten Jeans, zerschrammten Arbeitsschuhen und einem rotschwarz karierten Hemd. Die Ärmel sind aufgerollt und stellen Tattoos in kräftigen Farben zur Schau, die beide Unterarme bedecken und in seinen Ärmeln verschwinden. Sein Haar ist kurz geschnitten und mit irgendeinem Gel gestylt, jede Strähne liegt da, wo sie hingehört. Eine kontrolliert erzeugte Unordnung. Und er hält eine Axt in der Hand.

Wieso hält der Typ eine Axt in der Hand?

Ich mache einen unsicheren Schritt zurück in Richtung Tür, denn, wie ich bereits erwähnte, *hält er eine verdammte Axt in der Hand.*

Ich stemme die Faust in die Hüfte und recke das Kinn, während mich der Axtmensch taxiert. Seine linke Braue schnellt nach oben. Er hat Augen in der Farbe von Bourbon, hohe Wangenknochen, volle Lippen und ein kantiges Kinn mit einem Bartschatten, obwohl es kaum acht Uhr morgens ist.

»Was ist hier denn los?« Ich zeige auf den chaotischen Barraum.

Die hochgezogene Braue wandert noch höher. »Wie bitte?«

»Was ist das hier?«, fauche ich.

Die Lippen des Axtmenschen verziehen sich zu einem Grinsen. »Man nennt das Bar, und so wie es aussieht, haben Sie wohl den falschen Kaninchenbau erwischt, Alice. Das ist hier ist nicht Wunderland.«

@buttercreamandbooze:
Ohne das Horn ist ein Einhorn nur ein Pferd, und ohne Glasur ist ein Cupcake nur ein Muffin!

2

Ein scharfer Holzfäller

Blaire

»Mein Name ist Blaire, nicht Alice, vielen Dank auch.« Ich könnte mich für diese schrecklich einfallslose Erwiderung ohrfeigen. Meine Unfähigkeit, mit etwas Besserem aufzuwarten – egal was –, schreibe ich meiner Überzeugung zu, dass wir uns inmitten eines Erdbebens befinden, dem Verlust eines meiner wertvollen Einhorn-Martinigläser, die ich wirklich nicht ersetzen kann, und diesem axtschwingenden Hipster. Oh, habe ich vergessen zu erwähnen, dass er – ungeachtet der Tatsache, dass er verdreckt und wie irgend so ein *GQ*-Holzfäller angezogen ist – unglaublich gut aussieht?

»Nun, Blaire, Sie stehen mitten auf einer Baustelle, und ich bin mir ziemlich sicher, dass diese Schuhe nicht den Sicherheitsvorschriften entsprechen, also sollten Sie am besten wieder gehen.« Er zeigt mit dem Axtgriff auf meine High Heels – die wunderschön und überraschend bequem sind.

Ich mache einen Schritt rückwärts. »Auf jemanden zu zeigen, ist unhöflich.« *Wo ist nur meine Schlagfertigkeit geblieben?*

»Dann ist es unerlaubtes Betreten.«

»Ich habe geklopft, mehr als einmal, aber bei dem Krach hier drin überrascht es nicht wirklich, dass mich niemand gehört hat.«

Ich bin wütend und gerate in Fahrt, dank meiner Verlegenheit, Restangst und dem Ärger über die Probleme, die mir der Kerl bereitet. Ich kann mir keine Rückschläge leisten – für mich steht zu viel auf dem Spiel. Außerdem hat dieser Typ eine dumme Bemerkung über mein Outfit gemacht. Ich könnte ebenfalls über seine Garderobe urteilen, aber laut äußern würde ich das nicht. *Noch nicht.* »Mir gehört das Café nebenan, und Ihre Axtschläge hier drin machen mir das Arbeiten unmöglich.«

»Sie meinen den Cupcake-Laden?« Wieder benutzt er den Axtgriff, um in die Richtung meines Ladens zu zeigen. Dabei spannt sich sein tätowierter Unterarm verführerisch an. Wobei ich Tattoos nicht einmal mag. Na ja, ganz stimmt das nicht. Ich mag Tattoos. Ich begreife nur nicht, wie jemand stundenlang dasitzen und sich mit Nadeln stechen lassen kann, um Kunst auf seiner Haut zu tragen, die er sich auch ganz einfach an die Wand hängen könnte – völlig schmerzfrei.

»Das ist kein Cupcake-Laden. Es ist ein Cocktail- und Cupcake-Café.«

Verdammte Schlagfertigkeit, ich brauche dich!

»Na schön. Mein Fehler. Ein Cupcake-und-Cocktail-Café ist nicht das Gleiche wie ein Cupcake-Laden.« Sein Sarkasmus ist nicht zu überhören.

Ich ignoriere die Stichelei, denn das einem Flanell tragenden Hipster zu erklären wäre sinnlos. Er gehört bestimmt nicht zu meiner Zielgruppe. »Was passiert da hinten?« Ich zeige zu dem Sperrholzbereich hinter ihm. »Ist das überhaupt legal?«

»Es nennt sich Axtwurfanlage, und ja, es ist legal.« Er holt ein Blatt Papier aus seiner Gesäßtasche und schüttelt es, damit es sich entfaltet, und hält es mir dann vors Gesicht. Als ich danach greifen will, zieht er es weg. »Nicht anfassen, nur gucken.«

Ich starre ihn wütend an, unsicher, ob das seine Wange zum Zucken bringt, und hebe die Hände in gespielter Kapitulation. »Ich wollte Ihr wertvolles Blatt Papier nicht mit meinen Glasurfingern beschmutzen.«

Er senkt das Blatt herab, und ich sehe, dass es eine Zulassung für eine Axtwurfanlage ist. »Sehen Sie, Alice, alles ganz legal.«

Ich starre ihn wütend an. »Ich heiße Blaire, und Sie müssen mit der Axtwurfanlage woanders hingehen, weil nämlich die Axtschläge dafür sorgen, dass meine Gläser vom Regal fallen.«

Die Brauen des Axtmenschen schnellen hoch. »Ach ja, das wird allerdings nicht passieren.«

Ich gestikuliere mit einer Hand in Richtung des Sperrholzes. »Eins meiner brandneuen Einhorn-Martinigläser ist wegen Ihnen zerbrochen, und sie sind teuer.«

»Einhorn was?«

»Martinigläser. Es ist ein Martiniglas mit einem Einhornkopf mitsamt Horn darauf. Sie sind entzückend, und sie waren nicht billig, und Ihre Wurfschläge haben dafür gesorgt, dass eins vom Regal gefallen und zerbrochen ist.« Ich strecke ihm die Schachtel entgegen, damit er den Schaden begutachten kann, den er angerichtet hat.

Er späht hinein, macht aber keine Anstalten, die Schachtel zu nehmen. »Können Sie Ihre Gläser nicht anderswo hinstellen?« Sein völlig ungerührtes, gleichgültiges Verhalten macht mich wahnsinnig.

Ich knalle die Schachtel auf den Tisch, und das Glas darin klirrt. »Ich muss ein ganzes Regal woanders anbringen. Vielleicht mehr als eins.« Ich gestikuliere wild mit den Armen. Bestimmt sehe ich aus wie ein Tintenfisch auf LSD. Das viele Koffein, das ich heute konsumiert habe, war offensichtlich keine gute Idee, weil es mich nervös und gereizt macht.

»Okay.« Er schiebt den Daumen in die Hosentasche, wobei er offenbar nicht versteht, welches Problem sein Axtwurfraum für mich und mein Geschäft darstellt. Er ist völlig selbstbezogen und dazu noch herablassend. Ich hasse ihn bereits jetzt. Für immer. Wie ein Kindergartenkind.

»Es ist überhaupt nicht okay. Das Regal woanders zu befestigen, bringt die gesamte Ordnung durcheinander. Man kann nicht einfach ein Regal abmontieren, ohne dass die Gestaltung leidet«, sage ich zu ihm. »Es stört die Harmonie. Die gesamte Atmosphäre ist dahin!«

Jetzt sieht er mich an, als wäre ich verrückt. »Nun, es tut mir leid, dass das Abnehmen eines Regals die Cupcake-Atmosphäre oder was auch immer verdirbt, *Blaire*, aber hier passiert nur etwas, wenn Sie die Rechnung übernehmen.« Er zeigt mit dem Daumen über die Schulter. »Ein Regal umzusetzen ist wahrscheinlich Ihre beste Chance, wenn sie keine weiteren zerplatzten Einhornträume wollen.«

Ich schnaube wütend, denn obwohl er recht hat, ist die einzige Person, die belästigt wurde, ich. Und dieser ganz Lärm macht es heute bestimmt unmöglich, sich zu konzentrieren. Ich antworte nicht, weil ich nicht zustimmen und ihm Recht geben will. »Wie lange soll das weitergehen?«

»Wir können sofort damit aufhören, über Ihr Regal zu streiten.«

Ich habe diesen Kerl bereits abgespeichert unter »Mistkerl, dem ich in die Eier treten möchte«. Ich hoffe, jemand mischt Haarentfernungsmittel in sein Shampoo, damit ihm sein üppiges, dichtes Haar ausfällt. Schon beim Gedanken daran fühle ich mich besser. »Ich meine den Lärm, Klugscheißer.«

Seine Mundwinkel verziehen sich langsam nach oben, bis er breit lächelt. Verdammt. Natürlich hat er tolle Zähne und ein wunderschönes Lächeln in seinem wahnsinnig attraktiven Gesicht. Vermutlich muss er nur dieses Lächeln aufsetzen, und die Leute versetzen für ihn Regale, ohne darüber nachzudenken. Wahrscheinlich versetzen sie ganze Wände. Und lassen obendrein ihr Höschen fallen.

Er zuckt achtlos mit einer Schulter. »Kommt womöglich darauf an, wie lange Sie hier noch rumstehen und mit mir zanken wollen. Ich könnte das den ganzen Tag tun, aber das würde bedeuten, ich arbeite nicht, und dann wird der Wurfbereich nicht fertig. Also liegt es ganz an Ihnen, wie lange es dauert.« Sein Lächeln wird breiter, wahrscheinlich wegen meiner entrüsteten Miene. »Ich würde Ihnen ja ein paar Sicherheitsstiefel anbieten, damit Sie mich weiter beschimpfen können, aber ich bin nicht dafür, Ihnen eine Säge oder eine Nagelpistole in die Hand zu drücken. Ich habe das Gefühl, Sie könnten versuchen, mich damit an die Wand zu nageln.«

Ich schenke ihm ein unfreundliches Lächeln. »Ich meinte, wie lange die Renovierung noch dauert?« Ich will nicht, dass sie meine Eröffnung nächste Woche stört.

»Keine Ahnung. Bestimmt noch zwei Wochen, aber das hängt davon ab, wie oft Sie rüberkommen und mich zusammenfalten.«

»Jetzt sind Sie es also, der belästigt wird, ja?«

Er steht einfach nur mit verschränkten Armen da und hat ein vielsagendes Grinsen im Gesicht.

»Vielen Dank für die zusätzliche Arbeit. Ist ja nicht so, dass ich gerade nichts zu tun hätte. Und ich hoffe wirklich, Sie isolieren die Wand, weil ich bestimmt nicht will, dass eine Axt sie durchbricht wie in einem zweitklassigen Horrorfilm!«

Ich drehe mich auf dem Absatz um und versuche, die Tür mit einer dramatischen Geste aufzureißen, aber wegen des Luftsogs muss ich beide Hände benutzen, was die Wirkung völlig ruiniert.

Sobald ich kräftig genug ziehe, fliegt die Tür auf, und ich stolpere rückwärts und lande beinahe auf dem schmutzigen Fußboden. Ich sehe mich nicht um, während ich mich kerzengerade aufrichte und seinen miesen Pub verlasse.

»War wirklich nett, Sie kennenzulernen, Blaire«, ruft er mir hinterher, und seine Stimme trieft vor Sarkasmus. »Ich bin übrigens Ronan Knight, danke fürs Fragen und für das Verständnis wegen der Renovierung!«

Jetzt ergibt der Name der Bar einen Sinn. Natürlich hat sie einen echten Hipster-Namen, wenn auch ausgesprochen männlich und so sexy wie er selbst. Mistkerl.

Er rappelt mit der Kiste mit dem zerbrochenen Glas. »Hey! Sie haben Ihre Einhornträume vergessen!«

Ich überlege, ihm den Stinkefinger zu zeigen, aber das würde bedeuten, mich auf sein Niveau herabzulassen, und ich bin nicht bereit, sein Spiel mitzuspielen. »Leck meinen Cupcake!«, rufe ich über die Schulter hinweg und wünschte mir, mir wäre schon früher etwas Schlagfertiges eingefallen. Ich marschiere verärgert den Gehweg entlang und verliere zum gefühlt hundertsten Mal mein Gleichgewicht an diesem Morgen, als ich in etwas Glitschiges trete. Ich blicke hinunter und würge, dann recke ich das Kinn zum Himmel. »Im Ernst jetzt?«

Natürlich bin ich in den Hundehaufen getreten.

Als wäre der Tag heute nicht schon von meinem neuen, fiesen Nachbarn ruiniert worden.

Ich ziehe den schmutzigen Schuh aus – die gelbe Blume klebt an der Sohle – und versuche, den widerlichen Geruch nicht einzuatmen. Daphne blickt vom Tresen auf, wo sie gerade auf ihrem Telefon Fotos postet, als ich in den Laden humple und dabei den schmutzigen Schuh von meinem Finger baumeln lasse.

Daphnes Miene ist irgendetwas zwischen ungläubig und fragend, als sie mich kurz mustert. »Wer bist du und was hast du mit meiner Freundin Blaire gemacht?«

»Was?«

»Seit wann läufst du herum und legst dich mit völlig Fremden an?«

Sie hat nicht ganz unrecht. »Seit ich nicht genug Geld habe, um das blöde Glas zu ersetzen. Alles, was ich habe, steckt hier drin.« Ich wedle mit dem Hundekacke-Schuh. »Dieser Laden muss brummen, Daph. Ich will beweisen, dass ich es auch allein schaffe – natürlich mit deiner Hilfe und der von Paul – aber es muss funktionieren. Ich kann nicht meine Familie um Beistand bitten. Sie sind zu …«

»Verrückt? Aufdringlich? Unmöglich zu handhaben?«, schlägt Daphne vor.

»Genau.«

»Nun, ich muss schon sagen, dieses neue, mutigere Selbst ist etwas, voran ich mich gewöhnen könnte. Endlich bist du den Mädchenkleidern entwachsen.« Sie grinst und nickt in Richtung des Schuhs. »Was ist passiert?«

»Ich bin in Scheiße getreten.«

»Nebenan?«

»Nein. Vor der Tür.« Ich zeige auf den Gehsteig und humple zwischen den Tischen hindurch bis zur Hintertür. Ich reiße sie auf und überlege, ob ich den Schuh wegwerfen soll. Ich stelle ihn nach draußen, überzeugt, dass ihn niemand anfassen wird.

Ich wasche mir die Hände, bevor ich noch immer ziemlich genervt zurückgehe. Vor allem als die Schläge erneut einsetzen, scheinbar noch kräftiger als zuvor.

»Was geht denn da drüben vor sich?«

»Der beknackte Holzfäller nebenan baut einen Axtwurfbereich aus.«

Daphnes Augen leuchten auf. »Beknackter Holzfäller?«

»Er trägt ein kariertes Flanellhemd und läuft mit einer Axt herum. Und stell dir vor: Sein Name ist Ronan, typisch Hipster, oder? Wahrscheinlich hat er ihn anstelle von so was Langweiligem wie Robert oder Bill angenommen. Seine Haare sehen aus, als hätte er sie mit Pomade gestylt. Fehlen nur noch der Holzfällerbart und die Brille mit schwarzem Rahmen.«

Daphne hebt eine Hand. »Warte. Flanell im August?«, fragt sie. Ich bin froh, dass sie von der Modefarce angemessen entsetzt ist.

»Vielleicht war es auch nur Schottenstoff, und das mit dem Flanell bilde ich mir ein. Jedenfalls trägt er ein langärmeliges kariertes Hemd mit einem anderen Hemd darunter. Im August. Völlig lächerlich. Und er ist echt ein herablassender Mistkerl! Stell dir vor, er war wirklich so unverschämt, mir zu sagen, ich soll mein Regal woanders anbringen, weil er einen Axtwurfbereich einbaut. Wer außer Barbaren will schon mit Äxten werfen?«

»Äh, Axtwerfen ist zurzeit ziemlich populär.«

Ich schenke ihr einen Blick, der ihr verrät, wie wenig ich ihren Kommentar zu schätzen weiß. Oder die Tatsache, dass sie wahrscheinlich recht hat.

»Darum geht es nicht. Der Punkt ist, dass er mir schadet, indem er die angrenzende Wand für sein dämliches Axtwerfen benutzt! Wieso sollte ich wegen ihm meine Gläser woanders hinstellen müssen? Dieses Regal abzumontieren, bedeutet, die gesamte Ausstattung neu zu arrangieren. Was für ein egoistischer Bastard.«

»Oder meinst du regalistischer Bastard?« Daphne grinst, während ich dagegen ankämpfe.

»Das war echt lahm.«

»Und doch witzig.«

Ich verdrehe die Augen. »Ich muss das mit dem Regal in Angriff nehmen.«

»Lass das Regal, wo es ist.«

»Wieso? Wir können nicht einmal was draufstellen. Oder etwas an die Wand hängen, wenn der beknackte Holzfäller vorhat, Äxte dagegen zu werfen. Außerdem gibt es eine Bar! Wie können sie Äxte werfen und Alkohol ausschenken? Das kommt mir ganz schön riskant vor.«

»Es gibt Vorschriften. Und Kontrollen.«

Ich klopfte mir auf die Lippe und prüfe meine Möglichkeiten. »Eine Inspektion vielleicht?«

Daphne schüttelt den Kopf und hebt eine Hand. »Fang keinen Krieg an, schon bevor du eröffnet hast, Blaire.«

»Du hast ihn nicht getroffen. Er ist ein Arschloch vom Feinsten.«

Obwohl, sie hat nicht ganz unrecht. »Ich behalte das im Hinterkopf, falls ich es gebrauchen kann.«

Als ich mich später auf den Weg nach Hause mache, finde ich einen Zettel unter meinem Scheibenwischer, was seltsam ist, weil ich in der Gasse hinter den Läden stehe, zu der nur die Ladenbesitzer und Angestellten Zugang haben. Ich hebe den Scheibenwischer an, nehme den Zettel und drehe ihn um, neugierig und in der Hoffnung, dass es kein Strafzettel ist, den ich mir nicht leisten kann. Es ist kein Strafzettel, aber es ist schummrig hier hinten, also steige ich in meinen SUV und lege ihn auf den Beifahrersitz.

Erst als zu Hause das Licht an ist, erkenne ich, worum es sich bei dem Zettel handelt. Es ist ein Flyer für Aggressionstherapie. Oben steht mit kaum leserlicher Männerklaue geschrieben:

Ich würde Sie ja zu einer Runde Axtwerfen einladen, damit Sie ein wenig von Ihrer versteckten Aggression loswerden, aber ich bin mir nicht sicher, ob das eine gute Idee ist. Vielleicht hilft das hier Ihrer Stimmungslage.

Der freundliche Barbesitzer von nebenan

»Was für ein Mistkerl!« Ich knülle den Flyer zusammen und werfe ihn in den Müll. Ich brauche mich nicht zu fragen, woher er wusste, dass das mein SUV war, denn er hat ein *Buttercream-and-Booze*-Magnetschild auf der Seitenverkleidung.

@buttercreamandbooze:
Haben Sie ein Problem mit mir? Lecken Sie meinen Cupcake.

3

Das bedeutet Krieg

Blaire

Zwei Tage später bin ich erst nach neun Uhr morgens im Laden. Ich bin mit Paul verabredet, meinem Cupcake-Truck-Partner und Freund. Mein Ziel war es immer, einen Laden zu eröffnen, während Paul es wirklich genoss, unterwegs zu sein und in neuen Gegenden Kontakte zu knüpfen. Er wollte stets herumkommen, und ich wollte einen festen Standort.

Wir haben vereinbart, dass er den Cupcake-Truck und die Rechte am Geschäft behält. Anstatt mich komplett abzufinden, war er einverstanden, unsere Cupcakes zu backen, während ich für die Glasur sorge und versuche, *Buttercream and Booze* in Gang zu bringen. Auf diese Weise muss er keine neue Partnerschaft eingehen, und niemand von uns muss Hilfe anheuern.

Ich habe Paul nach meiner Rückkehr von Paris kennengelernt, als ich Nachspeisen an einem Stand auf dem lokalen Markt verkaufte. Paul hatte wie ich einen eigenen Cupcake- und Gebäckstand, mir gegenüber. Als uns klar wurde, dass wir von einer Zusammenarbeit profitieren würden – und Standgebühr sparen könnten –, legten wir unsere Mittel und Ideen zusammen. Paul, der schon ein paar Jahre auf Straßenmärkten zugange war, nahm mich unter seine Fittiche und machte mich mit allem vertraut. Er backte die Kuchen, und ich dekorierte sie. Wir waren ein tolles Team in der Küche. Innerhalb eines Jahres hatten wir genug gespart, um einen Food-Truck zu kaufen, und *Cupcakes to Go!* war geboren. Am Anfang war es großartig, und es gefiel mir, einen Partner zu haben. Doch Paul und ich fingen an, uns in die Haare zu kriegen, weil wir beide die Kontrolle über das Geschäft haben wollten. Da wusste ich, dass es an der Zeit war, weiterzuziehen. Es war von vornherein ein vorübergehendes Unterfangen, aber es war eine wichtige Erfahrung.

Heute Morgen kommt er vorbei, um meine neueste Cupcake-Kreation zu probieren, und wir können überlegen, ob an Geschmack und Konsistenz des Teigs noch etwas verändert werden muss. Der *Cupcake-to-Go!*-Truck steht am Straßenrand, als ich komme. Die Hintertür meines Ladens wird bereits mit einem Keil offen gehalten, was umsichtig ist. Das heißt, ich muss nicht in meiner Handtasche nach den Schlüsseln suchen.

Ich balanciere die Cupcakes, meine Tasche und einen Kaffeebecher, weshalb ich beinahe in den nächsten Hundehaufen vor meiner Tür trete. »Was soll das?«, knurre ich und sehe mich um. Wer führt seinen Hund in der Hintergasse spazieren, wo aller mögliche Müll herumliegt? Und wer lässt seinen verdammten Hund dort einen Haufen machen? Vielleicht hat derjenige ja ein Hühnchen mit dem vorherigen Ladenbesitzer zu rupfen. Oder jemand hat etwas gegen Buttercremeglasur und Alkohol.

Die Möglichkeit, mir bereits Feinde gemacht zu haben, noch bevor das Geschäft eröffnet wurde, ärgert mich. Ich schüttle den Kopf. Ich bin paranoid. Das ist nicht das Food-Truck-Geschäft. Niemand wird mir hier die Reifen aufschlitzen.

Ich gehe um den Haufen herum und stelle die Cupcakes drinnen an einen sicheren Platz. Diesmal besorge ich umgehend eine alte Plastiktüte, damit ich es nicht wieder vergesse und hineintrete. Ich verziehe das Gesicht, als ich in die Hocke gehe, um ihn aufzuheben, und erwarte, dass mir der üble Geruch in die Nase steigt, aber seltsamerweise rieche ich nur einen leichten Müllgestank. Ich erwarte auch, dass er weich und eklig ist, aber er ist ungewöhnlich fest. Völlig fest sogar.

Sobald er in der Tüte ist, versuche ich ihn in die Müllcontainer zu werfen, aber ich ziele schlecht, und die Tüte schlägt mit einem leisen *Klonk* gegen die Seite.

Ich runzle die Stirn, denn Hundekacke sollte nicht ein solches Geräusch machen, wenn sie auf Metall trifft. Ich weiß nicht, was mich reitet, außer Neugier vielleicht, aber ich öffne die Tüte und spähe hinein. Mir wird klar, dass es keine echte Kacke ist. Sie ist aus Plastik.

Ich werfe einen Blick zu *The Knight Cap* und kneife die Augen zusammen. Er muss gesehen haben, wie ich vor ein paar Tagen in den Haufen getreten bin, und das hier ist seine Vorstellung davon, witzig zu sein. »Was für ein Mistkerl.«

Paul steckt den Kopf durch die Tür. »Ich dachte, ich hätte jemanden gehört. Was ist los?«

Ich ziehe die Fake-Kacke aus der Tüte. »Mein Nachbar ist ein Arsch, das ist los.«

Paul verzieht das Gesicht. »Ist das …«

»Das ist Fake.« Ich gehe zum Lieferanteneingang von *The Knight Cap*. Die Tür wird von einem Holzkeil offen gehalten. Das Geräusch einer Kreissäge und die lauten Klänge von Rockmusik dringen heraus. Ich tausche den Holzkeil mit dem falschen Hundehaufen und beschließe, den Keil mitzunehmen, denn der Typ kann mich mal.

»Was sollte das?«, fragt Paul, als ich die Schachtel mit den Cupcakes hochhebe, und er mir den Flur entlang folgt.

»Mein Nachbar hat anscheinend die Reife eines Zwölfjährigen und denkt, er sei unterhaltsam.«

»Du gewinnst schon neue Freunde, was?« Paul lacht.

»Wie nicht zu überhören ist, ist er nicht gerade der leiseste und rücksichtsvollste Nachbar.« Ich stelle den Behälter auf den Tresen und wasche mir die Hände, bevor ich ihn öffne, um meine nächtliche Unternehmung zu präsentieren.

»Oh, wow!« Paul fächelt mit den Fingern über dem Behälter und atmet tief ein. »Ist das Ahornsirup? Und Bourbon? Und Schinken?«

»Das ist es. Probier einen und sag mir, wie du ihn findest. Ich bin nicht sicher, ob der Sirupgeschmack in der Glasur nicht zu aufdringlich ist.« Ich trommle auf den Tresen, versuche aber geduldig zu sein, als er das Förmchen abzieht und einen kräftigen Bissen von dem Cupcake nimmt.

Er schließt die Augen und kaut mit einem leichten Nicken. »Die Bourbonfüllung ergänzt den Ahornsirup perfekt. Ich würde nichts daran ändern.«

»Wirklich?«

»Das ist dekadent, Blaire. Die Leute werden süchtig danach. Du kannst mir das Rezept schicken, und ich mache morgen eine Prüfcharge, um sicher zu sein, dass ich es richtig zubereitet habe.« Er blickt in die Kiste und klopft auf zwei kleine Behälter mit der Aufschrift »Glasur« und »Füllung«, die zwischen den Küchlein stecken. »Du hast immer alles im Griff. Machen wir auch weiter die Lemon-Drop-Cupcakes?«

»Ja, auf jeden Fall. Dazu noch die üblichen Geschmacksrichtungen und die Morning-Glory-Cupcakes. Ich habe alles, was ich für die Buttercreme brauche.«

»Okay, toll. Dann sind wir startklar, denke ich. Du machst das großartig, Blaire.« Paul schenkt mir ein freundliches Lächeln.

»Danke, ich weiß deine Hilfe wirklich zu schätzen.«

»Schließlich haben wir beide etwas davon, oder nicht? Du erschaffst einfach die unglaublichsten Geschmackskombinationen.«

Ich winke ab, weil mich das Ganze rührt. Auch wenn ich die beengten Räumlichkeiten des Cupcake-Trucks nicht vermisse, arbeiten wir schon lange zusammen, und er ist ein wirklich guter Freund.

Er legt zum Abschied den Arm um mich, greift nach dem Tupperbehälter und geht. Ich werde ihn bei Morgengrauen am Eröffnungstag wiedersehen, dann kann ich bis dahin Cupcakes dekorieren und mich vergewissern, dass alles bilderbuchmäßig läuft.

Ein paar Stunden später geht der fiese Holzfäller mit einem fröhlichen Winken an meiner Fensterfront vorbei.

Was für ein Mistkerl.

*

Im Laufe der Woche komme ich zu dem Schluss, dass meine Geringschätzung für Ronan völlig gerechtfertigt ist. Er ist ein Arsch, ein riesiger, wahnsinnig attraktiver Arsch, der immer langärmelige Karohemden trägt – ja, das mit dem Flanell habe ich mir ausgedacht –, aufgerollt bis zu den Ellbogen mit einem zweiten Hemd darunter. Und Jeans. Und Arbeitsstiefel. Jeden verdammten Tag.

Woher ich das weiß?

Weil er jeden Tag irgendwann an meiner Fensterfront vorbeigeht und völlig übertrieben winkt und Hallo ruft.

Gestern trug er außerdem eine breitumrandete schwarze Brille.

Es ist einfach zu viel. Und nervig.

Vor allem weil es ihm anscheinend Spaß macht, mich zu piesacken.

Jeden Tag finde ich einen Flyer in einem meiner Blumenkübel für irgendeine Art von Kurs oder Treffen, um »meine rastlose Seele zu beruhigen«. Einmal ist es ein Coupon mit drei Gratis-Yogastunden. Am folgenden Tag hinterlässt er mir eine Broschüre, die mich vor den Auswirkungen von zu viel Zucker und Koffein warnt. Sie ist sogar begleitet von Lavendelöl.

Aber was wirklich der Gipfel ist, ist der Inhalt einer Pappschachtel, die heute Morgen vor meiner Tür liegt. In der Annahme, dass mir irgendetwas entgegenspringt, zögere ich, sie zu öffnen. Ich bin froh, dass nichts Lebendiges oder Totes in der Schachtel ist. Die Erleichterung ist jedoch von kurzer Dauer, weil sich darin eine Box mit meinem Einhornglas befindet – das wohl aus den Scherben verschiedener Gläser wieder zusammengesetzt worden ist. Es hat an ein paar Stellen ein Karomuster und ein kleines Logo mit einem Typen in einer Rüstung, der dort eine altmodische Nachtmütze trägt, wo eigentlich seine Augen sein müssten. Außerdem ragt das Horn aus seinem Hinterteil heraus.

Ich bin halb verärgert, halb beeindruckt, dass er das gemacht hat, um mir eins auszuwischen. Es ist wirklich ein hässliches und zugleich erstaunliches Kunstwerk. Was ich ihm gegenüber natürlich nie zugeben würde.

Das Gute ist, dass die Schläge fast völlig aufgehört haben. Die Fenster sind noch immer mit Papier verklebt, weshalb ich vermute, dass es noch eine Weile dauern wird, bis der Laden aufmacht. Obwohl gestern ein neues Schild angebracht wurde, auf dem in maskulinen goldenen Lettern *The Knight Cap* prangt. Beinahe überrascht es mich, dass kein Karo auf dem Schild zu sehen ist. Bestimmt wird die Innenausstattung dagegen extra geschmacklos.

Aber heute ist mir der fiese Holzfäller ziemlich egal, weil es mein Eröffnungstag ist, und es wird bestimmt großartig. Auf Instagram habe ich schon über tausend Follower, auf meiner Facebook-Seite sind es doppelt so viele. Über zweihundertfünfzig Coupons wurden schon heruntergeladen.

Ich bin seit vier Uhr morgens hier, um Cupcakes zu glasieren und zu dekorieren. Wir haben Hunderte vorbereitet, und Paul hat einen Krisenplan, falls ich mir zu große Hoffnungen für den ersten Tag machen sollte. Die Vitrine ist perfekt organisiert und einsatzbereit; die Ablage mit den Specials ist ein Kunstwerk.

Ich sorge dafür, dass die für heute beworbenen Cupcakes und Drinks vorn und in der Mitte der Vitrine stehen: Ein Lemon-Drop-Cupcake mit Zitronenquarkfüllung und intensiver Zitronenbuttercreme, ergänzt von einem köstlichen, säuerlichen Lemon-Drop-Martini. Sein Gegenstück ist ein Bourbon-Bacon-Cupcake mit Ahornsirup-Buttercreme-Glasur, kombiniert mit einem rauchigen Bourbon Old Fashioned, abgerundet mit einem Streifen in Ahornsirup kandiertem Bacon. Ja, ich habe sie bereits auf Instagram gepostet.

Die Sandwichkarte ist simpel, aber es ist für jeden Geschmack etwas dabei, und die Bandbreite an würzigen und süßen Scones plus der Kaffee- und Teeauswahl macht das hier zum einzigen Cupcake-Cocktail-Café seiner Art.

Ich trete vor den Laden und stelle mein Klappschild auf, auf dem die Specials von heute und mein Tagesmotto prangen:

»WENN DIR DAS LEBEN ZITRONEN GIBT, MACH DARAUS LEMON-DROP-MARTINIS!«

Ich überprüfe ein zweites und drittes Mal, ob die Tresenschränke aufgefüllt sind, der Kaffee zum Einschenken bereit ist, das heiße Wasser für Tee bereitsteht und Callie mit ihren Aufgaben am Tresen vertraut ist. Sie ist meine alleinige Mitarbeiterin – denn eine Person ist das Einzige, was ich mir leisten kann. Wir hoffen, dass wir den Andrang wuppen. Sie sieht in ihrem *Buttercream-and-Booze*-Shirt entzückend aus, und ihre Schuhe sind mit Zitronenspalten bedruckt, was einfach perfekt aussieht. Zum Glück will Daphne heute Morgen helfen und keine Fotos machen. Ich bin wahnsinnig froh, dass sie meine Freundin ist.

Ich klatsche aufgeregt in die Hände, streiche meine Schürze glatt und zupfe den Saum meines Kleids zurecht. Heute trage ich ein cremefarbenes Kleid mit einem riesigen Zitronenspaltenmuster. Ich habe ein temporäres Tattoo einer Zitronenspalte auf der Wange, die mit einem winzigen gelben Glitzerstein geschmückt ist.

Ich gebe Callie einen kurzen Überblick über die Specials. Während ich erwarte, dass ich den meisten Umsatz zur Lunchzeit, am Nachmittag und zur Cocktailstunde machen werde, könnte Kaffee mit Schuss heute Morgen ein Hit werden, wenn man die Menschenschlange bedenkt, die darauf wartet, dass die Türen offiziell aufgehen.

Wir sind nur ein paar Blocks von der Universität entfernt, und ganz in der Nähe gibt es mehrere Gebäude, die hauptsächlich von Studierenden bewohnt sind, wie auch zahlreiche lokale Geschäfte.

Während der ersten Stunde herrscht ein wunderbares Chaos. Es spielt keine Rolle, dass es noch nicht Mittag ist – fast jeder scheint Cupcakes und Kaffee oder Tee zu wollen. Eine Horde Collegekids und Samstagseinkäufer füllen das Café am frühen Nachmittag, die Zwei-für-einen-Coupons stapeln sich, und ich bin damit beschäftigt, Martinis zu mixen und Bourbons-Old-Fashioned zuzubereiten, derweil sich Callie um die Kasse kümmert. Daphne ist geblieben, weil wir viel mehr zu tun haben als angenommen, was nicht schlecht ist.

Gegen drei Uhr nachmittags klingelt die Türglocke, und der fiese Holzfäller schlängelt sich zwischen den Tischen hindurch, was sämtliche Frauen – Studentinnen, Mütter, Großmütter – und einen guten Teil der Männer zweimal hinschauen lässt.

Daphne pfeift leise. »Ach du lieber Himmel, ich glaube, mein Höschen hat sich gerade selbst entzündet.«

Ich werfe ihr einen verächtlichen Blick zu. »So scharf ist er auch wieder nicht.«

Sie setzt ihre *Im-Ernst-jetzt*-Miene auf, hat jedoch keine Gelegenheit, mir zu antworten, weil er bereits vor uns steht. Ich zwinge mich zu einem Lächeln. »Ich glaube, Sie sind hier falsch. Axtwerfen ist nebenan.«

»Blaire.« Daphne knufft mich in die Seite.

Er lächelt ebenfalls, breit. Als wüsste er genau, welche Wirkung er auf mich und alle anderen Frauen hier drin hat. »Ich dachte, ich komm vorbei und besorge mir einen von den Cocktails, nach denen alle so verrückt sind.« Er zieht einen Zwei-für-einen-Coupon aus seiner Gesäßtasche. Die fest an seinem straffen Hintern anliegt.

Was ich im Laufe der letzten Woche gar nicht bemerkt hatte. Okay. Hab ich doch. Jedes einzelne Mal, wenn er an meiner Ladenfront vorbeiging.

Er reicht mir den Coupon, und ich entreiße ihn ihm aggressiver als nötig, was sein Grinsen noch breiter werden lässt. Verflucht sei er mitsamt seinen perfekten Zähnen und seinen sexy Lachfältchen um die Augen. Ich zeige auf die Vitrine mit den Cupcakes, wo jedes Tablett nach den Geschmacksrichtungen beschriftet ist, gemeinsam mit einer Beschreibung der Kombination aus Teig und Glasur. »Was regt Ihre Fantasie an?«, frage ich und winde mich innerlich angesichts meiner grässlichen Wortwahl.

Ronan legt den Kopf schräg, und seine Zungenspitze taucht in seinem Mundwinkel auf. Ich würde sie am liebsten zurückschieben – mit einem Rührlöffel.

Er zuckt mit den Schultern. »Was empfehlen Sie?«

»Wie wär's mit Death by Chocolate?«

Er schmunzelt. »Ich bin kein großer Fan von Schokoladenkuchen, oder vom Tod.«

»Kein Fan? Dann haben Sie den falschen Kuchen gegessen.« Daphnes Stimme ist heiser und tief, als überlegte sie, einen der Death-by-Chocolate-Cupcakes von seiner nackten Brust zu verspeisen, während sie ihn reitet.

»Schon möglich.« Er macht ein paar Schritte und beugt sich nach vorn, um die Auswahl zu betrachten. Er tippt auf die Vorderseite der Vitrine und hinterlässt dabei einen Fingerabdruck. »Bourbon-Bacon-Cupcake mit Ahornbuttercreme? Das klingt gut. Ich probiere einen davon.«

»Zum Mitnehmen?« Ja, ich versuche, ihn so schnell wie möglich aus meinem Laden zu komplimentieren, weil seine bloße Anwesenheit wie eine graue Wolke an einem vermeintlich sonnigen Tag ist.

Er hebt den Blick, das spöttische Lächeln noch immer im Gesicht. »Nö, ich probiere ihn gleich hier, danke.«

Ich lasse meine Hand in einen blassrosa Plastikhandschuh gleiten, nehme den einen Cupcake aus der Vitrine und warte dann darauf, dass er einen zweiten auswählt.

»Der Lemon-Drop-Cupcake ist heute unser Spezialangebot, falls Sie probieren wollen.«

»Hmm. Ist er sauer?« Das unausgesprochene »wie Sie« ist nicht zu ignorieren.

»Kann schon sein, dass man das Gesicht verzieht, wenn es

das ist, was Sie meinen. Es ist ein ausgewogenes Verhältnis zwischen süß und sauer.«

»Wie seine Erfinderin also?«

Daphne bleibt ein Husten im Hals stecken, und sie wendet sich ab, um den nächsten Kunden zu bedienen, während ich Ronan abfertige. Er räuspert sich und murmelt eine weitere Minute vor sich hin, bevor er sich schließlich für den Lemon-Drop-Cupcake entscheidet.

»Möchten Sie etwas trinken?« Ich stelle den Teller oben auf die Glasvitrine.

»Nö, nur die Cupcakes, danke.« Er reicht einen Fünfdollarschein herüber.

Dabei stützt er den Unterarm auf, obwohl es ein hübsches, kleines Schild gibt, auf dem steht GLAS NICHT BERÜHREN.

Nachdem er die blassgelbe Manschette von dem Lemon-Cupcake abgezogen hat, stopft er sich die Hälfte mit einem Bissen in den Mund und macht ein leises, überraschtes Geräusch – wahrscheinlich als Reaktion auf den süßsauren Geschmack. Kuchenkrümel übersäen die Glasoberfläche, und inzwischen gibt es eine kleine Warteschlange.

Anstatt beiseitezutreten, verschlingt er seinen Cupcake auf nicht gerade vornehme Art, während er sich auf die Vitrine stützt und dabei für die anderen den Blick darauf verstellt. Nicht dass sich die Wartenden darüber aufregen würden, wenn man berücksichtig, wie ihn einige anstarren und sich wahrscheinlich wünschten, sie wären der verdammte Cupcake, den er verschlingt.

Er verspeist den ersten mit drei Bissen und leckt sich die Glasur von den Fingern, bevor er sich über den Bourbon-Bacon mit Ahorn hermacht. Beim ersten Happen zieht er die Brauen herunter, gefolgt von einem tiefen Stöhnen.

Er kaut rasch, und sein Adamsapfel hüpft, als er schluckt. »Donnerwetter, der ist großartig. Er ist süß, aber auch wieder nicht. Herzhaft, und doch ... eigen.« Er schiebt sich den Rest in den Mund, hinterlässt dabei noch mehr Krümel auf der Glasfläche und richtet überhaupt eine ziemliche Schweinerei an.

Er stöhnt die ganze Zeit über, während er kaut. Es ist lächerlich. »Wow. Der war fantastisch. Beide waren das, aber der mit dem Bacon ist für mich der Sieger. Kann ich ein halbes Dutzend davon mitnehmen?«

»Natürlich!« Callie taucht aus dem Nichts auf. »Ich kann helfen, Blaire, und du kümmerst dich um die neuen Kunden.« Sie schenkt mir ein etwas irres strahlendes Lächeln.

»Das wäre toll. Danke.«

Ronan blickt auf die inzwischen lang gewordene Schlange. »Mist. Ich halte hier wohl alles auf?« Er zwinkert den wartenden Kundinnen zu. »Tut mir leid, meine Damen.«

Es hebt ein kollektives Murmeln von »Schon okay« und »Kein Problem« an, und ich bin mir sicher, dass ein paar sagen »Heirate mich.«

Ich überlasse Callie seine Bestellung, weil sie schon damit begonnen hat, eine Schachtel für ihn zu füllen.

Seine kleine Show scheint ihre Wirkung auf die Kundinnen in der Schlange nicht zu verfehlen, denn jede bestellt einen Bourbon-Bacon-Ahorn-Cupcake.

Auf dem Weg hinaus macht er an zwei Tischen Halt, um sich mit den Kunden zu unterhalten. Ich beobachte ihn misstrauisch, aber ich habe nicht viel Zeit, weil er einen ziemlichen Rückstau verursacht hat.

»Du hast gar nicht erwähnt, dass der fiese Holzfäller auch ein heißer Typ ist«, murmelt Daphne, als sie mir einen Hüftstoß versetzt, um an die Cupcakes heranzukommen.

»Das liegt daran, dass seine Persönlichkeit den hübschen Teil ruiniert«, erwidere ich. Aber es stimmt schon, denn trotz seines schlechten Benehmens weiß ich seinen Anblick leider sehr wohl zu schätzen.

»Ich weiß nicht. Ist er wirklich so schlimm? Er ist gekommen, um dich zu unterstützen, und jetzt bestellen die Leute Cupcakes halbdutzendweise, also ist er nicht gerade schlecht fürs Geschäft.«

Ich knurre, anstatt zu antworten, weil sie vielleicht recht hat, aber das zuzugeben widerspricht derzeit meinen moralischen Regeln.

Wir haben keine Bourbon-Cupcakes mehr, weshalb ich nach hinten laufen muss, um die Vitrine aufzufüllen, während Callie und Daphne sich vorne um den Tresen kümmern.

Erst gegen halb fünf wird es ruhiger, und ich kann mir endlich eine Verschnaufpause gönnen. Ich gehe zwischen den Tischen hindurch und sehe nach den Gästen. Ich bleibe bei einem Zweiertisch mit zwei Frauen Mitte zwanzig stehen und bemerke ein paar Zettel neben einer leeren Kaffeetasse. Bei näherem Hinsehen stelle ich fest, dass es ein Coupon ist. Chicken-Wings und Bier zum halben Preis in *The Knight Cap*. Und zwar heute Abend.

Wie bestellt lässt das tiefe Dröhnen der Bässe von nebenan den Boden unter meinen Füßen vibrieren.

Ich setze ein hoffentlich nettes Lächeln auf und tippe auf den Coupon. »Dürfte ich fragen, woher Sie den haben?«

»Der scharfe Typ, der seinen Cupcake vorne an der Vitrine unter Stöhnen verputzt hat, hat das beim Rausgehen auf unseren Tisch gelegt«, erklärt sie.

»Ich bin satt, aber ich würde auf jeden Fall so tun, als würde ich an einem Bier nippen, um ihn eine Weile anzuglotzen.« Ihre Freundin klopft sich auf den Bauch.

Sie lachen beide, und ich mache mit, obwohl ich klinge, als hätte ich eine Quietscheente oder die böse Hexe des Westens verschluckt. »Dürfte ich einen davon haben?«

»Nur zu! Sie sollten sich etwas Gutes tun, wenn sie heute Abend schließen, und sich diese Augenweide gönnen.« Sie schiebt mir einen der Coupons hin.

»Mal sehen.« Ich zwinkere, lasse den Coupon in meine Schürzentasche gleiten und räume ihre Teller und Tassen ab.

Nachdem ich sie in die Geschirrwanne gestellt habe, trete ich zu Daphne an die Kasse und knalle den Coupon auf den Tresen. »Sieht so aus, als hätte uns unser Nachbar doch nicht so sehr unterstützt.«

Daphne liest den Coupon. »Woher hast du den?«

»Er hat ihn auf dem Weg nach draußen an unsere Kunden verteilt. Hat sie zu seiner eigenen Eröffnung eingeladen. Wie nett und rücksichtsvoll, was?«

»Du hast letzte Woche doch gesagt, der Laden sei eine Baustelle. Wie kann er so schnell fertig geworden sein?«

»Wer weiß das schon?« Ich blicke zu den Tischen und stelle fest, dass mehrere Frauen den gleichen verdammten Coupon in der Hand halten. Dieser widerliche Bastard. »Aber ich gehe rüber und knöpfe ihn mir vor. Haltet die Stellung.« Ich schnappe mir den Coupon, gehe um den Tresen herum und mache mich auf den Weg zur Tür. Meine Wut wächst, als ich hinaustrete und das riesige Banner mit dem Schriftzug GROSSE ERÖFFNUNG an seiner Ladenfront hängen sehe und das Schild, das beinahe genauso aussieht wie meins, auf dem aber steht: FERTIG MIT KAFFEE UND KUCHEN? BRAUCHEN SIE EINE ERHOLUNG VOM WUNDERLAND? HIER GIBT'S BIER ZUM HALBEN PREIS!

»Dudämlichervollpfosten!«, murmele ich und stampfe die

Treppenstufen zum Eingang hinauf. Ich reiße die Tür auf, weil ich den gleichen Luftsog wie beim letzten Mal erwarte. Doch das Problem muss vergangene Woche behoben worden sein, denn sie lässt sich überraschend leicht öffnen, und beinahe stürze ich nach hinten. Schon wieder, aber diesmal aus dem gegenteiligen Grund.

Ich fange mich, ehe ich ausgestreckt auf dem Gehsteig lande, und betrete den schwach beleuchteten Pub. Er ist das genaue Gegenteil meines lichten und luftigen Cafés. Allerdings kann ich an mindestens sechs Tischen vertraute Gesichter sehen – denn sie waren alle noch vor Kurzem meine Gäste, bevor sie hierher übergelaufen sind.

Ich gebe nur ungern zu, dass es in der Woche, seit ich das erste Mal einen Fuß in den Laden gesetzt habe, recht nett geworden ist. Trotz der schwachen Beleuchtung kann ich erkennen, dass die Tische aus hellem Fichtenholz sind und die restliche Einrichtung, auch wenn es ihr an Raffinesse mangelt, gemütlich aussieht. Und wie vorhergesagt, ist rotschwarzes Karomuster durchgehend das Motiv.

Ganz wie es einem Pub entspricht. Es ist ein toller Ort, um sich zurückzulehnen, Bier zu trinken, Chickenwings zu essen und mit anderen Hipstern abzuhängen, während man seine Axtwürfe macht. Und genau das passiert in der hinteren Hälfte des Pubs.

Es gibt sogar einen riesigen, bedrohlich aussehenden Rausschmeißer, der keinen durchlässt, bevor er nicht eine Verzichtserklärung unterschrieben und einen Alkoholtest bestanden hat.

Ich wende meine Aufmerksamkeit von dem Axtwurfbereich ab und suche die Kneipe nach dem hinterhältigen Blödmann ab, dem sie gehört. Ich entdecke ihn hinter dem Tresen, ein schwarzes Geschirrhandtuch über der Schulter, das zu seiner schwarz umrandeten Brille passt.

Ich gehe über den Holzfußboden und stelle fest, dass er frisch lackiert ist, und trete an die Theke, als Ronan mit einem Zwinkern ein Bierglas vor eine Frau hinstellt. Sie war ebenfalls vorhin Gast bei mir.

Er grinst, als er mich sieht, und stützt seine kräftigen, prächtig tätowierten Arme auf den Tresen. *Prächtig tätowiert?* Was ist nur los mit mir? »Erholen Sie sich ein bisschen vom Wunderland und kommen in die Welt des Wahnsinns, Alice?«

»Ich würde gern mit Ihnen reden.«

»Ich habe ein bisschen was zu tun.« Er zeigt auf den bereits vollen Pub. »Aber Sie können sich einen Barhocker nehmen und mir über einem Bier ihr Leid klagen.« Er zwinkert.

Ich würde ihm am liebsten einen Finger ins Auge rammen.

Ich ignoriere seine Flirtversuche, weil das wahrscheinlich die Zeilen sind, die er bei sämtlichen Frauen benutzt, die wegen ihm mit den Wimpern klimpern, was ich nicht tue. Stattdessen knalle ich den Coupon auf den Tresen. »Würden Sie das bitte erklären?«

»Es ist ein Coupon für Bier und Chickenwings zum halben Preis. Ich bin mir nicht sicher, ob sie ein großer Fan von Chickenwings sind, weil Sie sich dann die Finger schmutzig machen müssten.« Und da ist wieder dieses Lächeln. So herablassend.

»Ich weiß, dass es ein Coupon ist, und ich weiß auch, wofür er ist, danke. Schließlich kann ich lesen. Was ich gerne wüsste, ist, was Ihnen einfällt, unter dem Vorwand, mich zu unterstützen, in mein Café zu kommen, wenn Sie in Wirklichkeit vorhatten, meine Kunden zu stehlen.«

Sein Lächeln verschwindet. »Ich wollte sie nicht stehlen.«

»Ach nein?« Ich wedle mit dem Coupon vor seinem Gesicht. Meine Stimme wird angesichts der wummernden Bässe immer lauter. »Sie sind also ganz zufällig vorbeigekommen und haben eine Handvoll Coupons auf den Tischen meiner Gäste verteilt und sie dazu aufgefordert, mein Café zu verlassen, um zu *Ihrer* Eröffnung zu kommen, die zufällig am selben Tag stattfindet wie meine?«

Er beißt sich auf die Unterlippe und blickt zu den Frauen, die rechts von ihm am Tresen sitzen und alle gerade aus meinem Café gekommen sind. »Können wir dort reden?« Er nickt in Richtung Tresenende.

Ich folge ihm dorthin. Mit der Hüfte stößt er die Schwingtüren auf, die die Bar vom restlichen Pub trennen, und gibt mir Zeichen, einen kurzen Flur entlangzugehen. Alte, gerahmte Fotos hängen an der Wand, ein paar davon leicht schief, als hätte jemand sie im Vorbeigehen mit der Schulter gestreift und erfolglos versucht, sie wieder geradezurücken. Irgendwie liebenswert, auch wenn ich es nicht gern zugebe. Er führt mich in ein kleines Büro, das bei der Renovierung ausgelassen wurde, wenn man den alten Schreibtisch und den Bürostuhl bedenkt, der aussieht wie aus den Siebzigern.

Er lässt die Tür einen Spalt offen. In dem beengten Raum wird mir bewusst, wie groß er ist im Vergleich zu mir. Mit eins achtundsechzig bin ich nicht klein, und mit meinen High Heels komme ich auf solide eins sechsundsiebzig, aber Ronan ist gute eins achtzig.

Nicht dass ich mich von seiner Größe einschüchtern lassen würde.

Ich werfe den Coupon auf den Schreibtisch – er ist unordentlich, und ein Stapel Coupons ist über den Tisch verstreut – und verschränke die Arme. »Ein mieser Schachzug, meine Eröffnung zu kapern, Ronan. Sie haben gesagt, Ihr Laden wäre noch ein paar Wochen eine Baustelle. Wie durch ein Wunder war dann schon alles in einer Woche fertig.«

Seine Brauen schießen hoch. »Wir haben nicht gerade dieselbe Kundschaft. Sie servieren Fruchtsäfte und Cupcakes und ich Bier und Kneipenessen.«

»Das wäre ein glaubwürdiges Argument, wenn Sie nicht vorbeigekommen wären, einen auf nett gemacht und für meine Kundschaft eine Show abgezogen hätten, indem Sie einen Ess-Orgasmus vorspielen und sie mir damit abspenstig machen.« Ich klopfe mit dem Finger auf den Coupon.

Er verdreht die Augen. »Ich habe niemanden abspenstig gemacht.«

»Und ob Sie das haben!« Ich werfe erregt die Hände in die Luft und treffe ihn beinahe im Gesicht, weil in dem Raum nicht viel Platz zum Gestikulieren ist. »Mehr als die Hälfte der Frauen, die an Ihrem Tresen sitzen, waren in meinem Café, bevor Sie sie entführt haben.«

»Okay, *entführt* suggeriert etwas viel Teuflischeres, als Coupons zu verteilen und die Leute dazu aufzufordern, vorbeizuschauen, wenn sie bei *Ihnen* fertig wären.«

»Vielleicht wären sie ja länger geblieben, hätten noch etwas getrunken, ein paar Cupcakes zum Mitnehmen bestellt, wenn Sie nicht vorbeigekommen wären und ihnen mit Ihrem strahlenden Lächeln Spezialangebote gemacht hätten.« Ich schnipse gegen seine Brille, was zugegeben die unsichtbare Nicht-Berühren-Grenze überschreitet und an Körperverletzung grenzt, aber ich bin wirklich aufgebracht, und wir sind nur knapp einen halben Meter voneinander entfernt, weshalb es fast unmöglich ist, ihn nicht anzufassen. »Ist die überhaupt echt, oder ist das ein Accessoire? Was ist mit Ihren Tattoos? Es würde mich nicht überraschen, wenn Sie die Ärmeltattoos online bestellt hätten, um mehr wie ein Hipster auszusehen, als Sie wirklich sind.« Ich habe keine Ahnung, was der Typ an sich hat, aber er bringt eine Seite an mir zum Vorschein, von deren Existenz ich nicht einmal wusste. Natürlich kann ich mich über Dinge aufregen, aber normalerweise nicht so sehr.

»Damit ich … Was?« Er schüttelt den Kopf und hebt die Hände, vielleicht um mich daran zu hindern, ihm erneut gegen die Brille zu schnipsen. »Ich habe die ganze letzte Woche rund um die Uhr gearbeitet, und wenn ich meine Kontaktlinsen trage, fühlt es sich an, als hätte ich Sand in den Augen. Die Brille ist echt und die Tattoos auch.«

»Dann sind Sie also ein echter diebischer Hipster. Gut zu wissen.«

Er schürzt die Lippen. »Ich versuche nicht, Ihrem Geschäft zu schaden.«

»Und das soll ich Ihnen glauben, nachdem Sie vorbeigekommen sind, mit allen meinen Kundinnen geflirtet und ihnen diese Coupons dagelassen haben?«

»Ich habe nicht mit ihnen geflirtet.«

»Oh mein Gott! Aber Sie waren das mit dem Lächeln und dem Scherzen und dem Zwinkern.«

»Ich zwinkere nicht.«

»Und ob Sie das tun.«

»Tu ich nicht.«

Ich hebe eine Hand, nicht bereit, darüber zu streiten. »Es geht nicht um das Zwinkern. Es geht darum, dass Sie ein verlogener, hinterhältiger Mistkerl sind und ich Sie auf dem Kieker habe.«

Ich greife im selben Augenblick wie er nach dem Türknauf, weshalb er mit seinen Fingern meinen Handrücken streift. Bei der Berührung zucke ich zusammen, denn es fühlt sich wahrhaftig ein bisschen so an, als hätte man mir einen Stromschlag versetzt. Nicht die tödliche Art, sondern eher stimulierend. Ich weiß nicht, was schlimmer ist.

Er hebt beide Hände und zieht ein zerknirschtes Gesicht. »Es war nicht meine Absicht, Ihnen Ihre Kundschaft zu stehlen, Alice.«

»Ich heiße Blaire, nicht Alice!« Natürlich macht er sich noch immer über mich lustig. »Als ob ich das glauben würde, nachdem Sie mir falsche Hundekacke vor meine Hintertür gelegt und mir all die Flyer für Aggressionsbewältigung und Zen hinterlassen haben! Ganz zu schweigen von dem Einhorn-Martiniglas!«

Er verdreht die Augen. »Ach, kommen Sie, ich habe ein bisschen Spaß gemacht, und Sie müssen zugeben, dass das Einhornglas jetzt viel cooler aussieht.«

»Es ist abscheulich! Und natürlich finden Sie das lustig, weil Sie es sind, der mir die Streiche gespielt hat!«

Sein Ausdruck wird ernst. »Schade, dass Sie das in den falschen Hals gekriegt haben, aber Sie sind am ersten Tag so angriffslustig hier hereingeplatzt, da dachte ich, es würde sie ein wenig aufheitern. Damit lag ich offensichtlich völlig falsch. Und was die Eröffnung betrifft, ich dachte einfach, es wäre besser für uns beide, wenn sie am selben Tag stattfindet, wie so ein Zwei-für-eins-Geschäft, wissen Sie?«

»Sie meinen, es wäre besser für Sie, weil ich ja bereits die Arbeit erledigt und die Leute in die Gegend gelockt hatte. Wenn Sie wirklich glauben würden, es wäre besser für uns beide, hätten Sie ja zu mir kommen können.«

Er verschränkt die Arme. »Vielleicht hätte ich das auch getan, wenn Sie etwas zugänglicher gewesen wären.«

Ich stemme eine Faust in die Hüfte. »Und Sie glauben, mir Streiche zu spielen, würde etwas daran ändern.«

»Okay. Ich hätte Ihnen also von meinem Plan …«

Ich schneide ihm triumphierend das Wort ab, weil er schließlich zugegeben hat, dass es falsch von ihm war. »Natürlich geben Sie den Fehler jetzt zu, wo der Schaden schon angerichtet ist.«

Er reißt die Augen auf, als wolle er unschuldig aussehen. »Ich verstehe, wie das für Sie aussieht, aber ich habe ehrlich nicht versucht, Ihnen Kundschaft wegzunehmen. Außerdem können die Leute nicht ewig von Cupcakes und Alkohol leben …«

Das hat er nicht wirklich gesagt. »Versuchen Sie nicht, sich zu rechtfertigen.« Ich zeige mit dem Finger auf sein Gesicht. »Ich kann durch Sie hindurchsehen. Denken Sie daran, Ronan, Sie haben die erste Axt geworfen.«

»Wie bitte? Ich habe gar nichts geworfen.«

»Das ist nur so eine Redensart.« Ich verdrehe die Augen. »Ich bin ein bisschen vorwitzig. Sie haben den ersten Stein geworfen, den ersten Schuss abgefeuert. Das liegt auf der Hand.« Und damit reiße ich die Tür auf. »Sie haben den Krieg vielleicht angefangen, aber ich werde Sie schlagen, Süßspeise für Süßspeise.«

Ich zwinkere und stolziere durch die Bar, eine Hand in der Schürzentasche. Ich ziehe ein paar meiner eigenen Coupons heraus und werfe sie auf die Tische, um die Leute zu mir einzuladen, damit sie ihren Angehörigen etwas Köstliches mitbringen, in das sie ihre Zähne schlagen können.

@buttercreamandbooze:
Ich BACKE aus der Welt einen besseren Ort.

4

Ich bin die Nummer eins

Blaire

Nach der Eröffnung verschärft sich die Situation mit meinem Nachbarn. Ein kleiner, nicht sehr freundschaftlicher Wettstreit sozusagen. Sachen wie, wenn Ronan ein Spezialangebot hat, versuche ich ein Besseres zu machen. Freitagabend verteile ich Zwei-für-einen-Cocktailcoupons, um gegen sein Fassbier und Hauswein zum halben Preis anzutreten. Jeder weiß, dass Hauswein billiger Fusel ist.

Was also, wenn die Zwei-für-einen-Martinis nicht mit dem hochwertigen Wodka gemixt sind? Es gibt Sachen wie Crème de Cacao und andere süße, nach Minze, Schokolade oder Früchten schmeckenden Alkoholika und Säfte, die den Geschmack übertünchen und ihren Zweck erfüllen.

Jungs in ihren Zwanzigern haben vielleicht nichts gegen Fassbier, aber die meisten Frauen in dem Alter würden auf jeden Fall lieber an einem leckeren Martini nippen, als ein Glas billigen Wein zu trinken. Woher ich das weiß? Ich habe natürlich meine Follower befragt.

Und glaubt ja nicht, Ronan ist unschuldig. Seine Scherze gehen weiter – diese Woche bin ich in etwas hineingetreten, das ich für Hundekacke hielt – schon wieder –, doch es war nur Plastilin. Es war sogar mit Glitzer bedeckt, der an meinen

Händen klebenblieb und für die nächsten drei Tage überall zu finden war.

Neben der falschen Funkelkacke ist Ronan dazu übergegangen, mir täglich einen Coupon vorbeizubringen, je nachdem, was er an dem Tag im Angebot hatte. Er schreibt auch jedes Mal einen scherzhaften Kommentar über meine nicht-geradefreundliche Persönlichkeit. Ich bin durchaus freundlich. Nur nicht zu ihm. Der Coupon von heute war für Fish and Chips mit Salz und Essig und irgendein Honiglagerbier – was lecker klingt, wie ich nur ungern zugebe. Er hatte auf der Rückseite irgendetwas hingekritzelt, von wegen Fliegen fängt man eher mit Honig als mit Essig.

*

Nach zwei Wochen läuft es, das Geschäft betreffend, ziemlich gut. Mehr als gut sogar. Wir sind den ganzen Tag beschäftigt, wir haben Bestellungen zum Abholen, die Cupcakes verschwinden in Windeseile aus den Regalen, und die Leute mögen unser täglich wechselndes Cocktailmotto. Meine Social-Media-Feeds sind voller Schlagwörter und perfekter Fotos von *B&B*, von Gruppen im Café, von begeistert lächelnden Gesichtern und schwärmerischen Besprechungen.

Trotzdem komme ich kaum über die Runden. Das Gute ist, dass ich meine Ausgaben decken kann, ohne mein Kreditlimit zu sehr zu strapazieren. Esse ich übriggebliebene Cupcakes und Sandwiches kurz vor dem Verfallsdatum, die ansonsten im Müll landen würden? Aber ja. Doch ich wusste, dass das mit dem Geld zu Anfang schwer würde.

Es kann bis zu drei Jahren dauern, ein Business auf die Beine zu stellen, und so, wie es aussieht, besteht eine Chance, in den nächsten Jahren Gewinn zu machen. Ungeachtet eines nervigen Nachbarn, der mir einen Teil meines Geschäfts stiehlt.

»Das ist großartig. Du musst dich wie im siebten Himmel fühlen!« Daphne nippt an ihrem Salted Martini, während sie durch den Instagram-Feed scrollt.

Der letzte Gast ist vor ungefähr zwanzig Minuten gegangen, wahrscheinlich nach nebenan wegen dem, was der fiese Holzfäller für heute Abend geplant hat. Ich habe den Laden abgeschlossen und uns einen Drink gemixt, und jetzt sitzen wir entspannt im Hinterzimmer des Cafés auf dem bequemen Sofa und Sessel.

Daphne macht ein Foto von mir, wie ich auf dem Sofa lümmle, und Paul kehrt rechtzeitig von der Toilette zurück, um ihr über die Schulter zu spähen. »Das musst du unbedingt posten.«

»Ja, oder? Das bekommt bestimmt haufenweise Likes«, stimmt Daphne zu.

Paul kommt jeden Morgen zuerst hierher, um die Cupcakes abzuliefern, was mir genügend Zeit gibt, um sie vor dem Öffnen zu dekorieren. Aber morgen hat er einen Event außerhalb der Stadt, weshalb er schon alles heute Abend gebracht hat, und ich habe ihn dazu überredet, auf einen Drink zu bleiben. Ohne seine Hilfe hätte ich das niemals geschafft, und ich bin unendlich dankbar für seine Freundschaft in den letzten paar Jahren.

Ich warte darauf, dass Daphne mir ihren Fotoapparat reicht. »Kann ich es wenigstens sehen, bevor du es postest? Was, wenn ich wie eine alte Hexe aussehe?«

»Als würde ich je ein schlechtes Foto von dir posten.« Daphne ist zu Recht beleidigt; wir haben in den letzten Wochen wahnsinnig viel Zeit damit verbracht, inszenierte Fotos zu perfektionieren.

Ich hebe flehend die Hände. »Ich weiß. Es ist eine automatische Reaktion. Meine Schwester hat mir Anfang der Woche geschrieben und mir versichert, rechts sei meine Schokoladenseite.«

Daphne verzieht verächtlich die Lippen. »Hoffentlich hast du ihr gesagt, dass sie sich das sparen kann.«

»Das ist ihre Art, hilfreich zu sein.«

»Das ist ihre Art, ein Miststück zu sein«, kontert Daphne.

Ich zucke mit den Achseln. Maddy verhält sich fortwährend wie ein Miststück. Ich habe mein Leben lang mit ihr zu tun gehabt, und ihre unbedachten Bemerkungen sind nichts im Vergleich zu ihren anderen Mätzchen.

»Jedenfalls war das einzige Mal, als du etwas von einer alten Hexe hattest, als du und Raphael Schluss gemacht habt«, fährt Daphne fort.

Ich schaue sie wütend an. »Wir reden nicht über Raphael.«

»Raphael? Wieso habe ich noch nie von ihm gehört?«, fragt Paul.

»Hast du wohl. Er ist gemeinhin bekannt als ›Der Trottel‹«, erkläre ich.

»Oh. Du meinst den Typen, der dich und drei andere Köchinnen zur gleichen Zeit gevögelt hat?« Paul lässt sich neben mir in den Sessel fallen.

»Genau der. Können wir ihn bitte ausklammern? Das ist Jahre her, bevor du daherkamst und mir klargemacht hast, dass es mehr im Leben gibt als Kobe-Rind und Pommes in Trüffelöl. Im Gegensatz zu dir war er mehr daran interessiert, mir seine Bratwurst zu zeigen, als mir irgendetwas Brauchbares beizubringen.« Ich tätschle Pauls Arm. Mit am meisten weiß ich an Paul zu schätzen, dass unsere Beziehung rein professionell und platonisch ist. Genau das, was ich brauchte nach dem Albtraum, der Raphael war.

»Damals, als du noch immer versucht hast, Mummy und Daddy zufriedenzustellen.« Er trinkt von seinem Manhattan.

»Das ist längst vorbei.« Ich nehme ebenfalls einen Schluck von meinem Martini. Es ist ein ziemlich großer Schluck. Ich liebe meine Familie, aber sie ist furchtbar ambitioniert, was ihr Restaurantbusiness angeht. Außerdem sind sie verrückt.

Ich habe nicht den Wunsch, Leuten zu Diensten zu sein, die es für angemessen halten, hunderte Dollar für einen Burger auszugeben. Es ist mir egal, ob Gott selbst das verdammte Rind gesegnet und es dann in essbarem Goldstaub gewendet hat.

»Waren sie schon hier?«, fragt Paul.

»Äh nein, waren sie nicht.« Und wenn es nach mir ginge, würden sie die Fahrt hierher zu meinem »kleinen Cupcake-Laden« gar nicht erst unternehmen. Sie haben sich an dem Tag für eine Seite entschieden, an dem klar wurde, dass sie besorgter waren um den Erfolg ihres Geschäfts und darum, Raphael zu behalten, als um mein gebrochenes Herz. Wenigstens habe ich ihnen den Aufenthalt in Frankreich abgeluchst.

Während ich über meine Familie nachgedacht habe, haben sich Paul und Daphne unterhalten. Paul greift zu mir herüber und kneift mich in den Arm, weshalb ich beinahe den Martini auf meinem Kleid verschütte. »Au! Was soll das?«

»Hast du überhaupt gehört, was Daphne gerade gesagt hat?« Er schaut mich vorwurfsvoll an.

»Tut mir leid, ich habe nachgedacht. Was habe ich verpasst?«

»Kennst du Tori Taylor, die berühmte YouTuberin?«, fragt Daphne.

»Klar. Was ist mit ihr?« Ich weiß nichts Genaues über Tori. Sie hat eine wahnwitzig hohe Zahl von Abonnements und ihre Karriere mit »Best of«-Videos gemacht. Allein letztes Jahr hat sie zehn kleine Businesses gestartet. In dem Moment, in dem sie etwas promotet, sind Tausende von Leuten da, um zu kaufen, egal, was es ist, oder um irgendeine Location aufzusuchen, die sie für angesagt hält. Sie hat unglaublich großen Einfluss.

»Check das.« Daphne reicht mir ihr Telefon, damit ich mir die Videos ansehe, die sie aufgerufen hat. Tori erscheint auf dem Bildschirm, perfektes Make-up, atemberaubend wie immer, und spult die Namen der Marken ab, die sie trägt, nennt den Discount-Code, den man benutzen kann, um den gleichen Stil, die gleiche Handtasche, das gleiche Shirt und die gleichen Schuhe zu bekommen, bevor die Kamera schwenkt, um den Zuschauern den tollen Innenbereich ihrer Lieblingsbar in L.A. zu zeigen.

»Ich komme hierher, seit ich Alkohol trinken darf.« Sie zwinkert. »Jedes Mal, wenn ich nach Hause komme, ist das der Ort, an dem ich mich mit Freundinnen und Freunden treffe. Er hat das perfekte Ambiente. Er ist skurril, cool und hat unglaubliche Drinks.« Sie spricht über einen bestimmten Cocktail, den sie zurzeit trinkt, und ihre Liebe zu Jalapeño-Margaritas. »Da habe ich an meinen bevorstehenden Roadtrip denken müssen und daran, dass ich herausfinden will, wo sich die besten Bars am Nordwestpazifik befinden. Welches die abgefahrensten Läden sind, diejenigen mit den besten Drinks auf ihrer Karte, der coolsten Atmosphäre, dem besten Essen zwischen San Francisco und Seattle. Ich will die Bars, die all das haben. Schreibt eure Vorschläge in die Kommentare und verlinkt sie mit ihren Seiten in den sozialen Medien, damit ich sie mir ansehen kann! Und vergesst nicht den Hashtag #toritaylorbestebars! Vielleicht mache ich ja auf meinem Roadtrip bei eurer Lieblingsbar Halt! Und das Beste von allem, der Gewinner wird nicht nur auf meinem Kanal von mir beworben, sondern ich habe auch einen Deal mit dem Food-and-Drink-Netzwerk gemacht, um die beste Bar zu präsentieren! Auf meiner Seite findet ihr die Einzelheiten!« Sie formt ein Herz mit ihren Händen, macht einen Kussmund, zwinkert und beendet das Programm.

»Du musst auf die Liste!«, verkündet Daphne. »Wir müssen jeden, den wir kennen, dazu bringen, *Buttercream and Booze* als beste Bar zu nominieren! Kannst du dir vorstellen, wie großartig das fürs Geschäft wäre, wenn du auf Toris Kanal gezeigt würdest, ganz zu schweigen von ›Food and Drink‹?«

»Das könnte dein Durchbruch sein.« Pauls scrollt durch die Kommentare. »Dieses Video ist erst vor einer Stunde hochgeladen worden, und es gibt schon tausende Nominierungen. Wie heißt der Laden nebenan?«

»*The Knight Cap*«, sagen Daphne und ich gleichzeitig.

»Er steht hier schon ein paarmal.« Paul zeigt mir das Telefon.

»Natürlich.« Ich verdrehe die Augen. »Wahrscheinlich hat der fiese Holzfäller jeden so lange mit der Axt bedroht, bis er eine begeisterte Bewertung bekommen hat.«

Daphne rückt ihren Sessel näher heran, ruft *The Knight Cap* in den sozialen Medien auf und vergleicht diese mit unseren Posts, denn das ist ihre Spezialität. Ich werde besser in Fotoinszenierungen, aber weil Daphne noch immer ihr Portfolio aufbaut, macht es ihr nichts aus, mir Tipps zu geben.

»Du hast doppelt so viele Follower wie *The Knight Cap*. Und deine Posts sind viel schöner. Obwohl der fiese Holzfäller, wie ich zugeben muss, eine echte Augenweide ist.«

Paul verzieht das Gesicht. »Mann, dieser Typ trägt eine Menge Karo.«

Ich werfe die Hände in die Luft. »Ja! Genau! Jeden verfluchten Tag ist es Karo, Karo und noch mehr Karo!«

»Das ist eben die Uniform dort drüben, oder nicht?«, sagt Daphne.

»Verteidige nicht das Karo.«

Daphne zuckt mit den Achseln. »Das scheint für ihn in Ordnung zu sein.«

»Sei gefälligst auf meiner Seite!«

»Ich bin auf deiner Seite, aber ich darf auch einen scharfen Typen anschmachten, und der da ist rattenscharf, mit oder ohne Karo. Ich muss allerdings sagen, dass er bestimmt keine professionelle Hilfe bei dem hier hat. Diese ganzen Bilder sind nicht gestellt, und bei den vielen Selfies des Barkeepers vermute ich, dass er das meiste postet.« Daphne zeigt mir das Bild eines jüngeren Typen, der in die Kamera grinst, während Ronan im Hintergrund ein Bier zapft.

»Wollen wir hoffen, dass er dann niemanden dafür engagiert, denn ich wäre gern weiterhin bei den sozialen Medien ihm gegenüber im Vorteil. Und ob nun scharf oder nicht, wir müssen uns besser schlagen als er mit seinem Axtwerfen da.«

»Mmmm, es ist eine doppelte Anziehung, oder nicht? Scharfe Typen und Axtwerfen in einer College-Stadt steht weit oben auf der Wunschliste.«

Als könnten sie uns durch die Wand reden hören – was sie nicht können, denn das Sperrholz ist dick und die Musik so laut, dass sie den Fußboden zum Vibrieren bringt –, lässt uns ein Schlag, gefolgt von Jubelrufen und gedämpftem Gejohle zusammenzucken. »Jemand hat die Wurfscheibe getroffen.« Und angesichts des Gejohles war es Freund Ronan.

Daphne tippt sich mit einem manikürten Fingernagel auf die Lippe. »Weißt du, was wir tun müssen?«

»Sämtliche Äxte stehlen und die Griffe abbrechen?«, schlägt Paul vor.

»Äxte können ersetzt werden, und Diebstahl ist keine gute Möglichkeit, um weiterzukommen. Wir müssen Äxte mit Cupcakes bekämpfen.« Daphne verzieht das Gesicht und winkt ab. »Ich meine, wir sollten aus dem Cupcake-Drink-Thema Events machen.«

»Du willst ein Salziges-Karamell-Event?«, frage ich.

»Nein. Na ja, doch. So etwas in der Art. Wir könnten uns verschiedene Themenabende ausdenken, um neue Kunden anzulocken, so wie wir jeden Tag Cupcakes und Drinks unter einem bestimmten Motto haben. Wir brauchen etwas Publikumswirksames, wodurch wir mehr Nominierungen bekommen.«

»Okay. Was können wir also Besseres tun als Axtwerfen? Und es darf nichts sein, das furchtbar gefährlich ist.« Als Letztes will ich, dass sich jemand ein Körperteil abhackt. Mir wird schon bei einer Papierschnittwunde ganz schummrig.

»Wir könnten einen Wettbewerb im Cupcake-Dekorieren veranstalten. Der Gewinner bekommt einen Fünfzigdollar-Geschenkgutschein. So geht das Geld wieder zu *Buttercream and Booze*.«

»Aaaah! Das gefällt mir! Das könnte wirklich lustig werden.«

»Genau!«, stimmt Daphne zu. »Wieso sollen wir überhaupt mit *The Knight Cap* konkurrieren. Deine Gäste kommen tagsüber bis zum frühen Abend, während der fiese Holzfäller auf den Abend und die Feiernden ausgerichtet ist. Ich glaube also, wir müssen uns auf das konzentrieren, was die Leute anlockt und was wir tun können, damit sie so lang wie möglich in deinem Laden bleiben.«

»Okay, wir müssen also unsere Kundschaft befragen und herausfinden, was für Events sie interessieren. Karaoke ist immer ein Treffer, und Quizabende machen riesigen Spaß. Als ich im College war, bin ich gern zu Poetry-Slam-Abenden gegangen.«

Paul schnaubt verächtlich.

Ich verschränke die Arme. »Was ist? Poetry Slams sind witzig.«

Paul zieht eine Braue hoch. »Ganz bestimmt sind sie das für dich.«

»Was soll das denn heißen?«

»Du siehst aus wie eine Kreuzung aus einer Bibliothekarin und einem Pin-up-Girl aus den Fünfzigern. Die Tatsache, dass Poetry-Slams dich begeistern, ist wirklich keine Überraschung.«

»Wie auch immer. Wart es ab, meine Poetry-Slam-Abende werden das Axtwerfen wie eine langweilige Schnauftour aussehen lassen.«

»Übst du schon das Reimen?« Daphne grinst.

»Es muss Sauf heißen.«

Sie kichern und stöhnen.

»Jetzt mal im Ernst, was Poetry Slams angeht, verliere ich nie.«

@buttercreamandbooze:

DU BIST EIN GROSSARTIGER SÄNGER. In Liebe, Wein

5

Stupse die aufgebrachte Alice an

Ronan

»Die Bücher sehen so weit gut aus.« Mein Großvater schiebt seine Brille hoch, die buschigen weißen Brauen zusammengezogen, Schultern herabgesunken, während er sich weit nach vorn beugt und die ausgedruckten Zahlen durchblättert. Mit seinen über achtzig verschwimmt am Computerbildschirm alles, deshalb drucke ich ihm die Sachen aus, auch wenn das die Wälder zum Weinen bringt.

Er strafft die Schultern und setzt sich aufrechter hin, während er sich in der Kneipe umsieht. Fältchen erscheinen in seinen Augenwinkeln, und die Falten in seinem Gesicht vertiefen sich, als er wehmütig lächelt. »Die Renovierung ist ebenfalls gelungen.«

Ich stütze mich auf dem Tresen auf, und Stolz schnürt mir die Kehle zu, weshalb meine Antwort ein wenig barsch klingt. »Danke, Gramps.« Es war nicht leicht für ihn, als ich anfing, Dinge zu verändern, aber er schaut beinahe jeden zweiten Tag herein.

Er tätschelt meinen Arm mit seinen dicken, knotigen Fingern. Gramps und ich sind ungefähr gleich groß, obwohl er mit dem Alter ein paar Zentimeter verloren hat. Sein weißer Haarschopf ist zurückgekämmt, und wie üblich trägt er ein weißes Button-down-Hemd und schwarze Anzughosen. »Zu meiner Zeit waren die einzigen Jungs, die ihre Haut geschmückt haben, diejenigen in der Navy oder hinter Gittern.« Er erzählt das so gut wie jedes Mal, wenn er mich trifft, was oft ist, vor allem jetzt, wo ich ihm helfe und seine Bar führe. Es ist größtenteils scherzhaft gemeint. Obwohl er mich beim ersten Mal, als er meine Sleeve-Tattoos sah, fragte, warum ich meine Kunst nicht wie normale Leute an die Wand hängen könne.

»Ich kann einen Termin für dich vereinbaren, dann kannst du dir deine eigene Kunst machen lassen, wenn du eifersüchtig auf meine bist. Wir könnten welche stechen lassen, die aufeinander abgestimmt ist.«

Gramps lacht schnaubend. »Ich mag es nicht einmal, wenn mir eine hübsche Krankenschwester Blut abnimmt. Da will ich doch nicht, dass mir ein Typ mit einem Haufen sirrender Nadeln auf die Pelle rückt.«

Ich klopfe auf den Tresen und zeige mit einem Finger auf ihn. »Denk daran, dass das heute als sexuelle Belästigung gilt, wenn du einer Krankenschwester sagst, dass sie hübsch sei.«

»Es ist wirklich eine Frauenwelt, was? Nicht, dass wir es nicht verdient hätten oder Dottie nicht vorausgesagt hätte, dass das passieren würde. Gott hab sie selig.« Er bekreuzigt sich, und ich tue es ihm gleich.

Grams ist vor etwas mehr als einem Jahr gestorben, und eine Zeit lang war ich besorgt, dass Gramps ihr folgen würde. Sie waren über sechzig Jahre zusammen und haben jeden Tag Seite an Seite gearbeitet, seit sie sich kennengelernt hatten. Während ihrer gesamten Ehe haben sie keine Nacht getrennt geschlafen. Sicher, Gramps hat sich mit seinen Freunden zum Pokern getroffen, und Grams hatte ihre »Strickabende« mit ihren Freundinnen – die in Wirklichkeit Martini-Zusammenkünfte waren mit einer Handvoll Wollknäueln und Stricknadelpaaren als Dekoration –, doch in über sechzig Jahren gab es keine einzige Nacht, in der sie nicht nebeneinander schliefen.

Ich weiß nicht, ob ich das romantisch oder anhänglich finden oder für einen Fall von extremer Co-Abhängigkeit halten soll. Unabhängig davon liebten sie sich und stritten leidenschaftlich. Als Gramps also irgendwann eines Morgens erwachte, um festzustellen, dass sie im Schlaf gestorben war, war ich mir nicht ganz sicher, ob er sich in der Welt ohne sie zurechtfinden würde. Und egoistischerweise machte ich mir auch Sorgen, wie ich damit umgehen sollte, wenn Gramps mit dem Verlust nicht zurechtkam.

Mein Vater – sein ältester Sohn – und meine Mom waren bei einem Autounfall zu Tode gekommen, als ich zwanzig war. Ich war alt genug, um allein zurechtzukommen, trotzdem hat es mein Leben in den Grundfesten erschüttert. Ich hatte immer ein enges Verhältnis zu meinen Großeltern, also übernahmen sie die Rolle der Ersatzeltern. Was der Grund dafür ist, dass ich hier gelandet bin, um den Laden zu schmeißen, anstatt nur Tische abzuräumen und hinter dem Tresen zu stehen – obwohl ich das ebenfalls tue.

Ich habe eine Zeit lang im Finanzbereich gearbeitet, weil da das Geld liegt, aber es ist nicht meine Leidenschaft. Nicht einmal annähernd. Es war ein anstrengender Bürojob, der meine Taschen füllte, mir aber keinerlei Befriedigung verschaffte.

Seit ein paar Jahren will ich meine eigene Brauerei eröffnen, aber dafür brauche ich Geld. Also habe ich Gramps um einen Kredit gebeten in der Hoffnung, die hohen Bankzinsen zu vermeiden.

Weil er als Kind aus Schottland in die USA eingewandert und in einer Mittelschichtfamilie aufgewachsen war, die nach der Ankunft in Amerika manchmal Mühe hatte, über die Runden zu kommen, hält er viel davon, für das, was man haben will, zu arbeiten. Was bedeutet, dass er mit dem Geld nicht ohne Weiteres herausgerückt ist. Keine große Überraschung.

Doch er bot mir eine Chance. *The Knight Cap* war seit drei Generationen in unserer Familie, und er kann den Laden nicht länger allein führen. Außerdem war eine Renovierung dringend vonnöten. Er würde den Umbau finanzieren, und wenn ich dem Pub neues Leben einhauchen könnte, würde er mir einen Kredit einräumen, um die Brauerei zu starten – keine Zinsen. So würde ich die notwendige Erfahrung sammeln, um ein Geschäft zu leiten, und ihm hoffentlich die Schmach ersparen, pleite zu gehen.

Bislang erfülle ich meinen Teil der Abmachung.

»Ich muss gestehen, ich war nicht wirklich angetan von dem Axtwerfen, aber wie es aussieht, kannst du hier richtigen Profit machen, sobald die Renovierung bezahlt ist, jedenfalls solange sich niemand einen Arm abhackt.« Er zwinkert. »Es ist ein wirklich guter Start, mein Junge.«

»Danke. Es gibt außerdem ein paar strenge Regeln, was das Axtwerfen betrifft, damit sämtliche Körperteile da bleiben, wo sie hingehören.«

»Und wo du sie haben willst, was?« Er trommelt mit den Fingern auf den Tresen und grinst spöttisch. »Ich weiß es auch zu schätzen, dass du die Fotowand behalten hast. Sie bedeutet einem alten Mann sehr viel.«

»Na ja, ich bin nicht auf allen drauf, aber sie bedeuten mir ebenfalls sehr viel.« Ich weiß, dass es schwer war für Gramps, die Kneipe abzugeben. Es war beinahe sein Leben lang sein zweites Zuhause, und Großmutter steckt in all den Erinnerungen.

Mein Telefon leuchtet und macht mich auf neue Beiträge in den sozialen Medien aufmerksam. Wir blicken beide auf den Screen.

»Worum geht's? Hast du eine neue Freundin? Hast du eine der Damen ausgeführt, die du eingestellt hast?« Er strahlt mich an, und ich lache.

»Noch mal, mit Angestellten ausgehen, ist heutzutage tabu. Zu viele potenzielle Komplikationen.«

Gramps wirft die Hände in die Luft. »Dottie und ich hätten nie geheiratet, wenn wir uns um Komplikationen gesorgt hätten, oder?«

»Das stimmt. Meine Angestellten sind allerdings College-Studentinnen.«

»Ach ja, du wirst so oder so ein Mädchen kennenlernen, vor allem, wenn du hier arbeitest.«

Ich lenke das Thema weg von meinem Dating-Leben, weil es zurzeit nicht gerade aufregend ist. Und wenn ich ihn weitermachen lasse, bedrängt er mich vielleicht noch damit, dass ich mich häuslich niederlassen soll, bevor ich zu alt bin.

Nicht dass ich keine Partnerin wollte, aber soweit ich das beurteilen kann, kann man nicht gleichzeitig mit seinem Job und einer anderen Person verheiratet sein, außer man ist wie Gramps und Grams, die zusammengearbeitet haben. Andernfalls wird entweder die Karriere oder der Partner vernachlässigt.

Und im Augenblick hat meine Karriere Vorrang. Ich habe Gramps gegenüber eine Verpflichtung, und die Brauerei ist wirklich zum Greifen nah.

Außerdem konnte ich gar niemanden treffen, weil ich die ganze Zeit im *Knight Cap* war.

Jedenfalls ist das die Begründung, falls mich jemand nach meinem Beziehungsstatus fragt. Ehrlich gesagt war es hart, meine Eltern mit zwanzig zu verlieren, und es war eine Art von Schmerz, den ich vermeiden wollte. Es hatte auch nicht geholfen, dass ich eine Freundin hatte, als sie starben. Die Beziehung geriet in schwere Turbulenzen und zerbrach schließlich, weil ich den Verlust nicht verkraftete und sie nicht wusste, wie sie mir beim Trauern helfen sollte. Es war nicht ihre Schuld, wir waren College-Kids, aber es hat auf jeden Fall Spuren hinterlassen.

Beziehungen machen jemanden verwundbar, und meine Eltern zu verlieren und das Ende dieser Beziehung bedeuteten mehr Kummer, als ich ertragen konnte. Mit anzusehen, wie Gramps nach dem Tod von Grams abbaute, war ein weiterer Grund dafür, eine feste Beziehung zu vermeiden.

»Erst einmal kümmere ich mich um den Pub, was mich daran erinnert, dass ich dir noch gar nicht von der einmaligen Gelegenheit erzählt habe, die uns vielleicht bekannter macht und für reichlich Asche sorgt.«

Er zieht die Mundwinkel herunter. »Ist das so ein Jugendslang, den ich nicht verstehe?«

»Äh, ja. ›Für reichlich Asche sorgen‹ bedeutet, viel Geld verdienen. Es gibt da diese Wahnsinns-YouTuberin …«

»YouTuberin?« Noch mehr Stirnrunzeln.

»Ja, das ist eine Frau, die Videos macht …«

»Videos?« Gramps macht große Augen und schenkt mir einen missbilligenden Blick. »Doch nicht von der schmuddeligen Sorte? Du wirst doch nicht die Bar von meiner Dottie dazu benutzen, unanständige Filme zu drehen.«

Ich verschlucke mich an meinem Kaffee und huste in die Ellbogenbeuge. »Nein, Gramps. Nur Videos, kein Sex. Wie in aller Welt kommst du darauf, dass ich so etwas tun würde?«

Er wendet den Blick ab, zuckt mit den Schultern und nimmt dann einen großen Schluck von seinem Bier. »Ich habe heute

Morgen was im Computer gesucht, und du weißt ja, wie schwierig es manchmal ist, die Wörter zu tippen. Jedenfalls bin ich auf einer Seite gelandet mit Dingen, die man sich um neun Uhr morgens nicht anschauen sollte. Danach hatte ich das Gefühl, ich muss zur Beichte gehen.«

»Kein wirklich guter Start in den Tag, was?«

Er schüttelt den Kopf. »Solche Bilder verfolgen einen, wirklich. Aber du wolltest etwas über diese YouTuberin erzählen.«

»Stimmt.« Ich schlage mit der Hand auf den Tresen, froh, das Thema zu wechseln. »Sie hat einen Kanal.«

»Wie einen Fernsehkanal?«

»Ja, so ähnlich. Ich meine, es gibt sogar Werbung, die man sich anschauen muss …«

»Kann man das nicht mit einem digitalen Rekorder aufzeichnen und den Müll überspringen?«

Ich habe Gramps damit vertraut gemacht, als ich nach dem Tod meiner Eltern bei ihm und Grams gewohnt habe, und es ist wahrscheinlich seine liebste Sache auf der Welt. Abgesehen vom Pub und den Erinnerungen an Grams. »Nicht auf YouTube. Jedenfalls ist diese Frau, Tori Taylor …«

»Klingt wie der Name eines Pornostars.«

»Ich verspreche dir, sie ist kein Pornostar. Jedenfalls hat sie einen Kanal mit über zehn Millionen Abonnenten.«

»Herrje, das sind aber eine Menge Leute. Führt sie irgendwelche Tricks vor? Ist sie eine Tänzerin?«

»Nein, Gramps. Sie ist keine Tänzerin. Lasst mich ausreden.« Ich warte ab, um zu sehen, ob er mich erneut unterbricht, aber er ist still. »Jedenfalls hat sie eine ›Best of‹-Funktion auf ihrem Kanal. Beste Produkte, beste Lokale, so in der Art. Sie macht einen Wettbewerb zur ›besten Bar am Nordwestpazifik‹, und *The Knight Cap* ist in der Auswahl.« Ich öffne das Video auf meinem Handy, spiele es Gramps vor und zeige ihm dann die

Nominierungen von *The Knight Cap*, bevor ich zu Instagram wechsle, wo er sich die anderen Bars anschauen kann, die ebenfalls nominiert wurden.

Ein paar Bilder weiter unten lässt er mich stoppen. »Ist das nicht der Laden nebenan? *Buttercream and Booze*?«

»Japp. Das ist er.« Natürlich wurde sie vorgeschlagen, wahrscheinlich von allen, die sie kennt. Und trotz ihrer extrem kratzbürstigen Art hat sie zahlreiche Freunde, weil sie den Feed mit den verdammten Nominierungen verstopft.

Gramps nimmt mein Telefon und scrollt selbst weiter. Dann öffnet er ihr Profil und geht die Bilder durch. Er stößt ein leises Pfeifen aus und hält mir das Handy direkt vors Gesicht. »Kennst du sie?«

»Klar.«

»Sie ist ein echter Hingucker«, murmelt Gramps.

»Wenn man die ganze June-Cleare-Aufmachung mag, dann schon.«

Gramps zieht eine Braue hoch. »Spielt keine Rolle, was sie trägt. Könnte ein Jutesack sein, und sie hätte noch immer dieses Engelsgesicht.«

Gramps hat nicht ganz unrecht. Sie ist atemberaubend auf eine sehr klassische, natürliche Art. Und ich muss zugeben, so unkonventionell ihr Kleidungsstil auch sein mag, er macht sie verführerisch. Sie ist der Widerspruch in sich. Ihr Look schreit niedlich und retro, aber sie ist ein Hitzkopf, der keine Gefangenen macht. Und ich muss außerdem zugeben, dass es mir irgendwie gefällt, wie leicht man sie auf die Palme bringt. Es macht süchtig, wirklich.

Die Flyer sollten ein Scherz sein, und die falsche Hundekacke ebenfalls. Ich hatte gesehen, wie sie tags zuvor hineingetreten war, und dachte, das Beste, um die Sache zu bereinigen, sei, sich darüber lustig zu machen. Offensichtlich haben Alice und ich sehr unterschiedliche Vorstellungen davon, was witzig ist und was nicht. Das mit dem Hundehaufen scheint ihr nicht gefallen zu haben. Oder der Flyer zur Aggressionsbewältigung oder das Lavendelöl – wer mag den Geruch nicht? Und ich habe nicht einmal ein Dankeschön oder ein Lachen wegen des neu zusammengeklebten Einhorn-Martiniglases bekommen. Worauf ich zu meiner eigenen Zufriedenheit viel Zeit und Mühe verwendet habe.

Ich dachte, sie würde sich freuen und ein wenig zugänglicher werden, aber das ist nicht passiert. Was soll ich andererseits von jemandem erwarten, der lieber Drinks mit vierzehn verschiedenen Zutaten mixt, als ein leckeres, hopfiges Bier auszuschenken.

»Gehört ihr der Laden nebenan, oder arbeitet sie nur dort?«, fragt Gramps.

»Ich glaube, er gehört ihr. Jedenfalls führt sie ihn.«

»Nun, er stand lange Zeit leer. Sämtliche Läden sind innerhalb eines Jahres pleitegegangen. Hoffentlich hat sie mehr Glück als die anderen. Wahrscheinlich hat sie bei der Miete einen Nachlass bekommen bei all dem schlechten Juju, den der Laden verströmt.«

Ich glaube nicht besonders an Dinge wie »schlechtes Juju« oder Glück. Läden scheitern oder sind erfolgreich aus vielen Gründen, und nicht, weil das Geschäft, das zuvor dort war, den Bach runtergegangen ist. Trotzdem verrät mir die Tatsache, dass sie wahrscheinlich einen Mietnachlass bekommen hat, etwas über die mürrische Alice im Wunderland. Sie ist zweifellos eine Kämpferin und clever. Ich habe jedenfalls noch eine Menge vor mir, wenn ich sie als »Die beste Bar am Nordwestpazifik« schlagen will.

War es wirklich so schlau, von ihrer Eröffnung profitieren zu wollen? Wahrscheinlich nicht, und ich hatte sie nicht absichtlich kopiert, aber es ging definitiv zu meinen Gunsten aus. Gut, dass ich freundschaftlichen Wettbewerb mag.

*

»Livebands, die kommen immer gut an.« Lars, mein Vollzeitbarkeeper, poliert Gläser, während er sein Spiegelbild betrachtet. »Ich würde gern den ersten Konzertauftritt übernehmen, wenn Lana sich um den Tresen kümmert.«

Er macht seinen Job gut, und die Frauen lieben ihn, weshalb ich sein Riesenego hinnehme. Außerdem ist er mein dreiundzwanzig Jahre alter Cousin, der noch immer auf seinen großen Durchbruch als Rockstar wartet, daher der Barkeeper-Job. »Du willst ihr nur deine selbstkomponierten Songs vortragen, in denen du ihr deine unsterbliche Liebe gestehst.«

»Frauen stehen auf so 'n Zeug.«

»Schade, dass du nicht mit ihr ausgehen darfst, weil du hier arbeitest.« Ein kleiner Hinweis, mehr nicht.

»Wieso bist du immer eine solche Spaßbremse? Das hier ist eine Bar und kein Büro.«

»Wieso willst du bloß jede flachlegen?«

Er grinst. »Ich bin überrascht, dass du überhaupt weißt, was das bedeutet, alter Mann.«

»Ich bin dreißig, kein Rentner.«

»Wie auch immer. Ich bin in meiner sexuellen Blüte, und ich habe vor, den größten Nutzen daraus zu ziehen, solange mein bestes Stück das zulässt.«

»Nur nicht mit den Frauen, die hier arbeiten, und möglichst auch nicht mit den Stammgästen.«

Er verdreht die Augen. »Was bringt es, Barkeeper zu sein, wenn ich niemanden flachlegen darf?«

Jetzt ist es an mir, ihm einen genervten Blick zuzuwerfen.

»Okay, überleg mal, was du da sagst, Lars. Willst du wirklich betrunkene, nicht ganz zurechnungsfähige Frauen in dein Bett locken? Bedenke die möglichen Folgen. Sorgfältig.«

Er verzieht das Gesicht. »Wenn du es so hinstellst …«

»Zustimmung holt man sich am besten in nüchternem Zustand.« Mir ist bewusst, dass ich tatsächlich eine riesige Spaßbremse bin – aber aus gutem Grund. Alkohol auszuschenken ist eine große Verantwortung, vor allem in einem Etablissement, das seit Jahren meiner Familie gehört. Ich bin dafür, Spaß zu haben … in angemessenem Rahmen. Und Einundzwanzigjährige sind nicht gerade für ihr klares Denkvermögen bekannt, wenn sie unter Alkoholeinfluss stehen.

Falls Lars und Lana sich am Ende doch verabreden, kann ich nicht viel tun, aber indem ich ihnen sage, dass Daten unter Kollegen und mit Gästen gegen die Regeln verstößt, mache ich ihnen jedenfalls Angst davor, dass sie ihren Job verlieren. Obwohl ich sagen muss, dass Lars die Menschen eigentlich nicht gern enttäuscht, auch wenn er sich als Frauenheld darstellt. Also vertraue ich darauf und hoffe, dass er sich zusammenreißt.

Ich klopfe auf den Tresen. »Zurück zu den Livebands. Brauchen wir dafür nicht eine Tonanlage?«

»Ja, ich habe zwei zu Hause, also kann ich eine mitbringen und hierlassen, wenn du willst. Die meisten Bands haben ihre eigene Ausrüstung, aber sie sind nicht alle gleich.« Er schmunzelt. »Außerdem können wir einen Karaoke-Abend veranstalten. Jeder glaubt singen zu können, wenn er betrunken ist.«

»Wohl wahr«, stimme ich zu. Und ich kann mir perfekt vorstellen, wie Alice im Wunderland deswegen einen Mordswutanfall bekommt.

»Sieh nur, wie begeistert du bist.« Lars spiegelt das strahlende Lächeln, das ich anscheinend aufgesetzt habe. »Wehe, du nennst mich nicht als Ideengeber, wenn du das Ding gewinnst, Mann.«

»Das ist ziemlich aussichtslos. Hunderte von Bars sind nominiert worden.«

»Ja, aber die hier hat eine Vergangenheit, und es ist eine tolle Geschichte. Ich finde, wir sollten so langsam mal etwas über deine Großeltern posten. Tori Taylor huldigt so gut wie jedem berühmten Paar.«

Ich runzle die Stirn und habe das Gefühl, etwas nicht mitzubekommen. »Huldigt wem?«

»Sie postet dauernd etwas über Beziehungsziele. Jedenfalls können wir dazu auch etwas posten, wenn wir müssen, du weißt schon, um die Frauen auf unsere Seite zu ziehen.«

»Ja, in Ordnung.« Ich will mir keine Gedanken über Beziehungsziele und Romantik machen. Ich will es einfach nur locker und unverkrampft. Eine angenehme, entspannte Umgebung, wo die Leute hinkommen, Bier trinken und sich unterhalten oder Sport schauen oder was auch immer, im Gegensatz zu meiner zickigen Nachbarin und ihren perfekt dekorierten Cupcakes und verrückten Drinks. »Ich lasse ein paar Plakate anfertigen, um die Liveband zu promoten. Passt dir der kommende Samstag?«

»Ja klar, ich kann die Jungs für Samstag zusammentrommeln.«

»Und bist du bereit für einen Auftritt?«

Die Glocke über der Tür klingelt, und eine Gruppe Frauen Anfang zwanzig kommt herein.

»Und ob.« Lars zwinkert und wendet sich ihnen zu. »Guten Abend, Ladys. Ihr seht durstig aus.«

Ich schüttle den Kopf und überlasse ihn seiner Flirterei. Es ist nach sieben, und ich muss noch nach nebenan wegen meiner täglichen Dosis Süßes und Saures. Meine Nachbarin mag eine Nervensäge sein, aber diese Cupcakes machen süchtig. Ich frage mich langsam, ob sie etwas hineingemischt hat.

Ich schaue jeden Abend vor Ladenschluss vorbei – sie schließt gegen neun, nur Freitag und Samstag hat sie länger geöffnet. Das sind wahnsinnig lange Tage für sie. Aber ihre Arbeitszeit ist nicht mein Problem. Abgesehen davon sind meine Tage ebenfalls lang.

Ich schnappe mir einen Coupon hinterm Tresen. »Bin gleich zurück«, rufe ich, als ich an Lars vorbeigehe, der die Frauen vollquatscht, die jetzt die vier Barhocker direkt vor den Zapfhähnen besetzen.

Er nickt mir zu und macht sich wieder daran, Ausweise zu kontrollieren, während ich hinaustrete in die schwindende Abendsonne. Es ist noch immer mild für Anfang September. Ich vermisse die Abende, an denen ich Zeit hatte, draußen auf meinem Balkon zu sitzen und dem Sonnenuntergang zuzusehen. Jetzt bin ich ständig in der Bar und beobachte durch die Fenster, wie es dunkel wird.

Aber irgendwann werde ich das wiederhaben. Vorerst tröste ich mich damit, dass es einen größeren Plan gibt, und ein paar verpasste Sonnenuntergänge sind nicht das Ende der Welt, wenn ich dazu in der Lage bin, meine Träume zu verfolgen.

Als ich jung war – in meinen Zwanzigern und bevor ich überhaupt das Alter erreicht hatte, in dem ich in der Öffentlichkeit etwas trinken durfte –, beschäftigte sich mein Dad hobbymäßig mit Bierbrauen. Ich habe also schon sehr früh die Wissenschaft des Bierbrauens schätzen gelernt. Für meinen Dad war es nur ein Zeitvertreib, aber für mich wurde es mit der Zeit zur Leidenschaft. Jetzt ist es, abgesehen von meinem Großvater, die letzte Verbindung, die ich zu meinem Vater habe. Es ist die eine Sache, die ich nicht aufgeben möchte, vor allem, weil die Erinnerungen an ihn immer mehr verblassen.

Eine Zeit lang war Geld wichtiger als Träume, aber als Grams starb, hat das meine Perspektive verändert. Ich wollte die Erinnerungen wachhalten, und ich brauchte Zeit mit Gramps – und hier bin ich jetzt also.

Ich blicke hinauf zu dem Schild, das ich nach meinen Wünschen habe anfertigen lassen, was teuer war, sich aber gelohnt hat. Die Ladenfront ist die beste Möglichkeit, um Passanten anzulocken, und je einladender sie ist, desto wahrscheinlicher kommen die Leute herein. Ich kichere, als ich an Alice im Wunderlands Klappschild vorbeigehe. Heute steht darauf: SEIEN SIE NICHT VERBITTERT! GÖNNEN SIE SICH ETWAS SÜSSES!

Ich öffne die Tür und sehe mich um. Obwohl es ein Dienstag ist, ist das Café gut besucht, fast alle Tische sind besetzt von Latte und Martini trinkenden Frauen. In den Nischen schmiegen sich Pärchen aneinander. Ihre Lehrbücher liegen aufgeschlagen, aber unbeachtet auf dem Tisch, während die jungen Leute nach Cupcakes greifen und miteinander flirten.

Alice-Blaire steht hinterm Tresen, Hände auf den Hüften, Unterlippe zwischen ihren Zähnen. Der Rock ist weit ausgestellt; anscheinend ist irgendein Stoff darunter, der ihn so … bauschig aussehen lässt. Er betont ihren sinnlichen, kurvenreichen Körper. Ihr Haar ist zu einer komplizierten Hochfrisur aufgetürmt, weshalb sie aussieht, als käme sie direkt vom Set einer Fünfzigerjahre-Sitcom. Bestimmt ist sie eine interessante Frau.

Sie dreht den Kopf, und ihr freundliches Lächeln wird zuckersüß. »Wenn das nicht mein Lieblingsnachbar ist.« Sie klimpert mit den Wimpern. »Ich habe Sie schon erwartet.«

Mein eigenes Lächeln wird aus echter Freude breiter. Aus Gründen, die ich nicht so richtig verstehe, genießt ein Teil von mir die tägliche Dosis abfälliger Bemerkungen, die mir Blaire verabreicht.

»Dann haben Sie mich vermisst?« Ich stütze mich auf die Glasvitrine. Mir ist bewusst, dass da steht, ich soll das nicht tun. Mir ist ebenfalls bewusst, dass sie in dem Moment, wo ich verschwunden bin, mit einem umweltfreundlichen, nach Zitrone duftenden Glasreiniger herauskommt und den Fleck entfernt, den mein Unterarm hinterlässt.

Sie stößt einen knurrenden Laut aus, rollt mit den Augen und murmelt irgendetwas. Ich bekomme nicht alles mit, aber ich schwöre, es kling wie etwas Sexuelles.

Wahrscheinlich bräuchte ich Sex.

»Was war das?«

»Nichts.« Das Lächeln klebt weiterhin in ihrem Gesicht, aber ihre Wangen haben sich gerötet. »Was darf ich Ihnen bringen, Ronan?«

»Keine Ahnung, was empfehlen Sie?«

»Ich würde noch einmal Death by Chocolate empfehlen, aber die sind gerade aus, und Sie sind jedes Mal dagegen.« Sie tippt sich auf ihre rosa glänzenden Lippen und macht »Hmm«. Es sind volle Lippen. Ein kleiner Schmollmund. Wahrscheinlich perfekt zum Küssen.

Jawohl, ich brauche dringend Sex.

»Oh! Ich habe tatsächlich etwas Spezielles für Sie.«

»Etwas Spezielles?«

»Mmm.« Sie zieht eine Braue hoch und wirbelt herum, wobei ihr Rock auf eindrucksvolle Weise schwingt. Auf dem Rücken befindet sich eine Schleife. Sogar ihre Schürze ist perfekt gebunden, was unmöglich scheint, weil sie sie hinten ja nicht sehen kann. Außer, jemand tut das für sie.

Sie holt irgendetwas hervor – nicht aus der Cupcake-Vitrine –, als ein schlaksiger Kerl in einem Poloshirt, auf dessen linker

Brust *Cupcakes to Go!* steht, aus dem hinteren Bereich des Cafés auftaucht.

»Alles bereit für morgen früh. Brauchst du noch etwas, bevor ich gehe?« Er streicht sich mit der Hand durch sein sich lichtendes Haar.

Sie lässt die Schachtel stehen, die wahrscheinlich für mich gedacht ist, und macht ein paar Schritte in seine Richtung. »Danke, dass du dich schon heute Abend um alles gekümmert hast, Paul. Ich weiß, es wird ein anstrengender Tag für dich.«

»Ich lasse dich doch nicht hängen.« Er strafft die Schultern, und sein Lächeln verströmt Stolz und Zufriedenheit.

»Du bist ein Glücksfall.« Sie legt ihm eine manikürte Hand auf seinen Unterarm. »Ich hätte die ganze Nacht hier verbracht, wenn ich das selbst versucht hätte.«

Sein Lächeln wird noch breiter, und er senkt sein Kinn, als sie ihres reckt. »Ich kann nicht zulassen, dass du dich wegen mir in einen Zombie verwandelst.«

»Ich weiß deine Fürsorge und meinen Nicht-Zombie-Status zu schätzen.« Sie drückt seinen Arm und macht einen Schritt zurück. »Du solltest gehen, es wird nämlich spät, und ich will nicht, dass du zum Zombie wirst, weil du so lange hier bist.«

Sie wendet sich von Paul ab, und sein Blick folgt ihr. Sie geht hinüber zur Spüle, dreht den Wasserhahn auf und seift ihre Hände ein. Sie summt leise eine Melodie, während sie die Handflächen aneinanderreibt. Sie macht sogar einen Hüftschwung.

Er blickt mich an, als er einen Schritt zurücktritt, und sein Ausdruck wird feindselig. Aha. Das ist interessant.

Er stößt gegen den Geschirrwagen, was Blaires Aufmerksamkeit erregt.

»Oh! Danke, dass du das nach hinten gebracht hast, Paul.

Callie hat sich heute die Hacken abgelaufen, und wir wissen die Hilfe wirklich zu schätzen.«

»Oh, ja, natürlich. Einen schönen Abend, Blaire.«

»Dir auch.«

Er geht den Flur entlang und wirft mir einen letzten feindseligen Blick zu, bevor er verschwindet. Ich frage mich, ob sie mich ihm gegenüber erwähnt hat, und falls ja, kann das, was sie über mich gesagt hat, nicht besonders schmeichelhaft gewesen sein. Blaire stolziert durch den engen Raum und hält einen Teller mit einem einzelnen Cupcake in der Hand. Sie stellt ihn auf den Tresen und schiebt ihn mir hin. »Bitte sehr. Den hier habe ich extra für Sie gemacht.« Sie zwinkert.

Ich blicke auf den Cupcake. Er ist mit einem winzigen Keks dekoriert, auf dem in Großbuchstaben ISS MICH steht.

Ich schaue sie an. »Haben Sie das wirklich für mich gemacht?«

Sie zwinkert einmal – noch immer mit diesem entnervend freundlichen Lächeln in ihrem wunderschönen Gesicht. Warte. Wunderschön? Seit wann finde ich sie und ihren merkwürdigen Sinn für Mode attraktiv?

»Jawohl«, erwidert sie.

Ich blicke wieder auf den Cupcake und nehme ihn näher in Augenschein. Die winzige keksförmige Deko sieht aus, als wäre sie aus Zucker, und die Buchstaben müssen mit einer völlig ruhigen Hand gepinselt worden sein. Ich berühre den Rand, behutsam und vorsichtig. »Und das hier? Haben Sie das auch gemacht?«

»Jawohl. Es ist weder mit Arsen noch mit sonst irgendwas versetzt. Sie können es also ganz unbesorgt essen.«

»Bisher war ich das auch.«

»Ich würde das Wohlergehen meines Geschäfts nicht Ihretwegen aufs Spiel setzen.« Sie lächelt noch immer, aber ihr

Tonfall hat eine gewisse Schärfe, wie der Schnitt einer Rasierklinge.

Ich lache auf. »Sie machen mich fertig mit Ihrer Freundlichkeit, Blaire.«

»Wollen Sie ihn jetzt essen oder nicht?« Sie lehnt sich gegen die Tresenkante.

Anscheinend ist sie mit ihrer Geduld am Ende, und genau darauf habe ich gewartet. Ich liebe es, wenn sie sauer auf mich wird. Wie einer ihrer mit Zitronenquark gefüllten Cupcakes.

»Wollen Sie ihn mir in den Mund schieben, wenn ich es nicht tue?«

»Vielleicht.« Sie verzieht die Lippen.

»Soll ich das Erlebnis nicht genießen?« Ich nehme die winzige Keksdeko herunter. »Es heißt nicht, verschlinge mich, sondern ›Iss mich‹. Die Frage ist, ob langsam oder schnell. Aber langsam ist eigentlich besser, was meinen Sie?« Was zum Henker tue ich da? Mache ich etwa sexuelle Anspielungen?

Die Deko ist eindeutig eine Anspielung auf *Alice im Wunderland*, und keine Einladung, sie zu vernaschen. Und wieso denke ich auf einmal darüber nach, wie das wäre? Ist sie leise oder laut? Ich wette, sie ist fordernd. Wahrscheinlich herrisch. Und es gibt nichts, was heißer ist als eine Frau, die einem genau sagt, was sie will.

Ich stecke mir die winzige Verzierung in den Mund, um sicherzugehen, dass ich keinen der Gedanken, die mir durch den Kopf schwirren, ausspreche, und auch, um das hier hinter mich zu bringen. Denn ich muss hier raus, anstatt dieses Gespräch fortzuführen. Sie ist meine Gegnerin beim Beste-Bar-Wettbewerb, kein zukünftiges Date.

Es muss jetzt also schnell gehen.

Nur dass das kleine Zuckerding, das sich auf meiner Zunge auflöst, unverhofft prickelt. Und der Geschmack ist vertraut.

Blaire grinst und verschränkt die Hände auf dem Rücken, während sie auf ihren Absätzen wippt.

Ich ziehe die Manschette von dem Cupcake ab und lasse sie auf den Teller fallen. Ich halte ihn mir an die Nase und schnuppere. »Ist das ... Kaffee?«

»Beißen Sie schon ab«, faucht sie.

Ihr Ton passt jedenfalls nicht zu ihrem Gesicht, dem sie einen neutralen Ausdruck zu verleihen versucht, was ihr allerdings überhaupt nicht gelingt. Ihr Blick ist auf mein Gesicht gerichtet – gespannt, erwartungsvoll. Sie macht ein paar kleine Hüpfer, und ich betrachte die Reflexion im Spiegel hinter dem Tresen, wo die Flaschen mit Hochprozentigem aufgereiht sind. Sie ringt ihre verschränkten Hände auf dem Rücken, versucht jedoch, sie zu verstecken.

Ich nehme einen Bissen, nicht so groß, wie ich ursprünglich beabsichtigt hatte, weil sie genau das wahrscheinlich erwartet, und ich möchte sie gern so lange wie möglich auf die Folter spannen. Ich will ihr gerade sagen, dass es okay ist, aber in diesem Augenblick entfaltet sich der Geschmack auf meiner Zunge, und ich stöhne. Laut. »Oh mein Gott«, murmle ich, und Krümel fallen aus meinem Mund und verteilen sich überall auf dem Tresen. Was ein bisschen abstoßend ist, wie ich feststelle.

Aber Blaire scheint das egal zu sein. Sie lächelt breit, und Zufriedenheit und Triumph machen ihr Gesicht noch atemberaubender. Ich überlege, ob ich fragen soll, was das ist, aber es ist mir nicht wichtig genug, um mit dem Essen aufzuhören. In der Glasur ist Kaffee, aber sie ist nicht übermäßig süß, sondern leicht und butterig und extrem cremig. Die Füllung schmilzt regelrecht in meinem Mund, mit Noten von ... Whiskey, Kakao und Vanille, und beim nächsten Bissen schmecke ich Eiercreme mit einer zarten ... Mandelnote.

Blaire scheint nicht zu bemerken, welche Sauerei ich anrichte. Überhaupt nicht. Sie beißt sich auf ihre Unterlippe und wippt auf den Fußballen. Dann lässt sie die Lippe los, auf der man den Zahnabdruck noch sehen kann. »Haben Sie Spaß?« Es klingt wie ein Vorwurf.

Ich würde mir den Rest am liebsten in den Mund stopfen, statt zu antworten. Aber ich hebe die Hand, um meinen Mund zu bedecken, damit ich ihr eine Frage stellen kann, anstatt zu bestätigen, was sie sowieso schon weiß. »Was ist los?«

Langsam breitet sich ein Lächeln auf ihrem Gesicht aus.

Sie antwortet nicht gleich, also stopfe ich mir den Rest in den Mund. Die eine Hälfte von mir möchte sie um mehr bitten, aber ich weiß, wenn ich das tue, dann hat sie irgendwie die Oberhand. Was lächerlich ist. Es ist nur ein Cupcake, und egal was sie denkt, wir stehen nicht wirklich im Wettbewerb zueinander. Bei der YouTube-Sache schon, aber ich sehe nicht, wie sie gegen mich und meinen Superladen und das Axtwerfen gewinnen will. Und jetzt auch noch die Idee mit den Livebands und der Karaoke.

Das mit den Cupcakes und den passenden Cocktails ist witzig. Aber das ist auch schon alles.

Diesmal gebe ich mir Mühe, mein Stöhnen zu unterdrücken, aber ein zufriedenes Grunzen entschlüpft mir trotzdem.

»Sie mögen also meine ›schreienden Orgasmen‹?«, fragt sie.

In diesem Moment fange ich an zu husten. Ich versuche außerdem, mit Essen im Mund einzuatmen, und verschlucke mich. Weshalb ich umso mehr huste. Blaire macht einen Schritt zurück, weil ich den Tresen mit halbgekautem Cupcake vollhuste. Es ist eine Farce, weil ich alles in meinem Bauch und nicht auf dem Tresen haben möchte.

»Geht's Ihnen gut?«, fragt sie, als ich gut fünfzehn Sekunden lang weiterhuste.

»Ja.« *Hust.* »Ich habe« – *hust* – »das nur nicht erwartet.«

»So heißt der Cupcake«, teilt sie mir mit.

»Das dachte ich mir, weil Sie nicht einmal geschrien haben.«

»Ich bin nicht so der Schreityp.« Ihre Augen flackern, als hätte sie das gar nicht sagen wollen.

Jetzt ist es an mir, zu grinsen. »Ist das wahr?«

Sie wirbelt herum, aber ich kann ihr Gesicht in der Spiegelwand vor ihr sehen. Ihre Ohren sind rot angelaufen, und sie murmelt irgendetwas vor sich hin und krallt sich die Schachtel, die vor ihr auf der Ablage liegt. Sie strafft die Schultern und dreht sich zu mir um. Ihre Wangen haben die gleiche Farbe wie ihre Ohren. Sie lässt die Schachtel einfach auf den Tresen plumpsen. »Ich dachte, Sie wollten vielleicht mehr als einen.«

»Ja. Auf jeden Fall.« Ich nicke.

»Multiple sind wirklich am besten.« Ihre Wange zuckt, und ihre Ohrläppchen sehen aus, als würden sie gleich in Flammen aufgehen und ihr ganzes Haar versengen. Ich frage mich, wie viel Haarspray sie benutzt, damit es so perfekt aussieht, und ob es sich weich anfühlt.

»Ich liebe multiple.« Sowohl das Geben als auch das Nehmen. Den Teil behalte ich für mich, weil ich die Cupcakes lieber essen als verkrümeln würde und das Gefühl habe, dass wir plötzlich auf einem ziemlich schmalen Grat wandeln. Entweder das oder wir sind schon auf der anderen Seite. Ich schüttle den Kopf, um das klarzustellen. »Äh, was schulde ich Ihnen?«

»Die gehen aufs Haus. Genießen Sie den Abend.«

Blaire berechnet mir sonst gern den vollen Preis für meine Cupcake-Sucht. Obwohl sie dazu neigt, mir einen extra dazuzugeben. Ich würde gern fragen, ob ich gefesselt im Kofferraum eines Wagens ende, wenn ich den Rest davon esse, aber das wäre wahrscheinlich übertrieben. »Ich glaube nicht, dass jemals jemand Nein zu multiplen schreienden Orgasmen gesagt hat.«

Sie schenkt mir einen herablassenden Blick. »Okay, Ronan, der Spaß ist vorbei. Fort mit Ihnen.« Sie jagt mich davon. »Ich habe Kunden zu bedienen, und die wollen, was Sie hatten.«

Als ich den Cupcake-Laden verlasse, fühle ich mich ein wenig, als hätte ich diese Runde verloren. Ich habe sogar vergessen, ihr einen Coupon für Bier und frittierte Essiggurken zu geben.

Lars hat den Flirt mit der Gruppe Frauen beendet, um auch andere Gäste zu bedienen. Ich gehe um den Tresen herum und öffne die Schachtel, entschlossen, noch einen der Cupcakes zu essen. Ich schüttle den Kopf, als ich die restlichen sehe. Auf jedem steht eine Botschaft in winzigem Zuckergebäck: ISS MICH, BEISS MICH, LECK MICH, und dann ist da noch ein finsterer Death-by-Chocolate-Cupcake mit Totenschädel und gekreuzten Knochen.

Na so was, Alice scheint wenigstens Sinn für Humor zu haben.

@the_knightcap:
Hör auf, jeden glücklich zu machen. Du bist kein Bier.

6

Zum Brüllen komisch

Blaire

Meine Kundenbefragungen zeigen, dass Poetry Slams doch nicht so beliebt sind, wie ich dachte. Also sind Daphne und Paul gegen meinen Plan, unsere Veranstaltungsreihe mit einem solchen zu eröffnen, zugunsten eines Comedy-Abends.

Es brauchte ganze zwei Tage, ein paar Social-Media-Posts und zwei Stunden Vorsprechen, um unseren Unterhaltungsabend zu organisieren – ich will damit sagen, dass es eine Menge Leute dort draußen gibt, die sich für witzig halten, es aber nicht sind. Wir bezahlen unseren Unterhaltungskünstler mit kostenlosen Cupcakes und Drinks, und trotz des Eintritts, von dem ich anfangs nicht so überzeugt war, ist das Café voll bis unter die Decke. Wir haben eine großartige Auswahl an Drinks, Cupcakes und schmackhaften Leckereien. Und Daphne hat sich angeboten, ein paar Videoclips vom Programm zu machen und bei YouTube zu posten, was toll ist, weil ich zu beschäftigt damit sein werde, Drinks zu mixen.

Ich bin fest davon überzeugt, dass nichts diesen Abend ruinieren kann. Ein Glaube, der naiv und kurzsichtig ist.

Allerdings ist seit dem ISS-MICH-Cupcake mit Ronan etwas anders. Und ich weiß nicht, wie ich damit umgehen soll. Ja, ich halte ihn noch immer für ein Arschloch. Ja, ich bin noch immer skeptisch. Ja, wir stehen noch immer draußen am Freitagabend und versorgen die Vorbeilaufenden mit Coupons, damit sie ihr Geld für unsere Waren ausgeben. Aber er ist süchtig nach meinen Cupcakes. Er kommt jeden Abend, um sich einen der Hits meiner Spezialitäten abzugreifen, und er kann seine Begeisterung und seine Genussfreude nicht einmal verbergen.

Normalerweise berechne ich ihm eine Kleinigkeit, aber an dem Abend war ich in Geberlaune, weil er unbewusst meine Cupcake-Kreativität angeregt hat. Ich wusste, dass mir da etwas gelungen war und dass seine Reaktion die Kunden dazu anregen würde, zu kaufen, worauf er abfuhr.

Jedes Mal, wenn er eine solche Show abzieht, verkaufe ich normalerweise den Rest der Spezial-Cupcakes, also war es das erste Mal wert, dass es auf meine Rechnung ging. Es nervt, dass er mir fortwährend Coupons für Chickenwings dalässt und mich fragt, ob ich bereit sei für einen Drink für große Mädchen. Sicher, aber mit ihm zu spielen ist genauso lustig, wie ihm zuzusehen, wie er meine Cupcakes verschlingt und dabei genüsslich stöhnt.

Er hat mir seinen täglichen Besuch noch nicht abgestattet, und er kommt auch üblicherweise später, etwa zwei Stunden vor Ladenschluss und nach seinem Dinner-Ansturm. Ich schüttle den Kopf, denn mich darauf zu fixieren, wann Ronan wegen Cupcakes vorbeischaut, ist nicht hilfreich, wo ich mich auf meine Veranstaltung konzentrieren sollte.

Zwanzig Minuten später findet das Vorprogramm auf unserer kleinen, provisorischen Bühne statt. Stühle und Tische wurden so arrangiert, dass jeder einen guten Blick auf die Bühne hat. Anfangs bin ich besorgt, weil der Typ sichtbar nervös ist, aber als die Witze einer nach dem anderen kommen und die Menge zuerst schmunzelt und dann in schallendes Gelächter ausbricht, wächst sein Selbstvertrauen. Das Ganze endet mit stürmischem Applaus, und der Tresen wird zwischen den Programmteilen mit Bestellungen überschüttet. Drei Comedians sind für heute Abend vorgesehen, was perfekt ist. Es bedeutete mehrere Runden Drinks, Appetizer, Snacks und Desserts, worauf wir vorbereitet sind.

Alles läuft wie am Schnürchen, bis sich die letzte Comedienne bereitmacht. Es ist beinahe neun, als der Lärm von Bässen und Rückkoppelungen durch die Wand dringt, die an Ronans Bar grenzt, und den Boden vibrieren lässt.

Als der letzte Auftritt beginnt, wird die Comedienne rüde unterbrochen von einem plötzlich einsetzenden, sehr lauten … Schlagzeug? Gefolgt von genauso lauten Gitarrenriffs und einer krächzenden Stimme, die Liedzeilen schmettert, von denen die Comedienne sekundenlang vollkommen übertönt wird. Sie versucht, lauter zu sprechen, aber es bringt nichts. »Ich gehe rüber.«

Daphne, die gefilmt und Fotos gemacht hat, zieht ein Gesicht. »Vielleicht sollte ich lieber gehen.«

Ich werfe ihr einen strafenden Blick zu. »Damit du Ronan anschmachten kannst und vergisst, ihn zu bitten, gefälligst den Lärm zu reduzieren?«

Sie zieht eine Braue hoch. Egal. Es ist die Wahrheit, auch wenn es wahrscheinlich ungerechtfertigt war, sie auf so unschöne Art damit zu konfrontieren. Aber das hier ist meine erste Veranstaltung, und er ruiniert sie mit was auch immer er dort drüben anstellt. Die Leute erinnern sich stets am besten an das, was zu Beginn oder am Ende einer Veranstaltung passiert. Also werden meine Gäste den witzigen Anfang des Abends und dass eine laute Band unseren letzten Auftritt ruiniert hat, im Gedächtnis behalten.

Ich laufe zu Ronans Bar hinüber, wo die Musik gerade so richtig losgeht. Ein dumpfer Bass, Schlagzeug und extrem aggressive Gitarrenriffs dröhnen aus der Anlage. Der Laden ist gerammelt voll, und Gestalten drängen sich auf der kleinen Bühne rechterhand. Kein Wunder, dass es in meinem Café laut ist – die Band spielt im Grunde direkt an unserer Verbindungswand. Ich bemerke, dass der junge Barkeeper auf der Bühne steht. Ich glaube, er heißt Larry oder so. Er beginnt schreiend zu singen. Es ist ziemlich grässlich, wobei ich sagen muss, dass Schreigesang eigentlich nie ansprechend ist.

Ich suche die schwach beleuchtete Kneipe nach Ronan in einem Meer aus Zwanzigjährigen mit ihren schwarz eingefassten Brillen ab. Schließlich entdecke ich ihn in seiner ganzen Karo-Pracht hinterm Tresen, wo er Bier zapft. Ich brauche eine Ewigkeit, mich durch die Menge zu schieben, doch als ich die Theke erreiche, steht vor mir eine Dreierreihe. Ich versuche, mich zwischen den wartenden Gästen hindurchzuquetschen, doch es erweist sich als unmöglich.

Genervt und frustriert und offen gesagt angewidert von den vielen schwitzenden Körpern, die sich an mich pressen, werfe ich erneut einen Blick durch die Bar und entdecke weiter vorn eine Lücke. Ich lege einem Kerl die Hände auf die Hüften, um mich um ihn herum zu schlängeln. Leider versteht er es als Zeichen dafür, dass ich tanzen möchte – oder rumknutschen.

Er wirbelt herum, und seine Augen leuchten, als er mich wahrnimmt. Ich bin froh, dass ich Absätze trage, weil ich nicht besonders groß bin, er hingegen schon. Langsam breitet sich ein Lächeln auf seinem Gesicht aus.

»Entschuldigung, tut mir leid. Ich versuche, an den Tresen zu kommen. Ich muss mit dem Barkeeper sprechen.«

»Wenn Sie wollen, können Sie mit mir reden, während Sie warten«, ruft er über den Lärm hinweg.

Ich weiß gar nicht, wie das möglich sein soll, weil es sogar zu laut ist, um mich denken zu hören, ganz zu schweigen von einem sinnvollen Gespräch. Ich klopfe auf mein Ohr, um ihm zu signalisieren, dass ich ihn nicht verstehen kann.

»Wir müssen nicht reden.« Er schiebt einen Arm um meine Taille und überrumpelt mich damit, dass er mich an sich zieht. »Ich stehe total auf Cougars.«

»Cougar?« Ich schlage ihm meine Handflächen auf die Brust – die lächerlich knochig ist – und drehe den Kopf weg, als er sich zu mir hinunterbeugt.

»Oh ja, bist du so um die dreißig? Das ist heiß.«

Ich werde Ronan erwürgen. Vielleicht ist es nicht seine Schuld, dass dieser dämliche Schwachkopf mich malträtiert, aber ich gebe ihm die Schuld, weil er der eigentliche Grund dafür ist, weshalb ich hierhergekommen bin. Ich trete dem Typen absichtlich mit meinem spitzen Absatz auf den Fuß.

Er lässt mit einem Aufschrei los. *Was für eine Heulsuse.* Ich boxe mir meinen Weg ohne jegliche *Tut-mir-leids* und *Tschuldigung* durch die Menge. Ich komme zu dem Schluss, dass die einzige Möglichkeit, an Ronan heranzukommen, ist, hinter den Tresen zu gelangen, was bedeutet, dass ich mich ganz an der Schlange wartender Gäste vorbeidrängen muss. Schließlich befreie ich mich aus der wogenden Körpermenge – vielleicht gehe ich durch die Hintertür hinaus und trotze dem Müllgestank, um ins Café zurückzukehren, anstatt mich ein zweites Mal durch die Menge zu kämpfen – und versuche, Ronan zum Tresen-Ende zu winken.

Er blickt in meine Richtung, reckt das Kinn und macht weiter mit dem Bierzapfen. Mistkerl. Ich lasse auf keinen Fall zu, dass mich Ronan ignoriert. Ich entriegle die taillenhohe Tür und schlüpfe hinter den Tresen. Vorsichtig gehe ich über die Ringgummimatte und warte, während Ronan zwei Biergläser über die Theke schiebt und das Geld in die Kasse tut, bevor ich an seinem Ärmel zupfe.

Ich fühle mich wie ein Kind, das die Aufmerksamkeit von jemandem sucht, der sie mir auf keinen Fall schenken will.

Ronan zuckt zusammen bei der Berührung und macht ein finsteres Gesicht, als er feststellt, dass ich es bin und nicht einer seiner Angestellten. »Was soll das, Blaire? Sie dürfen nicht hier hinten sein.«

»Ich muss mit Ihnen reden!«, sage ich genau in dem Moment, als ein weiteres aggressives Schlagzeugsolo beginnt.

Er zeigt auf sein Ohr, um mir zu vermitteln, dass er mich nicht hören kann.

Ich durchbohre ihn unbeeindruckt mit Blicken, und er verdreht die Augen. Ich packe ihn am Arm, bohre meine Fingernägel hinein und versuche ihn herunterzuziehen, damit ich ihm direkt ins Ohr schreien kann.

Er sieht mich an, als wäre ich verrückt. »Ich hab zu tun.« Er zeigt auf die Menschenmenge.

»Sie ruinieren meinen Comedy-Abend mit dem hier!« Ich zeige in Richtung der Band.

Er schnaubt und schüttelt den Kopf, während er sich loszureißen versucht. Ich taumle einen Schritt rückwärts, weil ich mit dem Absatz in der Ringgummimatte stecken geblieben bin, die den Barkeeper davor schützen soll, auf verschüttetem Bier auszurutschen. »Sie tun sich noch was hier hinten. Sie müssen gehen.« Er zeigt zum Tresenende.

»Nicht, solange wir nicht geredet haben.«

»Herrgott nochmal, Blaire. Ich habe keine Zeit für so einen Unsinn.« Er legt einen Arm um meine Taille und hebt mich hoch.

Ich keuche und schlage um mich und muss mich an seinem Hals festhalten, als er am Tresen entlanggeht. Ich versuche zu ignorieren, wie fest alles an ihm ist und wie gut er riecht, wenn er so nah ist. »Was tun Sie da? Lassen Sie mich runter! Sie dürfen mich nicht so grob behandeln!«

»Und ob, wenn Sie hinter meinem Tresen sind und dabei verdammte High Heels tragen, mit denen Sie sich den Knöchel verstauchen können«, ruft er, und sein nach Minze riechender Atem streicht mir über die Wange, und seine Lippen streifen meine Ohrmuschel.

»Sie ruinieren meinen Abend.«

»Vielleicht sind Ihre Comedians ja schlecht. Schon mal daran gedacht?«

Anstatt die taillenhohe Tür zu öffnen, schwingt er mich hoch, wobei er mich wie ein Feuerwehrmann in den Kniekehlen packt, seine kalten Handfläche kurz um meinen Oberschenkel geschlungen, hebt mich hinüber und stellt mich auf der anderen Seite kurzerhand ab.

»Meine Comedians sind nicht schlecht! Ihre Schreihals-Band ist das Problem.« Ich gestikuliere noch immer, was frustrierend ist, weil ich dann noch mehr wie eine Irre wirke.

»Ich muss arbeiten.« Er dreht sich um und geht weg.

»Ich bin noch nicht fertig mit Ihnen!«, rufe ich ihm hinterher.

Er zeigt wieder auf sein Ohr.

Ätzend. Ich hasse ihn. Ich zeige ihm den doppelten Stinkefinger. »Wie ist das? Kannst du das hören?«, rufe ich.

Er besitzt die Frechheit, zu salutieren, wendet mir den Rücken zu und beugt sich über den Tresen, wobei er den Kopf so dreht, damit ihm ein spärlich bekleidetes College-Mädchen ihre Bierbestellung ins Ohr brüllen kann. Er ist wirklich ein Arschloch.

Als ich wieder ins *B&B* zurückkehre, hat die letzte Comedienne wegen des Lärms aufgegeben, und die Gästeschar verlässt langsam das Café. Wahrscheinlich, um nach nebenan zu gehen und sich die blöde Band anzuhören. Ich entschuldige mich bei Karen, und auch wenn sie Verständnis hat, stehen die Chancen nicht gut, dass sie so bald zurückkommt, wenn überhaupt.

Mit Daphnes Hilfe fange ich an, aufzuräumen. Sie hat nicht gefragt, was passiert ist, wahrscheinlich weil ich so wütend bin, dass es ein Wunder ist, dass mir kein Qualm aus den Ohren dringt. Nur noch ein paar Gäste sitzen an ihrem Platz, und bestimmt ist der einzige Grund dafür, dass sie auf Cupcakes zum halben Preis hoffen.

Ich unterbreite ihnen das Angebot, und sie leeren ihre Martinis, wählen jeder ein halbes Dutzend Cupcakes aus und gehen, wobei sie irgendetwas davon sagen, dass sie bei ihrem Wagen Halt machen, bevor sie sich nach nebenan in *The Knight Cap* begeben, um sich die Band anzuhören. Jetzt ist mein Laden vollkommen leer. Ich wollte heute bis um zehn offen haben, aber das ist anscheinend nicht nötig.

Ich zeige der Wand zwischen unseren beiden Läden den Stinkefinger, als der nächste dröhnende Song beginnt, und verstaue anschließend die wenigen verbliebenen Cupcakes.

Daphne kippt den Rest Kaffee aus der Kanne weg. »Das Gespräch mit Ronan lief wohl nicht so gut, was?«

»Er ist ein Arsch.«

»Was hat er gesagt?«

»Er hat so getan, als könnte er mich nicht hören und hat mich dann hochgehoben?«

Sie stellt die Kanne ab. »Er hat was getan?«

»Er war hinterm Tresen und hat mich ignoriert, also bin ich zu ihm hin, um ihn zur Rede zu stellen, und er hat mich hochgehoben und wieder auf die andere Seite gestellt!« Meine Wangen werden rot, als ich mich genau daran erinnere, wie stark er war und mit welcher Leichtigkeit er mich getragen hat. Ich bin nicht gerade zierlich.

Daphne zieht die Brauen hoch. »Ich wäre wohl nicht allzu wütend, wenn er mich hochgehoben hätte.«

»Er hat den Abend ruiniert!«

»Na ja, fairerweise muss man sagen, dass er nur den letzten Auftritt ruiniert hat, und ich will ehrlich sein: Sie war die Schwächste von den dreien, also war es vielleicht ein Segen. Außerdem schließt du normalerweise um neun, also war ihm vielleicht nicht klar, dass du noch geöffnet hattest.«

»Sie war abgelenkt, und verteidige ihn nicht. Es ist gedankenlos von ihm, für denselben Abend, an dem wir unsere erste Veranstaltung haben, eine Liveband zu bestellen. Er muss es gewusst haben. Wir hatten die ganze Woche Schilder draußen und haben Flyer verteilt. Er hätte mich fragen sollen!«

Daphne verschränkt die Arme. »Weil ihr ja beste Freunde seid!«

»Das gehört sich so!«

»Was stimmen würde, wenn ihr gut miteinander auskämt, aber das Einzige, was ihr tut, ist, euch gegenseitig zu provozieren. Es würde mich wirklich überraschen, wenn ihr euch nicht gegenseitig umbringt oder euch irgendwann den Verstand rausvögelt.«

Ich schnaube. »Nicht in einer Million Jahre.«

Daphne grinst. »Willst du wetten?«

»Du weißt, dass ich nicht spiele.«

»Aha. Tu, was du willst, Blaire. Aber ich sehe die Cupcakes, die du für ihn tagein, tagaus beiseite tust, und du steckst ganz schön viel Arbeit in etwas für jemanden, den du angeblich hasst.«

Ich blicke zu der Schachtel mit Cupcakes, die ich dekoriert und extra für Ronan beiseite getan habe, die auf dem Tresen steht. »Ich tue das, weil es befriedigend ist, dabei zuzusehen, wie er sie verschlingt.«

»Soso.«

»Es stimmt.«

»Wenn du meinst.«

Ich werfe die Schachtel in den Müll, um meine Behauptung zu unterstreichen, aber es fühlt sich vielmehr so an, als hätte ich ihr Recht gegeben.

*

Als am nächsten Morgen der Frühstücksansturm vorbei ist, gehe ich entschlossen hinüber zu *The Knight Cap*, um mit Ronan über gestern Abend zu sprechen, bevor er öffnet. Ich kann ihn durch das Fenster sehen, wie er in einem seiner Karohemden am Tresen lehnt, die kräftigen Unterarme sichtbar.

Ich wette, es ist Absicht, damit er seine Tattoos zur Schau stellen kann. Ich hole einmal tief Luft, gewillt, die Nerven zu behalten, und versuche, die Tür zu öffnen, aber sie ist noch immer verschlossen. Ich klopfe ans Fenster, und er blickt in meine Richtung, wobei er seine schwarz gerahmte Brille hochschiebt.

Eine blöde, sexy Hipster-Brille.

Ich rüttle am Türknauf, um klarzumachen, dass ich nicht hineinkomme.

Er hebt den linken Arm und tippt auf seine Armbanduhr. Es ist ziemlich oldschool, etwas, das ich lieber nicht reizvoll fände und es im Allgemeinen auch nicht tue, vor allem, weil er keine Anstalten macht, hinter dem Tresen hervorzukommen und mich reinzulassen.

Also klopfe ich weiter. Und klopfe. Und klopfe noch ein bisschen. Ich klopfe sogar den Rhythmus eines Songs. Er schüttelt den Kopf, wirft seinen Stift auf die Theke und geht langsam ans andere Ende. Er bleibt dreimal auf dem Weg zur Tür stehen, um Hocker an ihren Platz zu schieben und erneut ein Bild zurechtzurücken, das schief an der Wand hängt. Er hat mir den Rücken zugewandt, und er streicht sich über das Kinn, während er den Kopf nach rechts legt, bevor er das Bild in die andere Richtung rückt. Ich nutze die Gelegenheit, um ihm auf den Hintern zu glotzen, dem ich gern einen Schlag versetzen und mit meinem spitzen Absatz einen Tritt verpassen würde. Ich weiß nicht, was befriedigender wäre, wenngleich ich weiß, was am peinlichsten wäre. Für mich.

Schließlich kommt er zur Tür gezockelt und tippt auf das Schild mit den Öffnungszeiten darauf. »Wir öffnen erst in einer Viertelstunde.«

Ich verkneife mir eine bissige Erwiderung, denn wie er schon einmal festgestellt hat, zieht man Fliegen nicht mit Essig an. »Können wir bitte reden?«

Er schiebt einen Daumen in seine Hosentasche und wippt auf seinen Absätzen. »Sie haben sich gestern Abend mit Handzeichen gut verständigt.«

Ich verschränke die Hände hinter dem Rücken und zeige ihm von dort aus den Mittelfinger, während ich ein falsches Lächeln aufsetze. Unreif? Ja. Gibt mir das ein gutes Gefühl? Kaum. »Sie haben mich hochgehoben.«

»Sie hätten nicht mit hohen Absätzen hinterm Tresen sein dürfen. Sie waren eine Ablenkung und eine Belastung.« Er lässt seinen Blick langsam über mich gleiten. Er ist nicht ohne Anerkennung.

»Können wir das bitte ohne eine Tür zwischen uns tun?« Es ist erniedrigend, auf der Straße stehengelassen zu werden und so laut sprechen zu müssen, um durch die Scheibe hindurch verstanden zu werden.

»Versuchen Sie noch einmal, mich mit Ihren Krallen zu verstümmeln?«

»Verstümmeln?« Wovon redet er um Himmels willen?

Er öffnet das Türschloss und tritt zurück, ohne sich mit einem zuvorkommenden Benehmen aufzuhalten. Ich öffne die Tür und schlüpfe aus der Kälte hinein, während er sein Karohemd aufknöpft und den Kragen beiseiteschiebt.

»Was tun Sie da?«

»Ihnen den Beweis zeigen.«

»Von was?«

Er beugt sich herunter und bringt seine Schulter auf Augenhöhe zu mir. Auf ihr sind halbmondförmige Fingernagelspuren zu sehen, umgeben von blauen Flecken.

»Das war ich nicht.«

»Und ob.«

»Ich bin sicher, die stammen von irgendeiner College-Studentin, mit der Sie gestern Abend in der Fünf-Minuten-Pause in Ihrem Büro einen Quickie hatten, nicht von mir.«

Er blinzelt ein paarmal und spannt seine tätowierten Unterarme an, als er sie verschränkt. Der rechte ist mit wunderschönen Blumen bedeckt, und auf dem linken ist eine Art Landschaft. Ich kann nicht genug davon sehen, um festzustellen, was es wirklich ist. Dieser Arm hat gestern Abend meinen bloßen Oberschenkel berührt, als er mich hochgehoben hat. »Ich habe überhaupt kein Interesse an College-Studentinnen.«

Ich schnaube und nehme die gleiche Pose ein wie er. »Die Art, wie sie sie gestern Abend angesehen haben, hat mich vielleicht getäuscht.«

»Erstens: Ich habe an der Bar gearbeitet. Mein Job ist es, freundlich zu sein, wenn ich Alkohol ausschenke. Zweitens treibe ich es nicht dort, wo ich arbeite, und drittens gehört das Wort *Quickie* nicht zu meinem Vokabular. Ich bin ein Alles-oder-nichts-Typ.«

Ich bemühe mich, mein Lächeln beizubehalten. »Sie kosten also lieber, als dass sie runterschlingen.«

»Genau das wollte ich damit sagen.«

Ich muss den Kopf in den Nacken legen, um seinen Blick zu erwidern. Seine karamellfarbenen Augen sind sexy und funkeln wie Whiskey. »Sie behandeln Sex auf gegenteilige Weise, wie Sie meine Cupcakes behandeln.«

Er leckt sich die Lippen und schluckt schwer, als würde er in Gedanken einen kosten. »Ich verschlinge den ersten und verspeise die anderen genüsslich, wenn ich allein bin.«

»Hey, Ronan, tut mir leid, dass ich spät …« Ronans Barkeeper – und Schreihals von gestern Abend – steht am Ende des Tresens, Hände in der Luft, als er geflissentlich ein paar Schritte rückwärts macht und mit den Daumen über die Schulter zeigt. »Oh, tut mir leid, Mann, ich, äh … ich hole mal ein paar Kisten Bier.« Er verschwindet um die Ecke.

Ich verstehe nicht, was das soll, bis Ronan wieder seine Aufmerksamkeit auf mich richtet. Wir sind nur wenige Zentimeter voneinander entfernt, und seine Arme sind nicht mehr verschränkt. Er macht einen Schritt zurück und ich ebenfalls, wobei ich gegen die Tür stoße.

Ich räuspere mich. »Wir müssen einen Terminplan für unsere Events machen. Sie haben mit Ihrer Liveband den letzten Auftritt ruiniert.«

»So schlimm war es bestimmt nicht.«

»Doch.« In vielerlei Hinsicht. »Hören Sie, Sie haben bis zwei geöffnet und ich meistens nur bis neun, an den Wochenenden bis zehn, wenn ich Programm habe. Kann Ihre Band vielleicht erst um halb zehn anfangen? Das schadet Ihrem Business wohl kaum.«

»Wieso sollte ich derjenige sein, der Zugeständnisse macht.«

»Ich habe bereits sämtliche Gläser umgestellt und musste die gesamte Wand, die an Ihre Bar grenzt, umgestalten. Dann könnten Sie mir zumindest eine extra halbe Stunde gönnen.«

»Und was tun Sie für mich?«

»Ich kann mit meinen Comedy-Abenden um sieben anstatt um sieben Uhr dreißig beginnen. Es ist nur eine halbe Stunde, und wir profitieren beide davon. Meine Kunden können zu Ihnen rübergehen, und ich kann zumachen, wenn Sie eine Liveband haben.« Ich will eigentlich nicht nachgeben, aber mir wird klar, dass man das hier nur durch einen Kompromiss gewinnen kann. Ich muss dafür sorgen, dass er mit mir zusammenarbeitet, um nicht jedes Mal den Kürzeren zu ziehen. »Und wenn einer von uns einen anderen Tag nimmt?«

»Livebands funktionieren am besten am Samstag.« Und wieder hat er die Arme verschränkt.

»Und Comedians haben normalerweise Bürojobs.« Oder sie sind schon für einen besseren Ort als für ein Café in Seattles Innenstadt gebucht.

»Außer sie sind richtig gut.« Es ist, als würde er in meinem Kopf wohnen.

»Sie waren gut.« Ich bin extra zurückhaltend, was frustrierend ist, vor allem weil es ihn anscheinend zum Lächeln reizt. »Und die Letzte wäre ohne den Lärm auch viel besser gewesen.«

Wir starren einander sekundenlang an, bis es unbehaglich wird. Schließlich seufzt er und streicht sich mit einer Hand übers Gesicht. »Sie werden erst gehen, wenn ich einverstanden bin, stimmt's?«

»Richtig.«

»Okay. Ich kann die Livebands auf halb zehn verschieben, aber sorgen Sie dafür, dass die Comedians um neun Schluss machen, damit Sie nicht nächsten Sonntag wieder hier stehen und mir die Schuld für irgendwas anderes geben.«

»Haben Sie diese Woche noch etwas anderes geplant?«

»Und Sie?«, kontert er.

Ich verdrehe die Augen. »Ich versuche, Initiative zu zeigen.«

»Wenn Sie es so nennen wollen. Vielleicht versuchen Sie ja, meine Ideen zu klauen.«

»Bislang haben Sie sich an meinen Erfolg drangehängt und nicht umgekehrt.«

Er beugt sich nach vorn und senkt die Stimme. »Bis auf gestern Abend, als Sie sich an mich geklammert haben, als würde ich Sie auf einem Hochseil tragen und nicht über einen Tresen schwingen, hinter dem Sie nichts zu suchen hatten.«

Ich öffne den Mund und klappe ihn wieder zu. Er stachelt mich auf. Vorsätzlich. Ich streiche mir mit dem Mittelfinger eine widerspenstige Locke aus der Stirn, wirble herum und reiße die Tür auf.

Sein Gelächter folgt mir den ganzen Weg zurück zu meinem Café.

@buttercreamandbooze:
Nicht dass ich fachsimpeln wollte, aber chemisch betrachtet ist Alkohol eine Lösung.

7

Welches Haus bist du?

Blaire

Ronan hält sich an unsere Vereinbarung, und seine Band beginnt am darauffolgenden Samstag nicht vor halb zehn, weshalb mein letzter Comedian genug Zeit hat, seine Vorstellung zu beenden. Es funktioniert gut, und es ist toll fürs Geschäft – mehr für Ronans als für meins, weil ein guter Teil meiner Gäste zu ihm hinübergeht, als ich schließe.

Ich schaue sogar kurz rein, um einen Blick auf die Band zu werfen, hauptsächlich aus Neugier. Nicht weil ich ihn unterstützen oder anglotzen oder sonst etwas möchte.

Nachdem ich meine Stammkundschaft befragt und eine Online-Umfrage gemacht habe, ist der *Harry-Potter*-Quizabend geboren. Der Gewinner bekommt ein Dutzend von *Harry Potter* inspirierte Cupcakes und eine Runde Drinks für sich und drei Freunde.

Ich bin ein riesiger *Harry-Potter*-Fan. Ich habe alle Bücher gelesen, mehr als einmal sämtliche Hörbücher gehört und besitze alle Filme. Ich habe sie auch alle gleich beim Filmstart im Kino gesehen. »Großer Fan« ist also eine Untertreibung. Ich bin einigermaßen stolz auf die Tatsache, dass ich nicht online gehen muss, um mir knifflige Fragen auszudenken, weil ich mich bereits so gut auskenne.

Ich habe mein Letztes gegeben. Jeder Drink und jeder Cupcake sind thematisch auf *Harry Potter* ausgerichtet. Meine Posts bekommen eine Rekordmenge an Likes, und wir haben zwanzig Personen, die am Wettbewerb teilnehmen. Es wird einfach nur großartig.

Ich habe mich mit meinem Gryffindor-Kleid herausgeputzt, trage meinen Hermine-Zauberstab und meinen Hogwarts-Umhang. Es ist beinahe wie eine verfrühte Halloween-Party. Wenn diese Veranstaltung so viel Kundschaft anzieht wie die Comedy-Abende, werden Quiz-Abende ein weiteres festes Standbein im *B&B*. Ich denke, auch *Stranger Things* verdient eine eigene Veranstaltung.

Um sieben beginnt sich das Café mit den Teilnehmern und ihren Freunden zu füllen. Callie ist hinterm Tresen zugange, Daphne hilft mit den Drinks, und die Hardcore-*Potter*-Fans tragen ihren Hausumhang und trinken auf das Haus-Thema abgestimmte Cocktails.

Ich rufe die Namen der Wettbewerbsteilnehmer auf und bin total überrascht, als Ronan in einem Slytherin-Hoodie hereingeschlendert kommt. Der Slytherin-Teil ist keine große Überraschung – seine dunklen Haare, seine unredlichen Geschäftspraktiken und seine Streiche passen auf jeden Fall ins Profil. Außer, er hat den Hoodie von einem seiner Mitarbeiter geliehen. Ich würde es ihm zutrauen, dass er die Gelegenheit nutzt, von einer weiteren Idee von mir zu profitieren.

»Sind Sie *Harry-Potter*-Fan?«, frage ich ihn, als er an den Tresen tritt, um sich anzumelden.

»Und wie.«

»Die Filme oder die Bücher?«, will ich wissen.

Er schnaubt und zieht ein Gesicht, als könnte er nicht glauben, dass ich eine solche Frage stelle. »Die Bücher natürlich. Ich besitze sämtliche Erstausgaben der Hardcover und Taschenbücher ebenfalls. Dazu die Hörbuchversion gesprochen von Jim Dale.«

»Oh mein Gott, ich liebe diese Stimme!« Die Hörbücher sind fantastisch, und ich höre sie die ganze Zeit, wenn ich zu Hause bin und Cupcake-Rezepte ausprobiere.

Wir grinsen uns an, und für eine halbe Sekunde mag ich ihn sogar ein bisschen weniger wenig. Ich schreibe ihn auf die Liste, und er besorgt sich einen Drink, bevor er sich vorn an einen Tisch setzt, wo die anderen Quizteilnehmer längst warten. Es gibt eine beträchtliche Menschenmenge, die nicht teilnimmt und sich an den Rändern des Cafés postiert, als wir uns bereit machen.

Was man wissen sollte: *Harry-Potter*-Fans sind die schärfsten Konkurrenten untereinander. Mit den ersten drei Quizrunden werden diejenigen mit dem Motto *Ich habe den Film gesehen, aber die Bücher haben mich nicht interessiert* aussortiert. Nach acht Runden sind noch die sechs besten Kandidaten übrig. Ronan hat es unter die besten Drei geschafft.

Er gewinnt die Runde mit den schnellen Fragen, womit er auch das Finale erreicht hat. Seine Gegnerin ist Shanna, eine zweiundzwanzigjährige Literaturstudentin am College hier, die ihre Abschlussarbeit über den Hintergrund zu *Harry Potter* schreibt, weshalb er sich ranhalten muss.

Ich ziehe die letzte Frage und pfeife ins Mikrofon: »Wow, die hier ist der Hammer. Für den Titel des *Harry-Potter*-Quiz-Champions und ein Dutzend meiner märchenhaft köstlichen Cupcakes und Drinks für euch und drei eurer Freunde, nennt mir sämtliche Zutaten des Vielsaft-Tranks.«

Ronan und Shanna schlagen gleichzeitig ihre Hand auf den Buzzer, aber Shanna ist den Bruchteil einer Sekunde schneller, und das rote Licht taucht ihr Gesicht in einen teuflischen Schein.

»Shanna, wie lautet deine Antwort?«

Sie beugt sich nach vorn zum Mikrofon und schließt die Augen – so hat sie sämtliche Fragen beantwortet – »Florfliegen, Blutegel, Knöterich, Flussgras …« Sie runzelt die Stirn und zögert einen Moment, bevor sie fortfährt. »Kleingeschnittene Baumschlangenhaut und ein Stück der Person, in die man sich verwandeln möchte.« Sie schlägt die Augen auf und lächelt triumphierend.

»Ich das dein letztes Wort?«, frage ich sie.

»Ja. Das ist mein letztes Wort.«

Ich muss gestehen, ich bin enttäuscht, als ich sagen muss: »Tut mir leid, aber das ist nicht richtig.« Shanna fällt die Kinnlade herunter.

»Ronan, wollen Sie die Frage richtig beantworten, oder wollen Sie eine neue Frage?«

»Ich versuche sie richtig zu beantworten, danke.« Er räuspert sich, den Blick auf mich gerichtet, als er sich vorbeugt und mit den Lippen beinahe das Mikrofon berührt. »Die Zutaten des Vielsaft-Tranks sind Florfliegen, Blutegel, Knöterich, Flussgras, kleingeschnittene Baumschlangenhaut, ein Stück der Person, in die man sich verwandeln möchte, *und* …« Er macht eine Kunstpause. »Gemahlenes Horn eines Zweihorns.«

Ich muss mir auf die Wange beißen, um nicht zu schmunzeln. »Ist das Ihr letztes Wort?«

Ein großspuriges Lächeln breitet sich langsam auf seinem Gesicht aus. »Ja, Blaire, das ist mein letztes Wort.«

»Sind Sie sicher?« Ich ziehe eine Braue hoch.

Er lächelte ungerührt weiter. »Absolut!«

»Das war richtig. Wir haben einen Gewinner!«

»Und ob!« Ronan springt auf und streckt die Fäuste in die Luft, als hätte er eine Runde im Boxring gewonnen. Er wendet sich zu mir um, und wahrscheinlich als Zeichen seines Sieges schlingt er seine Arme um meine Taille, hebt mich vom Boden hoch und dreht mich einmal im Kreis.

Als er mich wieder absetzt, mache ich benommen einen Schritt zurück. Er lässt seine Hände auf meiner Taille, damit ich nicht von der provisorischen Bühne stürze. »Ich muss zurück in die Bar, und das mit den Drinks verschiebe ich auf ein andermal.« Er zwinkert, springt von der Bühne und stößt auf dem Weg zur Tür die Fäuste in die Luft.

Das kurze wohlige Gefühl verschwindet am nächsten Abend, als Ronan ein Bier-Pong-Turnier abhält. Anscheinend das lauteste Bier-Pong-Turnier in der Geschichte des Universums, weil alle dreißig Sekunden ein kollektives »Ooooooh« oder »Yeeeahhhhh« aus seiner Kneipe dringt.

Ich muss mich zusammenreißen, um mir das nicht anzuschauen, nachdem ich zugemacht habe. Trotzdem werfe ich einen kurzen Blick durchs Fenster. Es sieht nach großem Spaß aus. Aber ich weiß, wenn ich reingehe, wird Ronan eine Möglichkeit finden, mich zum Mitmachen zu überreden, und ich ziele wahnsinnig schlecht. Ich verliere garantiert, was bedeuten würde, dass ich Bier trinken muss. Morgen muss ich früh raus, also wende ich mich langsam ab und fahre nach Hause, wo es vor allem ruhig ist und keine Einundzwanzigjährigen in der benachbarten Wohnung Bier-Pong spielen.

*

Im Laufe der nächsten Wochen verschärft sich der Wettkampf mit Ronan, als wir beide versuchen, uns mit neuen Veranstaltungen zu übertrumpfen, vor allem seit wir zu den besten hundert Bars von fünfhundert gehören, die ursprünglich für den Beste-Bar-Wettbewerb von Tory Taylor ausgewählt worden sind. Die nächste Runde bringt uns unter die ersten fünfzig, und beide Bars sind derzeit dank Social-Media-Abstimmungen auf den Dreißigerrängen. Der Wettbewerb danach mit den Viertelfinalisten wird härter und soll uns unter die Top fünfundzwanzig bringen. Ich will nicht zu sehr frohlocken, weil es noch ein langer Weg bis zur Nummer eins ist.

Ich richte einen Poetry-Slam-Abend aus, und trotz der verhaltenen Begeisterung gewinnen weitere Abende an Beliebtheit, vor allem dank der Schauspielstudierenden vom College.

Leider plant Ronan eine seiner lauten Veranstaltungen – alle seine Veranstaltungen sind eigentlich laut – am selben Abend, weshalb wir gezwungen sind, frühzeitig Schluss zu machen. Ich sollte es inzwischen besser wissen.

Positiv ist, dass jede neue, unterhaltsame Veranstaltung erfreulicher läuft als die vorangegangene. Wir machen einen Halloween-Cookie-Dekorierwettbewerb und verkaufen eine Unmenge blutrünstiger Cupcakes und witziger Gruseldrinks.

Cupcake-Bestellungen kleiner Geschäfte vor Ort nehmen zu, was bedeutet, dass ich wahnsinnig beschäftigt bin und es mir gelingt, mein Kreditlimit nicht auszuschöpfen. Es bedeutet auch, dass ich zu wenig schlafe, aber es macht mir nichts aus, müde zu sein, solange sich *B&B* über Wasser hält.

Heute Abend habe ich einen Junggesellinnenabschied mit einer Cookie-und-Cupcake-Dekorier-Party. Es handelt sich um eine von Daphnes Kundinnen, bei deren Verlobung sie fotografiert hat und die sie für weitere Termine buchen will – einschließlich der Hochzeit. Als Daphne die Junggesellinnenparty vorschlug, war ich dabei. Für sie ist es eine weitere Gelegenheit, witzige, spontane Fotos zu schießen, die sie zu den Verlobungs- und Hochzeitsalben der Kundin hinzufügen kann, und ich habe die Möglichkeit, etwas Neues und anderes auszuprobieren.

Daphne war früh da, um ein paar Bilder von der Deko zu machen, und tauchte dann wieder auf, bevor die zukünftige Braut mitsamt ihrer Entourage kommen sollte.

Die Schwester der Braut hat die Veranstaltung arrangiert und das gesamte Café gemietet. Kunden können noch immer hereinkommen und Cupcakes zum Mitnehmen kaufen, aber es gibt ein Hinweisschild an der Tür, und der Raum ist voll mit Frauen, die Backwaren dekorieren. Cupcakes zu verzieren macht Spaß, aber man kann nicht so interessante Formen fabrizieren wie bei Cookies. Wir beginnen mit einer Übung im Dekorieren von Cupcakes – Daphne zeichnet diesen Teil auf –, was schnell dazu führt, Cupcakes in Vaginas zu verwandeln. Und die Cookies … na ja, die sind genauso unterhaltsam. Sobald das nicht jugendfreie Verschönern beginnt, macht sich Daphne mit einer halbherzigen Entschuldigung, dass sie nicht bleiben kann, auf den Weg in ihr Studio. Ich entlasse sie; das ist wirklich das Witzigste, was ich mit einer Dekorier-Klasse erlebt habe.

Um acht schaut Ronan vorbei – er kommt noch immer täglich wegen eines Cupcakes – und erhascht einen Blick auf die Penis-Cookies, an denen die Damen arbeiten.

Die gesamte Verlobungsgesellschaft hält inne, um ihn aus allen Richtungen anzustarren.

»Ooooh! Hallo, Hübscher, du darfst dich gern zu uns setzen!« Die Schwester der Braut – Stephanie – ist bei ihrem dritten Martini und hat vor einer Stunde sämtliche Hemmungen abgelegt. Die Drinks sind nicht einmal besonders stark. Jedes Mal, wenn sie einen Cookie dekoriert, lässt sie die anderen ein Foto von sich machen und zwingt sie, es ihr zu schicken. Dann postet sie es auf all ihren Social-Media-Accounts. Sie hat auch das Café bei jedem Post markiert. Ich sollte wahrscheinlich erwähnen, dass die Cookies, die sie am liebsten mag, diejenigen mit einem Penis sind.

Ich überlege, die Markierungen des Cafés zu löschen, doch angesichts der vielen Likes, die die Posts bekommen, schadet es nicht, und ich lasse sie stehen. Wer weiß, es könnte eine neue Einkommensquelle werden.

»Was führen die Damen da im Schilde?« Er wirft ihnen ein Lächeln zu und zwinkert in meine Richtung – das Zwinkern ist wahrscheinlich unbewusst – und wendet sich dann den Frauen zu.

»Wir dekorieren Cookies. Sehen Sie mal!« Stephanie hält ihr jüngstes Kunstwerk hoch. Einen knallorangenen Penis. Es sieht aus, als hätte eine betrunkene Frau ihren Spaß am Dekorieren gehabt – was wohl auch zutrifft.

Ronan macht große Augen und hustet in seine Faust. »Das ist sehr überzeugend.«

»Ich habe ihm sogar kleine Haare aus Lakritz gemacht.«

»Ich habe meinen gewaxt«, erklärt eine der Brautjungfern und hält ihren nicht ganz so orangefarbenen, viel ansprechenderen haarlosen Cookie hoch.

Stephanie lässt ihren Blick über Ronan gleiten und hält bei seinem Schritt inne. »Entfernen Sie Ihre Haare?«

»Ähhh …«

»Meine Damen, das ist Ronan, Besitzer der Bar nebenan. Wenn Sie hier fertig sind, sollten Sie bei ihm reinschauen. Sie haben doch bestimmt irgendeine Sonderaktion, die Sie den Damen anbieten können, nicht wahr, Ronan? Und ist bei Ihnen nicht sogar eine Veranstaltung? Eine Liveband?« Ich weiß, dass es keine Liveband ist, denn ich stalke sein Instagram-Profil. Ich folge ihm nicht, weil er nicht wissen soll, dass ich ihn beobachte, aber nachdem er mit lauten Live-Events angefangen hat, wollte ich im Voraus erfahren, womit ich es jede Woche zu tun bekomme.

Sein Blick wandert von dem Penis-Cookie, der nur Zentimeter vor seinem Gesicht schwebt, zu mir. Er schaut mich an, als würde er meine Ermordung planen. Ich verstehe genau, wieso. Diese Damen schlagen bereits ziemlich über die Stränge. In Vorbereitung auf die Hochzeit sind sie alle auf einer Art Keto-Diät – die einen traurigen, wenngleich unvermeidlichen Tod starb, als ich sagte, dass die Cookie-Kalorien heute Abend nicht zählen – und haben während der letzten beiden Stunden Martinis genippt. Sie passen perfekt nach nebenan.

»Ooooh! Gehört Ihnen *The Knight Cap*?« Stephanie legt ihm die Hand auf den Unterarm und hinterlässt Glasurspuren auf seinen Tattoos. Sie ist definitiv auf Beute aus, so wie sie Ronans Schritt beäugt; so wie Ronan es mit meinen Cupcakes tut.

Ronan hat entweder beschlossen, sie zu ignorieren, oder er ist zu beschäftigt damit, mich mit Blicken zu durchbohren, und hat ihre alberne Frage einfach nicht mitbekommen. Sie streichelt seinen Unterarm und verteilt dabei die Glasur. Ich bin mir sicher, dass sie an seinen Haaren kleben bleibt.

»Das tut es, nicht wahr, Ronan.«

»Die Bar gehört mir nicht, ich führe sie nur. Sie gehört meinem Großvater …«

»Oh, wow, ist das nicht nett? Du arbeitest mit deinem Großvater zusammen? Ich mag Typen, die ein enges Verhältnis zur Familie haben. Ich habe das auch.« Stephanie streichelt noch immer seinen Arm. Hält noch immer ihren Penis-Cookie hoch, als wartete sie darauf, dass Ronan sie für ihre Bemühungen lobt.

Die anderen Frauen sehen dem einseitigen Austausch sowohl fasziniert als auch peinlich berührt zu. Hauptsächlich jedoch fasziniert.

Die Frau zu Stephanies Rechten schnaubt. »Du hast seit drei Jahren nicht mehr mit deiner Mutter gesprochen.«

»Zum Rest der Familie habe ich aber ein enges Verhältnis«, faucht sie und wirft der anderen einen wütenden Blick zu. Ich glaube, sie heißt Laura oder Laurie. Stephanie wendet ihre Aufmerksamkeit erneut Ronan zu. »Zu allen anderen habe ich ein enges Verhältnis. Sogar zu meiner Stiefmutter.«

»Das ist … schön.« Er geht langsam einen Schritt zurück, weg von ihrer streichelnden Hand und dem phallischen Cookie. »Viel Spaß noch beim Cookie-Dekorieren.« Er macht eine Bewegung Richtung Tür.

»Haben Sie nicht etwas vergessen?«, rufe ich.

»Was?« Sein Blick schnellt zu mir.

Ich halte die kleine Schachtel hoch, die ich für ihn vorbereitet habe. Darin sind zwei Cupcakes. Sie sind thematisch auf den heutigen Junggesellinnenabschied ausgerichtet. Obwohl ich diese hier speziell für Ronan dekoriert habe, wie immer.

»Oh, stimmt.«

Er eilt herbei und versucht, mir die Schachtel aus der Hand zu nehmen, aber ich halte sie schützend fest und lächle gleichmütig. »Wollen Sie nicht wissen, was für eine Sorte es ist?«

»Ich mag sie bestimmt.«

»Ich auch, aber Sie sollten einen kosten, meinen Sie nicht?« Ich klimpere mit den Wimpern und lächle breit. »Diese Damen müssen die Cupcakes noch probieren. Ich bin sicher, sie wollen Ihr Gütesiegel, nicht wahr?«

Ein »Ja!« ist im Chor vom Tisch zu hören, gefolgt von Gejohle, Rufen und spöttischen Bemerkungen. Man könnte meinen, wir wären in einem Stripclub und nicht in einem verdammten Café mit Cupcakes und Cocktails.

Ronans Augen werden schmal.

»Sie haben Sie gehört. Sie wollen doch nicht die zukünftige Braut enttäuschen.« Als ich den Deckel aufklappe, blickt er mich mit großen Augen an.

Zum ersten Mal wahrt Ronan nicht zu hundert Prozent die Fassung. Seine Wangen haben sogar eine leicht rötliche Färbung angenommen. »Sie wollen mich verarschen.« Er reibt sich den Nacken.

»Sie sehen echt aus, nicht wahr?«

»Ooooh! Was sind das für welche? Dürfen wir gucken?« Stephanie klatscht aufgeregt in die Hände. Ich sollte die Gruppe wohl mit Wasser versorgen, bevor ich sie nach nebenan schicke.

»Wieso zeigen Sie sie nicht, Ronan?« Ich lächle noch immer.

»Auf keinen Fall.«

Ich greife nach dem Cupcake links.

»Zum Teufel, nein.« Ronan schlägt mir auf den Handrücken, und sein Blick schnellt zu den Frauen. »Ich esse den nicht vor ihren Augen.«

Der leichte Klaps fährt mir durch Mark und Bein und erreicht dabei Stellen, die lange vernachlässigt wurden. Ironisch, wenn man die Deko auf dem Cupcake bedenkt, den ich ihn im Beisein der Frauen alsbald essen lasse.

»Der hier also?« Ich nehme ihn aus der Schachtel und drehe ihn in seine Richtung.

»Das werde ich Ihnen heimzahlen.« Sein Ton ist leise und dunkel: zu gleichen Teilen Drohung und Versprechen.

»Das ist es wert.« Ich nicke zu dem Cupcake, der auf meiner offenen Handfläche ruht.

Er nimmt ihn widerstrebend.

Die Frauen haben den Tisch mit den Cookies verlassen, um sich um das Spektakel, zu dem Ronan geworden ist, zu versammeln. Denn er hält einen Vagina-Cupcake in der Hand. Der andere entspricht natürlich der männlichen Anatomie.

»Essen, Ronan!«, kräht Stephanie. Der Rest der Partygäste ruft ebenfalls seinen Namen wie in einem Sprechchor.

Seine Ohren sind rot, sein Blick verrät mir, dass er stinksauer ist, aber ihm ist ebenso bewusst, dass diese Damen zu ihm in die Bar kommen und unvernünftig viel Geld für Shots und bunte Drinks ausgeben werden, sobald sie hier fertig sind. Und der Umsatz ist mehr wert als sein augenblicklicher Stolz. Außerdem hat Ronan bewiesen, dass er nicht der Typ Mann ist, der vor einer Herausforderung zurückschreckt, und aus irgendeinem Grund hasse ich ihn ein kleines bisschen dafür. Im Moment jedenfalls.

Ich lasse heimlich die Hand in die Schürze gleiten und taste nach meinem Telefon, als er die Manschette abzieht, die mit dem Schriftzug »Zukünftige Braut« bedruckt ist. Zum Glück wird Ronan von Stephanie ausreichend abgelenkt, die ihren Arm um seine Taille gelegt hat und seinen Namen ruft, als wäre sie diejenige, die gegessen wird.

Es gelingt mir, die Kamera aufzurufen, ich wechsle in Videomodus und drücke auf Aufnahme, bevor er den Cupcake ganz ausgepackt hat. Er hält meinem Blick stand, als er ihn an seinen weit geöffneten Mund führt. Ich halte das Telefon hoch und passe auf, dass ich ihn genau in dem Moment erwische, als er einen kräftigen, ziemlich sinnlichen Bissen nimmt.

Und die ganze Zeit verrät mir seine Miene, dass er mir den Cupcake am liebsten ins Gesicht reiben möchte. Stattdessen zieht er eine Show ab. Ich versehe das Ganze mit dem Hashtag »Cupcake-Porn«. Denn genau das ist es, im wörtlichen und übertragenen Sinne. Sogar die Stelle, an der er hineinbeißt, ist ausgesucht, und ebenfalls sein Stöhnen, als seine Zunge den Geschmack wahrnimmt. Die Süße von Vanillekuchen, die Spur Kakao in der dünnen Schicht Glasur, bevor die leichte Buttercreme zum Zug kommt, und dann noch der Vanillepudding als Füllung, denn ehrlich, ich bin einfach detailbesessen.

Anscheinend rechnet er nicht damit, was natürlich beabsichtigt ist. Die Soße tropft an seinem Kinn hinunter, aber er ist so beschäftigt, mich anzustarren, während ich diesen unglaublichen Moment filme, dass er es gar nicht bemerkt.

Ich kann mir die Gelegenheit einfach nicht entgehen lassen. Ich beiße mir auf die Lippe und unterdrücke ein Lächeln. »Oh! Sie kleckern, Ronan. Hier, lassen Sie mich helfen.« Ich passe auf, dass das Video weiterläuft, und fange die Soße auf, bevor sie von seinem Kinn tropft.

Ehe ich meine Hand wegziehen kann, schlingt er seine Finger um mein Handgelenk. Es hat nur sehr wenige Momente gegeben, in denen Ronan absichtlich Körperkontakt mit mir gehalten hat. Die längste Berührung hatten wir, als er mich hochgehoben und auf die andere Seite seines Tresens befördert hat. Nachträglich muss ich zugeben, dass er in der Situation recht hatte und ich nicht. Aber musste er mich wirklich im Stil eines Feuerwehrmanns behandeln? Wahrscheinlich nicht. Habe ich seither an den intensiven Körperkontakt gedacht? Überhaupt nicht. Okay, vielleicht ein paarmal. Hundertmal.

Als er mich also am Handgelenk vorwärts zerrt, stolpere ich und stoße mit den Hüften gegen den Tresen. Ich darf nicht vergessen, das Handy weiter auf sein Gesicht zu richten, als er mich in den vordersten Fingerknöchel beißt. Und ich muss ein Stöhnen unterdrücken, als er mit der Zunge an meinem Finger spielt, um die Vanillesoße abzulecken.

Er lässt meinen Finger mit einem feuchten Plopp los, anschließend mein Handgelenk und stopft sich den restlichen Cupcake in den Mund. Das ganze Ding. Ich schalte das Video aus, weil er das, was daran sexy war, zerstört hat, aber ich weiß, ich kann es noch zu etwas Brauchbarem zusammenschneiden.

Er kaut rasch und schluckt, wobei er sich mit dem Handrücken über den Mund wischt. »Wenn Sie das posten, werden Sie es bereuen.«

»Ich oder Sie? Dieser Cupcake-Porno war Gold wert, nicht wahr, Ladys?«

Die Frauen johlen, und er zuckt zurück, als würde er plötzlich merken, dass außer uns noch andere Leute hier sind.

Er schnappt sich die Schachtel, wobei er sie beinahe zerdrückt. »Denken Sie daran, Alice, Sie haben den Stift an der Handgranate gezogen.« Damit wirbelt er herum, entschuldigt sich und verlässt das Café.

»Okay.« Die zukünftige Braut hebt beide Hände, als wollte sie den Verkehr anhalten. »Bitte sagen Sie mir, Sie schlafen mit ihm. Sie müssen mit ihm schlafen. Ich bin mir ziemlich sicher, ich bin gerade indirekt durch sie gekommen.«

»Tut mir leid«, stottere ich und streiche meine Schürze glatt – vor lauter Nervosität natürlich. »Ich weiß nicht, wovon sie reden. Er ist mein Konkurrent, nicht mein … fester Freund.«

Stephanie packt mich mit aufgerissenen Augen beunruhigt am Arm. »Bettgespiele? Bitte sagen Sie mir, dass sie Sex mit ihm haben.«

»Ähhh …«

»Das werden Sie bald, wenn sie es noch nicht tun«, sagt die zukünftige Braut.

»Ich mag ihn nicht einmal«, schnaube ich.

Sie lächelt. »Sie brauchen ihn nicht zu mögen, um mit ihm ins Bett zu steigen; sie müssen ihn nur einfach zum Stressabbau benutzen. So hat es bei Tristan und mir angefangen, und jetzt werden wir heiraten. Ich sehe Hochzeitsglocken in Ihrer Zukunft!«

Ich sehe eine ganze Menge Vergeltung und wie Ronan alles Mögliche tun wird, um es mir heimzuzahlen, wahrscheinlich indem er einen Riesenlärm veranstaltet, aber das erzähle ich den Damen nicht. Mein Abend mit ihnen geht zu Ende, und egal welchen Unsinn sie sich ausgedacht haben, ich muss ihn nicht erdulden. Das ist Ronans Sache, und mich freut's, wenn sie seinen Laden auf den Kopf stellen.

*

Eine Dreiviertelstunde später hat meine Junggesellinnengruppe nach nebenan gewechselt, und ich bin mit Aufräumen fertig. Ich überlege, ob ich im *Knight Cap* vorbeischauen soll, um zu sehen, wie es so läuft.

Falscher Gesang dringt durch die Wand, die unsere Läden trennt. Ich beschließe, für fünf Minuten reinzuschauen, um einen Blick darauf zu werfen, wie es den Mädels ergeht.

Ich ziehe die Lippen frisch nach, überprüfe mein Haar und greife nach meiner Handtasche. Ich bin schon fast zur Tür hinaus, als ich merke, dass ich noch immer die Schürze trage. Ich nehme sie ab – vorsichtig, um meine Frisur nicht zu ruinieren – und werfe sie in die Waschmaschine, denn so kann ich sie am nächsten Morgen in den Trockner tun, sobald ich da bin, um die Cupcakes für den kommenden Tag zu dekorieren. Dann schließe ich ab und gehe nach nebenan.

Der Laden ist brechend voll, und ich entdecke die Frauen vom Junggesellinnenabschied auf der Bühne, wo eine von ihnen ein unmelodisches »Wrecking Ball« von Miley Cyrus singt. Alle feuern sie an, wahrscheinlich weil ihre Backup-Tänzerinnen um die Bühne herum twerken. Die Damen sind erheblich stärker alkoholisiert, als sie es beim Verlassen meines Cafés waren. Der Song findet schließlich ein Ende, was eine Erleichterung ist, weil der grässliche Gesang immer schlimmer wurde.

Ronan tritt auf die Bühne und nimmt der zukünftigen Braut das Mikrofon weg, bevor sie mit dem nächsten Song beginnen kann. »Das war großartig! Einen kräftigen Applaus für Amanda. Du hast dich wirklich selbst übertroffen!« Die Menge applaudiert und bricht in schallendes Gelächter aus. Zum Glück ist die Braut viel zu betrunken, um zu merken, dass sie wie eine sterbende Gans auf Meth geklungen hat.

Ich wende mich zum Gehen, zufrieden damit, dass mein Plan aufgegangen ist – Ronan das Leben ein bisschen schwerer zu machen –, aber nach mir sind Leute hereingekommen, weshalb ich nicht zur Tür komme.

»Blaire!« Ronans tiefe Stimme schallt durch die Lautsprecher, und ich erstarre. »Ich sehe dich da vorn. Komm rauf! Die hinreißende Cupcake-Königin beehrt uns mit ihrer Anwesenheit. Wer will sie singen hören?«

Die Menge bricht in Jubel aus.

»Du hast sie gehört, Blaire. Sie wollen, dass du für sie singst. Zier dich also nicht!« Ein greller Scheinwerfer ist plötzlich auf mich gerichtet. »Kommt, Ladys, bringt Blaire zu mir rauf.«

Natürlich beauftragt er die betrunkenen Junggesellinnen zu helfen.

Mit meinem Fünfzigerjahre-Kleid – rosa mit einem Diamantring-Muster – falle ich hier auf, was bedeutet, dass ich jetzt von allen angestarrt werde.

Die Junggesellinnentruppe packt mich an Armen und Beinen und zerrt mich in Richtung Bühne. Ronan grinst wie die Katze, die den Kanarienvogel gefressen hat. Er hat mir versprochen, es mir für den Vagina-Cupcake heimzuzahlen. Und ich habe das Video in meinen Storys gepostet, sobald er gegangen war. Wahrscheinlich ist es eine tolle Werbung für künftige Junggesellinnenpartys.

Ich versuche nicht einmal, mich zu wehren. Wenn Ronan glaubt, dass es mir peinlich ist, vor einem Haufen College-Kids auf eine Bühne gezerrt zu werden, wird er sich noch umschauen.

Als ich die Bühne erreiche, streckt er mir mit gespielter Galanterie die Hand entgegen. Ich lasse meine Handfläche in seine gleiten, und Hitze schießt bei der Berührung durch meinen Körper. Ich erklimme die Stufen, und er zieht mich an sich, lächelt mich an und zwinkert mit fröhlicher Boshaftigkeit. »Ich bin ja so froh, dass du vorbeischaust, um zu sehen, was hier los ist, Blaire.«

Ich schlinge die Finger um sein Handgelenk und drücke das Mikrofon zu mir herunter. »Ich konnte es doch nicht verpassen, meine Mädels singen zu hören!«

Sein Lächeln wird breit. »Sie waren wirklich eine Freude, nicht wahr?« Er wendet sich an die Menge, und alle klatschen und pfeifen.

Ronan ist wahnsinnig charismatisch. Es spielt keine Rolle, dass die Braut und ihre Junggesellinnen höher gejault haben als ein Hoover-Staubsauger auf höchster Stufe; sie lieben ihn, und deshalb lieben sie auch die grässliche Darbietung der Damen.

»Jetzt, wo Sie schon mal hier oben sind, was soll ich mit Ihnen tun?« Ronans Zungenspitze schaut heraus, und er zieht den rechten Mundwinkel zu einem Grinsen hoch. Er kippt das Mikrofon wieder zu mir herunter.

»Was würden Sie denn gern mit mir tun?« Ich würde ja behaupten, meine Stimme klingt absichtlich so tief und rauchig, aber die Frage und die Art, wie er mich ansieht, lassen sowieso alles ziemlich anzüglich wirken.

»Hmmm.« Er saugt an den Zähnen. »Ich bin mir nicht sicher, ob ich ehrlich sein soll.«

Dafür bekommt er ein lautes Johlen von der Menge.

Er wirft einen vielsagenden Blick ins Publikum, und ich rolle mit den Augen. »Bin ich nicht hier oben, um zu singen?«

»Richtig. Jawohl. Was gefällt Ihnen denn? Wie wär's mit ›Let's get it on?‹«

Ich schnaube und nehme das Mikrofon. »Mmm, ich denke, wir finden was Besseres.« Ich tippe mir auf die Lippe. »Waren Sie schon mal hier oben, Ronan?«

»Ich schmeiße den Laden, mache aber nicht mit.« Er lacht, aber seine Augen blitzen warnend auf.

»Wieso können Sie nicht beides tun? Wer will Ronan singen hören? Was meint ihr, Leute, sollen wir ein Duett versuchen?«

Der Jubel ist so laut, dass mir die Ohren klingeln.

»Sie haben sie gehört, sie wollen, dass wir es gemeinsam tun.«

»Es gibt nur ein Mikrofon.«

Ich zucke leicht mit einer Achsel. »Wir können es teilen, oder nicht?« Ich lasse das Mikro sinken und flüstere. »Aus der Nummer kommen Sie nicht raus.«

Er schüttelt sacht den Kopf, aber sein Lächeln verrät mir, dass er um seine Niederlage weiß. »Was sollen wir singen?«

»Hmm.« Ich tue so, als würde ich ein paar Sekunden darüber nachdenken. »Wie wär's mit ›You're the One that I Want?‹«

Ronan lacht. »Ich hätte wissen müssen, dass Sie ein Fan von *Grease* sind.« Er gibt dem DJ ein Zeichen. »Na schön, du hast die Lady gehört. Los geht's.«

Was Ronan nicht weiß, ist, dass ich den Film wahrscheinlich tausendmal gesehen habe. Und das Theaterstück habe ich mindestens zwanzigmal besucht. Ich besitze auch den Soundtrack, und ich höre ihn häufig beim Autofahren. Ich brauche nicht einmal den Text. Meine Liebe zu *Grease* ist ein entscheidender Grund dafür, dass ich die Kleider trage, die ich trage.

Wenn ich einmal einen Narren an etwas gefressen habe, dann bin ich auch voll dabei. Wie bei meiner Obsession für *Harry Potter* und Cupcakes. Als ich ein Teenager war, hatte ich Schauspielunterricht. Sogar im College war ich zum Spaß in den Theatergruppen. Ich wollte das nie beruflich machen.

Einmal war ich die Zweitbesetzung für Sandy, also kenne ich den Song auswendig, Handlung eingeschlossen.

Ich streiche meinen Rock glatt und gebe ihm das Mikrofon zurück. Es gefällt mir, dass er anfangen muss.

Eines muss man Ronan lassen: Er versucht wirklich, die Töne zu treffen, und er macht das nicht schlecht, aber er muss dabei auf den Bildschirm schauen. Sein Blick schnellt hin und her. Das macht es noch viel befriedigender, als ich meine Hand auf seine lege, das Mikrofon zu mir biege und ihm singend mitteile, dass er derjenige ist, den ich will.

Er ist sichtbar überrascht, wahrscheinlich weil ich die Textanzeige nicht brauche und keine schlechte Sängerin bin. Er verpasst beinahe den Einsatz, aber ich knuffe ihn und nicke zum Bildschirm, damit er seinen Blick von mir abwendet.

Er versucht mitzuhalten. Es ist nicht übel, und das, was ihm an Stimme fehlt, gleicht er mit seinem Hüftschwung aus.

Als der Song endet, bricht die Menge in frenetischen Applaus aus und ruft nach einer Zugabe. Ich lasse meine Hand in die von Ronan gleiten und spüre seine feuchte Handfläche, und wir verbeugen uns.

Ich gebe ihm das Mikrofon zurück und ziehe ihn an seinem Kragen zu mir herunter. Mit den Lippen streife ich seine Ohrmuschel, und er erschauert, als ich flüstere: »Nicht genau das, was du dir vorgestellt hast, was?«

@buttercreamandbooze:

Du bist der Cupcake, den ich will.

8

Eigentlich war das mein Sieg

Blaire

Am nächsten Morgen habe ich noch immer ein Hochgefühl wegen meines Triumphs gestern Abend. Ich muss sagen, ich fühle mich gerade ganz fabelhaft, und es hält den gesamten Weg zur Arbeit an. Alles ist fantastisch. Nichts kann meine großartige Stimmung trüben, nicht einmal die Tatsache, dass ich nicht viel geschlafen habe.

Auf der Stufe zum Eingang entdecke ich einen Karton und nehme ihn mit hinein. Ich kenne den Firmennamen nicht, aber vielleicht hat Daphne für unsere nächste Veranstaltung eine Überraschung bestellt.

Ich nehme eine Schere aus dem Becher neben der Kasse und lasse sie vorsichtig am Deckelrand entlanggleiten.

Bevor ich die Gelegenheit habe, ihn aufzumachen, geht die Hintertür auf, und Paul rollt einen Wagen mit Schachteln den Flur entlang. »Hey! Du bist früh dran!« Er lächelt, aber er sieht müde aus.

Die Schere fällt klappernd zu Boden, knapp an meinem Fuß vorbei. »Himmel! Hast du mich erschreckt. Ich dachte, du wärst längst weg.«

»Ich musste wegen des Feiertags ein paar Lieferungen verschieben.« Paul musste das in jüngster Zeit öfter tun. Entweder Cupcakes abends liefern oder besonders früh kommen, um die Spezialitäten für mich zu backen. Ein paarmal in letzter Minute.

Paul hatte zugestimmt, mir während Thanksgiving zu helfen, aber danach hat er seinen Anteil am Truck abbezahlt, und ich muss entweder einen anderen Bäcker anheuern oder es selbst machen. Angesichts der finanziellen Lage scheint es so, als müsste ich die ganze Extra-Arbeit übernehmen, weshalb sich mein Schlafmangel noch verschlimmern wird.

Er schiebt den Wagen mit Cupcakes hinter die Kasse, damit ich sie mir ansehen kann. Ich klappe die oberste Schachtel auf. Sie duften köstlich – nach Würzmittel für Kürbiskuchen –, und sie werden noch besser, sobald ich die Frischkäsefüllung und die Vanille-Buttercreme-Glasur hinzugefügt und sie mit einem hübschen Stück kandiertem Kürbis dekoriert habe. »Die riechen himmlisch.«

»Na ja, es ist dein Rezept, also kannst du es dir selbst zuschreiben.« Er grinst nach wie vor. »Fühlst du dich heute Morgen wie ein Rockstar?«

»Äh, nein, nicht besonders.« Ich lehne mich gegen den Tresen, die Beine noch immer zittrig vor Schreck.

Sein Lächeln verschwindet, und er verzieht das Gesicht. »Dann hast du es also noch gar nicht gesehen?«

»Was gesehen?« Ich wende meinen Blick von den Cupcakes ab, die bestimmt perfekt aussehen werden, wenn ich sie fertig präpariert habe.

»Es gibt ein Video von dir.«

»Was für ein Video?« Ich bekomme einen Anflug von Panik. Ich weiß nicht, wieso. Ich habe noch nie so eine Art Video gemacht. Und, ehrlich gesagt gibt es haufenweise Videos von mir auf YouTube, weil ich einen Kanal habe und dort die ganze Zeit welche hochlade.

Er zieht eine Braue hoch. »Wow, so wie du gerade dreinschaust, habe ich eine Menge Fragen, auf die ich größtenteils lieber keine Antwort möchte.«

Ich wische seine Bemerkung mit einer Handbewegung weg. »Tu nicht so dramatisch und geheimnisvoll, sondern erzähl mir lieber, was los ist.«

»Jemand hat deinen Auftritt gestern Abend gepostet.« Er zeigt mit dem Kinn auf die Verbindungswand zu *The Knight Cap*.

»Ach, das. Das war keine große Sache.«

»Na ja, vielleicht nicht für dich, aber es bekommt eine Menge Aufmerksamkeit.«

»Welche Art Aufmerksamkeit?«

Paul zieht sein Handy aus der Hosentasche und öffnet YouTube. Wie sich herausstellt, hat Ronans Barkeeper Lars – nicht Larry – das Video hochgeladen. Paul reicht mir das Telefon.

»Das kann nicht stimmen. Es wurde echt über eine Million Mal angeschaut?«

»Er hat die YouTuberin Tori getaggt, und sie hat es geteilt.« Er tippt direkt unter dem Video auf den Screen, wo Lars es untertitelt hat mit »Wettbewerb Beste Bar am Nordwestpazifik« #toritaylorbestof #TheKnightCap #BesteBarNWP und über siebenhundert weitere Hashtags. Das Video hat massenhaft Likes.

»Verdammt!«, schimpfe ich und scrolle durch die Kommentare. »Das glaube ich nicht.«

»Du klingst toll. Ich meine, ich wusste, dass du singen kannst, aber du hast den Auftritt perfekt hingekriegt.«

»Ich weiß, dass ich singen kann.«

Paul zieht die Brauen hoch. »Wie bescheiden.«

Ich sehe ihn böse an. »Es geht nicht um mein Ego. Ich habe mal Theater gespielt. Ich kann singen. Es ist eine Tatsache, und jetzt bekommt Ronan den Applaus dafür.« Ich drücke auf Play auf dem Video, wie um mich noch ein bisschen mehr zu quälen.

Ronan und ich tauchen auf dem Bildschirm auf, ich allerdings nur zur Hälfte, denn der Fokus liegt auf Ronan, jedenfalls zu Beginn, weil er singt und sich im Zentrum der Aufmerksamkeit befindet. Seine Stimme ist nicht schlecht, und er ist leider hübsch anzusehen. Die Kamera liebt ihn und seine männlichen Ecken und Kanten.

Als ich dran bin, schnappe ich ihm das Mikrofon weg und beginne zu singen. »Verdammt!« Lars dreht die Kamera herum, und man erkennt eine Nahaufnahme seines Gesichts und seiner großen Augen. Wie Ronan sieht er ebenfalls gut aus. »Hört euch diese Stimme an.« Er wendet die Kamera wieder zurück zu mir.

»Wie soll ich ihn jetzt noch schlagen?« Ich gebe Paul sein Telefon wieder, bevor ich es womöglich an die Wand werfe. Ich habe nicht die Mittel, um es zu ersetzen. »Er hat mich nicht einmal getaggt oder *B&B* in den Kommentaren erwähnt! Was für ein Arsch.«

»Wenn Tori nach Seattle kommt, hast du eine Gelegenheit, zu beweisen, dass du die bessere Bar hast.« Paul drückt meine Schulter. Es gefällt mir nicht, dass er so einen schuldbewussten Ausdruck hat. »Ich kann versuchen, ein bisschen länger auszuhelfen, wenn du mich brauchst.«

Ich wehre ab. »Wir wissen beide, dass das nicht funktioniert. Vor allem nicht, weil du wegziehst und dann eine Stunde bis hierher brauchst. Ich komme schon klar.« Ich zeige auf die ungeschmückten Cupcakes. Das Backen ist nicht das Problem, aber ich mache mir Sorgen, wie sich das auf alles andere auswirkt. Einen Laden zu führen macht eine Menge Arbeit. Insbesondere der ganze Papierkram und der Überblick über die

Vorratshaltung. Es war angenehm, bislang Hilfe zu haben. »Dann schauen wir uns das mal an.«

Der Karton ist ungewöhnlich leicht, also sind es vielleicht Serviettenmuster oder so etwas. Die Firma, bei der wir unsere kaufen, verschickt regelmäßig welche.

Ich klappe die Deckel auf, und ein Ballon mit dem Wort BOOM! darauf schwebt heraus und steigt in Richtung Decke auf. Paul und ich schauen uns fragend an, als ein zweiter Ballon aus dem Karton aufsteigt. Beide platzen im gleichen Moment, und plötzlich bin ich in einen knallpinkfarbenen Glitzerregen gehüllt.

»Oh mein Gott! Die Cupcakes!«, schreie ich und versuche Paul aus dem Weg zu schubsen, um die geöffnete Schachtel vor dem Glitzerzeug zu schützen, doch es ist zu spät. Die Kuchen funkeln bereits. Ich stoße ein paar unsinnige Flüche aus, weil zwei Dutzend Cupcakes, die mein Einkommen darstellen, jetzt nicht mehr zu gebrauchen sind.

»Was ist das für Zeug?« Paul hebt eine Hand und will sich mit den Fingern durchs Haar streichen.

»Das war eine Glitzerbombe! Du kannst das nicht hier drin machen! Du machst es nur noch schlimmer!« Ich führe ihn zur Hintertür in der Hoffnung, den Schaden zu begrenzen.

»Eine Glitzerbombe?«, fragt Paul, als ich ihm helfe, das Glitzerzeug aus seinen Haaren zu schütteln und von seinen Schultern zu wischen.

Ich schüttle ebenfalls den Kopf. Meine Handflächen funkeln. »Glitter ist der Herpes des Bastelns. Man wird es wochenlang nicht los! Und ich bestimmt nie mehr.«

»Wer würde dir so etwas schicken?«

»Woher zum Teufel …« Ich halte mitten im Satz inne und werfe einen Blick nach nebenan. »Dieser Mistkerl. Zuerst heimst er den ganzen verdammten Ruhm von gestern Abend ein, und jetzt das?« Es gibt nur einen Menschen, dem ich das zutraue. Diesem verdammten Ronan.

Ich verbringe den Rest des Tages damit, zwischen dem Bedienen einzelner Kunden Glitzerzeug zu entfernen, aber es ist tatsächlich überall, und jeder, der den Laden betritt, ist sofort Opfer einer Glitzerattacke. Zum Glück habe ich ein paar kurze Pausen zwischen Lunch und dem Nachmittagsansturm, um mein Café zu entglitzern. Bis auf einen misslungenen Cupcake mit Kürbiskuchengewürz und diejenigen, die mit Glitzerzeug bedeckt sind und deshalb nicht zum Verkauf standen, bin ich sämtliche Cupcakes losgeworden.

Ich habe am Donnerstag wegen Thanksgiving geschlossen und werde am Tag davor und am Wochenende mit Notbesetzung arbeiten, damit Callie die Feiertage bei ihrer Familie verbringen kann. Ich würde meine familiären Verpflichtungen ja gern sausen lassen, aber ich war nicht zu Hause, seit ich *Buttercream and Booze* eröffnet habe, und mein Dad wäre enttäuscht, wenn ich nicht zum Abendessen käme. So wenig ich auch ihre Einmischung, ihre Rechthaberei und Verrücktheit gutheiße, so liebe ich sie doch.

Ronan kommt vorbei, als ich zumachen will, und grinst dämlich. »Hey, Superstar! Hast du mein tolles Geschenk von heute Morgen bekommen?«

Ich erwidere das Lächeln nicht. »Und ob.« Ich wirble herum und greife nach der Schachtel mit den ruinierten Cupcakes auf dem Regal hinter mir und stelle sie vor ihm auf den Tresen.

Er legt den Kopf schräg und hebt seine Hand, als wollte er mein Gesicht berühren. Ich zucke zurück. »Was tust du da?«

»Du hast Glitzer auf der Wange.«

Ich werfe die Hände in die Luft. »Ich habe Glitzer überall. Sogar in meiner verdammten Unterwäsche!«

Ronans Lächeln wird angesichts der überflüssigen persönlichen Information zu einer Grimasse, und er macht ein langes Gesicht, als ich die Schachtel mit den Cupcakes öffne. »Oh Scheiße.«

»Ganz genau. Danke für dein nettes, wohlüberlegtes Geschenk.«

»Ich dachte, du würdest es in deinem Büro öffnen.«

»Da hast du dich wohl getäuscht.«

Er kaut auf seiner vollen Unterlippe. »Es tut mir so leid, Blaire. Ich dachte, es wäre witzig.«

Ich verschränke die Arme. »Hast du eine Ahnung, wie vergeblich es ist, Glitter entfernen zu wollen? Ich werde noch wochenlang dieses Funkelzeug an Stellen finden, wo die Sonne nicht hinkommt.«

Er zieht sein Portemonnaie aus seiner Gesäßtasche und blickt auf die Menütafel, auf der die Preisliste steht. Er nimmt vier Zwanziger heraus.

»Was tust du da?«

»Du konntest die heute nicht verkaufen, oder?«

»Nicht mit dem Glitzerzeug, nein.«

»Also bezahle ich sie, denn auch wenn sie voller Glitzer sind, riechen sie köstlich, und ich wette, du hättest sie verkauft, wenn sie nicht ruiniert gewesen wären.«

»Das brauchst du wirklich nicht.« Aber ich konnte die achtzig Dollar gerade gut gebrauchen, was irgendwie deprimierend ist. Er hat anscheinend ein schlechtes Gewissen, wenn er bereit ist, das Geld für meinen Verlust herauszurücken.

»Oh doch. Ich wollte deinen Tag wirklich nicht so durcheinanderbringen oder dein Einkommen schmälern.« Er schiebt das Geld zu mir herüber und nimmt einen der glitzerbedeckten Cupcakes. Er versucht zuerst, das Glitzerzeug abzuschütteln und anschließend, es herunterzuwischen, was nur dazu führt, dass er es überall an den Händen hat.

»Du willst den doch nicht etwa essen, oder?«

Er schaut mich böse an. »Soll ich ihn umkommen lassen?«

»Er ist nicht einmal dekoriert.« Wow, er muss wirklich ein schlechtes Gewissen haben.

»Doch, mit Glitzerzeug.«

»Glitzerzeug ist unverdaulich und nicht unbedingt essbar. Vielleicht solltest du den oberen Teil weglassen, wenn du ihn probieren willst.«

Widerstrebend nimmt er den oberen Teil ab, beißt dann einmal kräftig hinein und kaut übertrieben. Sein Gesichtsausdruck ist drollig, und er macht eine Menge Geräusche, ein paar genüsslich und andere überrascht. »Er ist ein bisschen …«

»Fad?«

Er nickt und hält sich eine Hand vor den Mund. »Aber trotzdem lecker.«

Es ist schwer, nicht zu lachen. »Ich habe einen übrig, der misslungen, aber nicht mit Glitzer bedeckt ist.«

»Wirklich?«

»Du bekommst ihn unter einer Bedingung.«

»Klar. Was auch immer.«

»Du hilfst mir, meinen Tresenbereich vom Glitzer zu befreien.« Es ist offensichtlich, dass er mir keine Probleme verursachen wollte, aber das heißt nicht, dass ich ihn nicht wenigstens ein bisschen dafür bestrafen darf.

Ich reiche ihm ein feuchtes Tuch, und er macht sich an die Arbeit, indem er über alle Flächen wischt, auf denen sich noch immer Glitzerzeug befindet. Das Beste daran ist, dass er Glitzer ins Gesicht bekommt, egal wie vorsichtig er ist. Ich garantiere, dass er den ganzen Abend über wie eine Discokugel funkeln wird.

*

Als ich am Mittwochmorgen gerade bei *B&B* angekommen bin, stürzt Ronan aus der Hintertür. Er sieht nervlich angespannt und erschöpft aus. Seine Haare sind ebenfalls ungewöhnlich zerzaust. Um ehrlich zu sein, ist es ziemlich sexy. Als wäre er aus dem Bett gerollt und direkt hierhergekommen. Seine Klamotten sind zerknittert. »Hey. Hallo. Ich bin ja so froh, dass du da bist.«

Das ist eine neue Art von Begrüßung. »Äh, ich freue mich ebenfalls, dich zu sehen.«

»Darf ich dich um einen riesigen Gefallen bitten?«

»Ahhh. Jetzt ergibt die Freundlichkeit einen Sinn. Was brauchst du?«

»Ich soll eine große Thanksgiving-Lieferung bekommen heute Morgen, aber der Typ ist spät dran, und ich muss meinen Großvater zu meinem Bruder bringen. Ich hätte schon vor« – er blickt auf seine Uhr – »zehn Minuten losfahren sollen. Und Gramps hasst es, zu spät zu kommen, und es sind vier Stunden Fahrt hin und zurück. Ich habe versucht, Lars zu erreichen, aber ich bezweifle, dass er die Nachricht rechtzeitig bekommt.«

Ich halte eine Hand hoch. »Ich kann die Bestellung annehmen.«

»Es muss alles in den Kühlschrank.«

»Ich kann mich darum kümmern.«

»Wirklich?«

»Wirklich.«

Er lässt einen Schlüssel zu *The Knight Cap* in meine Hand fallen und zieht mich überraschend fest an sich. »Hab vielen Dank, Blaire. Ich schulde dir wirklich was. Ich freue mich jedes Mal, dich zu sehen, auch wenn du mich wieder runterputzt. Ich muss los. Danke. Tausend Dank.« Und weg ist er.

»Gern geschehen«, murmle ich und kehre ins *B&B* zurück, um mit der Glasur für die Cupcakes für heute zu beginnen.

Eine Dreiviertelstunde später taucht der Lieferwagen auf. Ich bin bei einer ziemlich komplizierten Karamellfüllung, und Paul will sich gerade auf den Weg machen, weshalb er die Lieferung entgegennimmt – und auf meine Bitte hin abzeichnet – und dafür sorgt, dass sie im Kühlschrank verstaut ist, bevor er verschwindet.

@buttercreamandbooze:
Wenn dir das Leben Zitronen gibt, füge Tequila und Salz hinzu.

9

Nicht die Rache, auf die ich aus war

Blaire

Obwohl *B&B* an Thanksgiving nicht geöffnet hat, fahre ich am Morgen als Erstes in den Laden. Ich muss die Cupcakes für das Familienessen glasieren, und mein gesamtes Zubehör ist dort. Außerdem will ich die unverkaufte Ware bei der Suppenküche vor Ort abgeben, gemeinsam mit allem anderen Süßkram, der morgen nicht mehr frisch sein wird. Normalerweise kommt einer von den Mitarbeitern vorbei, aber sie haben es gestern nicht geschafft, und ich dachte, es wäre am einfachsten, sie auf dem Weg aus der Stadt dort abzuliefern.

Ich bin überrascht, Ronan in der Hintergasse vor *The Knight Cap* zu sehen. Er kommt normalerweise nicht vor zehn, und es ist noch nicht einmal halb neun. Er geht auf und ab, während er telefoniert, sein Tonfall scharf und genervt. Er trägt auch nicht seine übliche Karohemd-und-Jeans-Uniform. Heute hat er eine graue Jogginghose und einen Hoodie an, seine Haare sind schon wieder zerzaust, und er hat einen Bartschatten. Er trägt seine Brille, als wäre er aus dem Bett gerollt und direkt hierhergekommen. Erstaunlicherweise schafft er es trotzdem, zum Anbeißen auszusehen.

»Und was zum Henker soll ich jetzt tun?« Er wirbelt herum und marschiert zurück ins *Knight Cap*.

Sieht so aus, als wäre er diesmal mit schlechter Laune dran.

Ich will gerade wieder reingehen, als ein müde aussehender Lars herauskommt, sich gegen die Wand sinken lässt und zusammenzuckt, als Ronans laute, wütende Stimme durch die angelehnte Tür dringt.

»Was ist los?«

Er erschrickt und legt den Finger auf die Lippen. »Ich verstecke mich.«

»Wieso bist du so früh hier?«

»Weil ich bei den Essenvorbereitungen helfen und doppelt bezahlt werden sollte, doch wie es aussieht, wird nichts daraus.«

Ronan stürzt in die Hintergasse, und die Tür kracht Lars beinahe ins Gesicht, aber er hat zum Glück eine vernünftige Reaktionszeit, weshalb er ausweicht, bevor ihn die Stahlplatte an der Nase trifft.

»Was zum Teufel soll ich jetzt tun?« Ronan fährt sich durchs Haar und tritt wütend vor eine riesige Metall-Mülltonne.

Ich habe den Mann bisher immer nur als die Ruhe selbst erlebt. »Alles okay?«, frage ich, auch wenn offensichtlich ist, dass bei ihm ganz und gar nichts in Ordnung ist.

»Nein!« Er wirft die Hände in die Luft. »Nichts ist okay!«

»Kann ich denn irgendwie behilflich sein?«

»Solange du nicht fünfundzwanzig verdammte Junghühner in den nächsten drei Stunden auftauen kannst, nein.«

Ich bekomme ein flaues Gefühl im Magen. Ich habe Paul gestern die Warenannahme gegenzeichnen lassen, während ich mit Cupcakefüllungen beschäftigt war. »Oh mein Gott. Ist das mein Fehler? Sind sie im Tiefkühler gelandet anstatt im Kühlschrank?«

Ronan runzelt die Stirn. »Was? Nein. Die blöde Firma, bei der ich bestellt habe, hat das vermasselt. Ich habe frische Junghühner bestellt, und sie haben mir gefrorene und mehrere Dosen Kuchenfüllung anstelle der Kuchen selbst geliefert.«

»Oh nein! Ich hoffe, sie geben dir dein Geld zurück.« Ich will mir gar nicht vorstellen, was das für mein Bankkonto bedeutete, würde mir das passieren.

»Schon, aber das bringt mir für heute Abend nichts. Jetzt ist alles, was ich an Thanksgiving servieren kann, Kartoffeln, Füllung und verdammtes Gemüse.«

Er geht in der Gasse auf und ab, die Hände noch immer in seinen Haaren. Ich versuche, seine Tattoos nicht anzustarren, oder wie seine Jogginghose sich an seinen Hintern schmiegt, aber es ist eine Herausforderung.

»Was, wenn wir sie in ein kaltes Wasserbad legen?«, schlage ich vor.

»Sie sind steinhart. Es dauert mindestens sechs Stunden, sie aufzutauen, und dann müssen sie noch immer präpariert und zubereitet werden. Ich habe gestern verdammte sieben Stunden in einem Auto verbracht, damit ich an Thanksgiving aufmachen kann, und das ist das Ergebnis. Ich hätte mich gestern Abend vergewissern sollen.« Er reibt sich mit beiden Händen das Gesicht. »Lars, du kannst genauso gut nach Hause gehen. Genieße den freien Tag.«

»Wir könnten Chickenwings oder so etwas machen«, schlage ich vor.

»Es ist Thanksgiving. Die Leute wollen keine Chickenwings. Sie wollen ein richtiges Abendessen, und wir haben keins. Wir haben nicht einmal einen Nachtisch. Es ist einfach sinnlos.«

»Tut mir leid, Ronan. Ich weiß, du hattest große Pläne für heute.«

Er winkt ab. »Schon okay. Du kannst nichts dafür.«

»Dann sehen wir uns morgen?« Lars macht einen Schritt von der Stahltür weg.

»Ja. Danke, dass du so früh gekommen bist. Ich weiß, du würdest lieber noch schlafen.«

Lars geht, und Ronan schiebt die Hände in seine Hosentaschen und lässt mit einem Seufzen den Kopf sinken.

Es tut mir furchtbar leid. Thanksgiving kann eine gute Gelegenheit sein, um Umsatz zu machen, wenn man das passende Essen hat. »Brauchst du Hilfe bei irgendwas?«

Er reibt sich den Nacken. »Nein, schon gut. Ich werde mich heute wohl aufs Sofa setzen und Football gucken.«

»Wieso kommst du nicht rüber, und ich mache dir einen Kaffee mit Schuss.« Ich neige den Kopf Richtung *B&B*. Es ist das Mindeste, was ich tun kann.

Er stößt einen Seufzer aus. »Ja, klar. Warum nicht? Ich habe ja nichts Besseres zu tun.«

Ich sollte beleidigt sein, aber ich denke, es ist nicht persönlich gemeint, er ist nur aufgebracht wegen der plötzlichen und unerwartet schlechten Wendung, die sein Tag genommen hat.

Ich bereite uns beiden Spezial-Lattes zu, seinen mit ein wenig Alkohol, meinen allerdings nicht, weil ich das Backen noch vor mir habe. »Ich muss ein paar Cupcakes glasieren. Wenn du Lust hast, kannst du hierbleiben und mein Geschmackstester sein.«

»Äh, sicher, ja. Kann ich machen.«

Ich führe ihn in die Küche und platziere ihn auf einem Barhocker.

Ich greife mir die undekorierten Cupcakes aus dem Kühlschrank, damit sie warm werden, setze ein Haarnetz auf – Hygiene geht über Eitelkeit –, wasche mir die Hände und tausche die High Heels gegen ein paar flache Schuhe, bevor ich die restlichen Zutaten aus dem Schrank nehme.

»Brauchst du Hilfe?«

»Nein. Bleib einfach sitzen und trinke deinen Kaffee. Das mit der Lieferung tut mir leid. Wir waren gestern sehr beschäftigt, und ich habe Paul gebeten, sie anzunehmen. Ich habe nicht einmal geschaut, was es war.«

»Es hätte keine Rolle gespielt. Ich habe dir nicht gesagt, was geliefert wird, und ich hätte gestern Abend nachsehen sollen, aber die Fahrt war die Hölle. Auf dem Rückweg gab es einen Unfall, und es hat sieben anstatt vier Stunden gedauert, was schon lang genug ist. Ich habe das nicht so gut geplant, wie ich es hätte tun sollen. Vermutlich ein Anfängerfehler.«

»Du kannst noch immer am Wochenende ein nachträgliches Thanksgiving-Abendessen anbieten, oder nicht? Am Samstag zum Beispiel ein Junghuhn-Special.« Ich binde meine Schürze um und stelle das Mixgerät auf, um Buttercreme zu rühren.

»Das werde ich wohl tun müssen. Sie waren bereits im Kühlschrank über Nacht. Ich hoffe, morgen Nachmittag sind sie aufgetaut, dann kann das Küchenpersonal sie zubereiten und braten.«

»Zumindest kannst du sie für den letzten Rest in einem Wasserbad auftauen, oder nicht?«

»Mmm. Ja.« Er sieht mir dabei zu, wie ich Zutaten abmesse, den Mixer einschalte und den Küchenwecker stelle, bevor ich mich einem kleineren Mixer zuwende, um die Schokoladenbuttercreme für den dreifachen Schokoladen-Cupcake zuzubereiten. Mein Dad hat extra darum gebeten. Und um noch ein paar andere. Manchmal ist es wirklich schwer zu verstehen, warum er mich nicht meinen Traum leben lässt, wo sonnenklar ist, dass ich weiß, was ich tue.

»Ich kann nicht glauben, dass du ein Kleid trägst und mit Schokolade arbeitest.«

»Ich tue alles im Kleid.«

Er zieht eine Braue hoch.

»Fast alles«, korrigiere ich. Ich weiß nicht, weshalb ich angesichts seiner Braue sofort an Sex denken muss. Vielleicht weil Ronans Haare überall abstehen, so als wäre er gerade flachgelegt worden. Oder weil er wegen seiner Brille zur Hälfte wie ein Bücherwurm und zur anderen mit seiner Jogginghose und den Tattoos wie ein Draufgänger aussieht. Oder weil ich schon eine Ewigkeit keinen mehr hatte.

Ich tippe auf Letzteres.

Ich stecke den Kopf in den Kühlschrank und brauche viel länger als nötig, um die Milch herauszunehmen, damit er meine Verlegenheit nicht bemerkt.

»Trägst du je Hosen?«

»Nicht oft.«

»Was, wenn du zu Hause bist?«

»Kleider sind mir meistens lieber. Natürlich habe ich so etwas wie Leggings, für die kalte Jahreszeit, aber so fühle ich mich am wohlsten.« Ich stelle mich auf die Zehenspitzen, um an den Behälter mit dem Puderzucker heranzukommen. Ich weiß nicht, weshalb Paul ihn dauernd so weit nach oben stellt. Wahrscheinlich, weil es ihm Spaß macht.

»Wieso?«

Ich blicke über die Schulter. »Wieso hast du dir die Arme tätowieren lassen?«

»Weil ich meine Erinnerungen sichtbar tragen, sie jeden Tag sehen und daran denken will.« Es klingt, als hätte er den Satz noch nicht beendet. Er springt von seinem Hocker, nimmt den Behälter vom Regal und reicht ihn mir. »Du hast noch immer nicht meine Frage beantwortet. Wieso fühlst du dich in Kleidern wohler als in Hosen? Du hast fantastische Waden, und die Taille ist ebenfalls hübsch anzusehen. Ich stelle mir vor, was auch immer du unter diesen Röcken versteckst, entspricht dem Rest.«

Ich sehe ihn von der Seite an. »Ist das ein Kompliment?«

»Es ist eine Feststellung, aber du kannst es auch gern als Kompliment auffassen.«

Ich lache. »Es ist mein Stil.« Es ist in Wirklichkeit viel mehr als mein Stil, aber es gehört nicht zu den Dingen, über die ich mit anderen rede, schon gar nicht mit einem rivalisierenden Barbesitzer, der mich nicht besonders leiden kann und mich wahrscheinlich bei Laune halten will. »Wie Karohemden und eine schwarz umrandete Brille und Ärmeltattoos deiner ist.«

»Ich werde etwas sagen und will nicht, dass du gekränkt bist.«

»Soll das heißen, dass es kränkend ist?«

Ronan schmunzelt. »Ich denke, es könnte als Beleidigung missverstanden werden, auch wenn das nicht meine Absicht ist.«

»Dann los.« Ich überprüfe die Glasur und messe die Zutaten für die Schokoladenbuttercreme ab.

»Du hast diese klassische Pin-up-Girl-Ausstrahlung, gepaart mit einer Fünzigerjahre-Hausfrau, aber du bist eine Geschäftsfrau. Ist das nicht irgendwie widersprüchlich? Und dann stehst du hier, perfekt gestylt um neun Uhr morgens, und machst mir Kaffee und schlägst Buttercremeglasur.«

»Ich habe dir einen Kaffee gemacht, weil du schienst, als bräuchtest du eine Pause und einen Schnaps. Und willst du etwa behaupten, ich sehe nicht so aus, als müsste man mich ernstnehmen, weil ich keinen Hosenanzug trage?«

»Das habe ich nicht gesagt.«

»Manchmal ist es gut, unterschätzt zu werden, meinst du nicht?« Ich stelle einen zweiten Küchenwecker auf sieben Minuten, während ich die Buttercreme ziehen lasse.

»Es geht nicht darum, dich zu unterschätzen. Natürlich hast du eine Vision und Durchblick im Geschäft, aber du wirkst wahrscheinlich nicht … bedrohlich.«

»Das passt irgendwie zu unterschätzt werden.« Ich tauche einen Löffel in die Ganache und reiche ihn ihm, bevor ich mir selbst einen nehme. Meine Portion ist viel kleiner als seine. Ich warte, bis er stöhnend den Löffel ganz abgeleckt hat, bevor ich noch eine Frage stelle. »Erzähl mir von *The Knight Cap*. Es gehört deinem Großvater, und du hast beschlossen, für ihn zu arbeiten? Oder es zu übernehmen?«

»Er hat meine Großmutter vor etwas über einem Jahr verloren; sie haben den Laden gemeinsam betrieben, seit sie Teenager waren, es ohne sie zu tun war also … schwer. Das sind die beiden auf den gerahmten Pärchenfotos an der Wand gegenüber den Kabinen. Es ist die Geschichte ihres gemeinsamen Lebens, das sie größtenteils in der Bar verbracht haben.«

Ich presse die Hand auf meine Brust. »Haben sie sich dort kennengelernt?«

»Ja, das haben sie.« Er nickt mit abwesendem Blick. »Die Bar gehört jetzt seit drei Generationen unserer Familie. Gramps hat hinter dem Tresen gestanden und Grams als Kellnerin gearbeitet. Sie haben sich Hals über Kopf ineinander verliebt. Es hat ein wenig Unruhe erzeugt, weil sie ein paar Jahre jünger war als er, und ihre Eltern hofften, sie würde eine gute Partie machen, doch nichts und niemand konnte sie auseinanderbringen.« Er lächelt sanft, voller Zuneigung und Traurigkeit. »Sie haben sich sogar eine Zeit lang heimlich getroffen. Es gab eine Menge Heimlichtuereien, da bin ich sicher. Gramps hätte natürlich aus Respekt vor Grams nie darüber gesprochen.«

Ich lache und seufze anschließend. »Ist sie krank geworden?«

»Oh nein, sie war zum Glück ihr Leben lang gesund. Sie hatte einen Herzinfarkt und ist im Schlaf gestorben.« Er dreht gedankenverloren seinen Löffel zwischen den Fingern.

Der Küchenwecker der Vanillecreme beginnt zu schrillen, und ich verlangsame die Geschwindigkeit, um Zucker und Vanille hinzuzufügen. »Dein armer Gramps. War er bei ihr?«

»Ja. Es war eine Zeit lang echt schwer für ihn, und den Laden hier allein zu betreiben war einfach zu viel, also sind die Dinge irgendwie aus dem Ruder gelaufen. Ich habe im Finanzbereich gearbeitet und es gehasst, also hat Gramps mir ein Angebot gemacht, das ich nicht ausschlagen konnte.«

»War das, den Laden wieder auf Vordermann zu bringen?«, frage ich.

»Ja. Er sagte, wenn ich ein Jahr lang damit Erfolg hätte, würde er mir das Geld leihen, um meine eigene Brauerei zu gründen, was ich schon immer tun wollte, aber Banken geben einem für so etwas nicht so gern einen Kredit, wenn man keine Erfahrung als Unternehmer hat.«

»Das kenne ich. Es hat drei Jahre gedauert, bis mir die Bank einen verdammten Kredit für den Laden hier geben wollte.«

»Was hast du gemacht, bevor du hier eröffnet hast?«

»Ich hatte einen Cupcake-Truck.«

»Im Ernst?« Er sieht aus, als wollte er loslachen.

»Rede es nicht schlecht. Ich habe in Zelten bei Food-Festivals und Ständen auf Wochenendmärkten angefangen, bis ich schließlich einen vernünftigen Kundenstamm hatte. Nachdem ich genug gespart hatte, habe ich in den Truck investiert.«

»Und das hast du ganz allein gemacht?«

»Paul hat mir dabei geholfen.«

»Was ist das zwischen euch beiden?« Er schaut mich neugierig an.

»Er ist ein Freund, und er hat mir dabei geholfen, durchzustarten. Wir haben fast fünf Jahre zusammengearbeitet.«

»Und das ist alles, was ihr seid? Freunde?«

»Jawohl. Wir passten geschäftlich gut zusammen, und selbst da gibt es Grenzen. Aber ich habe eine Menge von ihm gelernt, und er war ein großartiger Förderer.«

»Hat er nie mehr versucht?«, will Ronan wissen.

»Nein. Wenn man Cupcakes aus einem Truck heraus verkauft, kommt man sich ziemlich nah. Er kennt alle Seiten an mir, die guten, die schlechten und die schrecklichen. Außerdem ist bei einer Bettgeschichte mit einem Mitarbeiter oder Kollegen die Katastrophe vorprogrammiert.«

Er lacht und schüttelt den Kopf. »Oh ja, ist aus diversen Gründen keine gute Idee, obwohl Gramps wahrscheinlich widersprechen würde.«

»Das waren andere Zeiten, oder nicht?«

»In vielerlei Hinsicht weniger kompliziert, und gleichzeitig komplizierter als heute.« Ronan nickt.

Zwanzig Minuten später habe ich genug Glasur fertig fürs Dekorieren.

Ronan sabbert beinahe, während er mir dabei zusieht, wie ich sie in die Spritzbeutel fülle, also hole ich ein paar Löffel und Schüsseln und lasse ihn von jeder ein wenig probieren, derweil ich die Cupcakes für das Abendessen verziere.

»Ich dachte, du öffnest heute nicht.«

»Tu ich auch nicht.« Ich spritze Schokoladen-Mokka-Buttercreme auf den dreifachen Schokoladen-Cupcake. »Die sind für das Abendessen mit meiner Familie.« Obwohl sich wahrscheinlich die Hälfte der Familie bei ihrem Anblick bekreuzigen wird. Meine Mom und Schwestern sind große Keto-Fans.

Unsere entspannte Unterhaltung driftet jetzt leicht in Richtung eines *Wie-geht's-weiter*-Schwebezustands. »Verbringst du Thanksgiving normalerweise mit deinem Großvater?«

»Er war eigentlich immer in der Bar an Thanksgiving. Grams mochte den Feiertag. Sie wollte dafür sorgen, dass Leute, die keine Familie zum Feiern haben, irgendwohin gehen und ein schönes Abendessen haben konnten, weshalb ich all die Junghühner bestellt habe. Doch es wäre schwer für Gramps, hier ohne sie zu sein, also habe ich ihm versprochen, mich heute um alles zu kümmern. Er ist bei meinem Bruder und kommt nicht vor Sonntag zurück. Verbringst du den Tag mit deinen Eltern?«

»Jawohl. Ich habe sie nicht gesehen, seit ich den Laden hier eröffnet habe, also ist ein Besuch fällig.« Bevor ich überhaupt darüber nachdenken kann, was ich da sage, sage ich zu ihm: »Du solltest mitkommen.«

Ronans runzelt die Stirn. »Zu deinem Familien-Thanksgiving?«

»Ja. Warum nicht?« Ich nicke ein klein wenig energischer als nötig.

»Du darfst den Feiertag nicht allein verbringen. Meine Eltern machen immer so einen Akt daraus. Du musst dich mit Truthahn vollstopfen und Bier abfüllen. Das wird lustig!« Ich bin mir nicht sicher, ob »lustig« die passende Beschreibung für unsere Familienfeiern darstellt, aber es ist zu spät, um es zurückzunehmen.

»Ich weiß nicht. Ich sollte wahrscheinlich das restliche Wochenende vorbereiten«, sagt Ronan langsam.

»Du hast bereits einen Plan, ein Abendessen nach Thanksgiving. Komm mit. Niemand sollte während der Feiertage allein sein.«

Er grinst. »Bist du sicher?«

»Absolut sicher.«

»Darf ich die Cupcakes probieren, bevor wir fahren?«

»Natürlich.« Das Augenrollen und das *»Was denn sonst«* sind in meinem Tonfall inbegriffen.

»Okay. Ich bin dabei.«

»Großartig!«

Was habe ich mir da nur eingebrockt?

@buttercreamandbooze:

Ich bin nur ein Cupcake, der nach seinem verzierten Muffin Ausschau hält.

10

Truthahnzeit

Ronan

Ich bin mir nicht sicher, wie ich Blaires Reaktion auf mein Ja verstehen soll.

Wenn ich ehrlich bin, geben die Cupcakes den entscheidenden Ausschlag. Sie sind gefährlich süchtig machend. Wie Nikotin oder Heroin oder Kokain – wobei ich nach keinem je süchtig war. Daher die übereilte Zustimmung, einen ganzen Tag mit Blaire und ihrer Familie zu verbringen, wo ich doch nur ganz wenig über sie weiß.

Zumindest wird es ein unterhaltsamer Tag. Blaire hat … eine starke Persönlichkeit. Und das ist nicht negativ gemeint. Ich versuche noch immer, sie zu durchschauen, und jetzt habe ich wahrscheinlich die Gelegenheit dazu.

Während ich einen Zettel an die Eingangstür von *The Knight Cap* hänge, mit einer Entschuldigung dafür, dass heute geschlossen bleibt, morgen jedoch wieder geöffnet ist, bemerke ich ein Schild an dem leerstehenden Gebäude gegenüber. »Ist das neu?«, frage ich Blaire. Sie hat sich in den Innenraum geschlängelt und betrachtet gerade die gerahmten Fotos meiner Großeltern an der Wand jenseits der Wurfkabinen. Jetzt, wo sie die Geschichte kennt, sieht sie sie bestimmt mit anderen Augen.

»Was?« Sie wendet den Blick von den Schwarz-Weiß-Fotos

von Gramps und Grandma ab, als sie noch jung waren – jünger, als ich es jetzt bin.

Ich zeige auf die andere Straßenseite. »Sieht so aus, als hätte jemand das Gebäude endlich gemietet. Ich frage mich, was da wohl reinkommt.«

Sie kommt zu mir herüber. »Es ist ein großes Gebäude. War das nicht vorher eine Anwaltskanzlei oder so etwas?«

»Ich glaube schon, ja.« Es hat im Laufe der Jahre mehrmals den Besitzer gewechselt.

»Dann wird es hoffentlich wieder etwas Ähnliches, was uns Kundschaft bringt.« Sie hebt das Kinn und blickt mich an. »Mehr Berufstätige, die man versorgen kann.«

»Hoffentlich ist es das auch.« Mehr Gäste bedeuten bessere Geschäfte für *The Knight Cap*.

»Soll ich dir hinterherfahren zu deiner Wohnung, damit du dich umziehen kannst, und dann geht's weiter zu meinen Eltern?«

Ich blick an meinem alten Hoodie und den Jogginghosen hinab. »Gute Idee. Ich bin mir nicht sicher, ob Jogginghosen für mehr als das Gym und einen faulen Tag zu Hause geeignet sind.«

Blaire notiert meine Adresse, damit sie mir folgen kann. Es ist nicht weit vom Pub. Sie im Wagen warten zu lassen ist unhöflich, also bitte ich sie hinein.

Es fühlt sich merkwürdig an, dass sie in meiner privaten Umgebung ist. Obwohl ich hier in letzter Zeit eigentlich nur noch schlafe.

»Wow. Ich denke, das ist die Männerhöhle schlechthin«, sagt Blaire, als sie sich in meinem Loft umsieht. Es ist nicht groß, aber gemütlich.

»Das bin einfach ich.« Ich weiß nicht, ob ich mich angesichts ihrer Feststellung rechtfertigen soll.

»Das sehe ich.« Sie lässt die Fingerspitzen an der Kante des auf alt getrimmten Holztisches entlanggleiten, den ich fast nie nutze. Ich bin nicht oft genug hier, um Gäste zu haben, und allein an einem Tisch für sechs zu Abend zu essen ist irgendwie deprimierend. Ich esse meistens in der Bar, oder ganz selten mal vor dem Fernseher, wenn ich es nicht eilig habe.

»Lass mich raten: Deine Wohnung sieht aus, als hätte ein Einhorn einen strahlenden Regenbogen darin ausgekotzt.« Ich mache mich nur ein bisschen lustig über sie.

Sie lacht. »Damit liegst du falsch.«

»Dann hast du also nicht elf Millionen Sofakissen mit Sinnsprüchen darauf?« Ich schlüpfe aus meinen Schuhen und werfe sie neben die Tür.

»Ahh, nur zehn Millionen oder so, und nur ein paar mit hübschen Einhörnern, die Sinnsprüche furzen.« Die Art, in der sie ihre Schultern strafft und wie sie mich mit schmalen Augen anblickt, verrät mir alles, was ich wissen muss.

Ich habe einen Nerv getroffen. Ich weiß nicht, warum es mir solchen Spaß macht, sie immer so zu provozieren. Vielleicht weil sie sofort darauf reagiert. »Ich wette, du hast deine Wohnung für den Feiertag dekoriert. Alle möglichen Kürbissachen überall und ein Pappmaché-Truthahn, den du in irgendeinem Workshop gebastelt hast, als Herzstück auf deinem Esstisch.«

Sie errötet. »Ich habe keinen Esstisch.«

»Aber einen Pappmaché-Truthahn?«

»Ich hatte mehrere aus Bastelpapier, als ich ein Kind war. Wahrscheinlich hätte ich sie ewig behalten, wenn meine Eltern nicht irgendwann meine Schachtel mit Bastelkram bei einer Entrümpelung weggeworfen hätten, als ich ein Teenager war.«

Ich merke mir diese Information und fühle mich dabei, als hätte sie mir unabsichtlich ein Geheimnis verraten. »Dann ein Kürbis?«, will ich wissen.

Ich weiß, dass es sie stört, wenn ich sie so leicht durchschaue, aber man muss nur das *Buttercream and Booze* betreten, um zu sehen, wie sehr sie den Feiertag liebt. »Aus Keramik, nicht Pappmaché.«

»Und du hast ihn selbst angemalt?«

»Kann sein.« Sie stupst mich mit dem Finger gegen die Schulter. »Genug gefragt. Die Fahrt dauert anderthalb Stunden; du hast im Auto genug Zeit, mir Fragen zu stellen.«

»Ja, in Ordnung.« Ich weiß nicht, wie so eine lange gemeinsame Fahrt wohl wird. »Ich ziehe mich nur schnell um. Willst du was zu trinken, während du wartest?«

»Nein, danke.«

Ich lasse sie in meiner Wohnung umherspazieren, solange ich mich umziehe. Sie ist nicht der Typ, der herumschnüffelt, aber man weiß nie. Weil Blaire eins ihrer Kleider mit Thanksgiving-Motiven trägt, entscheide ich mich für schwarze Freizeithosen, Anzughemd und eine karierte Krawatte. Die Kontaktlinsen lasse ich weg, weil sich meine Augen vom Schlafmangel wund anfühlen.

Ich entdecke Blaire im Wohnzimmer, wo sie eine Zusammenstellung von Familienfotos betrachtet. »Startbereit?«

Sie dreht langsam den Kopf, ihr Ausdruck ist sanft. »Es tut mir so leid.« Sie hebt die Hand und rückt den Holzrahmen zurecht, und plötzlich ergibt ihre Entschuldigung einen Sinn. Das war das letzte Familienfoto, das wir gemacht haben, und »In liebendem Angedenken« ist in silbernen Buchstaben in das Passepartout geprägt.

Das Foto hängt nie gerade, sondern rechts immer ein wenig tiefer, weil der Rahmen nicht ganz mittig platziert ist. Doch ich will nichts daran ändern, weil es eins meiner ersten Projekte in einer Holzwerkstatt war, und mein Dad und ich zusammen daran gearbeitet haben. Er ist alt und hat Risse und ist ziemlich hässlich, aber es ist eine Erinnerung, von der ich mich nicht trennen kann. Ich nickte und schlucke trotz des Kloßes in meinem Hals. »Oh, äh, danke. Es ist schon lange her.« Aber an Tagen wie diesen fühlt es sich an, als wäre es erst gestern passiert und nicht vor einem Jahrzehnt, dass sie gestorben sind.

»Wie alt warst du, als du sie verloren hast?« Sie presst sich eine Hand an die Brust. »Du musst mir nicht antworten, wenn du nicht darüber sprechen willst.«

»Schon okay.« Ich schiebe die Hände in die Hosentaschen und räuspere mich, als ich mich neben sie stelle. »Ich war zwanzig.«

Sie stößt einen langsamen, zitternden Seufzer aus, und ihr Lächeln ist traurig. »Das muss wirklich schwer gewesen sein. Es sieht aus, als hättet ihr euch nahegestanden.«

»Unsere Familienbande waren sehr eng. Meine Brüder sind beide älter, also waren sie schon etwas abgeklärter, hatten einen Beruf und Partner. Es hat uns alle ziemlich getroffen. Ich bin nach ihrem Tod für ein paar Jahre zu meinen Großeltern gezogen.«

Sie nickt, während sie die Puzzlestücke zusammenfügt, wieso ich *The Knight Cap* übernommen und all die Fotos von ihnen behalten habe.

»Es tut mir leid, dass du heute nicht mit deiner Familie zusammen sein kannst.«

»Ich bin es gewöhnt, nachträglich zu feiern.« Würde mein Bruder nicht so weit weg wohnen, hätte ich mir vielleicht noch die Mühe gemacht, heute erneut hinzufahren. Aber nachdem ich gestern den ganzen Tag gebraucht habe, um Gramps hinzubringen und wieder zurückzufahren, habe ich nicht die Energie dazu. Manchmal ist das mit der Familie an solchen Tagen auch schwer, vor allem weil meine Brüder in festen Beziehungen sind und alle mich bedrängen, weil ich noch immer allein bin. Ich zwinge mich zu einem Lächeln und wechsle das Thema. »Wir sollten uns wohl auf den Weg machen, was?«

Sie schüttelt leicht den Kopf, als wäre sie in Gedanken gewesen. »Oh ja. Unbedingt.« Sie drückt sanft meinen Unterarm. »Berge von Essen warten auf uns.«

Blaire hat nicht gelogen, was ihre Begeisterung für den Film *Grease* betrifft. Der Soundtrack ist als Playlist gespeichert. Offenbar ist sie ein großer Fan von Film- und Musicalsoundtracks.

»Such dir was aus. Ich weiß, dass nicht jeder etwas damit anfangen kann.« Sie zeigt auf die Stereoanlage.

Blaire fährt einen mittelgroßen SUV, der ein ziemlich deutliches Motorrasseln von sich gibt. Auf beiden Vordertüren prangen Magnetschilder von *Buttercream and Booze*. Das Motorrasseln bringt mich zu der Frage, was für ein Restaurant ihre Familie führt und wie sehr sie darum gekämpft hat, sich damit den Lebensunterhalt zu verdienen.

»Du hast gesagt, deine Familie ist im Restaurantgeschäft, nicht wahr?«, erkundige ich mich beiläufig.

»Jawohl, das ist sie.« Blaire klopft auf das Lenkrad, als würde sie den Rhythmus eines Songs begleiten.

»Wieso arbeitest du nicht dort? Wieso dein eigenes Ding machen?« Sie müssen einander schon nahestehen, wenn sie anderthalb Stunden Fahrt für ein Abendessen auf sich nimmt.

»Sie machen mehr in Steak und Lobster, und das ist nicht gerade meine Leidenschaft«, erwidert sie. »Sie verkehren gern in gehobenen Kreisen, und ich … mag das nicht.«

Da steckt eindeutig mehr dahinter, aber ich weiß nicht, ob ich noch mehr herauskitzeln soll. Denn trotz unserer zahlreichen Begegnungen – bei denen Blaire meistens wegen irgendetwas sauer auf mich war – bin ich mir nicht sicher, ob wir schon an einem Punkt sind, an dem sie problemlos persönliche

Dinge mit jemandem teilt. Obwohl ich zum Thanksgiving-Abendessen mit ihrer Familie fahre, zum Teil, weil es besser ist, als allein zu sein, und auch, weil ich neugierig auf Blaire bin. Es ist insgesamt eine merkwürdige Situation. »Willst du mehr dazu sagen?«

Sie packt das Lenkrad fester und lässt wieder los, während sie einen Seufzer ausstößt. »Meine Familie ist ein bisschen … seltsam.«

Wenn man bedenkt, dass sich Blaire anzieht, als wäre sie June Cleavers Pin-up-Schwester kann ich nicht gerade behaupten, dass ich überrascht bin. »Sind nicht alle Familien … seltsam?«

»Meine mehr als die meisten anderen, glaube ich. Sie sind alle Perfektionisten und auf Geld und Anerkennung aus. Und natürlich will ich auch die Beste sein, aber aus eigener Kraft. Ich hätte mich in einem ihrer Restaurants hocharbeiten können, aber ich liebe das Backen – und das hätte nie mit ihnen funktioniert, also habe ich mein eigenes Ding durchgezogen.« Sie blinkt rechts und fährt bei der nächsten Ausfahrt vom Freeway ab. »Sie sind auch irgendwie verrückt, und ich habe die ersten fünfundzwanzig Jahre meines Lebens täglich damit zu tun gehabt. Ich habe also durchaus ein wenig Eigenständigkeit verdient.«

»Das ist völlig verständlich. Ich liebe meine Brüder auch, aber sie können mich gleichzeitig in den Wahnsinn treiben. Wir haben eine Zeit lang für dieselbe Firma gearbeitet, doch schließlich haben sie sich selbstständig gemacht, und ich weiß nicht, ob ich je wirklich für sie arbeiten könnte.« Was teilweise der Grund dafür war, dass ich eine andere Richtung eingeschlagen habe. Sie wollten, dass wir zu dritt eine Firma gründen, und ich mochte meinen Job schon damals nicht.

»Mmm. Ein Familienunternehmen kann anstrengend sein. Es wäre finanziell viel leichter, wenn ich den Pfad einschlagen würde, der ihnen für mich vorschwebt. Sie hätten mich gern als ihre Konditorin für raffinierte Kreationen, um von all den abgehobenen Foodbloggern gelobt zu werden. Aber das ist nicht mein Stil, und ich kämpfe lieber ein Weilchen, als meinen eigenen Traum aufzugeben.«

»Ich kann mir gar nicht vorstellen, wie schwer das sein muss, alles allein zu stemmen.« Ich bin gleich noch dankbarer für Gramps' Unterstützung.

»Die ersten Jahre sind immer schwer, aber ich hoffe, dass es sich schließlich auszahlt. Irgendwann werde ich dazu in der Lage sein, mehr als fünf Stunden Schlaf zu bekommen, und ich werde mich nicht mehr nur von übriggebliebenen Cupcakes und Sandwiches nah am Verfallsdatum ernähren.«

»Weil du keine Zeit zum Kochen hast?«

Sie zuckt mit der Achsel. »Alles, was ich habe, steckt in *Buttercream and Booze*, wenn ich also mein Geld sowieso schon in Lebensmittel investiere, dann sollte ich doch lieber die vertilgen, anstatt Essen einzukaufen, das in meinem Kühlschrank vergammelt, weil ich nie zu Hause bin.«

»Weißt du noch, wann du das letzte Mal einen faulen Samstag hattest?«, frage ich.

»Nein.« Blaire streckt einen Finger hoch. »Warte. Ich hatte vor zwei Jahren die Grippe und musste mir deshalb einen Samstag freinehmen.«

»Das zählt, glaube ich, nicht als Gammeltag.« Das Gespräch bringt mir deutlich ins Bewusstsein, wie hart Blaire für alles hat arbeiten müssen. Es erklärt, warum sie beim ersten Mal, als ich ihr begegnet bin, so feindselig war.

Blaire biegt auf eine Landstraße ein, und der Abstand zwischen den Häusern wird größer. Je weiter wir uns vom Freeway entfernen, desto nervöser wird Blaire. Sie hört auf, Fragen zu stellen, und antwortet einsilbig. Während sie an ihrer Unterlippe nagt, schnellt ihr Blick immer wieder zu mir.

»Hast du deine Meinung geändert?« Es ist als Scherz gemeint, aber irgendwie doch nicht. Wir kennen einander nicht besonders gut, und obwohl ich mich zu ihr hingezogen fühle, bin ich mir nicht sicher, ob das nicht völlig einseitig ist. Ich glaube, sie hat mich eingeladen, weil ich ihr leidgetan habe, aber es gab auch mehr als eine Interaktion, bei der es kaum verhohlene Anspielungen und eine Art Flirt gab.

»Nein. Eigentlich nicht. Ich meine …« Sie windet sich. »Ich sollte dich wahrscheinlich warnen; meine Familie ist ein wenig … unkonventionell.«

»In welcher Hinsicht?« Vielleicht sind sie ja Zirkus-Gastronomen.

Blaire wird langsamer und biegt nach rechts ab. An einem geschlossenen Toreingang bleibt sie stehen. Zum ersten Mal bemerke ich den zwei Meter fünfzig hohen, schmiedeeisernen Zaun, der sich auf beiden Seiten bis weit in die Ferne erstreckt. Umgeben ist er von einem Wald. Vielleicht gehören sie zu einer Kommune. Oder einer Sekte. Ich hoffe ehrlich, ich komme hier wieder lebend raus.

Blaire tippt einen Code ein, und das Tor geht langsam auf. Sie umklammert das Lenkrad, bis ihre Fingerknöchel weiß sind, während wir die schmale, baumbestandene Auffahrt entlangfahren.

»Was zum Teufel …«, murmle ich, als das Haus in Sicht kommt. Denn es ist kein Haus. Es ist ein gottverdammter Palast. Ein wirklich exzentrischer, absolut kitschiger, gotischer und gruseliger Palast. Okay, das ist ein wenig übertrieben, aber angesichts des Wagens, den Blaire fährt, und in dem Wissen, dass sie einen Cupcake-Truck hatte und bestimmt keine hohe

Miete für das *Buttercream and Booze* bezahlt, bin ich total überrascht. Das passt irgendwie nicht zusammen. »Hier lebt deine Familie?« Vielleicht sind sie nur die Angestellten, und wir essen im Dienstbotentrakt. Oder wir müssen das Abendessen servieren, bevor wir es verspeisen dürfen.

»Jawohl.« Blaire nickt steif.

Nicht weniger als drei Bentleys stehen in der Auffahrt. Außerdem ein schwarzer Ferrari und irgendein europäischer Sportwagen, den ich nicht identifizieren kann. Das sind beinahe drei Millionen Dollar in Autos, die vor der Tür parken.

»Bin ich underdressed?« Ich habe das Gefühl, ein Smoking wäre angemessener gewesen.

Sie winkt ab und lächelt fast manisch. »Oh nein. Du bist völlig passend gekleidet. Es ist wirklich alles erlaubt.«

Sie parkt ihren klapprigen SUV, wobei sie eine Menge Platz zwischen ihm und einer der Luxuskarossen lässt, und springt mit einem Satz aus dem Wagen. Sie öffnet die Heckklappe, und ich helfe ihr, die Schachteln mit Cupcakes die wuchtige Treppe hinaufzutragen – als wir oben ankommen, bin ich ziemlich außer Atem.

Sie greift ihre Cupcake-Schachteln anders, was mich nervös macht, denn sie wirkt auf einmal zittrig und angespannter als sonst. Ich will keinen Cupcake-Unfall. Obwohl ich sie mit nach Hause nehmen könnte, wenn sie beschädigt sind.

Sie gibt einen Code ein, und die Türen öffnen sich von selbst. Uuund … es wird immer seltsamer. Zwei Statuen stehen links und rechts der riesigen Eingangstür. Es sind nackte Butler, und ihre Tabletts werden nicht von ihren Händen gehalten. Weitere nackte Skulpturen fungieren als Geländer der geschwungenen Treppe mit kitschigen Goldintarsien. Es ist, als wären ein Museum für griechische Mythologie, ein Ritter aus dem Mittelalter und ein schlechter Porno aufeinandergetroffen, und das

Ergebnis ist diese seltsame Mixtur. Blaire stellt die Schachtel mit Cupcakes auf einem der nackten Butler-Tabletts ab. Sie blickt hinauf zur Decke, murmelt etwas, das ich nicht mitbekomme, und atmet einmal tief durch. Sie lächelt steif und drückt meinen Arm. Ich weiß nicht, ob sie damit sich oder mich beruhigen will. Oder uns beide.

»Hallo! Ich bin hier! Und ich habe einen Freund mitgebracht!«, ruft Blaire, und ihre Stimme hallt von der Decke der riesigen offenen Eingangshalle wider. Ein Butler – ein echter verdammter Butler, der einen Frack trägt – taucht aus dem Nichts auf. »Miss Blaire, es ist wundervoll, dass Sie heute zu Hause sind.«

»Buster, wie schön, Sie zu sehen.«

Buster der Butler. Klassisch. Ich frage mich, ob es sein echter Name ist, oder ob man ihn wegen des Stabreims geändert hat.

Er hebt einen Deckel an und späht in eine der Schachteln auf dem Tablett der nackten Butlerstatue. »Oh! Alle meine Lieblings-Cupcakes, Miss Blaire. Sie haben sich selbst übertroffen.«

»Eine der Schachteln ist für Sie und das Personal. Vielleicht wollen Sie sie verstecken, damit die Cupcakes nicht alle schon vor dem Abendessen verschwinden.« Sie nimmt die kleinere Schachtel, die ich noch immer halte. »Und die sind für Sie für zu Hause.«

»Sie sind zu gut zu mir.« Sein Lächeln ist liebevoll und warm.

Sie zwinkert. »Nicht annähernd gut genug, wenn man bedenkt, was Sie so alles hinnehmen.«

Er lacht. »Es ist wie auf einem Set von Margarets Seifenopern.« Er nickt mir zu. »Willkommen in Haus Calloway, Mr …«

»Oh, das ist mein Freund Ronan. Seine Hühner waren alle gefroren, also habe ich ihn zum Abendessen mitgebracht.« Sie tätschelt meinen Arm.

Ihre seltsame Formulierung scheint Buster nicht aus dem Konzept zu bringen. »Na schön, dann werde ich ein Auge auf ihn haben in diesem Haus.« Er zwinkert und geht davon.

Ich will sie gerade fragen, was das zu bedeuten hat und warum sie einen alten SUV fährt, wo ihre Familie scheinbar genügend Geld hat, um ein mittelgroßes Land zu kaufen, aber sie nimmt einen tiefen Atemzug und strafft die Schultern. »Ich sollte erwähnen, dass meine Eltern geschieden sind, aber einander noch immer freundschaftlich verbunden.«

»Dann sind sie beide hier?« Ich frage mich langsam, in was ich da hineingeraten bin.

»Ja, und sie sind beide wiederverheiratet ...«

»Glücks-Blaire! Du hast es also geschafft! Die Cocktailstunde hat um die Mittagszeit begonnen!« Eine Frau durchquert das weitläufige Marmorfoyer. Nach ihren Gesichtszügen zu urteilen, ist sie sehr wahrscheinlich Blaires Mutter. Obwohl Blaire etwas weichere Marilyn-Monroe-Rundungen hat und ihre Mutter eher einer alternden Twiggy gleicht. Sie trägt außerdem ein kurzes, eng anliegendes Glitzerkleid, das gut in einen Nachtclub gepasst hätte. »Oh! Ich wusste nicht, dass du ein Date mitbringst! Lawrence, Blaire hat ein Date dabei!«, ruft sie über die Schulter.

»Tut mir leid, dass du jetzt hier mit mir in der Falle sitzt. Ich verspreche, Alkohol und Essen sind es wert«, murmelt Blaire, bevor ihre Mutter ihr eine dieser lockeren Pseudoumarmungen gibt und ihr Küsse auf die Wangen haucht.

Ihre Mutter packt sie an den Schultern. »Du siehst müde aus. Wahrscheinlich arbeitest du zu viel. Hast du zugenommen? Ich habe einen großartigen Saft zum Entgiften, der ein bisschen von dem Babyspeck zum Verschwinden bringt, und zwar …« Sie schnipst mit den Fingern neben Blaires Ohr, was sie zusammenzucken lässt.

»Mom, ich bin fast dreißig. Der Babyspeck geht nicht mehr weg.«

»Das sind die ganzen Kohlenhydrate, Liebling.«

»Ich mag Kohlenhydrate lieber als Nahrungsentzug. Das hier ist jedenfalls Ronan.« Sie zeigt auf mich. »Ronan, das ist meine Mutter …«

»Glinda. Wie die gute Hexe aus *Der Zauberer von Oz*.« Ihre Hand zuckt nach vorn. »Ich bin entzückt. Und ich entschuldige mich für mein schlechtes Benehmen, aber wir haben unsere Glücks-Blaire seit dem Sommer nicht mehr gesehen. Es gibt so viel zu erzählen! Wie lange seid ihr schon zusammen?«

»Er ist ein Freund, Mom. Wir sind kein Paar.«

»Noch nicht?«, fragt sie hoffnungsvoll. »Wann hattest du das letzte Mal einen richtigen Freund, Liebling?«

»Nicht seit Maddy mir den letzten weggeschnappt hat«, erwidert Blaire.

»Sie haben einfach besser zusammengepasst.« Glinda schenkt ihr einen mahnenden Blick, bevor sie ihre Aufmerksamkeit wieder mir zuwendet und mich begutachtet, als wäre ich ein Accessoire, über das sie sich noch nicht im Klaren ist. »Wo haben Sie meine Glücks-Blaire kennengelernt?«

»Mir gehört die Kneipe direkt neben *Buttercream and Booze*.«

»Neben was?« Glinda sieht verwirrt aus.

»Meinem Café«, murmelt Blaire.

»Oh!« Glinda klatscht in ihre knochigen Hände. »Dann bist du der Rivale! Wie witzig, dass du hier bist!«

Ich blicke zu Blaire, die einen Schmollmund zieht. »Ich danke dir dafür, Mom.«

»Ich würde uns nicht Rivalen nennen. Ich serviere Bier und

Chickenwings, und Blaire kredenzt die köstlichsten Cupcakes im Universum.« Ich versuche nicht, mich bei ihrer Mutter lieb Kind zu machen, aber irgendwie bei Blaire. Vor allem, weil ich das Gefühl habe, dass das Verhältnis zu ihrer Familie kompliziert ist. Ihre Mutter hat ihr im Grunde zu verstehen gegeben, sie sei dick und solle sich endlich einen Freund suchen. In meiner Anwesenheit.

Ich frage mich, ob Blaire mich zur Ablenkung eingeladen hat. Oder als Schutzschild.

»Hmm, mit Buttercreme und einem Teigschaber ist sie ziemlich geschickt.« Sie zwickt Blaire in die Seite. »Wie nicht zu übersehen ist bei der ganzen Probiererei, die anscheinend nötig ist.«

Ein Mann, der wie Hugh Hefner in seinen Siebzigern aussieht, taucht im Foyer auf. Er trägt einen Hausrock aus Samt, weinrote Seidenhosen und schwarze Slipper. Außerdem hält er eine nicht angezündete Zigarre in der Hand. »Blaire! Wir haben uns schon gefragt, wann du wohl kommst.«

»Hi, Onkel Lawrence.«

Er schlurft durch den Raum und verteilt ebenfalls Luftküsse wie ihre Mutter zuvor, bevor er mir die Hand schüttelt.

»Uns war nicht klar, dass Blaire ein Date mitbringt.«

»Er ist ein Freund, kein Date«, stellt Blaire richtig.

»Nun, du stellst ihn der Familie vor, also heißt das, du bist daran interessiert, ihn zu deinem Date zu machen.« Er wendet sich an Glinda. »Meinst du nicht, Liebling?«

»Ich würde ja zustimmen, aber vielleicht möchte Glücks-Blaire das lieber für sich behalten für den Fall, dass Skylar auf die Idee kommt, ihn ihr wegzuschnappen.«

»Das bedeutet wohl, dass meine Cousine es geschafft hat, aus San Francisco zum Abendessen zu kommen.« Blaires Lächeln ist schmal.

»Du weißt, wie ungern sie Familienfeiern verpasst«, sagt Lawrence.

Ich weiß nicht, ob sie Witze machen. Oder was sonst los ist, denn Blaires Mom streichelt jetzt Lawrence' Arm viel zu vertraut dafür, dass er entweder ihr Bruder oder Schwager ist. Die ganze Sache ist ganz schön verwirrend und erhellend zugleich.

»Ich dachte, ich hätte deine Stimme gehört! Wie geht's meinem kleinen Mädchen!« Ein kahl werdender, korpulenter Mann in einem weißen Leinenanzug kommt in das Foyer geschlendert. Er sieht aus, als hätte er sich eher fürs Bett als für eine Thanksgiving-Feier bereitgemacht.

»Hey, Dad!« Ein strahlendes Lächeln erscheint auf ihrem Gesicht, und sie breitet die Arme aus und schlingt sie um seinen beachtlichen Bauch.

Er küsst sie auf den Kopf, und sein Blick wandert zu mir. »Hast du ein Date mitgebracht?«

»Sie erzählt jedem, er sei nur ein Freund«, erläutert Glinda.

»Weil sie nicht will, dass Skylar ihn ihr wegschnappt«, fügt Lawrence hinzu.

»Das hat mit Skylar nichts zu tun«, wehrt Blaire ab, wird jedoch von einer weiteren Frau unterbrochen.

»Glücks-Blaire! Bitte sag mir, dass du deine Cupcakes mitgebracht hast! Gran-Gran fragt schon den ganzen Nachmittag danach!«

»Hallo, Tante Nora. Natürlich habe ich das.« Und es folgt die nächste Vorstellungsrunde.

Wieder bin ich verwirrt, als sich Blaires Tante neben ihren Dad schiebt und seinen Bauch tätschelt. Ich kann die Ähnlichkeit zwischen Nora und Glinda erkennen, was wahrscheinlich bedeutet, dass sie Schwestern sind. Entweder das oder sie ähneln sich auf unheimliche Weise.

Wir werden durch ein riesiges Wohnzimmer in die Küche geleitet, wo alle Schürzen anlegen und an ihre Plätze zurückkehren. Es duftet wunderbar, und die Küche ist der Wahnsinn. Sie sieht aus wie die Küche eines Nobelrestaurants, gepaart mit noch mehr kitschigem Glamour. Jetzt will ich wissen, welche Restaurants ihnen gehören, denn sie müssen damit verdammt erfolgreich sein, wenn das hier ihre Bude ist.

Der Klang von Mixen, Rühren und Schneiden wird begleitet von Befehlen, und währenddessen versuchen sie, ein richtiges Gespräch zu führen. Es ist unmöglich, ihnen zu folgen.

Blaire öffnet eine Tür und geht die Schürzen durch, die an einem Haken hängen, bis sie diejenige findet, nach der sie gesucht hat. Sie hält sie sich an den Körper, bevor sie sie über den Kopf zieht, und greift nach hinten, um sie zuzubinden.

»Ich kann helfen.« Ich trete hinter sie und schiebe ihre Hände weg.

Sie zuckt bei der Berührung zusammen. »Oh, danke.« Sie nimmt eine schwarze Schürze, reicht sie mir und tut mir den gleichen Gefallen. Sie lässt ihre Hände unter meinen durchgleiten und zerrt an mir, damit ich mich hinunterbeuge, bis ihre Lippen an meinem Ohr sind. »Ich wollte es dir sagen, bevor du sie kennenlernst, aber meine Mom ist mit meinem Onkel verheiratet, und meine Tante ist mit meinem Dad verheiratet.«

Ich drehe den Kopf, um zu sehen, ob sie scherzt, weil das wirklich abgefahren ist, bedenke dabei allerdings nicht, dass unsere Gesichter so nah beieinander sind, weshalb meine Nasenspitze die ihre streift.

»Aha!«, ruft jemand und erschrickt uns zu Tode. »Ich wusste es! Ihr habt euch geküsst! Ronan *ist* dein Date.«

Blaire lässt meinen Arm los und macht einen übertrieben großen Schritt von mir weg. »Wir haben uns nicht geküsst. Ich habe ihn auf den Stand der Familiendynamik gebracht.«

Tante Nora klatscht vergnügt. »Ich habe es mit eigenen Augen gesehen.«

»Dann brauchst du eine neue Brille«, knurrt Blaire.

Unser unbeabsichtigtes Nasenreiben führt zu einer ganzen Reihe von Fragen, angefangen damit, wie lange wir uns schon heimlich treffen, wie wir uns kennengelernt haben, und ob ich je im Gefängnis war. In der kurzen Zeit, die ich hier bin, bin ich zu dem Schluss gekommen, dass Blaires Familie zwar unterhaltsam, aber definitiv ein Haufen Exzentriker ist, mit einem Schuss schlechter Realityshow.

Eine andere Frau, die ein paar Jahre jünger als Blaire aussieht, kommt hereingeschwebt, einen gut gekleideten Mann im Schlepptau. Alle sehen aus, als wären sie bereit, an einem festlichen Ereignis teilzunehmen, bis auf ihren Onkel in seinem Hugh-Hefner-Outfit und ihren Dad im Pyjama.

»Glücks-Blaire! Juhuu!« Sie schwenkt die Arme wie der Tubeman, während sie in ihren extrem hohen High Heels durch den Raum schliddert und ihre Arme um Blaire schlingt. Sie ist mindestens zehn Zentimeter größer und sieht aus, als wäre ihre letzte anständige Mahlzeit gut und gerne fünf Jahre her. Ich verstehe nicht, wie Menschen, die Essen zubereiten, das so köstlich duftet, so dünn sein können. Sie macht das Gleiche wie Blaires Mutter und hält sie auf Armlänge weg. »Dieses Kleid ist entzückend! Hast du zugenommen?«

»Mindestens fünfzehn Kilo«, sagt Blaire mit todernstem Gesichtsausdruck. »Madeline, das ist mein Freund Ronan. Ronan, das ist meine jüngere, attraktivere und dünnere Schwester Madeline.«

»Du kannst mich Maddy nennen.« Sie kichert, setzt eine affektierte Miene auf, wobei sie mit den Wimpern klimpert, und reicht mir die Hand.

Ich schüttle sie, weil es unhöflich wäre, es nicht zu tun. Ich beiße mir auf die Zunge, denn ich würde am liebsten Blaire verteidigen und ihre Schwester zur Schnecke machen, da sie es selbst nicht tut, obwohl ich weiß, dass sie mehr Mumm hat als die meisten Männer, die ich kenne.

Ein großer, irgendwie drahtiger Typ legt seinen Arm um Maddys Schulter und reicht mir seine freie Hand. »Ich bin Matthew, Maddys Ehemann.«

»Ronan.«

Er schüttelt noch immer meine Hand, sieht mich aber nicht dabei an. Sein Blick ruht auf Blaire, und die Art, wie er sie ansieht, ist irgendwie unpassend. »Mutiger Schritt, ein Date mitzubringen, während Skylar sich gerade erst erholt hat.«

Sie verdreht die Augen. »Skylar erholt sich immer erst gerade.«

Maddy kichert und klatscht in die Hände. »Das wird wirklich lustig!«

Wie abgesprochen betritt eine weitere dünne Frau die Küche, die ein für einen Clubbesuch passendes Minikleid trägt und ein halbleeres Martiniglas in der Hand hält. Sie richtet ihren Blick auf Blaire, und mit einem etwas boshaften Lächeln verzieht sie die Mundwinkel nach oben.

»Glücks-Blaire!« Ihre Stimme ist schrill wie Fingernägel auf einer Kreidetafel. Sie kommt herbeigeschlendert, mit völlig übertriebenem Hüftschwung. Anstatt direkt auf Blaire zuzugehen, was bedeuten würde, sich um Maddy herumbewegen zu müssen, lässt sie ihre Brust über Matthews Bizeps gleiten, mustert mich einmal unverhohlen und gibt Blaire dann Luftküsse auf die Wangen. »Dein Kleid ist wirklich entzückend! Deine Taille wirkt darin so schmal!«

Verdammte Scheiße, Blaires Familie ist ein Haufen Arschlöcher.

»Und deins sieht aus, als gehörst du ins Rotlichtviertel«, sagt

Blaire durch zusammengebissene Zähne hindurch und mit einem spröden Lächeln.

»Genau dort habe ich es gekauft!« Sie wendet sich mir zu. »Und wer ist wohl dein appetitlicher Begleiter?«

Tonlos stellt mich Blaire Skylar vor, der Cousine, die sich gerade erholt, und von der jeder glaubt, dass sie versuchen wird, mich ihr auszuspannen. Wegen der Art, wie sie ihren gesamten Körper an mich presst und mich auf beide Wangen küsst, bin ich geneigt, es nicht für einen Scherz zu halten.

Zum Schluss werde ich noch Blaires Gran-Gran vorgestellt. Ich bin erleichtert, als sie mir einfach nur die Hand schüttelt und Blaire mitteilt, sie sei froh, dass sie es zum Abendessen geschafft habe und sie sich zum Lunch verabreden müssten, damit sie Blaire beim Gin Rommé den Hintern versohlen könne – das waren ihre genauen Worte.

Man bietet mir einen Drink an, und Blaire murmelt, dass ich ihn auf jeden Fall nehmen sollte, auch wenn sie selbst Alkohol ablehnt mit dem Hinweis darauf, dass sie später noch nach Hause fahren müsse.

»Ihr zwei könnt natürlich über Nacht bleiben.« Skylar bindet sich eine Schürze um, packt mich am Arm und führt mich zur Kücheninsel, wo sie mich auf einen der Hochstühle schubst. »Dann wollen wir uns mal kennenlernen!« Sie nimmt ein Messer und beginnt Karotten in dünne Scheiben zu schneiden, ohne dabei überhaupt hinzuschauen.

»Wie geht's deiner kleinen Bäckerei, Blaire?«, fragt ihr Onkel, während er in irgendeiner Soße rührt. Blaire quirlt etwas in einer Schüssel und trinkt Ginger Ale – wobei wenigstens zwei Personen Mineralwasser oder Diätlimonade vorgeschlagen haben. Ich würde am liebsten allen hier im Raum eine Tracht Prügel verpassen, bis auf Gran-Gran, die nichts Gemeines gesagt hat. Noch nicht.

»Meiner kleinen Bäckerei geht es gut, danke der Nachfrage.«

Ich blicke zu ihr hinüber – sie befindet sich zu meiner Rechten und hat ein Auge auf Skylar, die so dicht neben mir steht, dass ihr Arm fortwährend gegen meinen stößt.

»Es geht ihr sogar bombig«, werfe ich ein.

Ich lehne den Arm auf die Rückenlehne des Barhockers und drehe mich in Blaires Richtung, weg von Skylar. Aus welchem Grund ich auch immer hier bin – ob als Ablenkung von ihrer durchgeknallten Familie oder weil es ihr wirklich leidtat, dass mein Tag ruiniert war und ich Thanksgiving allein verbringen würde –, ich beschließe jedenfalls, heute Abend die Rolle des festen Freundes zu spielen, für den mich jeder hält. Wenn auch nur aus dem Grund, Skylar davon abzuhalten, sich an meinem Bein zu reiben, während ihre Familie dabei zusieht.

»Ach, das ist ja wunderbar zu hören.« Der Tonfall ihrer Mutter ist allenfalls gönnerhaft. »Du weißt doch, hier ist immer ein Platz für dich, falls du genug von der vielen Arbeit hast. Es muss schwer sein, sich seinen Lebensunterhalt mit Fünf-Dollar-Cupcakes zu verdienen.«

»Die Leute kaufen sie dutzendweise. Ihr wart doch bestimmt schon mal da?«, frage ich, was mir einen Rippenstoß einbringt.

»Oh nein, Blaire hat so getan, als könnten wir uns die Fahrt angesichts unserer vollen Terminkalender sparen.« Ihre Mutter lächelt, aber ich kann die Emotion dahinter nicht recht deuten. Duldsam? Verletzt? Vorwurfsvoll?

»Wirklich, Blaire?« Ich bringe es nicht über mich, »Glücks« hinzuzufügen. Es ist der schlimmste Spitzname in der Geschichte des Universums. Er ist herablassend und passt überhaupt nicht zu ihr. Alice, der ebenfalls schrecklich ist, wenn man die Folgen bedenkt, ist trotzdem tausendmal besser.

»Ich kann nicht glauben, dass du deiner Familie *Buttercream and Booze* noch nicht in seiner ganzen Pracht vorgeführt hast.«

»Sie sind beschäftigt«, sagt sie mit zusammengebissenen Zähnen.

Ich sollte mich wohl zurückhalten, aber ich bin ziemlich wütend darüber, wie wenig Beachtung ihre Familie ihr und dem schenkt, was sie, offensichtlich ganz allein, geschafft hat. Und es gefällt mir auch nicht, dass die starke, direkte, fordernde, kämpferische Frau, die ich gern ein bisschen ärgere, sich diesen ... Scheiß einfach gefallen lässt.

Ich ziehe Blaire an mich und drücke ihr unübersehbar meine Lippen auf die Schläfe. Keiner von uns hat mit dem heftigen Stromschlag gerechnet, den diese gewollt unschuldige Zurschaustellung unserer Zuneigung – wären wir wirklich ein Paar – zur Folge hat. Sie packt mich am Oberarm, und ich flüstere ihr »Tut mir leid« ins Ohr.

Obwohl es das nicht tut. Und das wird nur noch offensichtlicher, als ich sage: »Aber nicht so beschäftigt, als dass Sie die Erfolge ihrer Tochter nicht feiern könnten.«

»Natürlich nicht«, meldet sich ihr Vater zu Wort und schenkt mir einen strengen Blick. »Wir wollten uns Blaire nicht aufdrängen. Sie tut die Dinge auf ihre eigene Art, und wir wollen ihr nicht dazwischenfunken.«

Gran-Gran Calloway, die mich an eine jüngere Betty White aus den *Golden Girls* erinnert und eindeutig senil ist, mischt sich in das Gespräch ein, um zu fragen, wann Blaire fällig sei. Ich brauche dringend eine Pause von dem Wahnsinn, bevor ich jemandem in Blaires Namen die Meinung geige.

»Liebling, zeigst du mir, wo die Toilette ist?«

»Ich kann es dir zeigen!« Skylars Messer fällt klappernd auf den Tresen, und sie packt meinen freien Arm.

Ich schaue nicht einmal in Skylars Richtung, als ich antworte. »Danke, aber Blaire kümmert sich schon um mich.« Ja, und es ist Absicht, dass es absolut zweideutig klingt.

Ich stehe auf und strecke die Hand aus. Blaire bleibt nichts anderes übrig, als sie zu nehmen, wenn sie keine Szene machen will. Sie führt mich aus der Küche hinaus, den Flur entlang, vorbei an drei Türen, bevor sie schließlich stehenbleibt. Ich stoße die Tür auf und packe die Gelegenheit beim Schopf, um Blaire hineinzuziehen und sie gemeinsam mit mir dort einzuschließen.

Das Licht ist nicht an, weshalb wir in Dunkelheit getaucht sind.

»Was soll das?« Ihre Stimme ist schrill.

»Was *tust* du?« Ich taste über die Wand und versuche, den Lichtschalter zu finden.

Einen Augenblick später werden wir beide vom Licht geblendet. »Dir zeigen, wo die Toilette ist.« Ihr Blick schnellt im Raum umher.

Meiner ebenfalls, aber aus anderen Gründen. »Was zum Teufel ist das denn?« Alles ist golden. Die Tapete, der Waschtisch, das Waschbecken, sogar das Klo. Der Fußboden allerdings ist aus spiegelndem schwarzem Marmor.

»Meine Familie ist eklektisch«, stellt sie nüchtern fest.

»Ist das echtes Gold? Beantworte das lieber nicht, ich will es gar nicht wissen.« Ich zeige auf die Tür. »Wieso bin ich hier?«

»Weil ich dich eingeladen habe, was rückblickend nicht die beste Idee war, zumindest nicht ohne Vorbereitung. Ich bin meine Familie gewöhnt, also vergesse ich, wie verrückt sie in Wirklichkeit sind.« Ich habe Blaire noch nie so zappelig gesehen.

Mein Blick verrät ihr, dass ich das für völligen Schwachsinn halte.

Sie wirft die Hände in die Luft. »Okay, ich habe nicht vergessen, dass sie verrückt sind, aber es hat mir leidgetan, dass du keine Pläne für Thanksgiving hattest, und niemand sollte an diesem Feiertag allein sein, also habe ich dich spontan eingeladen. Erst als wir auf dem Weg hierher waren, wurde mir klar, wie es für dich sein würde, und auch für mich, offen gesagt.«

»Na schön, okay. Was ist dann mit Skylar los?«

»Sie ist harmlos.«

»Sie ist eine wandelnde Klage wegen sexueller Belästigung.«

»Sie ist bei der Arbeit extrem professionell. Es macht ihr einfach nur Spaß, mich zu provozieren und eine Show abzuziehen.«

Ich zeige mit dem Finger auf Blaire. »Dein Job heute Abend ist es, sie von mir fernzuhalten.«

»Ich kann's versuchen, aber sie ist hartnäckig.«

»Und wieso zum Teufel lässt du zu, dass dich deine Familie wie Dreck behandelt?«

»Sie behandelt mich nicht wie Dreck.«

Und da ist die Abwehrhaltung, auf die ich gewartet habe. »Deine kleine Bäckerei? Wenn du genug hast von der anstrengenden Arbeit, kannst du für die Familie arbeiten? Sie waren ja noch nicht einmal da, um sich deinen Laden anzuschauen.« Ich habe keine Ahnung, wieso ich so sauer bin deswegen. Vielleicht weil ich weiß, wie hart sie arbeitet? Ich habe Mühe, mitzuhalten. Ich habe Glück, dass College-Kids bereit sind, Geld für Dinge wie Axtwerfen auszugeben.

»Es ist besser, wenn sie sich nicht einmischen. Sonst muss ich damit anfangen, Cupcakes aus Kobe-Rindfleisch für hundert Dollar zu servieren.«

Ich verziehe das Gesicht, weil es eklig klingt. Obwohl sie einen Cupcake mit Guinness und Bacon gemacht hat, der mich völlig umgehauen hat, so lecker war er, und ich hatte wirklich erwartet, dass er mir überhaupt nicht schmecken würde. »Seit wann lässt du andere Leute über dich bestimmen?«

»Tu ich nicht, darum geht es ja.«

»Aber sie sollten sehen, wie hart du arbeitest.«

Blaire seufzt. »Hör zu, Ronan, dass du dich für mich ärgerst, ist reizend, aber du weißt nicht, was du da sagst. Du hast noch nicht einmal eine halbe Stunde mit ihnen verbracht, und jetzt sind wir in einer Toilette eingesperrt, und du hast tausend Fragen. Die ich beantworten werde. Später. Auf der Heimfahrt. Aber jetzt musst du mir erst einmal vertrauen, wenn ich dir sage, dass ich meine Familie nicht zu Besuch bei *B&B* haben möchte, weil das bedeutet, dass sie sich in alles einmischen. Sie meinen es gut, aber sie sind nicht ganz dicht.«

Ich blicke sie sekundenlang an, während ich das Gesagte verdaue und akzeptiere. »Du verrätst mir alles auf der Heimfahrt.«

»Wahrscheinlich ist das nicht mehr so viel, wenn wir hier aufbrechen, aber ja.« Sie zuckt mit den Achseln und wendet sich zur Tür um.

Ich hindere sie daran, hinauszugehen, indem ich die Hand dagegen drücke. »Warte.«

Sie seufzt und lässt die Schultern hängen. »Kann das nicht warten?«

»Was läuft da mit Matthew?«

Sie dreht sich nicht um, senkt jedoch den Kopf und scheint sich noch kleiner zu machen. »Wir waren mal zusammen.«

»Wie bitte?«

»Wir waren zusammen. Es hat nicht funktioniert. Er hat meine Schwester geheiratet. Oh, und ich glaube, Skylar hat mit ihm geschlafen, aber das hat sie sowieso mit mehreren festen Freunden getan, weshalb es schwer war, den Überblick zu behalten.«

»Warte. Was? Skylar hat mit deinem Exfreund geschlafen, bevor ihn dir deine Schwester weggenommen hat?« Ich habe das Gefühl, mein Kopf explodiert gleich angesichts dieser Nachricht.

»Ja. Kann ich jetzt bitte gehen, bevor man uns unterstellt, dass wir uns vor dem Abendessen einen Quickie auf der Toilette gegönnt haben.«

Ich nehme die Hand von der Tür, und sie schlüpft ohne ein weiteres Wort hinaus.

Blaires gleichgültige Erwähnung eines Quickies spricht offensichtlich meine männlichen Körperteile an, weshalb ich einen Moment lang brauche, bevor ich mich erleichtern kann.

Während ich warte, fasse ich zwei Entschlüsse: Ich trinke keinen Alkohol mehr heute Abend, und ich tue bis zum Schluss so, als wäre ich Blaires fester Freund. Ihre Familie wird mich ja nicht mehr wiedersehen. Ich kann also genauso gut einen bleibenden Eindruck hinterlassen.

@the_knightcap:

Wenn man bei dem Wort MAMA nur 4 Buchstaben tauscht, kommt BIER raus.

11

Das ist nicht mein Spiel

Blaire

Rückschau … ist etwas ziemlich Fieses. Ich hätte Ronan vor meiner Familie und davor, wie durchgeknallt sie ist, warnen sollen. Aber gleichzeitig ist er mir von Tag eins an blöd gekommen, und ein bisschen Rache hat noch keinem geschadet.

Doch ich bin nicht gerade erfreut über die Aussicht darauf, dass Skylar den ganzen Abend an Ronan herumbaggert, wie sie es gern mit der besseren Hälfte anderer macht. Durch sie und Maddy habe ich mindestens vier vorzeigbare Kandidaten verloren.

Mir wird klar, dass es recht viel über die Jungs sagt, mit denen ich ausgegangen bin, aber Skylar würde sogar eine lange Unterhose vögeln, wenn sie es dringend braucht. Was Maddy und Matthew betrifft, sie passen zusammen. Sie sind beide eitel, oberflächlich und die meiste Zeit damit beschäftigt, sich gemeinsam mit Promis ablichten zu lassen und die Privilegien eines Familienvermögens zu genießen.

Trotz alledem meint es meine Familie im Allgemeinen gut. Nur an der Umsetzung hapert es. Außerdem ist die Tatsache, dass meine Mutter und ihre Schwester die Ehemänner getauscht haben, einfach seltsam.

Also ja. Das Thanksgiving-Abendessen erweist sich als einigermaßen chaotisch. Das Essen wird in Kürze serviert, und wir können gleich nach dem Dessert verschwinden. Ich stehe noch immer im Flur vor der Toilette. Ich weiß nicht, ob Ronan und ich gemeinsam in die Küche zurückkehren sollten, aber ich bin mir auch nicht sicher, ob er den Weg allein zurückfindet. Es besteht auch eine erhebliche Chance, dass Skylar um die Ecke lauert, bereit, sich auf ihn zu stürzen. Also warte ich.

Zum Glück kann das Abendessen serviert werden, als wir zurückkommen, und es herrscht zu viel Unruhe beim Herumreichen der Speisen, sodass niemand unser kurzes Verschwinden kommentiert.

Ronan bleibt dicht an meiner Seite, Handfläche auf meinem Rücken, als wir zum Esszimmer gehen. Skylar war anscheinend hier und hat die Sitzordnung manipuliert, denn Ronans Platz ist nicht neben meinem, aber er vertauscht die Namenskärtchen und zieht meinen Stuhl zurück.

Maddy macht einen Scherz darüber, dass man vorsichtig sein muss, weil in dieser Familie gern Reise nach Jerusalem gespielt wird. Ich würde am liebsten im Erdboden versinken. Und sie wundern sich, dass ich nie Dates mitbringe, damit sie meine Familie kennenlernen. Das Abendessen ist wie jedes Mal eine dekadente Angelegenheit. Es wird in Schüsseln serviert, nicht auf Tellern, aber jedes Gericht sieht wie ein Kunstwerk aus. Der Truthahn ist ein frittiertes Meisterwerk.

Da meine Mutter, Tante, Cousine und Schwester alle auf irgend so einem schwachsinnigen Keto-Trip sind, lehnen sie sämtliche Kohlenhydrate und alles, was Zucker beinhalten könnte, ab, laden sich aber die Teller mit frittiertem Rosenkohl und sonstigem Keto-kompatiblen Zeug voll.

Es gibt sogar Blumenkohlpüree mit Sahne und Butter und wer weiß was noch. Skylar erzählt irgendwas davon, dass sie heute nur ihren Detox-Tee hatte, weshalb sie ihr Abendessen genießen könnte.

Mein Dad hingegen probiert alles und analysiert die Geschmacksnoten. Und neben mir stöhnt Ronan leise und genüsslich. »Das ist unglaublich«, murmelte er mit einem Mundvoll Truthahn.

»Vergesst nicht, Platz für das Dessert zu lassen.« Es ist irgendwie ironisch, denn die Hälfte der Leute am Tisch lehnt Dessert ab. Oder es gibt eine Option ohne Kohlenhydrate und Aroma, die nach Traurigkeit und Pappe schmeckt.

Sämtliche Familienmitglieder haben ihr Telefon neben dem Teller liegen und checken zwischen einzelnen Bissen ihre Nachrichten. »Der Geschäftsführer der *Decadence*-Niederlassung in L.A. will ein Treffen wegen des Neujahrsmenüs. Maddy und ich fliegen morgen früh zur Niederlassung in San Diego. Soll ich dort ebenfalls vorbeischauen?«, fragt Matthew meinen Dad.

»Das wäre toll. Wenn du Zeit hast, kannst du vielleicht auch noch einen Abstecher nach Las Vegas machen. Nora und ich fahren nach New York, und Glinda und Lawrence, ihr übernehmt die Läden im Mittleren Westen, stimmt das?«

»Was ist mit mir?«, fragt Skylar.

»Wir brauchen dich hier, damit du ein Auge auf alles hast.«

»Ich könnte auch mit Matthew und Maddy nach Vegas fliegen. Wieso dürfen sie zu all den aufregenden Orten reisen, während ich hierbleiben muss?«

»Wir können das nach dem Abendessen besprechen, Schätzchen«, sagt Lawrence mit routiniertem Lächeln.

Meine Eltern lenken das Gespräch darauf, welche großen Stars sie über die Feiertage gebucht haben – es ist immer eine besonders stressige Zeit für sie –, und es ist Namedropping schlechthin.

»Kennt ihr Daxton Hughes? Diesen Teenie-Schauspieler, der Medienanwalt geworden ist?« Ronan tippt sich auf die Lippen, bevor er fortfährt. »Meine Ex von der Highschool war in ihn verliebt.«

»Ich stehe auf ihn«, erwidert meine Mutter mit einem Grinsen.

»Er hat mich angebaggert«, fügt Skylar hinzu.

»Nein, Schatz, du hast ihn angebaggert. Er hat mich angebaggert.« Gran-Gran Calloway zwinkert mir zu.

Während des restlichen Abendessens lauscht man Geschichten von Gran-Gran über die vielen Berühmtheiten, die sie in ihrem Leben kennengelernt hat.

Buster bringt die Cupcakes, die ich gebacken habe, auf einer speziellen Servierplatte herein, und natürlich haben meine Mom, Tante, Cousine und Schwester ihr eigenes kalorienreduziertes Dessert. Es sieht aus wie irgendetwas aus Schokolade mit drei Beeren und einem Minzblatt, das bestimmt auf der Liste mit erlaubten Kohlehydraten steht.

»Wollt ihr keinen von Blaires Cupcakes essen?« Ronan blickt völlig entgeistert drein. Ich würde gern sagen, es ist eine unschuldige Frage, aber seinem Gesichtsausdruck und Tonfall nach zu urteilen, ist es das nicht.

Ich weiß nicht, weshalb er meinetwegen so verärgert ist, aber ich kann nicht behaupten, dass es mir nicht gefällt.

»Zu viele Kohlenhydrate und viel zu viel Zucker. Zucker macht süchtiger als Kokain, weißt du?«, sagt Skylar geringschätzig.

»Du musst es ja wissen«, murmle ich.

»Nun, zumindest ende ich nicht mit einer kaputten Nasenscheidewand oder einer Psychose aufgrund meines Zuckerkonsums«, erwidert Ronan und bittet dann Buster um einen Cupcake von jeder Sorte.

Ronan verschlingt sie nacheinander, wobei er Geräusche macht, die klingen, als wäre er nackt und ich würde ihn reiten. Und jetzt habe ich dieses Bild im Kopf.

Ich frage mich, ob sich die Tattoos auf seinen Armen auf seinem Rücken und vielleicht sogar seiner Brust fortsetzen. In meiner Vorstellung schmücke ich seinen rechten Arm mit noch mehr hübschen Blumen, und den linken mit einer weitläufigen Landschaft.

Sein genüssliches Grunzen lässt meine Mutter einknicken. Sie nimmt die Manschette eines Cupcakes ab, wischt sich die Hände an der Serviette ab und benutzt geziert die Gabel, um einen winzigen Bissen zu probieren. Sie macht große Augen und blinzelt mehrmals. »Oh, das ist himmlisch. Lawrence, hast du den hier probiert? Wirklich, du musst.«

Meine Tante knickt nun ebenfalls ein und bietet an, einen Cupcake mit meinem Dad zu teilen, der, nach dem Stapel Manschetten zu urteilen, bereits drei verputzt hat.

Skylar beobachtet Ronan dabei, wie er Cupcakes verschlingt, als wäre es Pornografie. Und ich, ehrlich gesagt, auch.

Als er mit dem letzten Cupcake fertig ist, leckt er sich – geräuschvoll – die Glasur von den Fingern und richtet den Blick auf mich. Seine Augen sind halbgeschlossen, weshalb er aussieht, als hätte er gerade einen Orgasmus gehabt. Die Auswirkungen eines Zuckerrauschs, dem der Absturz bald folgen wird.

Er zieht die Brauen hoch. »Alles okay?«

Keine Ahnung, was für ein Gesicht ich mache. »Haben sie dir geschmeckt?«

Er grinst. »Und wie. Der einzige Cupcake, der mir noch besser geschmeckt hat, war derjenige, den ich vor den Augen dieser Frauen bei der Junggesellenparty essen musste.«

Ich kann spüren, wie meine Wangen zu glühen beginnen, und sein Grinsen wird breiter. Ich werde nie vergessen, wie er aussah, als er in den Vagina-Cupcake gebissen hat. Oder die Vanillecreme an seinem Kinn herunterlief. Wir schauen uns noch immer an, wahrscheinlich beide ganz der Erinnerung hingegeben.

Das Anstarren hat ein Ende, als meine Mutter fragt, welche Sorten Cupcakes das sind, und natürlich beschließen sie und mein Vater, die Zutaten zu erraten, wobei sie sich über die Vorzüge von gekochter und nicht gekochter Buttercreme unterhalten.

Währenddessen rückt Skylar immer näher an Ronan heran, was dazu führt, dass er immer näher an mich heranrückt. In diesem Moment hat er den Arm über die Rückenlehne meines Stuhls gelegt und sitzt halb auf meinem Schoß. Es ist irgendwie lustig und auch störend, weil seine Finger zwischendurch meinen Nacken streicheln und ich gegen Gänsehaut ankämpfen muss.

Ich knabbere an meinem eigenen Cupcake und genieße ihn, anstatt ihn zu verschlingen. Trotz der Tatsache, dass Maddy und Skylar abgelehnt haben, einen zu probieren, ist keiner mehr übrig. Ich bin mir ziemlich sicher, dass mein Dad ein halbes Dutzend gegessen hat.

»Wenn du dich nicht beeilst und ihn aufisst, nehme ich ihn dir weg«, flüstert Ronan, wobei sein warmer Atem über meine Wange streicht.

»Versuch es nur, dann steche ich dich mit meiner Gabel.« Ich lasse einen weiteren kleinen Bissen zwischen meine Lippen gleiten und mache genüsslich *Mmm*.

Ich kann seinen Blick auf mir spüren. Er ist so nah, dass wir vielleicht noch einmal unsere Nasen aneinander reiben, wenn ich den Kopf drehe. »Du hast Glasur auf deiner Lippe.«

Ich lecke sie verlegen ab und lehne mich nach hinten, um Blickkontakt herzustellen – um ihm zu signalisieren, dass er mich in Ruhe lassen soll. »Alles weg?«

»Nein. Da ist noch was.«

Ich nehme meine Serviette, um mir das Gesicht abzuwischen, denn es gibt nichts Peinlicheres als Glasur im Gesicht, doch er legt seine Hand auf meine. »Ich mach das.«

»Das kann ich selbst tun.« Jetzt ist es mir unangenehm, weil meine gesamte Familie dabei zusieht, was Ronan nicht einmal zu merken scheint. Oder vielleicht ist das auch Absicht.

»Lass mich das machen.« Er ist dicht vor mir und grinst schelmisch. Was mir in dem Moment klar wird, als er meinen Mundwinkel ableckt.

Hitze schießt an meiner Wirbelsäule hinab und siedelt sich zwischen meinen Beinen an. Er erstarrt, Augen aufgerissen, wahrscheinlich genauso erschrocken wie ich, denn *Ronan hat gerade mein Gesicht abgeleckt*. Ich weiß nicht, warum er so geschockt aussieht, weil er schließlich derjenige ist, der mich abgeleckt hat.

»Was soll das, Ronan?« Ich schlage ihn vor die Brust und wische mir den Speichel aus dem Mundwinkel.

Er erholt sich wieder, und sein schelmisches Grinsen ist zurück. »Warte. Ich habe noch nicht alles.« Er beugt sich erneut nach vorn, und ich drücke ihm die Hände auf die Brust, um ihn davon abzuhalten. Ich habe wirklich keine Ahnung, was er vorhat oder warum er so kokett ist.

Er lässt so schnell von mir ab, wie er mich attackiert hat, und sein Grinsen ist wahnsinnig breit, als er sich den restlichen Cupcake in den Mund stopft.

»Du Mistkerl!«

»Du meine Güte, ihr zwei seid wirklich süß. Sind sie nicht supersüß?« Maddy klatscht begeistert, was mich daran erinnert, dass wir nicht allein sind. Tatsächlich sieht meine gesamte Familie der Vorstellung mit großem Entzücken zu.

Bis auf Skylar. Sie hat die Arme vor der Brust verschränkt und schmollt. »Ihr solltet euch wahrscheinlich ein Zimmer suchen«, sagt sie.

»Vielleicht braucht ihr ja noch einen Quickie auf der Toilette.« Maddy schmunzelt. Natürlich hat sie nur darauf gewartet, unser Verschwinden vorhin vor dem Abendessen zu kommentieren.

Skylar macht eine empörte Miene. »Igitt! Das habt ihr nicht.«

Ronan wischt sich den Mund mit seiner Serviette ab und schluckt den Rest meines Cupcakes hinunter. »Ich nehme mir lieber Zeit und koste das Erlebnis aus, wenn es um Blaire geht, außer bei ihren Cupcakes.« Er nimmt meine Hand in seine.

Ich versuche sie wegzuziehen, aber er verstärkt seinen Griff und führt sie an seine Lippen, wobei er mir mit seinem verschlagenen Grinsen in den Fingerknöchel beißt.

»Nun, es ist doch wunderbar, dass diese Turteltauben ihre Finger und Zungen nicht bei sich behalten können, nicht einmal am Esstisch. Das ist die Art von Leidenschaft, die es bei jedem Paar geben sollte.« Gran-Gran klopft auf den Tisch. »Ich brauche einen Brandy. Lasst uns ins Wohnzimmer gehen.«

Ich nutze die Gelegenheit. »Wir sollten wahrscheinlich langsam an die Heimfahrt denken.« Diesmal lässt Ronan meine Hand los, als ich sie zurückziehen will. Ich schiebe meinen Stuhl zurück, um ein wenig Platz zwischen uns zu schaffen.

»Bleibst du nicht über Nacht?« Die Enttäuschung ist meinem Vater anzusehen.

»Wir müssen morgen beide früh aufstehen.« Was nicht gelogen ist. Das Affentheater mit Ronan hat lang genug gedauert. Ich schlafe nicht im selben Raum mit ihm, um falsche Tatsachen vorzutäuschen. Außerdem traue ich Skylar zu, dass sie das Schloss knackt und ihn mitten in der Nacht bespringt.

»Das ist wirklich schade. Beim nächsten Mal musst du über Nacht bleiben«, sagt meine Mutter.

Ich bezweifle, dass das so bald passieren wird, aber ich habe keine Lust zu streiten. Wir verbringen weitere zehn Minuten mit der Diskussion darüber, ob wir tatsächlich aufbrechen müssen. Ronan gähnt. Ich weiß nicht, ob echt oder gespielt, aber ich nutze es zu unserem Vorteil.

»Sieht aus, als würde da jemand wegen zu viel Buttercreme ins Koma fallen.«

Die gesamte Familie bringt Ronan und mich zur Tür. Es folgt eine Runde ungeschickter Umarmungen, und ein paar von ihnen flüstern mir ins Ohr, dass ich ihn doch hoffentlich an Weihnachten wieder mitbringen möge. Ronan benutzt mich als Schild, um nicht von Skylar umarmt zu werden. Im wahrsten Sinne des Wortes. Er stellt sich hinter mich und legt seinen Unterarm auf mein Schlüsselbein, wobei er mit den Fingern meine Schulter umfasst. Seine gesamte Vorderseite ist an meine Rückseite gepresst. Wir verschmelzen irgendwie miteinander, während Skylar seltsame Tanzschritte vollführt, um zwischen uns zu kommen.

Er legt das Kinn auf meinem Scheitel ab und streckt eine Hand aus. »War mir ein Vergnügen, Skylawn.«

»Skylar.« Sie gibt ihm einen schlaffen Händedruck und schmollt dabei.

»Stimmt, mein Fehler.« Er streift meine Ohrmuschel mit der Nasenspitze. »Zeit, nach Hause zu fahren, Glücks-Blaire. Die zweite Dessertrunde ruft.«

@buttercreamandbooze:
Man kann das Glück nicht kaufen, aber man kann Cupcakes kaufen, und das ist fast das Gleiche.

12

Erkenntnisreiche Heimfahrt

Ronan

Okay, die sexuelle Anspielung mit »zweite Dessertrunde« war ein bisschen übertrieben, aber, wie ich fand, völlig gerechtfertigt angesichts der Tatsache, dass das Ego von Blaires Cousine einen kleinen Dämpfer brauchte.

Erst nachdem Blaires SUV durch das Tor gefahren ist, ergreife ich das Wort. »Das war interessant.«

Blaire wirft mir einen Blick zu, bevor sie nach links abbiegt. Ihre Wangen sind gerötet, wahrscheinlich von dem peinlichen Ende unseres Besuchs, bei dem ich vor ihrer gesamten Familie so getan habe, als würde ich sie nach Hause begleiten und wie einen ihrer Cupcakes verschlingen. »Tut mir leid, dass ich dich nicht richtig auf dieses Erlebnis vorbereitet habe.«

»Ich glaube nicht, dass das irgendjemand hätte tun können.«

»Sie meinen es gut, aber sie sind verrückt.« Sie streicht sich ein paar widerspenstige Haarsträhnen hinters Ohr.

»Das kann man laut sagen. Wie zum Henker kamen deine Eltern darauf, ihre Partner zu tauschen?« Ich frage mich, wie vielen Leuten Blaire das bereits hat erklären müssen und ob es irgendwann einfacher wird.

Blaire stößt einen Seufzer aus. »Ähm, ich weiß nicht genau, was dem vorausgegangen ist, aber meine Familie war schon immer sehr eng verbunden, ist zusammen gereist, um neue Restaurants zu pushen. Skylar, Maddy und ich sind fast wie Schwestern aufgewachsen, und wer gerade nicht unterwegs war, hat sich um uns gekümmert. Die Elternrollen waren im Grunde austauschbar.«

Sie umklammert das Lenkrad fester. »Als ich in der zehnten Klasse war, haben Mom, Dad, Tante Nora und Onkel Lawrence uns hingesetzt und uns erklärt, dass sich etwas ändern würde.« Sie schüttelt den Kopf, vielleicht in Erinnerung daran, wie alles zerbrach. »Es war das seltsamste Gespräch, an dem ich je teilgenommen habe. Jedenfalls bis Maddy und Matthew uns mitteilten, dass sie eine Beziehung hätten.«

Das mit Maddy und Matthew ist bestimmt ein verrückter Albtraum für sie. Ich würde später noch einmal darauf zurückkommen. »Du warst in der Highschool, als das passierte.«

Sie nickt kurz. »Jawohl.«

»Das muss hart gewesen sein.«

»Ach, na ja, um ehrlich zu sein, hat sich nicht viel verändert. Ich meine, es gab sichtbare Dinge wie zum Beispiel, dass meine Eltern nicht mehr im selben Zimmer schliefen, aber die eigentliche Familiendynamik ist fast gleich geblieben. Außerhalb von zu Hause war es allerdings etwas völlig anderes.«

»Darf ich fragen, wie, oder willst du nicht darüber reden? Denn ich kann wirklich verstehen, wenn du das nicht willst, aber es wäre eine Lüge, zu behaupten, dass ich nicht neugierig bin.«

»Es ist wie bei einer schlechten Talkshow am Nachmittag.«

Ich weiß nicht, ob sie verlegen ist, also biete ich ihr einen Ausweg. »Wir können das Thema wechseln.«

»Schon okay. Es ist lange her. Ich bin so gut wie darüber hinweg. Ich bin inzwischen ziemlich raus aus dem Ganzen. Ich liebe meine Familie, aber die ganze Sache ist seltsam und irgendwie abstoßend, verstehst du?« Sie zieht eine Grimasse. »Wahrscheinlich verstehst du es nicht, was wirklich besser ist. Jedenfalls hielten es meine Eltern für das Beste, wenn alle zusammenziehen, was weniger Zerrüttung für uns Kinder bedeutete, und meine Tante und mein Onkel waren sowieso dauernd bei uns. Also haben sie ihre Mittel in einen Topf geworfen und diesen kitschigen Kasten gebaut, und wir sind alle eingezogen. Meine Mutter und mein Onkel haben einen Flügel besetzt, und mein Dad und meine Tante einen anderen, und wir Mädchen mussten irgendwie damit klarkommen.«

»Hat es funktioniert?« Dass sich zwei Familien wie eine inzestuöse Brady-Familie zusammentun, scheint nichts zu sein, das Teenager-Mädchen einfach so hinnehmen könnten.

Sie zieht eine Schulter hoch, was wohl ein teilnahmsloses Achselzucken bedeuten soll. »Ja und nein. War es merkwürdig? Auf jeden Fall. Wir haben diese wirklich exklusive, teure Privatschule besucht, wo es endlos viel Tratsch gab, und meine Eltern besitzen ein paar wahnsinnig erfolgreiche Restaurants überall auf der Welt, also …«

»Es blieb nicht unbemerkt …« Ich kann mir gar nicht vorstellen, wie schrecklich es sein muss, wenn das ganze verkorkste Familiendrama öffentlich wird.

»Nein. Teenager sind nicht sehr nachsichtig, wenn Eltern und Onkel und Tante die Partner tauschen. Ich glaube, wegen ihrer unkonventionellen Art habe ich mich nach Normalität gesehnt. Ich war ganz besessen von Familienserien, vor allem von *Erwachsen müsste man sein*, und ich habe beim Theaterstück von *Grease* mitgespielt, weshalb ich angefangen habe, Kleider zu tragen. Es war leichter, wenn die Leute über meinen seltsamen Modegeschmack flüsterten, als sie darüber reden zu hören, dass meine Eltern wahrscheinlich Gruppensex hatten.«

»So etwas haben die Leute zu dir gesagt?«

»Es gab Spekulationen, und es würde mich, ehrlich gesagt, nicht überraschen, wenn es wahr wäre, obwohl ich in diesem Punkt gern für den Rest meines Lebens unwissend bleibe.«

Alles, was ich heute Abend über Blaire erfahren habe, verändert meine Wahrnehmung von ihr. Sie ist noch stärker, als ich dachte, denn sie hat nicht den leichten Weg gewählt, wo man ihr alles auf einem Silbertablett hätte reichen können.

Sie seufzt. »Jedenfalls liebe ich sie, wirklich, aber sie sind einfach durchgeknallt. Ich weiß, dass mein Dad versucht hätte, einen Weg zu finden, damit ich meiner Leidenschaft fürs Backen nachgehen kann, wenn ich wirklich darauf gedrängt hätte, aber ich brauchte diese Trennung, und ich will keine Kompromisse machen. Im Übrigen stecken Maddy und Matthew bis zu den Ellbogen im Familiengeschäft, und ich möchte damit echt nichts zu tun haben. Ganz zu schweigen von Skylar natürlich.«

Sie hat das Thema angesprochen, weshalb ich mich nicht zurückhalte. Außerdem hat sie recht: Das ist wirklich wie eine grässliche Folge der TV-Show von Jerry Springer. »Du hast erwähnt, Matthew und du wart eine Zeit lang zusammen.«

Blaire umklammert das Lenkrad und nickt einmal. »Er war eine Art Lückenbüßer. Ich wusste, er war nicht der Richtige, aber er schien eine angemessene Übergangslösung zu sein. Das klingt bestimmt böse. Ich war aus einer toxischen Beziehung raus, und da war Matthew. Er war harmlos und … sehr ausgeglichen.«

»Klingt langweilig.«

Sie lacht, was gut ist, denn das Gespräch war bisher ziemlich ernst. »Er war *quälend* langweilig. Nein, er ist, keine Vergangenheit. Ich habe noch keinen eindimensionaleren Menschen in meinem Leben getroffen, von Maddy einmal abgesehen. Sie passen perfekt zueinander. Sie wollen wegen der ganzen Extras und der Möglichkeit, Selfies mit berühmten Leuten zu machen und überall hinzureisen, nur für die Familie arbeiten, während sie auf Kohlenhydrate verzichten, um Insta-hübsch zu sein.«

»Klingt so gar nicht nach deinem Typ.« Ich weiß nicht, wer ihr Typ ist, aber langweilig und oberflächlich wirkt wie das Gegenteil von dem, worauf sie steht.

»Das war er nicht. Wie gesagt, er war ein Lückenbüßer. Er war unkompliziert und hatte mich anscheinend gern. Dann bin ich zu einer Tagung gefahren, und als ich zurückkam, nun, da hatten Maddy und er zueinander gefunden.«

»Wie lang war diese Tagung denn?«

Sie wirft mir einen Blick zu. »Fünf Tage.«

»Sie hat dir deinen Freund in fünf Tagen ausgespannt?« Ihre Familie ist wirklich ein Haufen von Idioten.

»Ausgespannt klingt so hart. Matthew und ich waren nicht bestimmt für weiße Lattenzäune, zwei Komma zwei Kinder und einen reinrassigen Pudel. Außerdem waren wir erst zwei Monate zusammen.«

»Trotzdem ist das beschissen.«

»Beschissen war, dass sie mich in dem Moment, als ich nach Hause zurückkam, damit überfielen und um meinen Segen für sie baten.«

»Den du ihnen offensichtlich gegeben hast.« Ich möchte mich darüber ärgern, dass sie eingeknickt ist, aber Matthew ist ein Trottel und Maddy eine Idiotin, also ist es besser, dass sie zusammengekommen sind. Nehme ich jedenfalls an.

»Was witzlos war, weil sie sowieso vorhatten, zusammenzubleiben. Auf ihrer Hochzeit war ich sogar Brautjungfer. Das Gute ist, dass ich genau weiß, wie entsetzlich durchschnittlich Matthew in jeder Hinsicht ist.« Sie zeigt auf ihren Schoß, als bräuchte das eine weitere Erklärung.

Ich will mir Blaire mit diesem Arschloch nicht vorstellen. Ich will mir Blaire mit niemandem vorstellen, was mir eine

Warnung sein sollte. Aber ich bin im Moment geneigt, sie zu ignorieren.

Ich gehe nicht weiter auf die Auskunft ein. Vorerst genügt es zu wissen, dass er kaum geeignet und geistlos ist. »Und was hat es mit Skylar auf sich?«

»Sie hat schon immer ziemlichen Ärger bedeutet. Sie war jung, als der Partnertausch stattfand, ich denke also, dass sie mehr Schaden davongetragen hat als die anderen. Sie hat überhaupt keine moralische Richtschnur und keine klare Linie. Manchmal frage ich mich, ob sie vielleicht meine Halbschwester und nicht meine Cousine ist.«

»Das ist Mindfuck, sonst nichts.«

»Meine ganze Familie ist ein Mindfuck. Wie gesagt, ich liebe sie, und ich weiß, dass sie mich lieben, auch wenn sie schlecht darin sind, es zu zeigen. Ich will einfach ein normales Leben, in dem ich tun kann, was ich will, ohne dass meine Familie versucht, mich zu etwas zu zwingen, und mir die Entscheidungen abnimmt.«

»Du bist unglaublich. Du weißt das, oder?«

»Meine Familie findet das nicht.«

»Nichts für ungut, aber deine Familie ist völlig daneben.«

Sie lacht. »Das ist wohl wahr. Ich wusste, dass ich versagen würde, wenn ich mit ihnen arbeite.«

»Wie versagen? Du bist wahnsinnig begabt.«

Sie kaut einen Augenblick lang auf ihrer Unterlippe. »Ich habe nicht dieselben Werte wie sie. Es geht nur um den Schein und wen sie alles kennen, und das hat mich nie wirklich interessiert. Wir haben unterschiedliche Ziele. Ich will tun, was ich liebe, und nicht unbedingt das, was mir das meiste Geld einbringt. Vielleicht ist das naiv oder kurzsichtig oder was weiß ich, aber so empfinde ich nun einmal. Also habe ich mögliche Enttäuschungen vermieden, indem ich eine völlig andere Richtung eingeschlagen habe, und hier bin ich jetzt, schlage mich mühsam durch, aber zumindest auf eigene Faust.«

»Helfen sie dir nicht?«

»Mein Dad hat ein halbes Dutzend Mal versucht, mir einen Kredit zu geben. Fortwährend bietet er mir an, Geld auf mein Konto zu überweisen, aber wenn ich ihr Geld nehme, muss ich auch ihre Ratschläge annehmen, und das will ich nicht. Als ich den Cupcake-Truck kaufen wollte, war mein Dad da mit einem fetten Scheck und allen möglichen Bedingungen, also habe ich ihm gedankt und ihm gesagt, dass ich es auf eigene Faust versuchen wollte, was ich auch getan habe – na ja, mit Pauls Hilfe jedenfalls.«

Das erklärt, weshalb Blaire so darauf versessen ist, alles auf ihre Art zu tun. »Ist ihnen klar, wie hart du arbeitest?«

Sie zuckt die Achseln. »Kann sein. Ich bin allerdings nicht auf ihre Anerkennung oder ein Schulterklopfen aus. Damit habe ich abgeschlossen, als mir klar wurde, dass wir unterschiedliche Vorstellungen von Erfolg haben.«

»Meine Brüder sind ganz ähnlich. Es ging immer darum, wie viel Geld und wie schnell man es verdienen kann. Eine Zeit lang war ich auch so, aber es hat mich unglücklich gemacht. Egal, wie hart ich gearbeitet habe, ich war nicht mit dem Herzen dabei, und als sie sich selbstständig machen wollten, musste ich meine Ziele neu definieren.«

»Das ergibt Sinn.« Sie lächelt und sieht mich an, bevor sie sich wieder auf die Straße konzentriert. »Du liebst die Bar wohl sehr.«

»Das tue ich. Ich werde nicht reich damit, aber es macht mich viel glücklicher, als Finanzen es je getan haben. Und vielleicht werde ich eine kleine Brauerei aufmachen, also ist das ein gutes Sprungbrett.« Das zu lieben, was wir tun, ist eindeutig etwas, das wir gemeinsam haben.

»Eine Brauerei? Wirklich?«

»Oh ja. Es ist ein Wunschprojekt, aber es wird Zeit brauchen, es umzusetzen.«

»Hmm, was ist mit deinen Brüdern? Lieben sie, was sie tun, oder lieben sie nur das Geld?«

»Beides, denke ich, und sie sind gut darin. Finanzen passt einfach zu ihnen, aber für mich war das nichts.«

»Dann bist du also eine Art schwarzes Schaf wie ich.«

»Du bist kein schwarzes Schaf. Du bist eine Überfliegerin, Blaire. Meine Eltern waren mit allem einverstanden, was uns Spaß gemacht hat, solange wir nicht unseren Verstand mit schlechtem Fernsehen und stundenlangem Videospielen zerstört haben. Aber in gewisser Hinsicht bin ich wohl das schwarze Schaf. Beide meiner Brüder haben Partnerinnen und lukrative Jobs. Sie entsprechen der allgemeinen Vorstellung von Erfolg: großes Haus, schicke Autos, tolle Frauen – und mein ältester Bruder Daniel wird dieses Jahr Vater, also sind sie auf dem besten Weg zu dem Klischee von zwei Kindern und einem Hund.«

»Dann wirst du Onkel. Das ist toll! Ich bin mir nicht sicher, ob Maddy und Matthew Kinder haben werden, Maddy hat nämlich Angst vor Dehnungsstreifen.«

Ich lache, aber sie bleibt ernst. »Das ist irgendwie …«

»Traurig und selbstbezogen?«, schlägt Blaire vor. »Ich glaube ehrlich gesagt nicht, dass Maddy so viel mit der Kindererziehung zu tun hätte. Sie würde eher mit ihnen auf Instagram posieren, damit es so aussieht, als wäre ihre Familie wie gemalt, und die Kinder dann der Nanny übergeben, damit sie sie füttert und ihnen die Windeln wechselt, während sie eine Gesichtsbehandlung bekommt.« Sie zieht eine Grimasse. »Gott, das klingt, als wäre sie schrecklich. Ist sie aber nicht. Wir sind nur auf ungewöhnliche Weise aufgewachsen, und unsere Eltern haben ein paar nicht so vorteilhafte Entscheidungen getroffen, als es darum ging, die Auswirkungen ihres Partnertauschs abzumildern, wie zum Beispiel uns zu verwöhnen.«

»Du bist nicht verwöhnt.«

»Ich bin auch anders als sie.«

Dem muss ich zustimmen.

Sie wedelt mit einer Hand. »Aber genug davon. Erzähl mir mehr von dir und deinem Großvater. Ihr scheint euch wirklich nahezustehen.«

»Mmm, ja, das tun wir, das war schon so, bevor meine Eltern gestorben sind. Mein erster Job als Teenager war Tische abräumen in *The Knight Cap*, und später dann wurde ich dort Kellner. Außerdem habe ich, nachdem meine Eltern gestorben waren, während der letzten beiden Jahre auf dem College bei ihm und Grams gewohnt, und das hat uns noch mehr zusammengeschweißt. Wir sind uns sehr ähnlich. Gleiche Grundwerte, gleiche Arbeitsmoral.«

»Klingt, als wäre er ein anständiger Kerl.« Ihre Stimme hat einen sanften Unterton, irgendwas zwischen einfühlsam und neidisch.

»Das ist er. Er findet, du bist ein echter Hingucker.« Ich winde mich und wünschte, ich hätte dieses Detail nicht verraten.

Aber es entlockt ihr ein weiteres Lachen, und das mag ich. Wir reden über unsere Kindheit, unsere Zeit in Familienrestaurants – es klingt, als hätten wir ganz unterschiedliche Erfahrungen gemacht, und es gefällt mir, wie sie übers ganze Gesicht strahlt und einen verträumten Blick bekommt, wenn sie von den Patisserien in Frankreich spricht und wie diese ihre Liebe für das Backen verstärkt haben.

Der Rest der Fahrt vergeht wie im Flug, und schon bald hält sie vor meinem Wohnhaus. Ich überlege, sie zu einem Drink einzuladen. Es sendet ein Signal aus, dem ich nicht gänzlich entgegenstehe, aber es könnte die Dinge verkomplizieren. Vor allem weil wir Laden an Laden arbeiten, und heute ist das erste Mal, dass wir mehr als fünf Minuten miteinander verbracht haben, ohne zu streiten. Ich entscheide mich also dagegen und belasse es bei: »Danke für den unterhaltsamen Abend. Es hat Spaß gemacht.«

Sie schenkt mir ein atemberaubendes Lächeln. »Mir auch. Danke fürs Mitkommen, und dafür, dass du meine Familie nicht für völlig daneben hältst.«

»Sie haben es zum aufregendsten Thanksgiving aller Zeiten gemacht. Nichts kann das toppen.«

Sie macht große Augen und flüstert: »Du solltest mal sehen, wie Weihnachten mit ihnen ist.« Ihr Blick schnellt zu meinem Mund, aber sie sieht rasch wieder weg. »Okay, dann bis morgen.«

»Bis morgen.« Ich steige aus dem Wagen. »Fahr vorsichtig, Blaire.«

»Mach ich.« Sie wartet, bis ich die Tür geöffnet habe, bevor sie mit ihrem SUV die Straße entlangknattert.

Unter den Schichten von hübschem Stoff, gebauschten Röcken und perfekt gestyltem Haar steckt eine wahnsinnig dynamische Frau. Oh ja, es war bestimmt eine gute Idee, sie *nicht* heraufzubitten. Sonst hätte ich vielleicht die Bemerkung, die ich über eine zweite Portion Nachtisch in Gestalt eines Blaire-Cupcakes gemacht habe, wiedergutmachen wollen.

@the_knightcap

Have a drink: Weil keine große Geschichte je mit einem Salat begann.

13

Die Invasion von Dick and Bobby's

Blaire

Obwohl ich nur wenige Stunden geschlafen habe, bin ich am Morgen überraschend gut gelaunt. Vielleicht weil ich auf einer Familienfeier endlich einmal Spaß hatte, und auch wenn Skylar wieder in Flirtlaune war, hat Ronan sie im Grunde nicht beachtet.

Es war erfrischend anders im Vergleich zu früheren Festen, zu denen ich einen Kerl mitbrachte und Skylar ihn vor meinen Augen zu bespringen versuchte. Obwohl sie mir den Freund ausgespannt hat und trotz ihres schamlosen Benehmens, liebe ich sie. Wir haben als Teenager eine Menge durchgemacht, und auch wenn ich den Blödsinn, den sie treibt, nicht leiden kann, ist mir bewusst, dass sie verkorkster ist als der Rest von uns.

Ich würde lügen, wenn ich sagen würde, dass mir die ganze Aufmerksamkeit, die ich von ihm erhielt, nicht gefallen hätte. Ich bin mir sicher, er hat es gemacht, um das mit dem Fake-Date hochzuspielen, aber trotzdem. Er ist ein gutaussehender Typ, der angenehm riecht. Wer würde keinen sexy Kerl haben wollen, der einem vor den Augen von Schwester und Cousine, die einem den Freund ausgespannt haben, die Glasur vom Mund ableckt?

*

Ich überprüfe mein Spiegelbild im Rückspiegel, bevor ich aus meinem SUV steige und den Parkplatz überquere. *The Knight Cap* ist noch immer geschlossen, aber es ist auch erst kurz nach acht Uhr morgens, und normalerweise ist vor halb zehn keiner da. Obwohl Ronan bestimmt früh da sein wird, wenn er sich um die gefrorenen Hühner kümmern will.

Daphne ist zu Besuch bei ihren Eltern, und Paul ist bei seiner Familie, und bis zur übernächsten Woche bin ich mit meinen Cupcakes auf mich gestellt. Callie hat angeboten, später für eine Weile zu kommen, also bin ich heute Vormittag allein.

Zur Feier von Thanksgiving reduziere ich die Speisekarte auf Specials. Meine eingefleischten Fans, die ebenfalls arbeiten müssen, schauen vorbei für Kaffee und Scones, den Festtagstruthahn, Brie und Cranberrypfannkuchen, die ich bestellt habe, und natürlich Cupcakes. Die meisten Cupcake-Bestellungen für das Wochenende sind bereits raus bis auf ein paar Nachzügler, also wird es ein ruhiger Tag.

Ronan steckt kurz vor elf den Kopf herein, um Hallo zu sagen, aber ich habe mit einem Kunden zu tun, weshalb er nicht bleibt. Um sechs ist draußen eine Geisterstadt, was zu erwarten war, und ich mache früh zu.

Ich packe die Reste zusammen und bereite eine Schachtel mit Cupcakes für Ronan vor. Mein Magen krampft sich einmal kurz zusammen, als ich mein Spiegelbild überprüfe. Ich sehe müde aus, aber ansonsten vorzeigbar, also gehe ich hinüber in die Bar, um die Cupcakes abzuliefern. Vielleicht bleibe ich heute Abend auf einen Drink.

Ich blicke zu dem Gebäude auf der anderen Straßenseite, das leer steht, seit wir beide aufgemacht haben. Braunes Papier verdeckt noch immer die Fenster, aber es gibt ein neues Schild quer über der Fassade, das gestern noch nicht da war. In riesigen knallroten Buchstaben steht dort das vertraute Logo von *Dick and Bobby's*, einer Restaurantkette, die massiv Fernsehwerbung macht und bei jedem größeren Sportevent dabei ist, sogar bei Spaß-Sport, wo die Leute auf Steckenpferden reiten. Und sie übertragen sämtliche MMA-Kämpfe. Und sie haben Billardtische und alle möglichen Spiele. Es ist die erwachsene Version von Chuck E. Cheese mit Alkohol, furchtbar fettigem Essen und Sport. Ich würde gern glauben, dass das kein Problem darstellt, weil *B&B* ein etwas anspruchsvolleres Publikum bedient, aber wir brauchen wirklich keine Konkurrenz in der Gegend.

Ich öffne die Tür zum *Knight Cap*. Es ist ziemlich ruhig, nur eine Handvoll Tische sind besetzt. Ein paar ältere Männer sitzen am Tresen, nippen an ihrem Bier und schauen Football.

Ronan blickt zur Tür, als es klingelt. Ein flaues Gefühl im Magen lässt mich kurz innehalten, während Bilder und Empfindungen von gestern Abend in meinem Kopf aufblitzen: wie er mich an sich gezogen hat, wie ich recht gut in seinen Arm passte, wie es sich anfühlte, als er mir beim Abendessen mit den Fingern über den Nacken gestrichen hat. Ein angenehmer Schauder läuft mir über den Rücken bei der Erinnerung an den Schreck, als er mich dicht an meinem Mundwinkel abgeleckt hat.

Es ist lächerlich. Er hat einfach mein Date gespielt, vor allem, weil er nicht glauben konnte, dass meine Cousine ihn wirklich vor den Augen der ganzen Familie anbaggern würde. Doch er lächelt noch immer, und das ist etwas ganz anderes im Vergleich zu dem gewohnten finsteren Blick, der besagt »Oh, du schon wieder.«

Er wischt sich die Hände an einem Tresenhandtuch ab. »Hallo Alice, wie sieht's aus im Wunderland?« Er zwinkert allerdings, also weiß ich, dass er Spaß macht.

»Wunderland war leer und ich gelangweilt, also dachte ich, ich schau vorbei.« Ich stelle die Schachtel auf den Tresen. »Hast du gesehen, was auf der gegenüberliegenden Seite passiert?«

Er wischt ein Bierglas ab, bevor er es aufs Regal stellt, und die Muskeln in seinen tätowierten Unterarmen spielen verführerisch. Widerstrebend richte ich den Blick auf sein Gesicht, das ebenfalls hübsch anzusehen ist. Er hat heute seine Brille auf, und ich finde sie wirklich sexy. Er sieht wie ein intellektueller Holzfäller aus. Von der furchtlosen Sorte. Das Karo wächst mir langsam ans Herz, genauso wie der Mann, der es trägt.

»Erde an Blaire? Bist du sicher, dass du nicht noch immer im Wunderland bist?«

»Was?«

»Du meintest, auf der gegenüberliegenden Seite passiert irgendwas.« Er zieht eine Braue hoch. »Hast du heute Nachmittag die Martinis probiert?«

»Oh! Stimmt! Nein. Habe ich nicht.« Ich winke ihn mit einem Finger herbei. »Komm mit, ich will dir was zeigen.«

Er blickt demonstrativ zu seinen Gästen, und ich verdrehe die Augen.

»Es dauert nicht lang, und ich zeige es dir lieber, als davon zu berichten. Außerdem kann Lars auf den Tresen aufpassen, oder?«

Lars zwinkert mir zu. »Was immer du wünschst.«

»Danke.« Ich zwinkere ebenfalls und wende mich dann wieder an Ronan. »Wieso kannst du nicht so zuvorkommend sein?«

»Ich kann. Wenn die Situation es erfordert, und ermutige

ihn nicht. Sein Ego ist schon groß genug. Wenn du mit ihm flirtest, wird es nur noch größer.«

Ronan schlägt ihm mit dem Handtuch auf den Arm, während er, scheinbar ohne jede Eile, um den Tresen herumgeht und auf mich zukommt.

Sobald Ronan nah genug ist, hänge ich mich bei ihm unter, wobei ich bemerke, wie angenehm und fest sein Bizeps ist. Ich habe das Bedürfnis, an den Umrissen der zarten, farbenfrohen Blüten auf seinem Unterarm entlangzufahren. Zum ersten Mal nehme ich wahr, dass in der Mitte ein Frauengesicht abgebildet ist. Ich erkenne, dass es die gleiche Frau ist wie auf dem Foto an Ronans Wohnzimmerwand: seine Mutter. Und jetzt verstehe ich auch, was er damit meinte, seine Erinnerungen sehen zu wollen.

Ich ziehe ihn zur Tür, reiße sie auf und trete hinaus auf den Gehsteig. Es ist kalt und nass, also schmiege ich mich fester an ihn, wobei ich ihn als Schutz gegen Wind und Regen benutze. »Schau.« Ich zeige auf das hässliche Schild gegenüber.

»Oh Scheiße«, murmelt er und blickt mich mit großen Augen an. »Soll das ein Witz sein? Das muss ein Witz sein. Das war vor drei Monaten noch eine verdammte Anwaltskanzlei.« Ich bin noch immer bei ihm untergehakt, weshalb er mich mit sich zieht, als er an die Gehsteigkante tritt.

Er schaut, ob ein Auto kommt, bevor er mich über die Straße zerrt. Um ehrlich zu sein, könnte ich seinen Arm auch loslassen, aber ich will das eigentlich nicht. Er riecht gut – nach Bier, Eau de Cologne und Waschmittel. Eine angenehme Kombination.

Ich schmiege mich fester an ihn, um etwas von seiner Körperwärme abzubekommen, während ich die Mitteilung lese, die auf der Innenseite des Fensters neben dem Schild von *Dick and Bobby's* hängt.

»Verdammt, sie eröffnen in einem Monat. Wie ist das überhaupt möglich? Sie müssen das gesamte Gebäude entkernen.«

»Es ist eine Kette, oder? Sie haben haufenweise Geld. Bestimmt ist es ein Klacks für sie, die Renovierung zu bezahlen.«

»Wieso regst du dich nicht darüber auf?«, faucht Ronan.

Ich zucke mit den Achseln und versuche zu verstehen, weshalb er so in Panik ist. »Es ist ein riesiger, unpersönlicher Kasten. Laut, ätzend, und das Essen ist grässlich.«

»Falls du's noch nicht weißt, College-Kids habe keinen anspruchsvollen Gaumen. Das ist wie ein Hallenspielplatz für Erwachsene, mit Essen und Bier und ekligen Coolers, die nur Studierende vertragen.«

»Und ich soll mich darüber aufregen, dass sie widerliche Cooler, ekliges Bier und schlechtes Essen servieren?« Meine Zähne beginnen zu klappern, weil es kalt ist, und auch wenn ich eine Jacke anhabe, sind meine Beine nackt, und die kalte Luft fährt mir unter den Rock.

»Es ist alles billig. Billig und mies, aber eben billig, und weißt du, was College-Kids mögen?« Er gibt mir keine Gelegenheit, zu antworten. »Billigen Scheiß, Blaire. Sie mögen billigen Scheiß. Wann ist bei uns am meisten los? Wenn wir eine Veranstaltung und ein Sonderangebot haben. Fünf-Dollar-Bier lockt College-Kids an, gezapfter Müll zu drei Dollar killt mein Geschäft.«

»Ich glaube, du machst dir umsonst ins Hemd, aber ich bin gewillt, dir zuzuhören, wie ihr grässliches Bier dein Geschäft ruiniert, solange wir das in deiner Bar machen, bevor sich meine Beine in Eis am Stiel verwandeln.«

Er lässt seinen Blick über meine nackten Beine gleiten und den ganzen Weg zurück zu meinem Gesicht, genauer gesagt, zu meinem Mund. Mir klappern die Zähne, was seinen konzentrierten Blick erklärt. »Oh ja. Natürlich. Du frierst ja.«

Ich halte zwei Finger ein ganz kleines Stück auseinander. »Nur ein bisschen.«

Wir kehren eilig in die Bar zurück.

»Setz dich, ich bringe dir etwas zum Aufwärmen.«

»Ja, okay.« Ich klettere auf einen Barhocker vor den Zapfhähnen. Ich reibe meine Arme und puste warme Luft in meine Hände. Es fühlt sich wirklich so an, als würde so langsam der Winter kommen. Ich hätte eigentlich Strümpfe anziehen sollen, aber ich war in Eile, weil ich heute Morgen länger geschlafen habe als üblich.

Ronan bringt mir einen Becher mit dem Logo von *The Knight Cap*. Obendrauf ist eine Sahnehaube mit Schokostreuseln. Ich grinse und klappe den Deckel der Schachtel mit den Cupcakes auf, die ich mitgebracht habe. Die Cupcakes sind thematisch noch immer auf Thanksgiving bezogen, aber die hier habe ich extra gemacht. Es sind Truthahnbürzel, auf denen steht, ISS MICH!

Er schmunzelt und nimmt einen aus der Schachtel. »Die hier haben keine Schokoladenfüllung, oder?«

»Du wirst ihn wohl essen müssen, um das herauszufinden.«

Er zuckt mit den Achseln und löst die Manschette, um einen großen Bissen zu nehmen. »Wahnsinnig lecker«, stöhnt er. Sobald er den ersten Cupcake verputzt hat, lehnte er sich an den Tresen. »*D&B* wird also zum Problem für uns beide.«

Ich nippe an meiner mit Alkohol versetzten heißen Schokolade. »Erklär mir, wieso du das denkst. *Buttercream and Booze* hat eine originelle Note, wir bieten eigene Getränkekreationen und Gourmet-Cupcakes an. Du schenkst lokale Biersorten aus und bietest leckeres Pub-Essen an. Natürlich hast du die Basics wie Fritten und Chickenwings, aber du hast auch noch eine Vielzahl anderer Sachen, mit denen du auf ein gehobenes

Publikum zielst. Wir haben beide coole Unterhaltung, die die Leute hier in der Gegend lieben.«

»Ich stimme dir in allen Punkten zu, aber weißt du, was *D&B* hat, was wir nicht haben?«

»Eine miese Atmosphäre und einen billigen Namen?«

»Ja und ja, aber auch Geld für Marketing. Sogar viel.«

Er wartet, bis das bei mir ankommt. Lange dauert es nicht. Ich nehme mein Handy aus der Handtasche und rufe ihre Social-Media-Seiten auf. Sie haben eine riesige Gefolgschaft, und sie haben gerade mitgeteilt, dass ihr neuer Standort ein eigenes Social-Media-Profil hat. Ich tippe darauf, und natürlich haben sie bereits doppelt so viele Follower wie ich. Keiner von uns hat so viel Geld wie sie, um damit Fernseh- und Plakatwerbung zu finanzieren. »Und egal, wie beschissen der Laden ist, das Geld sorgt für Sichtbarkeit, die wir nicht haben, dazu noch der wiedererkennbare Name.«

»Genau.« Ronan klopft mit den Fingerknöcheln auf den Tresen.

»Hältst du sie wirklich für eine Bedrohung?« Zum ersten Mal, seit ich das schreckliche Schild gesehen habe, nagt eine gewisse Sorge an mir.

»Ich sehe, ehrlich gesagt, nicht, wie sie es nicht sein könnten. Restaurantketten sind berühmt dafür, dass sie kleine Geschäfte ruinieren. Sie sind eine mächtige Konkurrenz. Ich weiß nicht, wie es bei dir ist, aber ich habe Renovierungskosten, die ich noch immer hereinbekommen muss, und einen Teil des Umsatzes an diesen Albtraum zu verlieren, wird es zu einem härteren Kampf machen.«

Ich kaue auf meiner Unterlippe. »Ich komme gerade über die Runden«, gebe ich zu.

Das Bekenntnis scheint ihn zu überraschen. »So schlimm? Dein Laden brummt doch.«

»Ich habe einen wirklich guten Mietvertrag, was eigentlich der einzige Grund dafür ist, dass ich mir den Laden überhaupt leisten kann, und Paul hat den Cupcake-Truck in Cupcakes abbezahlt. Ab Ende nächster Woche bin ich mit der Cupcake-Herstellung auf mich allein gestellt. Jeder Umsatzverlust ist, ehrlich gesagt, schlecht für meinen Nettogewinn.«

Und für mein Bankkonto.

Ronan tippt sich mit dem Zeigefinger auf die Unterlippe. »Weißt du, was wir tun sollten?«

»Einen neuen Laden finden, der nicht gegenüber von *Dick and Bobby's* ist?« Das kann ich mir im Traum nicht leisten. Außerdem ist der Standort hier erstklassig, was die Besitzer von *D&B* ebenfalls gemerkt haben dürften.

»Es ist wirklich ein furchtbarer Name für ein Restaurant.« Er schüttelt den Kopf. »Jedenfalls müssen wir so viele loyale Kunden wie möglich bekommen, bevor der Laden aufmacht.«

»Einverstanden.«

»Wir sollten gemeinsam Veranstaltungen machen, um noch mehr Leute anzulocken, und gleichzeitig große Werbeaktionen starten.«

Ich blicke ihn über den Rand meines Bechers mit dem köstlichen Kakao hinweg an.

»Gib zu, dass es eine gute Idee ist.« Er nimmt noch einen Cupcake aus der Schachtel.

»Was ist mit dem Beste-Bar-Wettbewerb?«

»Wir können trotzdem gegeneinander antreten, aber das hier ist die viel größere Bedrohung und wichtiger, weil es das Potenzial besitzt, unsere beiden Läden zu ruinieren.« Er beißt in den Schokoladen-Cupcake.

»Du willst also, dass wir zusammenarbeiten?«

Er nickt. »Ja, was meinst du?«

»Okay. Das können wir tun, aber zu gleichen Teilen, was

Veranstaltungen und Sonderaktionen angeht. Und wir müssen den anderen genauso auf unseren Social-Media-Seiten bewerben.«

»Das ist eine gute Idee.« Er wischt sich die Hand an der Hose ab und streckt sie mir entgegen. »Deal?«

Ich schlage ein. »Deal.«

Es gibt viel schlimmere Leute, mit denen ich ins Bett steigen könnte – im übertragenen Sinne natürlich.

@buttercreamandbooze:
Aus der Welt einen besseren Ort machen, Cupcake für Cupcake.

14

Koordination ist alles

Blaire

Während der nächsten paar Tage erarbeiten Ronan und ich uns einen Terminplan mit Veranstaltungen bis zu den Weihnachtsfeiertagen. Ich bin ein visueller Typ, deshalb stimme ich alles in Farben aufeinander ab und schicke es ihm per E-Mail, drucke aber auch eine Kopie aus und lasse sie farbig vergrößern, sodass wir sie jeweils in unseren Läden aufhängen können. Darüber hinaus habe ich tägliche Posts für die sozialen Medien vorbereitet.

Es ist Donnerstag, und heute ist Quizabend, gefolgt von Ronans Karaoke. Das Timing ist großartig, denn die Ergebnisse der Viertelfinale für den Beste-Bar-Wettbewerb werden nächste Woche verkündet, womit nur noch fünfundzwanzig Bars übrig sind. Ich freue mich darauf, denn jetzt, wo wir zusammenarbeiten, brauche ich mir keine Sorgen zu machen, dass er vor mir beginnt und mir mein Geschäft wegnimmt, obwohl er das schon seit einer Weile nicht mehr macht. Außerdem haben wir beide Spezialangebote, und wenn sie von einer Bar in die andere wechseln, bekommen sie einen zusätzlichen Coupon, den sie bei einer zukünftigen Veranstaltung einlösen können, was noch mehr Anreiz bedeutet, um wiederzukommen.

Ich habe einen Plan, doch für die Umsetzung brauche ich einschlägige Informationen über Ronan, weshalb ich mir zwei Stunden heute Nachmittag freinehme. Ich könnte die Infos bekommen, indem ich ihn einfach frage, aber ich möchte, dass es eine lustige Überraschung wird. Es ist neun Uhr morgens, und Ronan kommt normalerweise erst so gegen zehn, also gehe ich hinaus auf die Hintergasse. Wie erwartet ist die Hintertür vom *Knight Cap* mit einem Keil festgeklemmt.

Ich spähe hinein, mache mich aber nicht bemerkbar. Stattdessen schleiche ich den Flur entlang. Es ist ein ziemliches Kunststück, weil ich hohe Absätze trage und besonders hoch auf die Zehenspitzen gehen muss, damit sie nicht auf dem Fußboden klacken.

Ich gehe am Barraum vorbei, um zu Ronans Büro zu gelangen. Als ich mich umsehe, entdecke ich Lars und eine der Kellnerinnen im innigen Gespräch. Sie sind so voneinander in Anspruch genommen, dass sie mich nicht bemerken, also schlüpfe ich unbemerkt in Ronans Büro. Es ist anders als der Rest der Bar nach wie vor nicht modernisiert worden, aber es riecht nach seinem Eau de Cologne. Der alte, schäbige Stuhl mit der durchgesessenen Sitzfläche und den abgewetzten Armlehnen steht noch immer vor dem alten, zerkratzten Schreibtisch.

Ursprünglich fand ich dieses Büro ziemlich abstoßend, aber jetzt, wo ich weiß, was ich hier tun will, ist es schön, dass Ronan nichts daran geändert hat.

In der Ecke steht ein Garderobenständer. Ich lächle, als ich entdecke, wonach ich gesucht habe – zwei karierte Hemden hängen an den Haken. Ich schnappe mir eins und überprüfe die Größe. Es ist, wie angesichts seiner breiten Schultern vermutet, XL, ganz zu schweigen von seinen muskulösen Oberarmen. Ich halte es mir an die Nase und atme tief ein. Es riecht leicht nach Waschmittel, seinem Eau de Cologne und durchdringend nach Frittiertem, was von der Arbeit in der Bar herrührt. Ich rieche nach Vanille, Butter, Glasur und manchmal Kaffee. Ich beschließe, das Hemd mitzunehmen, denn die Größe hängt auch von der Marke ab, weshalb ich besser etwas zum Vergleich habe.

Ich drehe mich um, wobei ich mir noch immer das Hemd an die Nase halte und zufrieden summe. Und laufe vor eine Brust, die zufällig das gleiche karierte Hemd trägt, an dem ich schnuppere.

»Oh!« Mein Ausruf wird vom Stoff gedämpft.

Ich lege den Kopf zurück und begegne Ronans fragendem, amüsiertem Blick. »Schnüffelst du an meinen Hemden?«

»Ich wollte sehen, ob es sauber ist.« Ganz gelogen ist das nicht. Okay, es ist total gelogen, und ich spüre, wie ich rot werde.

»Okay. Na schön.« Er nickt einmal und verengt die Augen. »Und wohin genau willst du mit meinem Hemd?«

»Ich äh, ich muss es ausleihen.«

Er verschränkt die Arme vor der Brust. »Wozu?«

»Es war für eine Überraschung gedacht, die du gerade ruiniert hast.« Vor Verlegenheit werde ich zickig.

Er lächelt und lässt langsam den Blick über mich gleiten, wobei er ihn auf meinen Lippen ruhen lässt, auf die ich mir gerade beiße. »Bekomme ich das Hemd denn zurück?«

»Ja.«

»Heil?«

»Natürlich?«

»Okay.« Er tritt beiseite. »Dann darfst du es dir ausleihen.«

Ich lächle strahlend, um meine Beschämung zu verbergen, und dränge mich an ihm vorbei. »Toll.«

»Blaire.«

»Hmm?« Ich bleibe stehen und blicke über die Schulter. Er ist direkt hinter mir.

Er beugt sich herunter und streift mit seiner Nase meine Ohrmuschel. Eine Art Schnurren dringt aus seiner Kehle, und er murmelt: »Ich mag ebenfalls, wie du riechst.«

»Gut zu wissen.« Als ich gehe, bin ich nicht mehr ganz so verlegen, dafür aber völlig angeturnt.

*

Zwei Stunden später kehre ich von meinem Einkaufstrip zurück. Ich kaufe meine Kleider seit Jahren im selben Laden. Ich schlage bei ihren Muster- und Schlussverkäufen zu – sogar bevor ich knausern und jeden Penny sparen musste –, weshalb ich die Kleider für rund vierzig Dollar pro Stück bekomme, was oft nur fünfundzwanzig Prozent des Gesamtpreises ist. Das heißt, ich habe einen Schrank mit lauter Kleidern, die sich innerhalb der letzten fünfzehn Jahre angesammelt haben, und weil sie im Stil der Fünfziger sind, kommen sie nie ganz aus der Mode.

Der Mittagsansturm ist in vollem Gange, weshalb ich meine Einkäufe ins Büro bringe und mich wieder an die Arbeit mache. Erst nach vierzehn Uhr haben wir eine kleine Unterbrechung in dem fortwährenden Kundenstrom. Nicht dass ich mich beklagen wollte.

Ein wenig zögerlich gehe ich hinüber zu *The Knight Cap*, um Ronan sein geborgtes Hemd zurückzubringen. Ich unterdrücke das Bedürfnis, noch ein paarmal daran zu schnüffeln, weil ich das echte Ding bald beschnüffeln kann.

Ich entdecke Ronan auf dem letzten Hocker am Tresen, den Laptop aufgeklappt, auf dem er ein paar Tabellen durchgeht. Wie bei mir ist es bei ihm – zwischen Lunch und Abendessen – um diese Tageszeit ebenfalls ruhiger. Ein paar Tische sind mit Studierendengruppen aus dem College, die bei einem

Nachmittagsbier lernen, und Geschäftsleuten aus der Gegend besetzt, die einen Happen essen.

»Hey! Hast du einen Moment?« Ich muss mich zusammenreißen, um vor Aufregung nicht zu zappelig zu wirken.

Ronan blickt von seinem Laptop auf und verzieht die Mundwinkel zu einem spöttischen Grinsen. »Klar, für dich immer. Was gibt's?«

»Können wir in dein Büro gehen? Ich will dir etwas zeigen.« Ich habe eine riesige Tüte hinter dem Rücken, die größtenteils von meinem Rock verborgen wird.

»Wieso kannst du es mir nicht hier zeigen?« Er versucht, um mich herum zu spähen, dorthin, wo ich die Hände auf dem Rücken verschränkt habe.

»Nicht gucken!« Ich zucke mit den Achseln und versuche, locker zu bleiben. »Ich will nicht, dass jemand anders es schon sieht.«

Er klappt den Laptop zu, klemmt ihn sich unter den Arm und lässt sich vom Hocker gleiten. Er zeigt in Richtung Flur, der zu seinem Büro führt. »Ladys first.«

Ich hüpfe fast den Flur entlang, schwindlig vor Vorfreude. Ich hänge sein Hemd an die Garderobe, stelle die Tüte auf seinen Chefsessel und wirble zu ihm herum. Er hat sich in den Türrahmen gelehnt, Arme vor der Brust verschränkt, Gesichtsausdruck zwischen neugierig und belustigt.

Ich ziehe ihn herein und mache die Tür zu, womit ich uns gemeinsam in dem kleinen, vollgestellten Raum einschließe, der nach ihm, nach Papier und schwach nach Essen riecht.

Ich schnappe mir die Kleiderhülle aus der Einkaufstüte und lege sie über die Stuhllehne. »Ich hatte eine Idee.« Ich drehe mich von ihm weg, öffne den Reißverschluss der Kleiderhülle und nehme das Kleid heraus, das ich mir für den heutigen Abend ausgesucht habe.

»Brauchst du etwa meine Meinung zu einem Kleid?« Er wirkt verwirrt.

Ich schaue ihn strafend an. »Nein, Dummkopf. Ich brauche deine Meinung nicht. Obwohl du sie gerne äußern darfst, wenn du willst.« Ich ziehe das karierte Hemd heraus, das die gleiche Farbmischung hat wie das Kleid – blau mit gelben Neonakzenten, ebenfalls im Ausverkauf gewesen –, und drehe mich wieder um, wobei ich beides hochhalte. »Ta-da!«

Ronan blickt zwischen dem Hemd – in seiner Größe – und dem Kleid hin und her. »Ich verstehe das nicht.«

Ich verdrehe Augen. »Du bist wirklich ein Trottel. Schau dir die Farben an.«

»Was ist damit?«

»Sie passen zueinander.«

Er blinzelt.

Anscheinend braucht er über das Visuelle hinaus eine Erklärung. »Das ist für gemeinsame Veranstaltung, damit wir zusammenpassen.« Ich zeige zwischen uns hin und her.

»Damit wir zusammenpassen?«, wiederholt er.

Ich hatte erwartet, dass er etwas mehr Begeisterung an den Tag legen würde, was vielleicht naiv von mir ist. Er ist ein Typ, der jeden Tag Jeans und die gleiche Sorte Hemd trägt. Möglicherweise ist es ja seine lebenslange Uniform, und er trägt sie sogar bei sich zu Hause. Oder Jogginghosen, in denen ich ihn erst zweimal gesehen habe. Angesichts seiner fehlenden Reaktion lässt meine Begeisterung ein wenig nach. »Dann eben nicht. Ist das mit den Farben zu viel? Es war nur so eine Idee. Ich kann die Hemden zurückbringen.«

»Du hast mehr als eins besorgt?« Er stellt sich dicht vor mich hin und späht in die Kleiderhülle. Sie ist vollgestopft mit Kleidern und Hemden, die ich jetzt wahrscheinlich zurückbringen muss.

»Das ist keine große Sache. Ich dachte, es wäre witzig, aber es ist okay, wenn dir nichts daran liegt. Ich hätte zuerst mit dir reden sollen.« Ich versuche, seine Hand wegzuschieben, um das Shirt und das Kleid wieder in die Hülle zu stecken. Ich bin ziemlich verlegen und, ehrlich gesagt, auch ernüchtert.

Er legt seine Hand auf meine. »Ich finde, es ist eine großartige Idee, Blaire.«

»Das sagst du nur so«, murmle ich.

»Nein, tue ich nicht. Ich denke wirklich, es ist eine gute Idee. Eine hervorragende sogar. Ich hab's nur nicht gleich kapiert, aber natürlich ergibt es Sinn, dass wir zusammenpassen, wenn wir gemeinsam Veranstaltungen machen, und es war wirklich aufmerksam von dir, die ganzen Sachen als Überraschung zu organisieren.«

»Bist du dir sicher?« Ich weiß nicht, ob er nicht bloß mein angekratztes Ego retten will.

»Ich schwöre, ich finde es fantastisch.« Er macht den Pfadfindergruß. »Ich wäre bestimmt nicht darauf gekommen.«

»Wirklich?«

»Wirklich.« Er nickt.

»Großartig!« Ich strahle ihn an und verliere mich in seinem Lächeln. Sekundenlang können wir den Blick nicht voneinander abwenden, und ein warmes Gefühl breitet sich in meinem Bauch aus und strahlt bis in meine Gliedmaßen. Ich schüttle den Kopf. »Lass mich dir die anderen zeigen, dann kannst du sie anprobieren, um sicherzugehen, dass sie auch passen. Ich habe das Hemd, das ich mir ausgeliehen habe, benutzt, um die Größe zu vergleichen, weil sie gern mal unterschiedlich ausfallen. Es gibt einen tollen Laden ein paar Blocks von hier, und sie haben eine riesige Auswahl an karierten Hemden. Ich bin online darüber gestolpert und dachte, das würde hinhauen.«

Ich werde ganz ausschweifend vor Freude, aber mit Ronan an Bord kann ich mir perfekt vorstellen, wie gut das funktionieren wird, und Daphne wird es lieben. »Wenn du dafür zu haben bist, können wir in den sozialen Medien ein paar witzige Fotos von unserem Partnerlook posten. Es sieht bestimmt super aus und unterstreicht, dass es eine gemeinsame Veranstaltung ist.«

»Das klingt alles sehr gut.«

»Wirklich?«

»Oh ja. Es ist echt schlau.«

»Darf ich dich etwas fragen?«

»Sicher.« Ronan knöpft sein Hemd auf.

»Wieso trägst du immer Karo?«

»Wahrscheinlich aus dem gleichen Grund, aus dem du Kleider trägst.«

»Bist du besessen von Serien wie ›*Erwachsen müsste man sein*‹?«

Er lacht, aber sein Ausdruck wird rasch wieder ernst, und er konzentriert sich auf die Knöpfe. »Nachdem meine Eltern gestorben waren, musste ich das Haus ausräumen. Mein Dad hatte viele von diesen karierten Hemden. Das war wohl sein Ding. Ich konnte mir nicht vorstellen, sie einfach wegzuwerfen, also fing ich an, sie zu tragen, und tue es noch immer.«

»Dann ist es auch zu deinem Ding geworden.« Eine Möglichkeit, mit jemandem, den er geliebt und verloren hat, verbunden zu bleiben.

»Genau.« Er schenkt mir ein schiefes Lächeln, während er aus dem Button-down-Hemd schlüpft. Er trägt ein weißes Unterhemd unter seinem üblichen rotschwarzen Karo. Der Stoff ist dünn und liegt eng an, wobei er sich an die Konturen seiner Muskeln schmiegt. »Kurz danach habe ich mit den Tätowierungen angefangen.«

Ich erlaube mir, die Entwürfe auf seinen bloßen Armen genau zu betrachten. Wegen des fast transparenten Stoffs stelle ich fest, dass sich Ronans Körperschmuck bis zur Brust hin ausbreitet. Gedämpfte Farben schimmern hindurch, und ich frage mich, ob ich je die Chance haben werde, alles zu sehen. »Wie viele Tattoos hast du?« Endlich gelingt es mir wieder, meinen Blick auf sein Gesicht zu richten – was keine Zumutung bedeutet.

»Eine ganze Menge.«

Vielleicht ist das die falsche Frage. »Sind sie nur die Taille aufwärts?«

Ein leichtes Grinsen erscheint auf seinem Gesicht. »Die meisten, ja.«

Er fasst um mich herum und greift nach dem erstbesten Shirt mit dem dunkelblauen und gelben Karomuster und zieht es über. Es passt perfekt.

»Ich kann das hier in die Wäsche tun, dann ist es heute Abend fertig.«

»Das musst du nicht. Ich kann es auch so tragen.«

»Es macht mir nichts aus, und es fühlt sich bestimmt besser an, wenn es gewaschen und nicht so steif ist. Ich notiere in deinem Terminkalender, welches Hemd wann zu tragen ist, dann ist es einfacher für dich.«

»Ich will dir nicht alles aufbürden. Wir könnten das auch zusammen machen.«

»Klar. In Ordnung. Wir können unsere Kalender später abgleichen, um zu sehen, wann es am besten passt.«

»Hey, Ronan, zwei der Kellnerinnen haben Dienstschluss und wollen sich auszahlen lassen.« Lars steckt den Kopf ins Büro. »Oh, hallo Blaire, ich wusste nicht, dass du hier bist.« Er mustert mich. »Du siehst hübsch aus, aber das tust du immer.«

»Heb dir das Flirten für jemanden auf, bei dem du eine Chance hast«, sagt Ronan tonlos.

Ich schmunzle. »Ich sollte gehen. Wir sehen uns später.«

»Ich freu mich schon, Blaire«, ruft mir Lars hinterher, als ich den Flur zum Hinterausgang entlanggehe, die Kleiderhülle mit den Kleidern und Hemden über dem Arm.

Ich winke den beiden über die Schulter hinweg zu und kehre beschwingt ins *B&B* zurück.

*

Mein Plan für den Partnerlook erweist sich als großartig. In unseren zueinander passenden Outfits sehen wir umwerfend aus, und sie sind hervorragend für Posts in den sozialen Medien geeignet. Die ersten gemeinsamen Veranstaltungen verlaufen wirklich gut. Unsere beiden Läden machen höhere Umsätze, und je mehr wir zusammenarbeiten, desto mehr ist los. Währenddessen halten wir unseren eigenen Beste-Bar-Wettbewerb ab, wobei Ronan ein paar Plätze vor mir liegt.

Wir müssen jeder eine neue Tresenkraft engagieren, damit wir uns um die zusätzlichen Anforderungen unserer Veranstaltungsabende kümmern können. Als Weihnachten heranrückt, schlage ich vor, gemeinsam eine Silvesterveranstaltung zu planen, und Ronan ist einverstanden.

Es ist viel aufwändiger und bedeutet, dass unsere Treffen außerhalb der regulären Arbeitszeit stattfinden müssen, und nicht im Geschäft, wo man fortwährend unterbrochen wird. Weshalb ich eines Sonntagabends nach Geschäftsschluss bei Ronan lande. Also, mein Geschäftsschluss, nicht seiner. Er hat in der Bar früher dichtgemacht, damit ich am nächsten Morgen nicht völlig übernächtigt bin.

»Stört's dich, wenn ich mich schnell umziehe, um nicht nach schalem Bier und Chickenwing-Soße zu riechen?«, fragt Ronan, sobald wir in seiner Wohnung sind.

»Überhaupt nicht.«

»Schön. Mach's dir inzwischen bequem. Ich bin gleich wieder da.« Er zeigt in Richtung Wohnzimmer mit dem riesigen dunklen Ledersofa. Die gesamte Wohnung ist rustikal und in warmen Tönen gehalten, wie ein kleines Landhaus mit offenem Grundriss, das man in ein Wohngebäude in der Stadt verpflanzt hat. Die Fußböden sind dunkel, sägeraues Holz, und obwohl ich Strümpfe trage, erschauere ich, als meine Füße mit der Kälte in Kontakt kommen, die mir am Rücken hinaufkriecht.

Ich gehe zu den Fotos, die an der Wand aufgehängt sind, und betrachte sie mit neuen Augen, jetzt, wo ich mehr über die Geschichte der Bar und über Ronans Beziehung zu seinem Großvater weiß. Es macht mich traurig, dass er seine Eltern in so jungen Jahren verloren hat.

So schräg meine Familie manchmal ist, ich bin froh, sie zu haben. Sie lieben mich auf ihre eigene seltsame Weise. Da sind noch ein paar mehr Fotos eines älteren Ronan mit seinem Großvater und seiner Großmutter. Ich weiß nicht, ob das an mir liegt, aber sein Lächeln scheint nicht mehr so strahlend zu sein. Vielleicht wurden sie ja erst kurz nach dem Verlust seiner Eltern gemacht.

Ronan kehrt kurz darauf zurück und trägt eine schlabbrige Jogginghose und ein T-Shirt. Er hat von Kontaktlinsen zu Brille gewechselt. Seine Haare sind verstrubbelt, als hätte er sich mit dem Umziehen beeilt. Das Shirt liegt an Brust und Oberarmen eng an. Ich kann mich über den Anblick nicht beklagen.

Er hält ein Paar Wollsocken hoch – mit einem cremefarbenen und roten Rand. »Die Fußböden hier sind kalt. Ich dachte, du willst vielleicht ein Paar davon.«

Er kommt auf mich zu, um sie mir zu überreichen. Wenn ich meine High Heels nicht anhabe, ist er ein gutes Stück größer als ich, weshalb ich den Kopf in den Nacken legen muss, um ihn anzuschauen. »Danke, meine Füße sind dauernd kalt. Zwischen Oktober und April trage ich so gut wie immer Hausschuhe.«

»Oder High Heels.« Er zeigt mit dem Kopf in Richtung Küche. »Komm und setz dich, und ich mache uns einen Drink, bevor wir uns an die Arbeit machen.«

Ich klettere auf einen Hocker hinauf und ziehe die warmen Socken an. Sie sind so groß, dass sie mir beinahe bis zum Knie reichen. Ronan stöbert im Kühlschrank und holt vier Flaschen heraus, die er vor mich hinstellt. »Magst du Craftbier?«

»Kommt auf das Bier an. Aber ich bin immer bereit, etwas Neues auszuprobieren.« Ich nehme eine Flasche und lese das handgeschriebene Etikett. »Rhabarber-Ale?«

»Ich probiere ein paar neue Geschmacksrichtungen aus und ich brauche eine Versuchsperson. Soll ich uns ein paar Kostproben einschenken?«

»Klingt gut. Kann ich dir helfen?«

»Nein. Ich mach das schon.«

Während uns Ronan diverse Biere einschenkt, nutze ich die Gelegenheit, um seine Tätowierungen näher zu betrachten. Aus meiner Position habe ich einen hervorragenden Blick auf das von blühenden Rosen umgebene Frauenporträt. Ich strecke die Hand aus und fahre an ihren Gesichtskonturen entlang.

Ronan ist dabei, Bier einzuschenken, und ich erschrecke ihn mit der unerwarteten Berührung, weshalb etwas davon auf den Tresen platscht.

»Oh! Tut mir leid. Das ist meine Schuld; lass mich das wegwischen.« Ich hüpfe vom Hocker und greife nach dem erstbesten Tuch.

»Schon okay, ich mach das.« Er schlingt seine Finger um mein Handgelenk, und ein warmes, weiches Gefühl fährt mir durch die Adern. Bestimmt werde ich rot. Man könnte meinen, bei der vielen Zeit, die wir zusammen verbringen, wäre ich über meine Faszination für die Tattoos und die Reaktion, die seine Berührung auslöst, hinweg, aber es ist eher schlimmer als besser geworden. Vielleicht ist auch intensiver der passendere Begriff dafür. Ich weiß es nicht, aber ich fühle mich definitiv zu ihm hingezogen.

Darauf zu reagieren wäre keine gute Idee. Zu kompliziert. Was, wenn er schlecht im Bett ist, und wir müssen trotzdem die ganzen Veranstaltungen gemeinsam ausrichten? Oder schlimmer noch, was, wenn er findet, dass *ich* schlecht im Bett bin? Und wieso denke ich auf einmal darüber nach, mit ihm zu schlafen, nur weil er unverfänglichen Körperkontakt hergestellt hat?

»Ich mach das, Blaire. Ist nicht schlimm«, wiederholt er, und mir wird bewusst, dass ich, ganz in Gedanken, auf die Finger starre, die er um mein Handgelenk gelegt hat. Ich hoffe, nicht zu lange.

»Ich habe dich erschreckt. Ich kann das saubermachen.«

»Blaire.« Diesmal lässt mich sein Tonfall aufblicken.

»Lass mich dir helfen«, dränge ich.

»Das ist kein Spüllappen.« Er grinst irgendwie, aber seine Wangen sind gerötet.

»Was?« Ich blicke hinab auf den Stoff in meiner Hand.

»Gib es mir einfach.« Er versucht, es mir zu entwinden, doch der Nachdruck, mit dem er es probiert, bringt mich erst recht dazu, festzuhalten.

»Lass los«, sage ich zu ihm.

»Nein. *Du* lässt los.«

Führen wir wirklich eine Art Kindergartenkampf deswegen? Er dreht mich um, sodass ich mit dem Rücken an seiner Brust lehne, und schlingt seinen freien Arm um mich, aber ich befreie mich, und auf einmal scheint er derjenige zu sein, der verlegen ist. Und plötzlich wird mir klar, weshalb.

Anstelle eines Spüllappens habe ich ein Paar Boxershorts mit einem Cartoon von Santa Claus in der Hand, der ein Bier hält. »Oh mein Gott! Wieso zum Henker hast du Boxershorts auf deinem Tresen liegen! Sind die etwa schmutzig?«

Ronan lässt mich los und streckt beide Hände in die Luft. »Ich schwöre, die sind ganz frisch! Die Unterhose muss mir aus dem Wäschekorb gefallen sein. Ich hab sie auf dem Boden gefunden und auf den Tresen gelegt, als ich heute Morgen zur Tür raus bin. Ich weiß, ich weiß, ich bin ein Kerl und lebe alleine, aber normalerweise bewahre ich meine Boxershorts nicht in der Küche auf.«

Diesmal ist es Ronan, der errötet. Ich finde, ich sollte die Situation ausnutzen, weil ich nicht weiß, wann wieder so etwas passiert. Ich halte sie hoch und runzle die Stirn angesichts der Form des Schlitzes. »Was ist das denn?« Ich stupse gegen den Schlitz.

Er gibt ein Geräusch von sich, das klingt, als würde er sich gleichzeitig verschlucken und stöhnen. »Tu das nicht.«

»Wieso? Du hast gesagt, sie sind sauber. Lügst du etwa?«

»Ich lüge nicht«, krächzt er.

Ich weiß, dass er die Wahrheit sagt, weil es vor allem nach seinem Waschmittel duftet, als ich mit seiner Feiertagsunterwäsche wedle. Das ist witziger, als es sein sollte. Ich spähe hinein. Das ist keine normale Unterhose. »Sind die für Sport oder so was? Sie haben so was wie einen Genitalschutz eingebaut.«

Er versucht sie mir wegzuschnappen, aber ich drehe mich von ihm weg und trete zum Schutz auf die andere Seite der Insel. Er bohrt sich mit der Zunge in die Wange. »Sie stützen.« Er benutzt seine Hand, um es vorzuführen, aber in der Luft.

»Wie ein BH für deine Eier?« Ich mache die gleiche Handbewegung vor meiner Brust. Seine Unterwäsche hängt dabei an meinem kleinen Finger.

»Ja, wie ein BH für meine Eier.«

»Die Shorts heben also an und spreizen?«

»Das gleiche Prinzip.« Er schließt sekundenlang die Augen und stößt einen langen Seufzer aus, bevor er sie wieder öffnet. »Können wir jetzt aufhören, darüber zu reden?«

»Du bist derjenige, der Unterwäsche auf dem Tresen liegenlässt. Ich finde nicht, dass es unangemessen ist, deswegen neugierig zu sein.«

Er schluckt schwer. »Ist deine Neugier jetzt befriedigt?«

»Teilweise. Vielleicht habe ich später noch ein paar Fragen. Wieso? Fühlst du dich unbehaglich bei dem Gespräch?«

Er blinzelt ein paarmal, bevor er die Brauen hochzieht. »Wir reden über meine Eier und deine Titten, Blaire.«

»Ja und?« Ich stelle mich dumm, weil mich das Gespräch auf den Gedanken bringt, sein Gemächt zu umfassen, und ich davon ausgehen muss, dass er das Gleiche denkt und sich vorstellt, als menschlicher BH für meine Brüste zu dienen.

»Na ja, Blaire, du befummelst meine Unterwäsche, wir sprechen über das Stützen von Eiern, du lenkst deine Aufmerksamkeit auf deine Brüste, und Männer sind nun einmal visuelle Wesen. Während du also redest, stelle ich mir alles genau vor. Und ich trage graue Jogginghosen und habe keine Unterwäsche an.«

»Im Ernst?« Ich gehe auf die Zehenspitzen und versuche einen Blick auf seinen Schritt zu werfen, was irgendwie idiotisch ist, weil ich ja nicht durch seine Jogginghose hindurch sehen kann, ob er nackt darunter ist.

Er zeigt mit einem Finger auf mich. »Du bleibst, wo du bist.«

»Wieso?«

»Musst du das tatsächlich fragen?«

Ich zucke mit den Achseln und signalisiere ihm mit einem Blick, dass ich das wirklich muss.

Er stützt die Fäuste auf den Tresen und lacht schnaubend. Dabei hält er den Kopf gesenkt, blickt jedoch auf. »Diese Unterhaltung ist *anregend*.«

»Oh.« Ich senke und hebe den Blick mehrmals. »*Oh!* Bist du *erregt*?«

Er starrt mich wütend an.

»Verstehe.« Ich nicke kurz und lege die Boxershorts auf den Tresen. Ich streiche sie sorgfältig glatt, beiße mir auf die Lippe und schiebe sie zu ihm. »Weißt du was?« Ich kräusle die Nase. »Ich gehe mal kurz auf die Toilette. Sie ist am Ende des Gangs, oder?« Ich zeige in die Richtung, in die er gegangen ist, als er sich umgezogen hat.

»Erste Tür links«, presst er hervor.

»Ich gebe dir einen Augenblick, um dich … zu beruhigen«, flüstere ich. Ja, es klingt absichtlich sexy.

»Sehr gern, Blaire.«

Erst als ich die Hälfte des Gangs zurückgelegt habe, erlaube ich mir, zu lächeln. Gut zu wissen, dass ich hier nicht als Einzige betroffen bin.

Als ich von der Toilette zurückkomme – ich lasse mir viel Zeit und wünschte, ich hätte meine Handtasche mitgenommen, um mein Make-up aufzufrischen –, liegt die Unterwäsche nicht mehr auf dem Tresen, und Ronan ist zum Sofa zurückgekehrt.

Zusätzlich zu den Bierproben hat er Schüsseln mit Chips, Nüssen und Popcorn hingestellt. Ich schnappe mir meinen Laptop und mein Klemmbrett und setze mich zu ihm.

Ich lasse ein wenig Platz zwischen uns und rücke meinen Rock so zurecht, dass ich die Beine darunter schieben kann. Am liebsten würde ich die Krinoline ablegen. Der Rock wird dadurch extra stark gebauscht – und verbirgt somit Oberschenkel und Po, auf den mir Maddy und Skylar fortwährend Klapse gaben, wenn ich Jeans trug, denn anders als die beiden habe ich einen richtigen Hintern. Krinolinen sind nicht gerade bequem zum Sitzen, auch wenn sie gut geeignet sind, das Hinterteil zu verhüllen.

Ich kämpfe mit dem Stoff und benutze ein Sofakissen – es gibt nur eins und hat ein Kreuzstichmuster wie von Großmutter – damit er sich nicht erneut bauscht.

»Ich könnte dir eine Jogginghose von mir anbieten, aber darin versinkst du wahrscheinlich.«

»Schon okay. Ich bin daran gewöhnt.«

»Das sieht nicht sehr bequem aus.«

Er zieht eine Braue hoch, und ich schaue ihn sekundenlang an, bevor ich nachgebe, aufstehe, die Krinoline herunterziehe und heraustrete. Sie bewahrt einen Moment lang ihre Form und ähnelt einem hübschen Stoffvulkan, ehe sie in sich zusammensinkt.

»Zufrieden?« Ich setze mich wieder hin und stecke die Beine zurück unter den Rock.

»Solange du zufrieden bist, bin ich es auch. Trägst du das Ding jeden Tag?«

»Es ist meistens ganz bequem.«

»Das glaube ich dir aufs Wort.« Er zeigt auf die Bierproben. »Bedien dich, aber lass mich dir einen kurzen Überblick über die Biere geben und welcher Snack am besten dazu passt.« Er beschreibt die einzelnen Craftbiere: Kürbis, Orange, Rhabarber und ein starkes Mango-Ale und sagt mir, welchen Snack ich damit kombinieren soll. Nach jeder Beschreibung nehme ich einen Schluck, esse etwas von dem passenden Snack, um festzustellen, wie sich die Geschmacksrichtungen ergänzen. »Woher sind diese Biere? Sie sind alle köstlich.« Ich greife erneut zu dem Rhabarber-Ale, weil ich die süßliche Note und den säuerlichen Geschmack, der auf die anfängliche Bitterkeit des Hopfens folgt, mag.

»Ich habe sie gemacht.«

»Was? Wann hast du Zeit für so etwas?«

»Gramps erlaubt mir, in seiner Garage die Maische anzusetzen. Es sind nur kleine Mengen, aber ich denke, es ist genug, um für Silvester ein paar im Angebot zu haben. Was meinst du?«

Ich stelle mein Bier hin, klatsche begeistert in die Hände und ergreife dann seine. »Oh mein Gott! Wie wär's mit einem Craftbier und einem Champagnerthema! Wir können Spezial-Cupcakes machen mit den Geschmacksrichtungen der Biere und mit Champagner. Du bietest Abendessen an, und ich kümmere mich um das Dessert. Denkst du, wir können eine Umzäunung im Außenbereich errichten, sodass die Leute zwischen unseren Läden hin- und hergehen können? Oder ist das zu viel? Wahrscheinlich ist es das.«

»Ich finde, es ist eine tolle Idee, und es ist irgendwie genau das, was ich mir bereits vorgestellt habe.«

»Ich schließe das *B&B* gegen zehn, und wir verlagern dann die Party ins *Knight Cap*. Wir können einen Cupcake-Tisch machen und Appetizer und die ganzen leckeren Craftbiere. Das wird fantastisch.«

Wir verbringen eine Stunde damit, an den Bieren zu nippen, Snacks zu essen und unsere gemeinsame Silvesterfeier zu planen. Ich werde langsam müde – aus irgendwelchen Gründen wirkt Bier bei mir viel mehr als Wodka –, und als Ronan zur Toilette geht, strecke ich mich aus und schließe einen Moment lang die Augen. Ich blinzle und rolle herum, aber mein Gesicht trifft auf ... eine Wand? Warte. Wände sind nicht weich, und sie sind nicht aus ... Leder? Ich zwinkere ein paarmal, kneife aber gleich wieder die Augen zu, weil die Morgensonne durch das Fenster hereinfällt und mich blendet. Genug Zeit, um zu dem Schluss zu gelangen, dass ich nicht in meiner Wohnung bin.

Panik befällt mich ein paar desorientierte Sekunden lang, bis ich den vertrauten Geruch von Ronans Eau de Cologne bemerke. Ich blinzle erneut und versuche, mich an das helle Licht zu gewöhnen.

Ich kann nicht glauben, dass ich eingeschlafen bin. Na ja, nicht ganz; ich habe mich völlig verausgabt, habe stets lange gearbeitet, meistens sieben Tage die Woche seit Sommeranfang. Dass ich auf Ronans Sofa eingeschlafen bin, ist keine große Überraschung. Dass er mich nicht geweckt und nach Hause geschickt hat, irgendwie schon.

Oder vielleicht hat er es versucht und nicht geschafft. Das wäre peinlich, aber nicht völlig unmöglich.

Ich bemerke das weiche Kissen unter meinem Kopf – nicht das mit dem Kreuzstich, das ich gestern Abend im Arm hatte. Ich bin außerdem in eine Decke gehüllt, die nach Ronan riecht. Auf dem Tisch neben mir steht ein Glas Wasser.

Das Essen und die Getränke vom gestrigen Abend sind weg und stehen auf dem Tresen auf der gegenüberliegenden Seite des Raums. Ich muss völlig weg gewesen sein. Ich schaue auf die Uhr. Es ist erst kurz nach sieben, aber ich muss nach Hause und mich zumindest umziehen und mein Make-up erneuern, also werde ich nicht vor halb neun da sein. Ich bin froh, dass ich so weitsichtig war, die meisten Cupcakes für heute schon gestern Abend vorzubereiten, sonst wären wir jetzt knapp an Ware.

Ich werfe die Decke zurück, überlege, sie einfach so liegen zu lassen, was ich allerdings ziemlich unhöflich fände, weshalb ich sie – einigermaßen wenigstens – zusammenfalte und mich auf dem Boden nach meiner Krinoline umsehe.

Ich entdecke meine Sachen – Handtasche, Laptop, Klemmbrett und Krinoline – auf dem Clubsessel gegenüber vom Sofa. Ich weiß Ronans Ordnungssinn wirklich zu schätzen.

Sobald ich alles aufgeräumt habe, suche ich ein Stück Papier, kritzle eine Entschuldigung und bedanke mich, schnappe meine Sachen, wobei ich die Krinoline in die Handtasche stopfe, denn es wäre seltsam, sie jetzt zu tragen.

Natürlich wird mein Versuch, mich davonzuschleichen, vereitelt, als ich mit der Tasche gegen die Holzskulptur eines Bibers stoße, die klappernd zu Boden fällt. Ich stelle sie vorsichtig zurück, froh, dass es kein Glas war, und gehe auf Zehenspitzen zur Tür, wobei ich darauf achte, weitere Zusammenstöße zu vermeiden. Ich bemerke, dass ich noch immer Ronans Socken anhabe, die ich zuerst ausziehen muss, wenn ich in meine Schuhe schlüpfen will. Das bedeutet, dass ich alles, was ich trage, abstellen muss, weil die Socken an meinen Strümpfen kleben.

»Morgen.« Die raue Stimme lässt mich innehalten.

»Tut mir leid, dass ich eingeschlafen bin.« Ich drehe mich um, um ihn entschuldigend anzulächeln, aber das Einzige, was ich wahrscheinlich zustande bringe, ist zu sabbern. »Oh.« Meine Stimme ist viel zu belegt, als ich murmle: »Guten Morgen.«

Ronan steht in ungefähr drei Metern Entfernung und trägt dieselbe Jogginghose wie gestern Abend. Nur dass er kein Shirt anhat und somit seine gesamten Tätowierungen und seine definierten Muskeln zu sehen sind. Beides gilt es ausgiebig zu bewundern.

Ich würde gerne sagen, dass ich nicht zu glotzen versuche, aber das stimmt nicht. Ich betrachte seinen Oberkörper, nehme die Farben in mich auf, die die linke Seite seiner Brust bedecken und in die Farben auf seinem Arm übergehen. Ich bewundere ebenfalls das hübsch aussehende V aus Muskeln, das im Bund seiner Jogginghose verschwindet.

Schließlich schaffe ich es, ihm ins Gesicht zu schauen. Sogar sein Grinsen ist anbetungswürdig. Ein Bartschatten bedeckt sein Kinn, und er hat überall Kissenabdrücke. Seine Haare stehen wirr vom Kopf ab. *Das ist ein Anblick, den ich nach dem Aufwachen gern häufiger hätte.*

»Blaire?« Er zieht die rechte Braue hoch.

Verdammt, er hat mich was gefragt, und ich war zu beschäftigt mit dem Gedanken, wie schade es doch sei, dass er nicht völlig nackt schläft. »Tut mir leid, wenn ich dich geweckt habe. Ich habe einen Biber heruntergeworfen.« Ich zeige mit dem Daumen über die Schulter. »Aber ich habe ihn nicht kaputtgemacht. Und es tut mir leid, dass ich einfach eingeschlafen bin. Es ist schwer, mich wieder wachzukriegen.«

Er fährt sich mit einer Hand durchs Haar, was dazu führt, dass es nur noch mehr absteht. »Ich hätte dich ja ins Gästezimmer gebracht, aber du warst völlig weg, und ich dachte, du brauchst das. Ich hoffe, du hast gut geschlafen.«

»Wie tot, ehrlich gesagt. Ich sollte jetzt los.« Gott, das ist seltsam.

Ronan schenkt mir ein schiefes Grinsen. »Du willst also nicht bleiben und Frühstück für mich machen?«

Jetzt ist es an mir, die Stirn zu runzeln. »Ich muss duschen und mich umziehen.« Außerdem wollte Daphne heute Vormittag mit ein paar Sachen vorbeikommen, die für die Silvesterfeier hilfreich sein könnten, und sie schien sich ganz besonders darauf zu freuen. Egal, wie oft ich ihr sage, dass ich das schon hinkriege, steht sie an den Abenden mit unseren Sonderveranstaltungen stets zur Verfügung.

»Es ist erst sieben, und das mit dem Frühstück war nur Spaß, Blaire. Aber ich könnte für *dich* Frühstück machen.«

»Oh, das musst du nicht. Ich habe deine Gastfreundschaft bereits überbeansprucht.«

»Wenn das stimmen würde, wäre ich im Bett geblieben und hätte dich einfach verschwinden lassen. Callie kann doch öffnen, oder nicht? Ich passe auf, dass du nicht zu spät kommst. Ich kann dir schnell ein kleines Frühstückssandwich machen.« Sein Tonfall ist leicht und munter, aber seine Miene ist ernst.

Wärme strömt mir durch die Adern und sammelt sich in meinem Magen. »Dann bleibe ich wohl. Ich muss nur Callie anrufen.«

»Großartig. Ich setze Kaffee auf, während du das tust.« Seine warmen Fingerspitzen streichen über meine Hand, als er an mir vorbeigeht. Ich halte das nicht für ein Versehen.

Nachdem ich Callie angerufen habe, die gern einspringt, schicke ich Daphne eine Nachricht, um ihr mitzuteilen, dass ich heute Morgen ein bisschen später komme.

Ihre Antwort folgt umgehend:

Daphne: Bist du krank?
Blaire: Nein. Planung mit Ronan ging gestern länger. Ich erkläre es dir später.
Daphne: Bitte sag mir, er hat dich die ganze Nacht wachgehalten.

Ich ignoriere die Nachricht.

Blaire: Wir sehen uns in zwei Stunden.

»Alles okay? Willst du noch immer zum Frühstück bleiben?«, fragt Ronan.

»Ja. Alles geklärt. Wie kann ich helfen?«

Er reicht mir einen Becher. »Du kannst den hier schon mal für den Kaffee bereithalten. Ich ziehe mir ein Shirt über, und dann mache ich Frühstück.«

»Okay.« Ich kann mich nicht daran erinnern, wann mir zuletzt ein Mann Frühstück gemacht hat. Vor allem nicht nach einer ungeplanten Übernachtung, in der kein Sex vorkam. Es gefällt mir irgendwie.

Er tapst durch das Wohnzimmer, und ich erhasche einen Blick auf seinen Rücken, der ebenfalls mit Tattoos bedeckt ist. Er ist eine lebende, atmende Leinwand. Eine, die ich gern Zentimeter für Zentimeter erforschen würde. Und nicht nur mit den Augen.

@buttercreamandbooze:
Du bist die Glasur zu meinem Cupcake.

15

Miss Mistelzweig

Blaire

»Schau nur, wie viel Aufmerksamkeit dieser Post bekommt!« Daphne hält mir ihr Telefon direkt vor die Nase und wedelt damit herum, was es unmöglich macht, das Bild zu erkennen.

Ich schnappe es ihr weg, um zu sehen, wovon sie so begeistert ist. Ich runzle die Stirn, nicht weil es ein schlechtes Bild ist, sondern weil ich keine Ahnung habe, wer es gemacht hat oder warum es so viele Kommentare und Likes bekommt. Es ist ein Foto von Ronan und mir, sein Arm um meine Schulter geschlungen und meiner um seine Taille. Wir lächeln uns an, und obwohl es auf seinem Feed ist, wurde es in meinem Laden aufgenommen. Hintergrund und mein Outfit verraten, dass es vor zwei Tagen geknipst worden sein muss, als wir eine Post-Weihnachts- und Prä-Silvester-Veranstaltung gemacht haben – was die meisten unserer Veranstaltungen im Augenblick sind.

Und es hat sich in Bezug auf den Beste-Bar-Wettbewerb als unglaublich positiv erwiesen. Wir haben es beide ins Viertelfinale geschafft, obwohl sich *The Knight Cap* den zwölften Platz sichern konnte, wohingegen *B&B* Rang fünfzehn belegt. Ich denke, es hat eine Menge mit unseren Duetts während der Karaoke-Abende zu tun, was ich natürlich nie laut sagen würde.

Ich lese die Überschrift. Mir ist bewusst, dass Ronan diese Sachen Lars und einem seiner Kellner überlässt, die manchmal mich oder Daphne übergehen, damit sie bestimmen können, was gepostet wird und wann. Das hier ist sicher kein vorab genehmigter Post, aber den Leuten scheint es zu gefallen. Denn sie haben uns den Spitznamen »The Knight Cakes« gegeben und uns mit einem Hashtag versehen.

»Wer hat diesen Hashtag erlaubt? Er ist schrecklich.«

»Wirklich? Ich finde ihn süß.« Daphnes unschuldiger Blick ist alles andere als das.

»›Blonan‹ ist kein süßer Hashtag. Das klingt viel zu sehr nach Blowjob. War das deine Idee? Wer hat das Foto gemacht?«

»Ich hatte mit dem Hashtag nichts zu tun. Deine Follower haben ihn vorgeschlagen, und sie lieben ihn. Alle sehen euch beide gern zusammen.«

Ich verdrehe die Augen. »Wir sind kein Paar, wir arbeiten zusammen.«

»*Noch* nicht. Ihr seid *noch* kein Paar.«

Wir hatten dieses Gespräch in den vergangenen drei Wochen mehrmals – seit dem Abend, an dem ich auf Ronans Sofa eingeschlafen bin. »Fühle ich mich zu ihm hingezogen? Ja. Ist es eine gute Idee, etwas mit ihm anzufangen? Nein.«

»Sagt wer?«

»Sagt jemand, der weiß, wie es ist, Privatleben und Beruf nicht getrennt zu halten. Damit ist eine Katastrophe vorprogrammiert. Denk an Raphael.« Dagegen kann sie nichts einwenden, wenn man bedenkt, wie mir die Sache um die Ohren geflogen ist.

Wenn das nicht passiert wäre, wäre ich womöglich gar nicht hier und hätte keinen eigenen Laden. Vielleicht komme ich gerade so über die Runden, und vielleicht brauche ich auch ein sehr langes Nickerchen, aber wenigstens tue ich das, was ich liebe.

»Raphael war ein Vollidiot, und es ist eine ganz andere Situation. Du warst nicht auf Augenhöhe mit ihm, du warst seine Schülerin, und er hat seine Machtposition ausgenutzt. Und dann hat er dich auch noch betrogen, weil er seinen Schwanz gern in alles reinsteckt, was sich bewegt. Einschließlich Eiscremetorte.«

Ich erschauere bei der Vorstellung. »Es ist trotzdem nicht ratsam. Wir treten bei Beste Bar gegeneinander an, *und* wir arbeiten zusammen, um unsere Läden am Laufen zu halten, damit uns diese Arschlöcher nicht das Wasser abgraben.« Ich zeige auf die andere Straßenseite zu der noch nicht eröffneten riesigen Spielhalle und Bar.

Ihre Eröffnung findet natürlich an Silvester statt, weshalb Ronan und ich unverhältnismäßig viel Zeit damit verbracht haben, unsere eigene Silvestersause zu planen.

Immer wieder sind wir die Details durchgegangen. Ich war allerdings nicht mehr bei ihm seit dem Abend, an dem ich auf seinem Sofa eingeschlafen bin. Hat er trotzdem noch einmal vorgeschlagen, bei ihm zu arbeiten? Vielleicht, aber weil *B&B* früher schließt als das *Knight Cap*, ist es praktischer, in meinem Laden zu planen. Wenigstens ist das meine Begründung, und er hat nicht darauf gedrängt.

Ganz zu schweigen davon, dass eine von Tori Taylors Mitarbeiterinnen, die hier wohnt, vorbeigeschaut hat, bevor ich da war. Ich habe die Gelegenheit versäumt, einen guten Eindruck zu machen – oder überhaupt einen.

Und natürlich landete jene Person bei Ronan, weil er ebenfalls an dem Wettbewerb teilnimmt – nur dass Ronan rechtzeitig in der Bar war. Ich finde ihn vielleicht attraktiv, aber ich möchte keine weitere Chance versäumen, falls erneut jemand auftaucht.

Das heißt nicht, dass wir nicht flirten, oder dass ich mich

dabei ertappe, wie ich auf seinen Mund starre und mich frage, wie sich diese Lippen auf meinen anfühlen würden.

Es heißt nur, dass ich möglichen Komplikationen und starker Ablenkung aus dem Weg gehe. Bis dieser Beste-Bar-Wettbewerb vorbei ist und wir wissen, welche Auswirkungen die Eröffnung von *Dick and Bobby's* auf unseren jeweiligen Profit hat, halte ich es für keine gute Idee, in sein Bett zu hüpfen. Oder überhaupt zu hüpfen.

Ich denke häufig daran, wenn ich unter der Dusche stehe oder im Bett liege. Und überall sonst auch.

»Erde an Blaire.« Daphne schnipst mit den Fingern vor meinem Gesicht. Im selben Moment schießt sie ein Bild.

Ich zucke zurück. »Was ist?«

»Du warst gedanklich völlig damit beschäftigt, Ronan auszuziehen stimmt's?«

»War ich nicht!«

»Und ob. Sieh nur, was du für ein Gesicht machst!« Sie hält das Telefon hoch, sodass ich das Foto sehen kann, das sie geschossen hat.

Auf dem Bild beiße ich mir auf die Lippe und berühre dabei meinen Hals, verloren in Tagträumen. Darüber, wie ich es mit Ronan treibe. Ich stoße ihr Handy weg. »Meinetwegen. Daran zu denken und es zu tun sind zwei verschiedene Dinge.«

Daphne wackelt mit den Brauen. »Ich gebe dir maximal zwei Wochen, bis du einknickst.«

Zum Glück kommt Callie zu ihrer Schicht, und damit ist das Gespräch beendet.

*

In den Tagen vor dem Silvesterabend bekomme ich im Schnitt vier Stunden Schlaf, und er ist nicht von der erholsamen Sorte.

Gut ist, dass die gemeinsamen Veranstaltungen mit Ronan mich davor bewahrt haben, mein Kreditlimit noch mehr in Anspruch zu nehmen. Es ist nicht ganz so beängstigend, die Rechnungen zu bezahlen, wenn ich weiß, dass ich meinen Dispo nicht jedes Mal bis zum Letzten ausreize oder noch mehr Schulden machen muss.

Die Silvestervorbereitungen bedeuten hohe Ausgaben, aber der Kartenvorverkauf für die Veranstaltung lief fantastisch, und wir sind seit letzter Woche völlig ausverkauft, was hilft, die Kosten wieder auszugleichen.

An Silvester bin ich schon vor sechs Uhr morgens auf, obwohl ich erst um zwei ins Bett gegangen bin. Ronan und ich haben in seiner Bar gesessen, sind den Plan für heute Abend durchgegangen und haben doppelt und dreifach gecheckt, ob wir alles haben, was wir brauchen. Unsere gemeinsame Silvesterfeier hat eine Menge Aufmerksamkeit erregt, und Gerüchten zufolge plant Tori Taylor, bald vorbeizuschauen, weil das Halbfinale naht.

Als ich im *B&B* ankomme, sehe ich, dass Ronans Truck bereits da ist, was für ihn ziemlich früh ist. Man kann sich meine Überraschung vorstellen, als ich meinen Laden betrete und Ronan hinterm Tresen vorfinde, wo er Cappuccinos macht. »Was tust du denn hier?«

Er blickt mich an und lässt den Blick auf die vertraute Weise über mich gleiten, die mir einen Schauer über den Rücken jagt und südlich meines Bauchnabels Hitze erzeugt. »Dir auch einen guten Morgen, Blaire!«

»Entschuldige. Ich bin nur überrascht, dich um diese Zeit hier zu sehen.« Ronan taucht normalerweise erst zwischen halb zehn und zehn auf. »Oh Gott, es ist doch nichts passiert nebenan? Wir haben keine falsche Lieferung bekommen, oder?«

Ronan wischt sich die Finger an seiner Schürze ab – er trägt eine mit dem *B&B*-Logo; es ist eigentlich meine, denn sie hat den Cupcake mit der Deko obendrauf – und legt seine Hände um meine Arme. »Atme einmal tief durch, Blaire. Du siehst aus, als bekämst du gleich eine Panikattacke, aber es gibt nichts, worüber man sich Sorgen machen müsste.«

In den vergangenen Wochen habe ich mich an Ronans Berührungen gewöhnt. Die Art, wie er beiläufig seinen Arm um meine Schulter legt. Wie er mich regelmäßig hochhebt und woanders wieder absetzt, wenn ich ihm im Weg bin und mich über irgendetwas beschwere, während er mehrere Dinge gleichzeitig zu tun hat. Und obwohl ich daran gewöhnt bin, bin ich keinesfalls immun. Ich räuspere mich, bevor ich etwas sage; sonst klinge ich viel zu sinnlich. »Es ist noch nicht einmal acht Uhr morgens. Wieso bist du hier, und hast du überhaupt geschlafen letzte Nacht?« Er lässt seine Hände an meinen Armen hinabgleiten, und ich unterdrücke einen Schauer.

Er zuckt mit den Achseln und sieht verlegen aus. »Ein paar Stunden habe ich geschlafen. Ich habe vor, morgen den ganzen Tag zu schlafen. Ich habe mir von Daphne den Schlüssel geliehen. Ich dachte, du brauchst vielleicht Hilfe heute Morgen, weil du wahrscheinlich zur gleichen Zeit ins Bett gekommen bist wie ich.«

»Oh, das ist wirklich wahnsinnig nett von dir. Ich werde morgen ebenfalls nichts als schlafen. Es wird bestimmt wunderbar.« Ich unterdrücke ein Gähnen.

Er reißt auf ulkige Art die Augen auf. »Oh nein! Tu das nicht! Es ist ansteckend.« Wir legen beide eine Hand vor den Mund und gähnen gleichzeitig. Meine Augen werden feucht. Gott, ich werde morgen völlig erschöpft sein.

Ein lautes *Klong* und ein Zischen hinter ihm lässt uns zusammenfahren.

»Was war das denn?« Ich packe ihn am Arm und verstecke mich hinter ihm, als er herumwirbelt.

Ich spähe über seine Schulter und erhasche einen Blick auf die Cappuccino-Maschine, aus der an verschiedenen Stellen Dampf dringt, wo eigentlich kein Dampf sein sollte.

»Oh Scheiße, da stimmt was nicht.« Er sieht erschrocken aus.

»Nein, ganz und gar nicht.« Ich gehe um ihn herum und ziehe den Stecker, bevor sie explodiert.

Ronan hilft mir, die Schweinerei wegzuwischen. Wie sich herausstellt, ist eine Dichtung kaputt, also haben wir eine Cappuccino-Maschine weniger. Ich telefoniere verzweifelt herum, um irgendwen ausfindig zu machen, der noch heute vorbeischauen und sie reparieren kann. Während wir normalerweise mit einer Maschine auskommen, wird heute Abend besonders viel los sein.

Es gelingt mir, jemanden zu finden, der uns am Nachmittag einen Besuch abstatten kann, aber natürlich kostet mich das ein Vermögen. Ronan entschuldigt sich wortreich, weil er anscheinend ein schlechtes Gewissen hat. Ich versichere ihm, dass es nicht sein Fehler und einfach mieses Timing sei.

Der Morgen ist im Nu vorüber; Leute, die halbtags arbeiten, kommen herein, um einen Happen zu essen, Bestellungen für Feiern werden abgeholt, und als es auf vierzehn Uhr zugeht, haben wir fast alles verkauft – was toll ist, weil wir so nicht mehr viel zu verstauen haben, bevor wir für heute Abend alles herrichten.

Die Cappuccino-Maschine ist zum Glück vor fünfzehn Uhr repariert, ein Testdurchlauf bestätigt das.

Um halb vier ist *B&B* bereit für den Abend, die Tische sind mit Reihen von Dessert-Cupcakes gedeckt, überall hängt Glitzerdeko, eine perfekte Ergänzung zu dem Bier- und Champagnermotto. Alles ist golden und schwarz und funkelnd und wunderschön.

Ich stehe mit den Händen in den Hüften mitten im Laden. »Ich denke, es sieht perfekt aus. Was meinst du?«

»Unbedingt.« Ronan trägt noch immer eine Schürze von *Buttercream and Booze*, aber sein Fokus ist nicht auf der Dekoration.

»Du schaust ja nicht einmal hin.« Ich zeige auf den Laden.

»Das brauche ich nicht. Ich habe schließlich mit aufgebaut, also weiß ich, wie es aussieht.«

»Aber alles ist an seinem Platz. Das macht es so perfekt.«

»Und du bist die Kirsche obendrauf. Oder vielleicht eher eins dieser kleinen Iss-mich-Bonbons. Die sind köstlich. Hast du irgendwo welche?«

»Das ergibt überhaupt keinen Sinn, klar?«

»Und ob. Dieser Ort sieht perfekt aus, und nicht nur, weil die Dekoration spitze ist, sondern weil du mittendrin bist und strahlend und stolz aussiehst, wie du es auch sein solltest. Wo sind also diese Iss-mich-Bonbons?«

»Es gibt keine Iss-mich-Bonbons.«

»Also das ist eine Enttäuschung. Dann muss ich mich wohl mit einem übrig gebliebenen Cupcake begnügen.« Er nimmt einen aus einer Schachtel – der einzigen, die noch da ist –, zieht die Manschette ab und verschlingt ihn mit zwei Bissen, wobei er genüsslich stöhnt.

Als er damit fertig ist, gehen wir hinüber ins *Knight Cap* und nehmen die Hilfe seiner Mitarbeiter in Anspruch, die uns beim Dekorieren helfen. Zu Ronans Entsetzen hänge ich Mistelzweige über dem Tresen und den Tischen auf.

»Ist es dafür nicht ein bisschen zu spät?«

»Es ist nie zu spät für Mistelzweige.«

»Als hätten die Leute nicht bereits einen Vorwand, um an

Silvester rumzuknutschen; jetzt kommst du noch damit?« Er zeigt auf die hübschen Zweige, die mit karierten Bändern in Rot, Gold und Schwarz zusammengebunden sind und von einer der Lampen über dem Tresen hängen – auf dem ich stehe, während ich ein Paar der Stiefel mit Metallkappen trage, die für die Axtwerfer vorgesehen sind.

Wegen der abendlichen Feier und der sehr hohen Wahrscheinlichkeit, dass viele, wenn nicht die meisten Gäste »bis zum Anschlag voll sein werden«, wie Lars es formuliert, hat man sämtliche Äxte weggeschlossen. Stehtische und Hocker sind an den Wänden aufgereiht, damit mehr Platz ist, um sich unter die Leute zu mischen und um zu tanzen.

»Ach, sei kein Scrooge! Die sollten schon den ganzen Monat hier hängen!«

»Ich sage nur, dass Lars keinen Vorwand braucht, um mit weiblichen Gästen zu knutschen.«

»Vielleicht findet sich irgendein Mädchen, das sich in tausend Jahren nicht trauen würde, den Kerl zu küssen, der ihm gefällt, unter einem Mistelzweig wieder und wird von ihrem ganz eigenen Traumprinzen geküsst.«

»Wahrscheinlich eher von einem triefäugigen, geilen, betrunkenen Kerl, aber ich kapier schon, dass du heute dein Wunderland verlassen und lieber im Land der Märchen und Illusionen leben möchtest, wo College-Jungs nicht ein Haufen Arschlöcher sind.«

»Warst du ein Arschloch?«, frage ich ihn. Ronan flirtet gern, aber nicht auf die schleimige Tour.

»Im Allgemeinen nicht, nein.«

Ich gehe zur nächsten Lampe, um die Glitzergirlande darum herum zu wickeln und einen weiteren Mistelzweig aufzuhängen. »Das heißt also, du warst manchmal eins.« Es ist mehr eine Feststellung als eine Frage.

»Ich bin nicht perfekt, und ich war einmal ein betrunkener, geiler Twen. Versuch nicht, zu hart mit deinem Urteil zu sein.«

Ich gehe weiter zur nächsten Lampe. »Wie alt warst du, als du mit deinen Tätowierungen angefangen hast?«

Ronan reicht mir einen weiteren Satz Bänder. »Als ich achtzehn war, aber mit den Armen habe ich erst angefangen, nachdem ich meine Eltern verloren hatte. Warum?«

»Ich wette, die College-Mädchen standen auf dich, so tätowiert und cool wie du warst.« Ich tippe mir auf die Lippe. »Und ich wette, das hat sich überhaupt nicht geändert.«

Er lacht laut auf. »Lars ist eher der Liebling der College-Mädchen.«

Ich blicke zu Lars und zucke mit den Achseln. »Er ist ja ganz niedlich, und bestimmt gibt es genug College-Mädchen, die sich ein Bein ausreißen würden, um seine Aufmerksamkeit zu ergattern. Aber wenn er Frauen anbaggert, hat er den Charme eines Elefanten, der sich als Ballerina versucht. Ich meine, er hat mir gesagt, dass er gerne Mal auf dem Cougar-Express mitfahren würde.«

Ronans Kinnlade klappt herunter. »Er hat *was* gesagt?«

»Es war ein Scherz.« Jedenfalls tue ich so.

»Von wegen. Wann hat er das gesagt? War das erst vor Kurzem? Das hoffe ich nicht für ihn.« Wenn Blicke töten könnten, blieben von Lars nur noch die Aschereste seiner kremierten Leiche.

Ich stemme eine Faust in die Hüfte. »Ich bin mir sicher, dass es nur ein verkorkstes Kompliment gewesen ist.«

»Er hat versucht, dir an die Wäsche zu gehen, wie er es bei jeder Frau tut, mit der er nicht verwandt ist.« Er lässt seinen Blick über mich hinweg zu meinen Beinen gleiten. Ich trage ein Paar Glitzerstrümpfe.

»Du willst also wirklich sagen, er geht mit jeder ins Bett, solange sie nur einen Puls hat? Egal, wie sie aussieht?«

»Er ist nicht sehr wählerisch.«

»Na, vielen Dank.« Das ist ein Schlag gegen mein Ego, den ich nicht brauche von dem Kerl, auf den ich stehe. »Ich weiß, dass ich keine elegante Schönheitskönigin mit Modelmaßen bin, aber ich bin auch kein Oger!«

»Ich wollte damit nicht sagen, dass du unattraktiv bist …«

»Nein, nur dass Lars alles mit einer Vagina vögelt, also sei nicht davon geschmeichelt, dass er dich angemacht hat. Ich hab's kapiert.« Ich habe das Ende des Tresens erreicht und gehe in die Hocke, damit der Sprung nicht zu hoch ist. Das Letzte, was ich heute Abend brauchen kann, ist ein verstauchter Knöchel. Ich bin wegen des heutigen Events wahnsinnig müde und gestresst, und aus irgendeinem Grund nervt mich die ganze Sache mit Lars.

»Lass mich dir runterhelfen.« Ronan reicht mir die Hand.

Ich schlage sie weg. »Ich brauche keine Hilfe.«

»Meinst du das ernst? Wieso hast du denn plötzlich so schlechte Laune?«

»Ich habe keine schlechte Laune«, sagte ich ziemlich schlecht gelaunt.

»Ach nein?«

»Geh mir aus dem Weg, damit ich runterspringen kann.« Jetzt bin ich auch noch unfreundlich. Und weil ich völlig übermüdet bin und vielleicht ein bisschen aufgedreht vom Kaffee, bin ich außerdem den Tränen nahe. Hoffentlich bekomme ich nicht auch noch meine Tage.

»Oder du lässt mich dir einfach helfen.«

»Ich habe dir gesagt, es geht schon.« Ich stütze eine Hand auf die Tresenkante, um den knappen Meter herunterzuhüpfen.

Doch bevor ich mich bewegen kann, tritt Ronan dicht vor mich hin und legt seine Hände um meine Taille. Ich erwarte nicht, dass er mich vom Tresen hebt, weshalb ich nach vorn kippe. Ich packe ihn an den Schultern und gleite vorn an seinem Körper hinab. An seinem festen muskulösen Körper.

Ronan hat eine Menge Erhebungen und Flächen und Kanten. Doch als meine Hüften an seinen Bauchmuskeln hinabgleiten, spüre ich plötzlich eine beträchtliche Beule, als ich über seinen Hosenschlitz gleite.

Er hält mich noch immer an der Taille fest, und ich umklammere noch immer seine Schultern. Ich versuche, auf Abstand zu gehen, aber er packt mich noch fester. Ich recke das Kinn und blinzle ihn an.

Seine Miene ist beinahe völlig ungerührt, als er den Kopf zu meinem Ohr senkt. »Ich würde es begrüßen, wenn du mich nicht ausgerechnet jetzt herausforderst, Blaire. Aber wie du bestimmt spüren kannst, findet dich der Bereich unterhalb meiner Gürtellinie, der auf Nachrichten von meinem Gehirn reagiert, nicht unattraktiv. Aufgrund der Tatsache, dass ich besagten Bereich nicht kontrollieren kann, würde ich sagen, dass es offensichtlich ist, dass wir dich ziemlich anziehend finden, und es uns beiden lieber wäre, wenn Lars seine Kommentare für sich behalten und seine Blicke unterlassen würde.«

Er weicht so weit zurück, dass sein Gesicht ins Blickfeld rückt. Sein Ausdruck ist jetzt alles andere als ungerührt; er ist höchst erregt. Ähnlich dem Gefühl, das sich in meinem Unterleib ausbreitet. Ich würde gern etwas Freches darüber sagen, dass er von seinem Penis als etwas Eigenständigem spricht, aber mein Mund ist trocken geworden.

Es gelingt mir, zu flüstern: »Notiert.«

»Großartig. Ich brauche einen Moment, ich muss das in den

Griff bekommen.« Er windet sich. »Also nicht so. Ich will nur an uninteressante Dinge denken. Ich bin gleich zurück.«

Er lässt mich los, und ich senke meine Arme. Ich sehe dabei zu, wie er, ein wenig steif, weggeht.

Lars taucht neben mir auf. »Wohin geht Ronan?«

»Er braucht einen Moment, um sich zu sammeln.« So direkt wollte ich mich gar nicht ausdrücken.

Lars grinst und reckt das Kinn. »Ganz bestimmt. Der Typ hat die letzte halbe Stunde auf deine Beine gestarrt, als würde er sich einen Striptease anschauen. Ihr zwei müsst endlich mal in der Kiste landen und es hinter euch bringen. Die sexuelle Spannung zwischen euch macht mich schon ganz wuschig.« Er wirft sich sein Handtuch über die Schulter und schlendert zurück zum Tresen, wo er Früchte für Cocktails aufspießt.

Ich blicke hinauf zu dem Mistelzweig, der von der Lampe hängt, und frage mich, wie er sich später vielleicht als nützlich erweisen könnte.

Um halb fünf sind wir mit allem fertig, das Essen ist vorbereitet, die Tische sind dekoriert, und die Speisekarten liegen aus. Jetzt fehlt nur noch, sich umzuziehen, Make-up aufzufrischen und sich mit ein paar Litern Kaffee vollzupumpen.

*

Der Abend verläuft nicht problemlos; es gibt Pannen. *B&B* geht irgendwann der beste Wodka aus, aber Ronan rettet die Situation mit seinen Vorräten. Zum Glück haben wir vereinbart, Kosten und Gewinn zu teilen, also ist das keine große Sache. Eine der Kellnerinnen rutscht auf einer Pommes aus und verliert ein ganzes Tablett mit Cupcakes, aber insgesamt ist es ein unglaublicher Erfolg. Und während eine Schlange vor *Dick and Bobby's* steht, das seine Eröffnung feiert, sind wir voll ausgelastet und müssen sogar Leute wegschicken, was sowohl bedauerlich als auch erfreulich ist.

Das Adrenalin, das durch meine Adern pumpt, bedeutet, dass ich wahrscheinlich in ein schwarzes Loch falle, wenn die Bar schließt, aber bis dahin genieße ich den Erfolg der Veranstaltung.

Als es auf Mitternacht zugeht, stehe ich mit Ronan hinter der Bar und mixe Drinks. Seine Krawatte mit Feuerwerkmuster hat er über die Schulter geworfen, damit sie nicht aufsaugt, was auf der Theke verschüttet wurde. Trotz des zusätzlichen Personals kommt dieses den Bestellungen kaum nach, und vor dem Tresen haben sich bereits drei Reihen gebildet, während die Leute Champagnercocktails ordern, um auf das neue Jahr anzustoßen.

Ich habe meine High Heels schon vor Stunden gegen Stahlkappenstiefel ausgetauscht, die hinter dem Tresen vorgeschrieben sind, was bedeutet, dass ich ebenfalls acht Zentimeter an Größe verloren habe, und ich muss mich recken, um an die Flaschen auf den oberen Regalen zu kommen.

Ronan greift über mich hinweg und schnappt sich die Flasche, die ich benötige, beugt sich dann herunter, sodass sein Mund an meinem Ohr ist, und ruft über die Musik: »Sag mir, was du brauchst, dann geb ich's dir.« Seine Lippen berühren die Ohrmuschel beim Sprechen, was mir einen warmen Schauer über den Rücken jagt.

Ich nicke, weil ich einen Großteil des Abends mit Rufen verbracht und jetzt kaum noch eine Stimme habe. Die Vorderseite meines Kleids mit Feuerwerk- und Champagnermuster ist feucht vom Vorbeugen über den Tresen, und ich rieche nach Champagner und Bier, könnte aber nicht glücklicher sein.

Wir arbeiten zusammen, reichen uns Flaschen und Cocktailgarnituren, ohne reden zu müssen, weil jeder zu wissen scheint, was der andere braucht. Er greift um mich herum, unsere Körper berühren sich die ganze Zeit, während wir einschenken und servieren, einschenken und servieren.

Dann beginnt der Countdown, und eine kurze Pause entsteht in dem Gewusel hinter dem Tresen, als die Menge ihre Gläser erhebt und jubelnd und lachend auf das neue Jahr anstößt.

»Hier, nimm das.« Ronan legt meine Hand um ein Schnapsglas und stößt mit seinem dagegen.

»Was ist das?«

»Trink es einfach«, ruft er.

Wir setzen unsere Gläser an, und ich kippe den Shot runter. »Frohes neues Jahr!« wird in fast unerträglicher Lautstärke um uns herum gerufen, während mir das Getränk in der Kehle brennt.

»Frohes neues Jahr!«, brüllt Lars und umarmt uns gleichzeitig und zeigt dann auf die Lampe über uns. »Seht mal.« Dann stürmt er den Tresen entlang, wobei er aus vollem Halse »Frohes neues Jahr!« ruft.

Ronan und ich schauen im gleichen Moment nach oben und stellen fest, dass wir direkt unter einem der Mistelzweige stehen. Unsere Blicke begegnen sich, und ich kann die Entschlossenheit in seinen Augen sehen. Ich bin sicher, die paar Shots, die wir uns heute Abend hinter dem Tresen gegönnt haben, sind voll verantwortlich für das, was als Nächstes passiert.

Ronan umfasst mit einer Hand meine Taille und zieht mich an sich. Er legt den Kopf leicht schräg: eine stumme Frage. Als Reaktion darauf lasse ich die Hände über seine Brust wandern, um sie in seinem Nacken zu verschränken, wobei ich ihn ein wenig herunterziehe und gleichzeitig das Kinn anhebe.

Seine andere Hand lässt er in meinen Nacken gleiten, während er sich herunterbeugt und sich sein Pfefferminzatem mit meinem verbindet. »Frohes neues Jahr, Blaire.«

»Frohes neues Jahr, Ronan.«

Ein Energiestoß fährt mir durch die Adern und lässt alles in mir erstrahlen wie ein Neonschild, als sich unsere Lippen zum ersten Mal berühren. Es ist ein Kribbeln am ganzen Körper, das sich von oben nach unten ausbreitet. Hitze strömt zwischen meine Oberschenkel, und meine Zehen verkrampfen sich.

Wir neigen die Köpfe in entgegengesetzte Richtung, Lippen öffnen und Zungen berühren sich. Er stöhnt, ich etwas leiser, als sich unsere Zungen weiter vorwagen. Ich packe ihn im Nacken, und die Hand auf meiner Taille gleitet tiefer. Ronan greift mich an der linken Hinterbacke und zieht mich fester an sich. Ich spüre ihn hart an meinem Bauch, und ich presse meine Hüften enger an ihn.

Ich bin mir ziemlich sicher, dass der Kuss ewig gedauert hätte – oder zumindest bis wir uns ausgezogen hätten –, als uns Gejohle, Rufe und schrille Pfiffe daran erinnern, dass wir keineswegs allein sind.

Wir lösen uns voneinander, und einen Moment lang mache ich mir Sorgen, dass das vielleicht keine so gute Idee war. Nüchtern betrachtet ist es kein guter Plan, sich mit dem Nachbarn/der Konkurrenz einzulassen, aber das war einfach ein Wahnsinnskuss.

Ronan blinzelt ein paarmal und stößt einen Seufzer aus. »Ich glaube, wir sind nicht mehr im Wunderland, Alice.«

Ich lache, froh, dass er das Eis gebrochen hat.

»Du kommst wieder mit zu mir, wenn wir nachher zumachen, stimmt's?«

Ich ziehe eine Braue hoch.

»Wir können auch zu dir gehen, wenn das besser ist. Oder näher«, fügt er hinzu.

»Willst du damit sagen, dass du mehr davon willst?« Ich zeige auf meine Lippen.

Die Musik spielt erneut, und Gäste verlangen nach Drinks, aber Ronan gibt ihnen ein Zeichen, indem er einen Zeigefinger ausstreckt und sich herunterbeugt, sodass sein Mund dicht an meinem Ohr ist. »Ich will alles. Mehrmals. Und obwohl man mein Büro abschließen kann, bin ich nicht sicher, ob ich dort eine gute Vorstellung abliefern würde.«

»Mmm. Guter Punkt. Wir gehen zu dir.«

@buttercreamandbooze:
Bist du gestresst oder im Zweifel, lass einen Cupcake entscheiden.

16

Das neue Jahr einläuten

Ronan

Es ist drei Uhr morgens, als wir mit einem Uber zu mir fahren. Ich bitte Blaire herein, schließe die Tür und drehe mich zu ihr um.

Sie steht mitten im Flur und trägt noch immer die Stahlkappenstiefel, die ich ihr aufgedrängt habe, weil ich auf keinen Fall riskieren wollte, dass sie sich den Knöchel hinter dem Tresen verrenkt. Denn genau da wollte ich sie haben; den ganzen Abend lang, direkt an meiner Seite. Nicht vorn bei den Tischen, wo sie fortwährend von betrunkenen Arschlöchern angebaggert würde.

Das mag nach Kavalier klingen. Doch das stimmt nicht – meine Motive waren völlig eigennützig.

Sie verschränkt die Hände vor sich, wobei sie in ihrem Feuerwerk-Kleid mit den schwarzen Karos zugleich züchtig und sexy aussieht. Natürlich waren wir im Partnerlook. Sie gräbt die Zähne in ihre Unterlippe. Ich habe vor Stunden ihren Lippenstift weggeküsst, und sie hat sich nicht die Mühe gemacht, ihn neu aufzutragen, vor allem weil keine Zeit dafür war.

»Möchtest du etwas trinken?« Meine Stimme ist rau wie Sandpapier.

Sie runzelt einen Moment lang die Stirn, als fände sie die Frage irritierend. »Willst du?«

Ich mache ein paar Schritte auf sie zu. »Nicht unbedingt, nein, aber ich wollte gastfreundlich sein und dir lieber etwas anbieten, als mit Mund und Händen über dich herzufallen.« *Und über das, was sich unterhalb der Taille befindet.*

»Hmm.« Sie tippt sich gegen den Mund, ein neckisches Lächeln auf ihren vollen Lippen. »Wasser, um nicht zu dehydrieren, wäre eine gute Idee, aber das kann wahrscheinlich bis nach dem Überfall von dir, deinem Mund und deinen Händen warten.« Sie lässt einen begehrlichen Blick über meine Brust abwärts gleiten. »Und anderen Körperteilen hoffentlich.«

Wir sind ganz auf der gleichen Wellenlänge. Und dann fallen wir übereinander her.

Blaire schwingt die Arme über meine Schultern und verschränkt die Hände in meinem Nacken, wobei sie meinen Mund auf ihren zieht. Ich packe sie an der Taille und schiebe sie rückwärts den kurzen Eingangsflur entlang, vorsichtig, um nicht gegen den Seitentisch rechts zu stoßen. Das Schlafzimmer scheint zu weit weg zu sein, weshalb ich blind über den Küchentresen wische und ein paar Sachen herunterstoße, bevor ich sie hochhebe und darauf absetze.

Der Kuss verlangsamt sich für zwei Sekunden, dann machen wir mit vollem Elan weiter, wobei wir mit den Zähnen aneinanderstoßen, unsere Zungen einander umspielen und wir uns gegenseitig in unsere Münder stöhnen. Blaire zieht mein Hemd aus der Hose und macht sich an den Knöpfen zu schaffen, während ich an der Rückseite ihres Kleides nach dem Reißverschluss taste. Doch ich spüre lediglich glatten Stoff.

Sie unterbricht das Küssen lange genug, um zu sagen: »Versteckter Reißverschluss.«

Ich weiche zurück, weil das keinen Sinn ergibt. »Wie bitte?«

»Er ist versteckt.« Sie lässt mein Hemd los und drückt gegen meine Brust, womit sie mich zwingt, mich zurückzulehnen. Ich will protestieren, aber sie fasst unter ihren Rock, zupft und zerrt an ihrem bauschigen Unterrock und wirft ihn zu Boden. Dann packt sie mich vorn am Hemd und zieht mich mit einem Ruck erneut zwischen ihre Beine.

Ich taste ihr Rückgrat auf der Suche nach dem verborgenen Reißverschluss ab. Schließlich finde ich den Schieber, aber er ist so winzig, dass er mir mehrmals entgleitet.

»Wie öffnet man den Reißverschluss?«, nuschle ich an ihrem Mund.

»Keine Sorge, die wichtigen Teile sind alle zugänglich.« Sie zieht den Rock ihres Kleids höher und versucht, den Stoff beiseitezuschieben.

Ich lehne mich zurück, um sie in der dämmrigen Küche zu sehen. Die Lampe auf der gegenüberliegenden Seite des Wohnzimmers ist schwach, und das Flurlicht ist mit einem niedrig gestellten Dimmer verbunden.

»Ich möchte alles, was dazu gehört, hier, nicht nur Zugang zu dem, was zwischen deinen Schenkeln ist.« Ich zeige auf ihren Schritt. »Ich meine, natürlich will ich das auch, aber ich habe vor, jeden Zentimeter von dir auf dem Weg dorthin zu erkunden.«

Ich habe die feste Absicht, sie mit Haut und Haar zu vernaschen, aber ich möchte es auch genießen. Ich nehme mir die Zeit, den Reißverschluss des Kleids zu öffnen – der winzige Reißverschlussschieber ist allerdings nervig, doch ich bin trotzdem entschlossen, sie zu entkleiden, ich allein, ohne Hilfe.

Das mit dem Reißverschluss gelingt mir schließlich, aber es gibt zusätzlich einen Haken, was noch mehr Gefummel bedeutet.

Sie lacht leise an meinem Mund und saugt an der Unterlippe. Endlich öffne ich ihn, aber anstatt das Kleid auszuziehen, zögere ich die Belohnung für sie und für mich hinaus. Es ist, als würde man ein nachträgliches Geburtstagsgeschenk auspacken.

Ich ziehe erstmal nur das Oberteil herunter und befreie ihre Arme, was ihren BH zum Vorschein bringt. Ich stoße einen leisen, anerkennenden Pfiff aus. Unter dem Kleid mit dem goldenen und schwarzen Feuerwerk-Muster trägt sie einen schwarzen BH in rotgoldenem Karomuster. Ich könnte wetten, dass das Höschen dazu passt, denn wir reden hier über Blaire, die ihre Garderobe sorgfältig auswählt. Ich hebe ihren Rock hoch, um einen Blick zu wagen. Jawohl, passt genau, was die Frage aufwirft: »Hattest du vor, mich heute Nacht zu verführen?«

Sie runzelt die Stirn. »Wie bitte? Nein, natürlich nicht. Wie kommst du darauf?«

»Weil …« Ich lasse meine Hände an ihren Oberschenkeln, die warm und weich sind, hinaufgleiten, wobei sich der Rock zusammenschiebt und noch mehr Haut freigibt. Ich genieße das Gefühl, sie mit den Händen zu berühren, wie ihr Atem stockt, als ich mit den Fingerspitzen am Saum ihres Höschens entlangfahre. »Dieser BH und dieses Höschen sehen aus, als hättest du beim Kauf an mich gedacht.«

»Ich wollte, dass sie zu meinem Kleid passen.«

»Das du gekauft hast, damit wir im Partnerlook sind.« Zu ihrem Missfallen ziehe ich die Hände unter ihrem Rock hervor, um ihre vollen Brüste zu umfassen und mit meinen Fingern über ihre Nippel unter dem Stoff zu streichen.

Sie wölbt den Rücken und saugt die Luft ein. »Ich mag Sachen, die zusammenpassen.«

»Du hast die Sachen also unbeabsichtigt für mich gekauft.«

»Wenn du mit meiner BH- und Höschenwahl dein Ego streicheln willst, dann bitte.«

»Hast du zu allen deinen Kleidern die passende Unterwäsche?« Ich lasse den kleinen Finger unter das Satin gleiten.

»Zu ein paar schon.«

»Hmm.« Ab jetzt ist es meine Mission, sie – so oft sie es erlaubt – wie ein Geschenk auszupacken, um zu sehen, welche Dessous sie trägt. Damit das auch passiert, muss ich dafür sorgen, dass sie eine Wiederholung dieser Nacht will. Was bedeutet, dass ich in Höchstform sein muss.

Wir fangen wieder an uns zu küssen, sie halb ausgezogen, ich noch immer vollständig bekleidet. Ich lockere meine Krawatte mit einer Hand, während sie die verbleibenden Knöpfe an meinem Hemd in Angriff nimmt. Sie landen bei den anderen Sachen auf dem Boden, und ich unterbreche den Kuss lang genug, um mein Unterhemd auszuziehen.

Ich bin bereit weiterzumachen, aber Blaire legt ihre Handflächen auf meine Brust, weshalb sich unsere Lippen nicht treffen können. Sie lässt ihre Fingernägel von meinen Brustmuskeln bis hinunter zu meinen Bauchmuskeln gleiten. »So sexy«, murmelt sie mit einem leisen Seufzen. Sie hebt den Blick. »Weißt du, ich habe Tattoos vorher nicht heiß gefunden, aber jetzt …« Sie fährt an den Rändern des Baums entlang, der meine Körperseite schmückt und im Bund meiner Hose verschwindet. »Zum Anbeißen.«

Ich lache und stöhne, als sie tiefer gleitet und mich durch den Hosenstoff umfasst.

»Ich war so enttäuscht, als du heute Morgen das Hemd angezogen hast, nachdem ich auf deinem Sofa eingeschlafen war.«

»Ich war irgendwie enttäuscht, dass du eingeschlafen und nicht in meinem Bett gelandet bist.«

»Wirklich?« Sie öffnet meinen Gürtel und lässt ihn durch die Schlaufen gleiten.

»Ich bin ins Bad gegangen, um meine Zähne zu putzen und mich frisch zu machen. Ich dachte, ich wage vielleicht den ersten Schritt, aber als ich zurückkam, hast du tief und fest geschlafen.«

»Ich hatte keine Ahnung.« Sie öffnet den Knopf.

»Ich habe vom ersten Tag an mit dir geflirtet.«

»Ich war zu beschäftigt, um mich darüber zu ärgern, dass du meine Konkurrenz warst, und du warst so sexy und gelassen, und ich war die ganze Zeit zu angespannt, um zu merken, dass du flirtest. Außerdem ist es dein Job, zu flirten.« Sie zieht langsam den Reißverschluss herunter.

»Ich bin freundlich zu Kundinnen, aber flirten tue ich mit dir. Das ist etwas anderes.«

»Hmm. Den Unterschied musst du mir später genauer erklären.« Sie lässt ihren Zeigefinger unter den Bund meiner Boxershorts gleiten, zieht daran und späht hinein. Ich bezweifle, dass sie viel sieht, weil das Licht gedämpft ist.

»Was tust du da?«

»Ich will sehen, womit ich es zu tun habe.«

»Du darfst ihn anfassen, er beißt nicht.«

»Ihn?« Sie blickt hoch, ihr Gesichtsausdruck amüsiert. »Hat er einen Namen?«

Ich schnaube. »Natürlich nicht.« In meinem Kopf nenne ich ihn allerdings »Das Schicksalsschwert«.

»Ich glaube dir nicht.« Sie fasst hinein und streicht über die gesamte Länge.

Ich stöhne und stütze eine Faust auf den Tresen, während ich mit der anderen Hand noch immer ihre Brust umfasse. Ich habe vor, ihr irgendwann den BH auszuziehen, aber ich bin ganz verknallt in ihn und ebenfalls von der Tatsache abgelenkt, dass sie ihre Hand in meiner Hose hat.

Sie legt ihre Finger um mich und drückt vorsichtig zu, bevor sie mich von den Boxershorts befreit. Sie hat die Unterlippe zwischen den Zähnen und späht hinunter, wobei sie einen erleichterten Seufzer gemeinsam mit den Worten »Gott sei Dank«, ausstößt.

»Gott sei Dank was?«

Ihr Blick schnellt zu meinem hoch, und ich habe den Eindruck, dass sie das gar nicht laut aussprechen wollte. Vielleicht errötet sie ein wenig, aber in dem Licht ist das schwer zu erkennen.

»Ich war mir nur nicht sicher, wo die Tattoos anfangen und wieder aufhören.«

Ich lache laut auf. »Das ist eine Grenze für mich. Unterhalb der Taille ist nicht viel los.«

Blaire wölbt eine Braue und drückt meine Erektion. »Da bin ich anderer Ansicht.«

»Ich meine in Bezug auf Tattoos.«

»Ja, na ja, ich werde es ja bald beweisen können.«

Sie zieht mich erneut zu einem Kuss zu sich herunter, und ich reize wieder ihren Nippel, während sie mich streichelt. Kann sein, dass es ein unbequemer Winkel für ihre Hand ist, wenn man bedenkt, dass ich zwischen ihren Beinen stehe, aber ich bin nicht besonders daran interessiert, sie zu unterbrechen, und es scheint ihr nichts auszumachen.

Als die Empfindung zu stark wird, um sie zu kontrollieren – womit ich meine, dass ich mir Sorgen mache, ich könnte in ihre Hand kommen –, beginne ich sie auf den Hals zu küssen.

Ich greife auf ihren Rücken und öffne den Verschluss ihres BHs. Er gleitet an ihren Armen hinab, landet auf dem Tresen und fällt dann auf den Boden zu den restlichen Klamotten. Ich küsse ihr Schlüsselbein und wandere abwärts zu der Wölbung, bis ich einen Nippel mit dem Mund umschließe.

Blaire stöhnt und lockert den Griff um meine Erektion. Was nicht schlecht ist, wenn man bedenkt, dass ich bereits gefährlich kurz davor bin, obwohl wir mit dem Vorspiel kaum begonnen haben.

Sie lässt ihre Finger in meine Haare gleiten und packt mit der anderen Hand meine Schulter. Ich benutze ihre Ablenkung zu meinem Vorteil, damit ich mich wieder auf sie konzentrieren kann. Wenn ich sie dazu bringe, vor dem Sex zu kommen – falls wir an diesen Punkt gelangen –, ist ein wenig von dem Druck weg.

Ich lasse meine Hand an ihrem Oberschenkel hinaufgleiten und bewege sie dabei nach innen. Sie hat die Beine gespreizt, um Platz für mich zu machen, und als ich die Leiste erreiche, streiche ich mit den Fingerknöcheln über den Satin.

»Oh ja, bitte.« Sie spreizt die Schenkel weiter.

Das ist es, was ich möchte, dass die ganze verkrampfte Instagram-Perfektion verschwindet. Ich will, dass sie sich hemmungslos und sorglos gehen lässt. Ich bewege meine Fingerknöchel hin und her, wobei ich den feuchten Stoff kaum berühre. »Gefällt dir das, Blaire?«

»Mmm, das ist gut.« Sie bewegt ihren Hintern.

Ich schiebe einen einzelnen Finger unter den Gummizug und treffe auf warme, nasse Haut.

»Oh, das ist noch viel besser.« Ihre Augenlider schließen sich flatternd, während ich ihre Mitte streichle und einen Finger in sie hineingleiten lasse.

Sie stützt sich auf die Arme und beißt sich auf die Unterlippe, wobei sie leise stöhnt, als ich einen zweiten Finger hinzunehme. Sie rollt mit dem Kopf hin und her, und ihre Augen öffnen sich flatternd, ihr Blick wandert zu meinem Unterarm, wo er unter ihrem Rock verschwindet. »Gott, das ist so heiß«, seufzt sie und streichelt mit den Fingerspitzen meinen Arm.

»Ja, nicht wahr?«, stimme ich zu. »Du siehst aus wie ein braves Mädchen, das an einen bösen Jungen geraten ist.« Sie sieht aus wie den fünfziger Jahren entsprungen mit ihrem perfekt gekämmten Haar und ihren Retrokleidern, was ihre Stellung mit dem auf der Taille ruhenden Oberteil und meiner Hand unter ihrem gebauschten Rock noch viel verbotener erscheinen lässt. Und diese Stiefel mit den Stahlkappen mit ihren halterlosen Strümpfen sind die Glasur auf dem sexy Cupcake.

Sie zieht ihren Rock höher, womit sie meinen verborgenen Unterarm und das Handgelenk zum Vorschein bringt, ganz hinauf bis dorthin, wo ihr Höschen zur Seite geschoben ist und meine Finger wieder aus dem Sichtfeld verschwinden.

Ich lege meine freie Hand an ihren Nacken und streiche ihr mit dem Daumen am Kinn entlang. »Siehst du gern zu bei dem, was ich mit dir mache, Blaire?«

Sie umklammert den Stoff und stöhnt erneut. »Ja.«

»Bist du ein braves Mädchen und kommst in meine Hand?« Ich bewege die Finger schneller, als ihr Atem heftiger geht.

»Oh Gott«, seufzt sie und versucht, die Beine zu schließen, stößt aber mit den Knien an meine Hüfte. Dann kommt sie zum Höhepunkt – und zieht sich um meine Finger zusammen und kreist mit den Hüften, als würde sie auf meiner Hand reiten.

»Du bist wahnsinnig sexy«, versichere ich ihr.

Bevor der Höhepunkt abebbt, ziehe ich meine Finger heraus. Sie gibt einen klagenden Laut von sich, wahrscheinlich enttäuscht davon, dass ich mitten im Orgasmus aufhöre, doch ich habe vor, es wiedergutzumachen. Ich zerre ihr Höschen herunter. Es bleibt an den Stiefeln hängen, doch es gelingt mir, es abzustreifen, ohne es kaputtzumachen. Ich packe sie an der Hüfte und ziehe sie an den Tresenrand, während ich auf die Knie gehe.

»Was …«

Die restliche Frage verwandelt sich in ein Stöhnen, als mein Mund ihre Mitte findet.

Sie lässt sich auf einen Ellbogen sinken, schiebt die freie Hand in mein Haar und packt fest zu.

»Mmm, wie einer dieser Cupcakes mit Cremefüllung, die du mich bei der Junggesellinnenparty hast essen lassen. Nur besser im Geschmack.«

Das entlockt ihr ein leicht verlegenes und gleichzeitig völlig angeturntes Stöhnen, so wie sie mit den Hüften wiegt und mit meiner Zunge auf den nächsten Orgasmus zusteuert.

Sobald ich aufstehe, packt sie mich mit einer Hand im Nacken und presst ihren Mund auf meinen. Sie murmelt etwas komplett Unverständliches, hauptsächlich weil sie an meiner Zunge saugt. Hektisch sucht sie nach dem Bund meiner Unterhose mit der anderen und schiebt ihre Hand energisch hinein, um mich von den Boxershorts zu befreien.

Sie löst sich von meinem Mund. »Du hast Kondome, oder?«

Ich ziehe meine Brieftasche aus der Gesäßtasche, klappe sie auf und knalle sie auf den Tresen, um das Kondom herauszunehmen, das ich bereits vor August hineingetan habe.

Sobald ich es in der Hand habe, schnappt Blaire danach und betrachtet zwinkernd das Datum, bevor sie es aufreißt. Ihre Zungenspitze lugt hervor, als sie es mir überstülpt, und sie benutzt ihren Fuß – sie trägt noch immer die Stiefel, und ich habe noch immer meine Hose an –, um mich an sich zu ziehen.

»Stopp. Heb die Arme.«

Sie runzelt die Stirn, gehorcht aber, vielleicht ist sie nach den Orgasmen weniger streitlustig oder genauso bereit für Sex wie ich, sogar nach zwei Höhepunkten. Ich packe den Saum ihres Kleids und ziehe es ihr über den Kopf. Das beschädigt ein wenig ihre perfekte Frisur, was sie nur noch sexier macht.

Und nackt.

»Du bist ein echter Hingucker, Blaire.« Voller Erwartung zuckt mein Schwanz in meiner Faust, aber ich zwinge mich, es langsam angehen zu lassen und streiche mit meiner Erektion an der Innenseite ihrer Schenkeln entlang. »Bist du bereit für mich?«

»Und wie.« Sie beißt sich auf die Lippe.

»Willst du's sanft und langsam oder hart und schnell?« Ich bringe mich in Position und begegne ihrem erregten, begierigen Blick.

Sie schenkt mir ein anzügliches Lächeln. »Überrasch mich.«

Ich lache leise. »Was für ein gutes böses Mädchen.« Ich packe sie an den Hüften und gleite in sie hinein.

Sie legt ihre Hände um meinen Nacken. Als ich sicher bin, dass sie fest verschränkt sind, ziehe ich mich beinahe ganz zurück, ehe ich erneut in sie eindringe. Sie senkt das Kinn und verdreht stöhnend die Augen.

»Okay?«, frage ich, bevor ich es erneut tue.

»Ja. Nicht aufhören.«

Ich ziehe sie nach vorn, sodass sie direkt auf der Tresenkante sitzt, und stoße in sie hinein, wobei ich mich von ihrem Stöhnen und den Bitten, nicht aufzuhören, leiten lasse. Wie sich herausstellt, scheint Blaire ein Fan von hart und schnell zu sein.

Es dauert nicht lange, bis ich sie warnen muss, dass ich gleich komme. Ich kann bei Runde zwei noch immer mein Durchhaltevermögen verbessern. Sie löst eine Hand von meinem Nacken und berührt ihren Schoß. »Stopp, ich bin kurz davor.«

Ich bin selbst nah dran und schaffe es kaum, mich zurückzuhalten. »Hör dir zu, du bist schon zweimal gekommen und willst noch immer mehr.«

»Ich weiß, ich weiß, aber es ist so gut. Bitte, Ronan.«

»Beeil dich besser«, warne ich sie.

Ich versuche, an etwas zu denken, irgendwas, um das Unvermeidliche aufzuhalten, aber Blaire beißt auf ihre Unterlippe und drängt sich mir entgegen, und ihre Finger bewegen sich zwischen ihren Beinen in furiosem Rhythmus, so als versuchte sie, ein Feuer zu entfachen.

Ich stoße ein letztes Mal zu, bevor der Orgasmus meine Wirbelsäule entlangrast und ich explodiere. Das Gefühl wird um ein Vielfaches verstärkt, als Blaire sich um mich herum zusammenzieht.

Meine Beine drohen nachzugeben, weshalb ich mich gegen den Tresen lehne, während ich mich erhole. Blaire fährt mir mit den Fingern durchs Haar.

Schließlich hebe ich den Kopf und küsse sie entlang der Schulter bis zu ihrem Mund.

»Hey.«

»Hey.« Sie knabbert an meiner Unterlippe. »Das hat Spaß gemacht.«

Ich lache, was sie dazu bringt, zu stöhnen und sich zusammenzuziehen, und mein Lachen verwandelt sich in ein Stöhnen, als ich langsam aus ihr herausgleite. Ich entferne das Kondom und werfe es in den Müll neben der Spüle. »Du übernachtest doch hier, oder?«

Sie stößt einen Seufzer aus. »Nun, es ist wahrscheinlich eine gute Idee, weil ich ziemlich gierig bin und wir einen Ausgleich bei den Orgasmen schaffen müssen, damit ich nicht mit zu großem Abstand gewinne.«

@the_knightcap:

Ein Kater ist nach einem Tag wieder verschwunden, die Erinnerung an einen Abend mit Freunden bleibt ein Leben lang.

17

Nach den Orgasmen

Blaire

Ronan hält mich fest umschlungen, als ich aufwache, doch es ist das Klingeln eines Telefons, das mich aus einem köstlichen Schlummer reißt. Dem Klang nach zu urteilen, ist es nicht meins.

»Ronan?«

Er stöhnt und bewegt die Hüften.

Ich bin mir nicht ganz sicher, ob er wirklich wach ist.

Er hat seinen tätowierten Arm um mich gelegt, sein Unterarm auf meiner Brust, und seine Hand unter meiner Schulter, die Finger auf meinem Rücken. Ich vermute, wir haben die ganze Nacht in Löffelstellung geschlafen. Während ich durchaus glauben kann, dass letzte Nacht passiert ist, weil die Anziehung zwischen uns groß ist, hatte ich doch keine genaue Vorstellung davon, welche Sorte Liebhaber Ronan ist. Fordernd, intensiv, großzügig und wahnsinnig aufmerksam.

Wir sind um vier Uhr morgens ins Bett gefallen, und ich hätte in den Stahlkappenstiefeln geschlafen, wenn er nicht so umsichtig gewesen wäre, sie mir auszuziehen. Ich hatte nicht einmal die Chance, mein Versprechen einzulösen, unsere Zahl der Orgasmen auszugleichen, denn wir sind augenblicklich eingeschlafen.

Ich recke den Hals, um auf den Wecker auf dem Nachttisch zu schauen. Es ist bereits ein Uhr mittags. Das ist keine Überraschung, wenn man die irrwitzige Zeit bedenkt, zu der wir ins Bett gegangen sind, oder die Tatsache, dass wir beide extremen Schlafmangel hatten.

Trotzdem scheint es Zeitverschwendung zu sein, den ganzen Tag zu verschlafen, weil ich nur so wenige freie habe. Ich drehe mich in Ronans Arm herum, und er murmelt irgendwas über ungeduldig und gierig sein und schmiegt sich an meinen Hals.

Sein Telefon läutet erneut, und eine Minute später noch einmal. Jemand versucht, ihn unbedingt an die Strippe zu kriegen.

»Ronan, dein Telefon klingelt die ganze Zeit.«

»Ich bin nicht wach.« Seine vom Schlaf raue Stimme kitzelt mich am ganzen Körper, vor allem im Bereich zwischen meinen Oberschenkeln.

»Wieso redest du dann mit mir?«

»Tu ich nicht. Du träumst das nur.«

Ich lache, und er reibt sich an mir.

»Ich kann dir dein Telefon holen, damit du das Bett nicht verlassen muss«, erbiete ich mich.

»Nein.«

Ich probiere es mit einer anderen Taktik. »Ich muss auf die Toilette, und wenn ich zurückkomme, kann ich die ungleich verteilte Anzahl Orgasmen von gestern Nacht auszugleichen versuchen.«

Er lässt mich los und rollt auf den Rücken, wirft die Decke zurück und bietet mir so einen unverstellten Blick darauf, wie sehr ihn diese Aussicht erregt. »Wir warten hier auf dich.«

Mich schmerzen Muskeln, von denen ich nicht einmal wusste, dass sie existieren. Und mein Steißbein ist wund, wahrscheinlich vom Sex auf dem Tresen. Zuerst gehe ich auf die

Toilette und suche dann nach seinem Telefon. Ich finde es auf dem Rand des Küchentresens; sieht aus, als hätten wir es beinahe heruntergestoßen. Es beginnt schon wieder zu klingeln, als ich damit ins Schlafzimmer zurückkehre.

»Sechs verpasste Anrufe in den letzten zwanzig Minuten. Du solltest wahrscheinlich lieber rangehen, bevor wir durch Freizeitaktivitäten abgelenkt werden.« Ich werfe das Telefon neben ihm aufs Bett.

Er betrachtet es, als wäre es eine giftige Spinne. Er ist wahnsinnig attraktiv, wie er so im Bett liegt, die Haare vom Schlaf verwuschelt, Kissenabdrücke auf der Wange, sämtliche seiner Körperkunst zur Schau gestellt. Ich möchte mir die Zeichnungen gern näher ansehen und herausfinden, was sie bedeuten. Nach dem Morgensex. Oder Nachmittagssex, besser gesagt. Ich klettere wieder ins Bett und schmiege mich an seinen warmen Körper. Er schiebt seinen Arm unter mich und zieht mich an sich. Seine Lippen drückt er auf meine Schläfe, während er auf seinen Screen blickt.

»Oh Scheiße, ist es schon nach eins?« Ronan legt das Telefon ans Ohr. »Hallo Bruderherz, ich weiß, ich bin spät dran. Tut mir leid. Letzte Nacht war viel zu tun, und ich habe verschlafen.« Er schweigt ein paar Sekunden lang. »Ich bin gerade erst aufgewacht. Gib mir eine Stunde, und fangt schon mal ohne mich an, wenn ihr müsst, aber lasst mir ein paar von den Zimtdingern mit Rosinen übrig, bitte. Nein, hör auf. Und ich bringe eine Freundin mit.« Er beendet das Gespräch und wirft sein Telefon auf den Nachttisch.

»Was ist los?«

»Wir müssen gleich zu Gramps fahren.«

»Wir?«

»Ja, du kommst mit. Es ist Familientradition, dass wir uns am Neujahrstag treffen. Ich hätte um zwölf dort sein sollen, habe aber vergessen, den Wecker zu stellen. Ich lasse dich den Rest des Tages nicht mehr aus den Augen. Aber vorher Orgasmen.«

Eine halbe Stunde später nehmen wir eine kurze Dusche, weil uns unsere Spielereien im Zeitplan noch weiter zurückgeworfen haben. Ich bin gezwungen, mein Kleid von gestern Abend wieder anzuziehen. Nicht ideal, aber schließlich habe ich auch nicht erwartet, das neue Jahr in Ronans Bett einzuläuten.

Wir müssen zuallererst mit einem Uber zur Bar fahren, um Ronans Truck zu holen. »Wir halten auf dem Weg bei dir, damit du nicht das Kleid von gestern Abend tragen musst.«

»Das wäre toll.« Ich lasse mich auf den Beifahrersitz gleiten.

Weil wir inzwischen noch später dran sind, eile ich hinauf und beschließe, heute auf das Kleid zu verzichten und ein Paar Jeans und einen Sweater anzuziehen. Ich habe nicht oft Jeans an, aber ich besitze mehrere hübsche Paare. Ich binde außerdem die Haare zu einem Pferdeschwanz zusammen. Make-up trage ich fast keins, aber ich tusche mir rasch die Wimpern und pinsele eine Schicht Lipgloss auf. Dann schlüpfe ich in meinen Wintermantel und eile zurück zu Ronan, der damit beschäftigt ist, auf seinem Handy zu scrollen.

Ich lasse mich wieder in den Beifahrersitz sinken und schnalle mich an. Er lässt den Blick über meine Beine an den Oberschenkeln hinaufgleiten, die zur Hälfte von meinem Mantel bedeckt sind. »Ist das okay? Es muss doch nichts Elegantes sein, oder?«

»Nein. Du siehst toll aus. Jeans sind perfekt.« Er legt den ersten Gang ein. »Ich habe dich noch nie in welchen gesehen.«

Sein Blick ruht einen Moment auf meinen Beinen, bevor er ihn auf die Straße richtet.

»Wer kommt denn?«

»Meine Brüder, ihre besseren Hälften, und Lars kommt vielleicht auch. Das hängt davon ab, was er angestellt hat, nachdem die Bar zu war.«

Lars hat gestern Abend viel Aufmerksamkeit bekommen. Und ich bin ziemlich sicher, dass drei Mädchen das mit dem Mistelzweig über dem Tresen ausgenutzt haben. Und das war nur das, was ich gesehen habe, wenn ich nicht gerade damit beschäftigt war, Drinks zu servieren. »Daniel ist der Älteste. Er ist siebenunddreißig und ein erfolgreicher Finanzberater. Seine Frau Celia ist Lehrerin.«

»Ist es die, die schwanger ist?«

Ronan nickt. »Jawohl. Und sie ist in diesem seltsamen Zwischenstadium, wo sie aussieht, als hätte sie zugenommen, man aber noch keinen Bauch erkennen kann, weshalb sie Shirts mit dem Hinweis trägt, dass sie nicht zu viele Weihnachtskekse gegessen hat, und mein Bruder ist völlig aus dem Häuschen. Er ist mächtig stolz, dass sein Sperma ins Schwarze getroffen hat.«

Ich lache darüber. »Das ist irgendwie süß, findest du nicht?«

»Irgendwie schon. Aber die meiste Zeit muss ich würgen. Du wirst schon sehen, was ich meine.«

»Ich kann mir wirklich nicht vorstellen, dass Maddy oder Skylar Kinder haben. Völlig unmöglich, dass sie eine schlaflose Nacht haben oder eine volle Windel wechseln müssen.« Ich frage mich, was Ronan über Kinder denkt, aber ich habe irgendwie das Gefühl, das ist das falsche Thema nach der ersten gemeinsamen Nacht. »Okay, also Daniel ist der älteste, und er ist mit Celia verheiratet, die Lehrerin und schwanger ist. Und dein anderer Bruder, ist er ebenfalls verheiratet?«

»Verlobt. Aiden und Leslie sind seit acht Jahren ein Paar und leben seit sechs zusammen, weshalb die Hochzeit nur noch eine Formalität ist. Sie wollten heimlich in Vegas heiraten, aber sie ist ein Einzelkind, und ihre Mom wäre am Boden zerstört gewesen, wenn sie keine richtige Trauung gehabt hätten, also haben sie beschlossen, dass eine Bestimmungsorthochzeit das Beste wäre.«

»Oh, das ist witzig.«

»Wir werden sehen. Sie arbeitet auch im Finanzbereich, und die Hälfte ihrer Familie ebenfalls, weshalb sich ein Großteil der Unterhaltung beim Abendessen um den Börsenmarkt dreht, wenn sie alle zusammen sind.«

»Das klingt …«

»Langweilig?«

»Normal?«, schlage ich vor.

»Langweilig normal. Mit Celia haben wir einen gewissen Ausgleich, und ich bin mir sicher, sie werden dich alles Mögliche fragen und versuchen, dich dazu zu überreden, sie deine Geldanlagen managen zu lassen.«

»Ich habe keine großen Geldanlagen, weshalb ich wahrscheinlich kein guter Fang bin.«

»*Buttercream and Booze* läuft doch ziemlich gut.«

»Oh ja, auf jeden Fall. Aber ich stecke auch fast alles wieder hinein im Moment, weshalb nicht viel übrig ist, um damit zu spielen. Vorerst jedenfalls.« Ich hoffe, dass es so weiterläuft, aber mit *Dick and Bobby's* auf der anderen Straßenseite werden wir Verluste sehen, zumindest solange es noch neu ist. Hoffentlich gleicht es sich wieder aus, wenn sich die erste Aufregung gelegt hat.

Ronan trommelt auf das Lenkrad. »Am besten kümmerst du dich selbst um alles.«

»Das Erfolgserlebnis ist dann umso größer, weißt du?«

»Ja. Das verstehe ich, vor allem für jemanden wie dich.« Wir fahren über den Freeway in Richtung Pioneer Square und in die Wohngegend in der Innenstadt.

»Jemanden wie mich?«

»Du kommst aus dieser Familie, die dich problemlos hätte unterstützen können, aber du hast es allein geschafft und ihnen bewiesen, dass du dir deine Anerkennung selbst verdienen kannst. Und sie kriegen es nicht einmal richtig mit.« Ronan biegt in eine ruhige Wohnstraße mit alten Häusern in gepflegtem Zustand ein.

»Ihre Vorstellung von Erfolg entspricht nicht meiner. Ich will keine grusligen Statuen mit Ständern überall in meinem Zuhause. Oder so viel Platz, dass ich mich auf dem Weg zu meinem Schlafzimmer verlaufen kann und nie wieder den Weg zurückfinde. Ich will einfach tun, was ich liebe, umgeben von Menschen, die mir wichtig sind.«

»Geht mir genauso.« Er drückt meine Hand und biegt dann in die Auffahrt eines idyllischen, zweistöckigen Backsteingebäudes.

Als wir vor der Eingangstür stehen, bekomme ich einen Augenblick Panik. »Oh nein! Ich komme mit leeren Händen. Vielleicht sollten wir noch eine Flasche Wein besorgen. Es muss schließlich irgendwo einen Lebensmittelladen geben, der Wein verkauft, oder?«

»Keine Sorge, Blaire. Es gibt mehr als genug zu essen und zu trinken. Und selbst wenn wir ein geöffnetes Geschäft finden würden, werden sie nur billigen Wein haben, der nach Kopfweh schmeckt. Glaub mir, wenn ich dir sage, dass es okay ist, wenn wir nichts mitbringen. Außerdem habe ich vor ein paar Tagen einiges hergebracht, und mein Brauschuppen ist hinter dem Haus, also ist alles bereit.«

Er klopft nicht an die Tür, sondern öffnet sie einfach, wobei er mich vorgehen lässt. Ich werde von köstlichen Gerüchen begrüßt. Ich atme Zimt und Nelken gemeinsam mit Spuren von Zitrus und Cranberrys ein. Durchdringender ist der Duft nach etwas Frittiertem und Süßem. »Oh, wow, wonach riecht es hier denn?«

»Neujahrscookies, aber sie ähneln mehr Donuts und sind die perfekte Medizin für einen Neujahrskater.«

»Ich habe keinen Kater.«

»Nun, wir werden gleich wieder etwas Alkoholisches zu uns nehmen, und die schützen einen davor.« Er hilft mir aus dem Mantel und stöhnt. »Der Wahnsinn, Blaire.«

»Was? Alles in Ordnung?« Ich will mich zu ihm umdrehen, doch er packt mich an den Hüften.

Er zieht mich an sich und senkt den Kopf, sodass seine Lippen an meinem Ohr sind. »Diese Jeans machen mich fertig. Jetzt habe ich einen perfekten Blick auf all die Kurven, die du unter den Röcken versteckst. Es wird ein langer, ungemütlicher Nachmittag für mich.«

Ich grinse. Im Gegensatz zu Maddy und Skylar habe ich Kurven. Ich habe sehr früh gelernt, sie zu akzeptieren, und bin regelrecht vernarrt in sie.

Einmal an Halloween – in der Zeit, als der Elterntausch vonstattenging – habe ich mich als June Cleaver verkleidet. Und überraschenderweise fühlte ich mich extrem wohl in meiner Haut. Vielleicht, weil die alte Familienkonstellation zerstört worden war. Vielleicht, weil mir die Vorstellung eines unkomplizierten Lebens gefiel. Mit Rostbraten, Familienessen und Eltern, die in normalen Berufen arbeiten.

Obwohl ich womöglich nicht ganz in das June-Cleaver-Konzept passe, wenn man berücksichtigt, dass ich mein eigenes Unternehmen habe, habe ich doch ihren Stil übernommen, um mich weiterhin an der tröstlichen Vorstellung von Familienwerten und -moral festzuhalten. Außerdem liebe ich Kleider, aber ich habe nichts dagegen, hin und wieder – und bei einer solchen Reaktion gerne häufiger – in ein Paar Jeans zu schlüpfen.

»Ich dachte, ich hätte die Tür gehört. Oh, Miss Cupcake! Als Ronan sagte, er bringt eine Freundin mit, war mir nicht klar, dass er von Ihnen gesprochen hat.« Ronans Großvater schlurft langsam auf uns zu. »Was für eine angenehme Überraschung.« Er grinst, und seine Augen verschwinden beinahe unter seinen buschigen Augenbrauen. Ich schätze, er ist um die achtzig. Er ist ein paar Zentimeter kleiner als Ronan, obwohl ich sicher bin, dass er in jüngeren Jahren fast genauso groß war wie er, bevor seine Schultern herabgesunken sind.

»Hallo, Mr Knight. Ich hoffe, es ist keine Zumutung, dass ich hier bin.« Ich bin Ronans Großvater ein paarmal flüchtig begegnet, und wir haben uns gegrüßt und einander vorgestellt, aber ich war tagsüber immer beschäftigt, und er war bei Ladenschluss nie da.

»Keineswegs, meine Liebe. Sie können mich gern Henry nennen; Mister ist nicht nötig, oder Gramps ist auch okay, wenn's Ihnen recht ist.« Er zwinkert und umschließt meine Hand mit seinen knotigen Fingern. »Ich habe mich schon gefragt, wann mein Enkelsohn endlich den Mumm aufbringt, Sie um ein Date zu bitten.«

»Wirklich, Gramps?« Ich kann Ronans Verlegenheit regelrecht spüren.

»Was ist? Du redest seit Monaten nur über sie, sie stachelt dich auf und bringt dich zum Lächeln. Es war an der Zeit, dass du endlich mal den Hintern hochkriegst.«

»Okay, Gramps, du bist ein Spielverderber.«

»Ist das Ronan?« Ein Mann taucht im angrenzenden Türrahmen auf. Seinen Gesichtszügen nach zu urteilen ist er einer von Ronans Brüdern. Er ist kleiner als Ronan, aber genauso kräftig und athletisch, mit dem gleichen Haar und der gleichen Augenfarbe, nur dass er an den Schläfen leicht ergraut ist. »Das wurde aber auch Zeit!« Er umarmt seinen Bruder, und sie geben einander derbe Klapse auf den Rücken. Er senkt die Stimme, wobei er Ronan festhält. »Celia hat noch immer Morgenübelkeit, weshalb sie nicht mithelfen kann. Und Leslie glaubt, dass jeder einzelne Cookie perfekt geformt sein muss, also haben wir ein einziges Blech geschafft. Alles, was ich tun will, ist Scotch trinken und Cookies essen. Spring deinem Bruder bei.«

»Ich kümmere mich darum, keine Sorge.« Ronan zieht mich an seine Seite. »Und ich habe Verstärkung mitgebracht. Daniel, das ist Blaire, und sie kann jeden von uns unter den Tisch backen.«

»Hallo, Blaire.« Er streckt seine Hand aus. Seine Handfläche ist weich, als wäre das Anstrengendste, was er je tut, einen Golfschläger zu schwingen. »Ronan hat an Weihnachten gar nicht erwähnt, dass er eine Freundin hat.«

»Oh, ich bin nicht seine Freundin.« Ich schaue zu Ronan.

Sein Blick begegnet meinem, und er zuckt die Achseln mit fragender Miene. »Nun, ich meine …«

»Bin ich deine Freundin?« Die Frage ist ernst gemeint, denn sein bestes Stück zu reiten bedeutet nicht, dass wir zusammen sind.

»Ich habe dich zu einer Familienfeier eingeladen, was im Allgemeinen signalisiert, dass ich kein Problem damit hätte, dich als meine Freundin vorzustellen.«

Daniel schnaubt, und Gramps Lächeln wird breiter.

»Ich habe dich zu einer Familienfeier eingeladen, als wir nicht gerade zivilisiert miteinander umgegangen sind.« Ich weiß nicht, warum ich das Bedürfnis habe, das anzusprechen, weil es diese unbehagliche Situation nur noch unbehaglicher macht, denn Daniel und Gramps schauen zwischen uns hin und her und amüsieren sich köstlich.

»Ja, aber wir hatten von Anfang an eine Verbindung. Und du hast mich eingeladen, weil du dich schuldig gefühlt hast, also war es gar kein richtiges Date. Und wenn ich's mir recht überlege, war ich mehr ein Lückenbüßer als alles andere.« Ronan grinst, als fände er das Ganze ebenfalls unterhaltsam.

Ich erröte bei seiner Auf-den-ersten-Blick-Bemerkung, denn er hat recht, obwohl ich entschlossen war, ihn nicht sexy zu finden, zumindest als er sich nicht umstimmen lassen wollte und mein Einhornglas zerbrochen ist. »Du warst kein Lückenbüßer. Es war eine spontane Einladung, und ja, ich hatte ein schlechtes Gewissen, aber das war nicht der einzige Grund, dich zu bitten, mitzukommen. Schau dich doch an.« Ich zeige auf seine zwanglose Bekleidung, die aus einem Hemd, dessen lange Ärmel bis zum Ellbogen hochgeschoben sind, und seinen dunklen, verwaschenen Jeans besteht. »Du bist nicht gerade hässlich anzusehen. Und während du auf jeden Fall eine angenehme Ablenkung von meiner durchgeknallten Familie warst, war das nicht der eigentliche Grund.«

Ronan zieht eine Braue hoch. »Verstehe. Du wolltest mich zum Objekt machen.«

Ich zucke mit den Achseln. »Es schadete nicht, jemand Gutaussehenden an seiner Seite zu haben, als der Wahnsinn losging.«

Daniel klopft Ronan auf die Schulter. »Endlich hast du deinen Gegenpart gefunden. Das ist wirklich toll. Heiratet aber bloß nicht vor Aiden und Leslie, das würde sie ihm nie verzeihen, und wir müssten es ausbaden.«

Ronan schaut ihn mit einem Was-soll-das-Blick an. »Danke, dass du das Kennenlernen so zu einer echten Peinlichkeit machst, Dan.«

»Ich bin für dich da, Bruder. Jetzt bewegt euch in die Küche, damit ich ein paar verdammte Donuts essen kann.«

»Pass auf deine Wortwahl auf in Gegenwart von Blaire«, warnt ihn Gramps. Er hatte schweigend danebengestanden, die Hände vor sich verschränkt und beschwingt auf den Fersen wippend. Bis zu Daniels vulgärem Ausruf. Jetzt ist sein Ausdruck bezaubernd streng.

»Schon gut, Henry.« Ich lege ihm beruhigend eine Hand auf den Arm und zwinkere. »Ich bin ein großes Mädchen; ich kenne die ganzen Schimpfwörter.«

Er tätschelt meine Hand. »Oh, ganz bestimmt. Und es sind keine Donuts. Es sind Neujahrskekse. Dottie konnte es nicht ausstehen, wenn der Junge sie Donuts nannte. Das hat sie ganz verrückt gemacht. Möge sie in Frieden ruhen.« Er macht ein Kreuzzeichen und blinzelt ein paarmal, der Blick einen Moment lang von Trauer erfüllt, bevor sich seine Miene wieder aufhellt.

»Komm, Liebes, besorgen wir dir etwas zu trinken.«

Eine komplette Bar wurde eingerichtet, und ich entscheide mich für eins von Ronans Bieren, weil sie lecker sind, und wenn ich langsam trinke, brauche ich mir keine Sorgen darüber zu machen, dass ich zu schnell beschwipst werde.

Wir finden Leslie und Aiden in der Küche. Diesmal stellt mich Ronan als seine Freundin vor, und ich widerspreche ihm nicht. Aiden gibt Ronan eine feste Umarmung. »Gott sei Dank bist du da, Mann. Rette mich, bitte.«

Leslie sieht aus, als wäre sie mit den Nerven am Ende und würde alles lieber tun, als vor einem Topf mit siedendem Öl zu stehen.

Die Küche ist wahrscheinlich seit den Neunzigern nicht mehr renoviert worden, wie man an den Schränken sehen kann. Es gibt allerdings einen neuen Edelstahlherd, einen Kühlschrank und eine Spülmaschine. Ich vermute, dass entweder Ronan oder seine Brüder für die Modernisierung verantwortlich sind, um ihren Großvater ins einundzwanzigste Jahrhundert zu geleiten, zumindest was die Küchenausstattung angeht.

Ich nehme den Tresen in Augenschein, wo eine riesige Schüssel Teig steht, zusammen mit einer Auswahl von Zutaten in Form von Zimt und gezuckerten Apfelschnitzen, gehackten trockenen Früchten und Rosinen. »Oh! Es gibt Oliebollen!«

»Was?« Alle in der Küche schauen mich an.

»Oliebollen. Mennonitische Neujahrskekse. Sie sind genau gleich. Ich habe sie als Kind geliebt!« Ich zeige auf die bereitgestellten Zutaten.

»Du kennst das?«, fragt Leslie. Sie klingt halb hoffnungsvoll, halb verzweifelt.

»Ich hatte seit meiner Teenagerzeit keine mehr. Meine Großmutter war Mennonitin.«

»Im Ernst?« Ronans Betroffenheit ist nachvollziehbar.

»Ohne ihre Religion auszuüben. Sie ist gestorben, als ich vierzehn war, aber bis dahin gab es an Neujahr immer Oliebollen. Sie wecken eine Menge toller Erinnerungen.« Bevor meine Familie sich entschlossen hat, verrückt zu spielen. Mir wird bewusst, dass ich trübselig werde, was in Anwesenheit von so vielen Leuten, die mit meinem neuen Freund verwandt sind, einfach peinlich ist.

Zum Glück scheint Leslie es nicht zu bemerken. »Weißt du, wie man sie macht?«

»Blaire führt das *Buttercream and Booze*, den Laden neben *The Knight Cap*.«

»Ist das Alice im Wunderland?« Aidens Blick schnellt zwischen uns beiden hin und her. »Ich meine. Verdammt.«

»Hast du mich etwa schon mal erwähnt?« Ich ziehe eine Braue hoch und bin gespannt, wie er sich aus dieser Sache herausziehen will.

»Dich schon mal erwähnt? Im Spätsommer war er besessen von dir, fast jedes Mal, wenn ich ihn am Telefon hatte, hat er davon geschwärmt, wie gut deine Cupcakes sind.«

»Aiden«, faucht Ronan.

»Was ist?«

»Du bist ein Arsch.«

»Ja. Ich weiß. Ich habe null soziale Kompetenz; frag Leslie.« Er zeigt mit dem Daumen über seine Schulter.

»Er hat recht«, klinkt sich Leslie in das Gespräch ein. »Aber sein Gehirn ist groß und voller Zahlen, und ich finde das hoffnungslos sexy, weshalb ich beschlossen habe, ihn zu behalten.« Sie reicht mir ihre Schürze. »Bitte hilf uns. Ich will einfach nur Donuts essen. Ich habe außer einem Becher Joghurt mit Blaubeeren heute noch nichts gegessen, und die, die ich gemacht habe, sind nicht besonders gelungen.« Sie gibt einem zu lang gebackenen Bällchen einen Schubs.

»Fürs erste Mal sehen sie klasse aus«, lüge ich. »Gib mir zwanzig Minuten, und ich habe eine weitere Ladung für euch fertig.«

»Das musst du nicht machen. Ich bin bereit, Cookies zu backen«, wirft Ronan ein.

»Wir können das auch zusammen tun.« Ich lege die Schürze um.

Er grinst. »Okay. Sicher.«

»Himmel, das ist ja wie Vorspiel. Komm, Schatz. Wir lassen sie allein.« Aiden klopft Ronan auf die Schulter. »Sorg dafür, dass du die Hände wäschst, bevor du deine Finger irgendwohin steckst, wo sie nicht hingehören.«

»Aiden! Es reicht, oder sie kommt nie mehr mit!« Leslie schlägt ihm mit einem Geschirrtuch auf den Hintern.

»Hör auf, an was Schmutziges zu denken. Ich meinte Stellen wie seine Nase. Die ganzen Pheromone müssen dich doch erreichen. Sollen wir kurz hinaufgehen und nach dieser Glühbirne sehen, die ausgewechselt werden muss?«

»Was …« Ihre Verwirrung wird zu einem Augenrollen. »Celia hält oben ein Schläfchen, aber netter Versuch.«

Er scheucht sie aus der Küche, und so sind wir beide allein. Ich verteile den Teig auf mehrere Schüsseln, damit ich jeweils die Zimtäpfel, die getrockneten Früchte und die Rosinen hineinmischen kann. Während ich an den Zutaten arbeite, legt sich Ronan eine Siebziger-Jahre-Schürze um und fängt an, Teigbällchen in den Topf mit dem siedenden Öl zu geben.

»Entschuldige die Hänseleien meines Bruders. Und die Bezeichnung Freundin. Darüber hätte es wohl ein Gespräch geben sollen, bevor ich meine große Klappe aufmache.«

Ich zucke mit den Achseln, weil ich ihm deswegen nicht zu sehr zusetzen möchte. »Es ist süß.«

Er windet sich. »Süß?«

»Na schön, vielleicht ist süß das falsche Wort, wenn man bedenkt, dass du wirklich grün angelaufen bist. Wie wär's mit reizend? Ich finde es reizend, dass du mich als deine Freundin vorgestellt hast. Ich mag dich, Ronan, sehr sogar. Und als deine Freundin kann ich sagen, dass ich auf jeden Fall daran interessiert bin, das was wir heute Nacht getan haben, regelmäßig fortzusetzen.«

Er zieht mich an sich. »Diesem Wunsch kann ich gerne nachkommen. Sobald wir genug Donuts in uns hineingestopft haben.« Er gibt mir einen flüchtigen Kuss, dann machen wir uns wieder an die Arbeit.

Eine halbe Stunde später haben wir drei Schüsseln voller Oliebollen. Zum Dippen haben wir Honig, Zucker, Puderzucker, Zucker mit Zimt und eine köstliche Ahornbutter.

Celia kommt von ihrem Schläfchen zurück, als wir uns am Tisch im Esszimmer niederlassen. Ronan stellt mich vor, und sie bricht augenblicklich in Tränen aus und stammelt, wie froh sie doch sei, dass Ronan endlich eine Familie gründet und wie sehr sie sich gewünscht hätten, dass er jemanden findet.

Als sie damit aufgehört hat, Daniels Hemd vollzuweinen, setzt er sie an den Tisch und sorgt dafür, dass sie es bequem hat. Dann lädt er ihr einen Teller mit Oliebollen voll und passt auf, dass jene Gebäckstücke, die in Ahornbutter gedippt sind, nicht die berühren, die mit Zimt und Zucker bestreut sind.

»Tut mir leid«, murmelt Ronan, als wir uns auftun.

»Ich finde es toll, dass sich deine Familie so sehr um dich sorgt. Das ist schön anzusehen.« So viel schöner als meine Schwester, die anderen den Freund ausspannt und meine Cousine, die es zu tun versucht.

Niemand redet darüber, welchem Promi er letzte Woche über den Weg gelaufen ist, oder über die neueste Keto-Diät, oder welcher plastische Chirurg welche Operation vermasselt hat. Wie vorhergesagt ist die Börse ein paarmal Thema, aber Ronan beeilt sich, das Verkaufsgespräch, in das mich Daniel verwickeln will, abzublocken.

Sie bespaßen mich mit Geschichten über Ronan und seine wissenschaftlichen Experimente als Teenager. Der Wunsch zu brauen existierte anscheinend schon in jungen Jahren. Noch vor dem Mindestalter für Alkoholkonsum. Bereits mit sechzehn hatte er sein erstes Bier schwarz gebraut.

Er zuckt mit den Achseln. »Alkohol war teuer und schwer zu beschaffen. Ich habe einen anderen Weg gefunden.«

Nachdem wir uns vollgestopft haben, lassen wir uns im Wohnzimmer nieder. Wie das restliche Haus ist es eine Zeitreise in die Neunziger. Der Teppich ist in einem scheußlichen Rosé, die Möbel sind kastenförmig und abgenutzt, und die Vorhänge haben ein knallbuntes Blumenmuster. Es ist schrecklich und heimelig und wunderbar.

»Ich muss Daniel bei etwas helfen. Kann ich dich ein paar Minuten allein lassen?«, fragt Ronan.

»Natürlich, geh ruhig.«

Er küsst mich auf die Wange, und ich gehe hinüber zum Kamin, um die Fotos auf dem Sims anzuschauen. Ein Foto vom sechzigsten Hochzeitstag steht in der Mitte mit Henry und der verstorbenen Dottie, herausgeputzt für eine Feier. Als ich den Hintergrund betrachte, merke ich, dass sie im *Knight Cap* sind.

»Das war meine Dottie.« Henry nimmt das gerahmte Foto mit einem zärtlichen und gleichzeitig traurigen Lächeln.

»Sie sehen aus, als wären Sie füreinander bestimmt gewesen.«

»Gewiss. Das waren wir. Wir haben uns ganz jung kennengelernt. Ich war achtzehn und ein Dummkopf. Sie hat mich angelächelt, und ich war geliefert.«

»Einfach so?«

»Manchmal weiß man es einfach.« Er fährt mit dem Daumen an der Rahmenkante entlang.

»Das glaube ich. Ich mag die Fotowand in *The Knight Cap*. Es ist, als würde man dem Fortgang ihrer Liebe anhand von Filmbildern zuschauen.«

»Ich habe dafür gesorgt, dass jedes Jahr ein Bild hinzukommt, damit wir daran vorbeigehen und die guten Zeiten, die wir gemeinsam hatten, sehen konnten. Ich weiß, dass die Leute heutzutage keine Fotoalben mehr machen, aber wir hatten immer eins in Arbeit.«

»Würden Sie mir die zeigen?«

Henrys Gesicht hellt sich auf. »Aber sehr gerne doch.« Er geht langsam zu einem Bücherregal, das mit Fotoalben vollgestellt ist. Es sind fünf Regalreihen, und in jeder Reihe stehen mindestens zehn Alben. Er tippt sich auf die Lippen. »Wo fangen wir an. Ah!« Er nimmt ein Album aus dem Regal und macht mir Zeichen, mich aufs Sofa zu setzen.

Er legt das Album zwischen uns und schlägt die erste Seite

auf. Alte, vergilbte Schwarz-Weiß-Bilder mit Unterschrift und Datum bedecken die Seiten.

Das erste Bild ist von einer jungen Frau, ihren weichen Gesichtszügen und dem unschuldigen Lächeln nach zu urteilen, noch ein Teenager.

»Das ist das allererste Foto, das ich von Dottie gemacht habe.« Er tippt auf das Bild. »Unsere Eltern wollten nicht, dass wir uns treffen. Ich war ein paar Jahre älter, und sie hat damals gekellnert, aber Liebe braucht keine Zustimmung. Wir haben es geheim gehalten.«

»Aber irgendwann müssen sie doch kapiert haben, dass Sie füreinander bestimmt waren.«

»Gewiss. Wir haben am selben Tag, an dem sie achtzehn wurde, in der Bar geheiratet, und dann konnte niemand mehr etwas tun, um uns auseinanderzubringen.« Er zwinkert. »Und Enkelkinder sorgen dafür, dass Leute einlenken. Wir haben wirklich alles zusammen gemacht. Sie war über sechzig Jahre meine gesamte Welt.«

»Das kann ich sehen.« Ich blättere zur nächsten Seite und entdecke weitere Bilder einer Dottie im Teenager-Alter, die auf allen davon lacht.

Er räuspert sich. »Sie hatte ein Herzleiden. Wurde damit geboren, und wir konnten nichts tun, um es zu heilen. Trotzdem hat sie mit aller Kraft geliebt, und man konnte sie nicht davon abhalten, Dinge zu tun, die sie unbedingt tun wollte, denn sie hat immer gesagt, das Leben sei zu kurz, um sich vor dem Ende zu fürchten.«

»Klingt nach einer klugen Frau.«

»Sie war verdammt klug. Wäre sie ein paar Jahrzehnte später geboren, hätte sie bestimmt einen Job an der Wall Street gehabt. Sie hat *The Knight Cap* in all den Jahren am Laufen gehalten. Ich habe ihr versprechen müssen, wenn ihr etwas passiert, dass ich so lange bleiben sollte, bis unser Junge Ronan sich häuslich niedergelassen hätte.«

»Das ist wohl das große Herz, von dem Sie gesprochen haben.«

»Gewiss. Sie hat diesen Jungen geliebt, als wäre es ihr eigener gewesen, vor allem nach dem Unfall von Jim und Cindy. Das hat uns allen das Herz gebrochen, aber für Ronan war es am schlimmsten, glaube ich. Er ist mir sehr ähnlich, und er braucht eine Partnerin, auch wenn er sich wirklich alle Mühe gegeben hat, dem aus dem Weg zu gehen, seit wir seine Eltern verloren haben.« Er schüttelt den Kopf, als wollte er sich von einem traurigen Bann befreien. »Von dem Moment an, als ich gehört habe, dass Sie ihm einheizen, habe ich gedacht: Das ist sie, der Grund dafür, weshalb er wieder hier bei mir ist. Sie ist die Frau, die seine rastlose Seele zur Ruhe bringt.«

»Rastlose Seele? Er scheint hierher zu gehören.«

»Jetzt schon«, stimmt Gramps zu. »Aber in jüngeren Jahren hatte er Probleme damit, an einem Ort zu bleiben. Er war dauernd in Bewegung. Selbst auf dem College war er mit tausend Sachen beschäftigt. Außer er hatte eine Freundin.«

»Hatte er viele Freundinnen?«

Gramps schenkt mir einen listigen Blick. »Die ich kennengelernt habe? Nein. Aber du solltest glauben, dass Ronan es ernst meinte, wenn er eine Lady zu einer Familienfeier wie dieser mitbringt.«

»Dann haben Sie also ein paar Freundinnen von ihm kennengelernt?« Ronan hat eine Ex nicht einmal erwähnt, obwohl es bestimmt ein paar gegeben hat.

»Nur eine außer Ihnen.«

»Was ist passiert?« Ich winke ab. »Das müssen Sie mir nicht erzählen. Es ist was Persönliches, und ich bin neugierig.«

»Schon in Ordnung.« Er tätschelt meine Hand. »Ronan wird wahrscheinlich nicht darüber sprechen, aber vielleicht hilft es Ihnen, ihn besser zu verstehen. Nachdem seine Eltern gestorben waren, hat er nach dem zweiten Jahr das College gewechselt. Ich glaube, weil sein Herz gebrochen war, wollte er nicht riskieren, dass es noch mehr Schaden nimmt, weshalb er einen Weg fand, die Sache zu beenden, ohne dass sie ihm zu viel Kopfzerbrechen bereitete.«

»Das kann für keinen von beiden leicht gewesen sein.«

»War es auch nicht, aber er hat seine ganze Energie ins Studium und die Arbeit in der Bar gesteckt. Er ging auf Dates, aber es wurde nie was Ernstes daraus, was schwer mit anzusehen war, denn Ronan hat ein großes Herz, und er braucht jemanden, der sich darum kümmert.« Er zwinkert und drückt meine Hand. »Jemanden wie Sie.«

*

Erst am späten Nachmittag brechen wir von Ronans Großvater auf.

»Das hat wirklich Spaß gemacht.« Ich schnalle mich an. »Deine Familie ist so … normal.«

»Ich weiß nicht, ob ich uns normal nennen würde, aber ich bin froh, dass es dir gefallen hat.«

»Ich hatte eine fantastische Zeit. Deine Brüder sind toll, und ich kann sehen, warum du und Henry euch so nahesteht. Du weißt, er liebt dich wirklich.«

Ronan nickt. »Ja. Ich kann froh sein, ihn zu haben.«

»Diese Bar ist für ihn etwas Besonderes. Er hat so viele wunderbare Erinnerungen, die mit diesem Ort verbunden sind, verwunderlich, dass du überhaupt renovieren durftest.«

»Nun, zum Glück habe ich den Vorschlag schon vor ein paar

Jahren gemacht, und Grams war mit an Bord. Gramps haben die möglichen Veränderungen mehr zu schaffen gemacht, weil sein Herz so sehr an dem Ort hängt.«

»Ich kann mir vorstellen, wie schwer das war. Was denkst du, wird aus *The Knight Cap*, sobald du deine Brauerei startest?« Ein herzzerreißender Gedanke, dass dieser traditionelle Ort verschwinden könnte.

»Ich weiß nicht. Ich hoffe, Lars hat Lust, stärker in die Geschäftsführung einzusteigen, aber er ist noch jung, wir werden also sehen.« Er trommelt auf das Lenkrad, seine Miene ist schwer einzuschätzen, nimmt aber einen weicheren Ausdruck an. »Wir sollten deinen SUV holen, oder?«

»Oh ja! Das ist eine gute Idee, dann brauche ich mir keine Sorgen darum zu machen, wie ich morgen früh zur Arbeit komme.«

Er fährt auf den Parkplatz hinter dem Gebäude und hält neben meinem SUV, wobei er unruhig auf das Lenkrad trommelt. »Es ist noch früh, willst du wieder mit zu mir kommen?«

»Oder du zu mir?« Meine Wohnung ist nicht so schön wie die von Ronan, aber sie ist schnuckelig und gemütlich und ein paar Minuten näher am Laden, weshalb das Aufstehen morgen nicht eine so große Herausforderung wird.

»Das könnte ich auf jeden Fall tun.« Er lässt seinen Blick langsam über mich gleiten. »Ich hatte heute noch nicht genug von dir.«

»Mir geht es ganz genauso.« Ich beuge mich hinüber und küsse ihn auf die Wange. »Wir sehen uns gleich bei mir.«

@buttercreamandbooze:

Nimm dir deinen Cupcake und iss ihn auch.

18

Sparmaßnahmen

Blaire

»Wow, du hast gute Laune«, bemerkt Daphne am nächsten Morgen. »Du hast dieses typische Strahlen, nachdem man flachgelegt worden ist.«

Ich schreibe gerade das Tagesgericht auf die Tafel und halte inne, um sie anzusehen.

Ihre Augen werden ganz groß. »Heilige Scheiße! Es ist wirklich passiert!«

Ich gebe ihr einen Klaps auf den Arm. »Das hat jeder hören können!«

Sie eilt zur Eingangstür. Ich weiß nicht, ob sie das zum Spaß macht oder tatsächlich vorhat, es überall herumzuposaunen, aber ich laufe hinter ihr her und schiebe mich vor die Tür, bevor sie die öffnen kann und mein Privatleben öffentlich macht.

Sie rollt mit den Augen. »Ich wollte es nicht der gesamten Nachbarschaft erzählen, du Quatschkopf. Was ist denn passiert?« Sie packt mich an den Schultern. »Oh mein Gott, du hast mit Ronan geschlafen, stimmt's?«

Ihrem Gesichtsausdruck nach zu urteilen, brauche ich ihr nicht mehr zu antworten.

»Du hast es getan! Wie ist das passiert?«

»Nun ja, Daphne, wenn ein Mann und eine Frau sich ausziehen …«

Sie schneidet mir mit einer Handbewegung das Wort ab. »Sei nicht sarkastisch. Es war wohl sowieso vorherbestimmt, weil ihr in so eine Art Vorspiel geraten seid, aber was war der Auslöser?«

»Ein Mistelzweig.«

»Ein Mistelzweig?«

»Er hat mich Silvester um Mitternacht unter einem Mistelzweig geküsst.«

Sie blickt enttäuscht. »Das ist wirklich romantisch.«

»Wieso eine so ernüchterte Miene.«

»Weil ich gedacht hätte, ihr würdet euch streiten und schließlich vor Wut in der Kiste landen oder so etwas. Aber das klingt wirklich süß.«

»Falls du dich danach besser fühlst, er steht ein bisschen auf Dirty Talk.«

Ihr Gesichtsausdruck ist ein Mix aus Überraschung und Entzücken. »Tut er nicht!«

»Oh, und ob.«

»Der Sex war also großartig? Er hat's also gebracht?« Sie zeigt auf ihren Schritt.

»Oh ja, und wie, und der Sex war umwerfend. Er hat sogar bei mir übernachtet.« Ich kann spüren, wie ich rot werde, einmal wegen dem, was im Bett passiert ist, und dann auch noch unter der Dusche.

»Oha, warte, das war also nicht etwas Einmaliges?«

Ich weiß nicht, wie ich reagieren soll. »Äh, nein, nichts Einmaliges.«

Sie lehnt ihre Hüfte gegen den Tresen und runzelt besorgt die Stirn. »Ist das wirklich eine gute Idee? Ich meine, klar, man kratzt sich, wenn's juckt, aber was machst du denn jetzt? Regelmäßig mit dem Feind schlafen?«

»Er ist nicht der Feind.«

»Hast du nicht gesagt, er ist dein Konkurrent? Ihr seid beide im Halbfinale für Beste Bar, und er liegt vor dir.« Sie macht eine Handbewegung unterhalb der Taille. »Du willst doch nicht, dass sein Ding dich ablenkt, wenn du auf der Zielgeraden bist.«

Das ist ein gutes Argument, was ich aber nur ungern zugeben möchte, wenn ich ganz ehrlich bin. Es ist schon sehr, sehr lange her, dass ich tollen Sex hatte, und wenn sie auch Recht damit hat, dass ich meine Ziele nicht aus den Augen verlieren darf, fühle ich mich doch so, als könnte ich meinen Cupcake sowohl behalten als auch essen.

Ich zeige über die Straße zu dem knallbunten, hässlich leuchtenden *D&B*-Schild. »Wir haben eine viel größere Konkurrenz jetzt, wegen der wir uns Sorgen machen müssen.«

Daphne hebt eine Hand. »Ich weiß. Ich will nur nicht, dass du verschaukelt wirst.« Sie verdreht die Augen, als ich eine Braue hochziehe. »Du weißt, was ich meine. Ich will nicht, dass man dich ausnutzt. Er ist ein aalglatter Mistkerl und verdammt hübsch, und du bist umwerfend und definitiv zum Flachlegen. Ich will nur sichergehen, dass er dich abgesehen von den Orgasmen nicht dazu benutzt, zu kriegen, was er will. Es gab doch Orgasmen, oder?«

»Mehrere.« Ich grinse. »Ich glaube nicht, dass er mich benutzt. Ich meine, er hat mich gestern seiner Familie vorgestellt.«

»Ernsthaft?«

»Jawohl. Wir sind zum Neujahrskekse-Essen zu seinem Großvater gefahren, und ich habe seine Brüder und deren Frauen kennengelernt. Kerle machen das mit dem Kennenlernen der Familie nicht, wenn sie einen nur mal Abschleppen wollen.«

»Das stimmt.« Daphne lehnt sich gegen den Tresen. »Dann läuft da also was?«

Ich zucke mit den Achseln. »Ich denke schon. Er hat mich als seine Freundin vorgestellt.«

»Oh, wow. Du musst in der Kiste ja toll gewesen sein.« Sie geht um die Cupcake-Vitrine herum. »Du musst mir bei einem Kaffee alles erzählen. Ich will Einzelheiten.«

*

Ich erwarte eine gewisse Flaute im Laden nach Neujahr, vor allem wegen der Eröffnung von *Dick and Bobby's* gegenüber. Januar kann ein schwacher Monat fürs Geschäft sein, alle kürzen ihre Kosten dank hoher Kreditkartenrechnungen für nachweihnachtliche Ausgaben.

Was ich nicht erwartet habe, ist, dass *B&B* praktisch ausgestorben ist, außer wenn Ronan und ich unsere gemeinsamen Veranstaltungen machen. Ich bin bisher knapp über die Runden gekommen, aber jetzt steuere ich auf gefährliches Terrain zu und muss immer öfter meinen Dispo beanspruchen, um den Lebensunterhalt bestreiten zu können.

Nicht einmal die Aufmerksamkeit, die wir mit unserer Silvesterparty gewinnen konnten, kann die Auswirkungen der Eröffnung *D&B* gegenüber abpuffern. Die tolle Presse von Tori Taylor und die Tatsache, dass sowohl *The Knight Cap* als auch *B&B* es in die Top Ten der Besten Bars geschafft hat, scheint dabei zu helfen, dass ich mich über Wasser halten kann.

Ich habe Angst, denn Tori Taylor plant ihre Reise nach Seattle diesen Monat, weshalb das Geschäft unbedingt wieder florieren muss.

Um die sinkende Nachfrage zu bekämpfen, organisieren Ronan und ich mehr gemeinsame Veranstaltung mit Sonderangeboten, um dafür zu sorgen, dass die College-Kids bei uns anstatt bei *Dick and Bobby's* landen. Ich versuche, mir meine Verzweiflung nicht anmerken zu lassen, und verschweige Ronan, wie schlecht es eigentlich steht. Ich weiß, dass er den Einkommensrückgang ebenfalls spürt, aber ich glaube nicht, dass es für ihn so schlimm ist wie für mich, weil *The Knight Cap* schon lange existiert und er nur die Renovierungskosten wieder hereinholen muss.

Es ist Donnerstagmorgen, und heute ist ein Quizabend, gefolgt von Karaoke drüben in Ronans Bar. Unsere Duette sind zu einem festen Programmpunkt geworden, und wir gestatten den Gästen, sich bestimmte Songs zu wünschen. Wahrscheinlich ist so ein gemeinsamer Event klug, wenn Tori in die Stadt kommt, weil es davor und danach haufenweise Posts in den sozialen Medien gibt.

Es ist erst neun Uhr morgens, als Ronan hereinschaut, viel früher als sonst, selbst für einen Tag mit Abendveranstaltung. »Hallo, hast du eine Minute? Ich muss dir nebenan was zeigen.«

»Klar, alles okay?«

»Oh ja, ich will nur, dass du dir was ansiehst.«

Ich überlasse Callie den Laden und folge Ronan ins *Knight Cap*.

Er führt mich den Flur entlang zu seinem Büro. »Hier rein.«

Ich trete ein und erwarte eine Art Überraschung, aber es sieht genauso aus wie sonst in dem Büro, das dringend eine Renovierung bräuchte. »Okay, was soll ich mir ansehen?«

Ich drehe mich um, und er nimmt mein Gesicht in seine Hände, biegt meinen Kopf zurück und presst seinen Mund auf meinen. Ich stöhne überrascht, erwidere jedoch seinen Kuss.

Er lässt eine Hand an meiner Seite hinabgleiten, fährt mit

ihr über meinen Po, über mein Kleid und zieht mich dabei an sich, wobei er seine Erektion an meinem Bauch reibt.

Ich unterdrücke ein Stöhnen, weil ich nicht will, dass irgendjemand mitbekommt, dass hinter Ronans Bürotür außergeschäftliche Dinge passieren. Die andere Hand löst sich von meiner Wange, und sein alter und quietschender Bürostuhl knallt gegen die Wand. Sekunden später hebt er mich hoch und setzt mich auf den Schreibtisch.

»Was tust du da?«

»Die Fantasie ausleben, die ich seit Silvester habe.« Seine linke Hand gleitet unter mein Kleid und an meinem Oberschenkel hinauf.

Ich muss die Knie zusammenpressen, damit ich sie nicht völlig automatisch für ihn spreize. »Man kann uns hören.«

»Kann man nicht.«

»Ich kann nicht so leise sein, und du darfst keine schmutzigen Sachen sagen.« Ich würde ja gern kundtun, dass ich mir auf die Zunge oder in sein Hemd beißen kann oder so etwas, aber was auch immer sein Plan ist, es ist völlig ausgeschlossen, dass er seinen Mund hält und ich meinen ebenfalls.

Er schenkt mir ein wissendes, zufriedenes Grinsen. »Wir sind allein. Es ist sonst niemand hier.«

»Niemand?«

»Niemand. Ich bin absichtlich früher gekommen.« Er lässt auch die andere Hand unter meinen Rock und an meinem Oberschenkel hinaufgleiten.

»Du hast das also geplant?«

»Erst nachdem ich zum siebten Mal hintereinander wegen des gleichen Traums aufgewacht bin.«

»Was für ein Traum?« Ich hebe den Hintern an, damit er mir mein Höschen herunterziehen kann. Ich helfe beim Entfernen der Krinoline.

»Eine Wiederholung von Silvester, nur eben auf meinem Schreibtisch.« Er wirft mein Höschen und die Krinoline auf einen Stuhl, lässt sich auf die Knie fallen und liefert eine perfekte Performance ab.

Als ich seine Bürotür öffne, bin ich ein wenig verschwitzt und sichtbar gerötet im Gesicht, aber auch im höchsten Maße befriedigt. Ich stoße aus Versehen gegen etwas auf dem Boden.

»Was ist das?« Ronan packt mich an den Hüften, um mich nicht umzuwerfen, weil er von hinten in mich hineingelaufen ist, als ich mich hinuntergebeugt habe, um es aus dem Weg zu räumen.

Ich halte es Ronan vor die Nase. »Raumspray?«

»Seltsam. Ich kann mich nicht erinnern, etwas im Flur stehengelassen zu haben, aber ich bin eindeutig auf Zack. Ach je, das ist mit Weihnachtsduft.« Er sprüht einmal in sein Büro. Es riecht nach Zimtschnecke. Wahrscheinlich eine gute Idee, denn es überlagert den Geruch nach Latex und Sex.

Er führt mich den Flur entlang, und ich bleibe wie angewurzelt stehen, als ich Lars hinter dem Tresen bemerke, wo er Zitronenschnitze schneidet. Ronan läuft ein zweites Mal in mich hinein. »Oh, hallo!« Meine Stimme hat diesen schrillen Klang, den man mit Überraschung und Verlegenheit verbindet.

Er unterbricht seine Tätigkeit und hebt das Kinn in unsere Richtung. »Hallo.«

»Lars? Wie lang bist du schon hier?« Ronan klingt eher verärgert als verlegen.

»Lang genug.« Ein Grinsen macht sich auf seinem Gesicht breit.

»Oh mein Gott«, murmle ich, während mich Ronan den Flur entlang zum Hintereingang geleitet.

Sobald wir außer Hörweite sind, drehe ich mich zu Ronan um. »Er hat mich gehört.«

»Uns. Er hat uns gehört.« Er reibt sich das Kinn.

Ich werfe die Hände in die Luft. »Du hast doch gesagt, wir wären allein!«

»Waren wir auch.« Er blickt auf seine Armbanduhr. »Sieht so aus, als hätten wir uns mit dem Vorspiel zu lange aufgehalten.«

Ich drehe sein Handgelenk, um auf seine Uhr zu schauen. »Es ist zehn! Wir waren eine ganze Stunde da drin!«

Er zuckt mit den Achseln. »Ich war scharf, und du schienst nicht in Eile zu sein.«

Ich bohre ihm den Zeigefinger in die Brust. »Das ist nicht witzig! Was, wenn es Gramps und nicht Lars gewesen wäre?«

»Entspann dich, Baby. Lars kümmert es nicht, und es war nicht Gramps, also kein Problem.«

»Aber wahrscheinlich hat er gehört, wie ich gekommen bin und ... Sachen gesagt habe!«

»Bestimmt hat er nicht das Ohr an die Tür gelegt. Er hat wahrscheinlich im Vorbeigehen ein paar Geräusche gehört, hat sich mit dem Spray einen Scherz erlaubt und sich dann ferngehalten.«

»Das kannst du nicht wissen.«

»Wehe, wenn er das nicht getan hat. Hör mal, es tut mir leid. Das nächste Mal warte ich, bis wir geschlossen haben, bevor wir in meinem Büro Schweinereien anstellen.«

»Wie kommst du darauf, dass es ein nächstes Mal geben wird?«

Ronan zieht eine Braue hoch und grinst. »Weil es dir genauso gut gefallen hat wie mir.«

Ich antworte nicht, denn er hat recht; es hat mir gefallen. »Ich muss zurück. Callie fragt sich wahrscheinlich, wo ich bleibe.« Ich wende mich zum Gehen, aber Ronan packt mich am Arm.

»Hey. Sei nicht sauer.« Er nimmt mich in den Arm und drückt seine Lippen auf meine Schläfe.

»Ich bin verlegen, nicht sauer«, murmle ich an seiner Brust.

»Ich mag die Geräusche während deiner Orgasmen« flüstert er mir ins Ohr. »Ich mag, wie du meinen Namen stöhnst. Ich mag, dass du aussprichst, was dir gefällt. Es ist einfach wahnsinnig sexy.«

»Jetzt muss ich aber gehen. Wir können später darüber reden. Wenn wir nicht arbeiten und den Rest des Tages funktionieren müssen.«

Er drückt meine Hüfte und lässt mich los. Ich stehe minutenlang draußen in der Januarkälte, um den Schweiß trocknen zu lassen und damit sich mein Gesicht abkühlt, bevor ich wieder in meinen Laden gehe und mich dafür entschuldige, so lang gebraucht zu haben. Nicht dass ich es bereuen würde.

*

Während des Januars unternehme ich alles, um mehr Kundschaft anzuziehen – witzige neue Cupcakes, Junggesellinnenabschiede, Cupcake-Dekorier-Kurse an den Abenden – trotzdem ist es schwer, mit den billigen Angeboten von *D&B's* und ihren unerschöpflichen Werbegeldern zu konkurrieren. Ich kann eine tolle Bäckerin in Teilzeit finden, die mich entlastet. Finanziell wird es eine Zeit lang schwierig werden, aber ohne Schlaf kann ich das Geschäft nicht vernünftig führen.

Der Nachteil ist, dass ich woanders Kosten einsparen muss, wenn ich einen Bäcker engagiere. Schließlich reduziere ich Callies Stunden. Das neue Semester hat angefangen, und das Arbeitspensum ist enorm, weshalb sie nicht unglücklich darüber ist, trotzdem fühlt es sich nicht gut an.

Die neue Teilzeitbäckerin ist eine große Hilfe, aber Callies Stunden zu reduzieren bedeutet, dass ich genauso viel arbeite wie zuvor. Ein paarmal hatte ich die Gelegenheit, länger als bis fünf Uhr morgens zu schlafen, normalerweise bei Ronan, aber wenn das Geschäft nicht bald besser läuft, muss ich damit Schluss machen.

Die einzige Rettung scheinen unsere gemeinsamen Veranstaltungen zu sein. Ich bin dankbar, dass Tori ihren Zwischenstopp einlegen will, wenn wir eine der gut besuchten Veranstaltungen durchführen. Sie taucht normalerweise immer überraschend auf, aber aufgrund ihres Zwischenstopps in der letzten Woche sagen Ronan und ich voraus, dass sie diese Woche bei uns sein wird. Und wir haben recht damit.

Sie schaut während eines Comedy-Abends bei mir und Livemusik bei Ronan vorbei. Natürlich habe ich an dem Morgen einen Anruf von der besten der drei Comedians bekommen, in dem sie mir mitteilte, dass sie die Grippe hätte und nicht ohne Eimer und Toilette auftreten könnte. Ich war bereit, die Veranstaltung auch mit zwei Comedians zu machen, aber Lars meinte, er hätte einen Freund, der wahnsinnig witzig sei und die Gelegenheit gern wahrnehmen würde.

Sein Freund war sexy, was einen Pluspunkt darstellte, und er hatte eine ziemlich große Gefolgschaft in den sozialen Medien, also ergriff ich die Chance und änderte die Reihenfolge, sodass er als Letzter drankommen konnte. Wie sich herausstellen sollte, war sein hübsches Gesicht das einzig Interessante an seinem Auftritt. Es war die Sorte Humor, die Wichtigtuer in Studentenverbindungen haben, was meine Kundschaft nicht besonders unterhaltsam fand, weshalb er lediglich ein paar lustlose Lacher einheimste.

Zu allem Übel hatte Tori das zweifelhafte Vergnügen, es mit eigenen Augen zu sehen. Wäre sie von Anfang an da gewesen, als alle noch vor Lachen geschrien haben, wäre der letzte Auftritt nicht so schlimm gewesen, aber weil sie den besten Teil verpasst hat, nimmt es dem Abend seinen Glanz. Sie bleibt für einen Drink, probiert die Cupcakes und bringt zum Ausdruck, wie sehr ihr die Einrichtung und das Konzept gefallen.

Sie hat ihre Hausaufgaben erledigt, denn sie fragt nach meiner Familie und wieso ich mich entschieden hätte, mein eigenes, bescheidenes Ding zu machen, anstatt Promis zu bekochen. Ich erkläre ihr, dass mein Herz am Backen hängt, und dass ich eine Chance wollte, um mich selbst zu beweisen, was ihr zu gefallen scheint.

Sie geht hinüber ins *Knight Cap*, während ich schließe. Ich fühle mich entmutigt. Ich weiß, dass *B&B* ein toller Laden mit einer außergewöhnlichen Atmosphäre ist, und normalerweise ist mein Unterhaltungsprogramm erstklassig. Heute Abend waren wir voll besetzt, es gab keinen freien Platz mehr, aber wenn ich ehrlich bin, hat *The Knight Cap* etwas Besonderes, das über das Axtwerfen – was wirklich Spaß macht, so ungern ich es zugebe – hinausgeht.

Als ich einmal bei einer gemeinsamen Veranstaltung abends hinter dem Tresen aushalf, überzeugte mich Ronan, die Stahlkappenstiefel anzulassen und das Axtwerfen zu versuchen.

Ronan dabei zuzusehen, wie er wirft und dann dicht an mich herantritt, um meine Haltung zu korrigieren, wurde zu einer eigenen Art Vorspiel. Jedes Mal, wenn ich das Ziel traf, lobte er mich, und wenn ich es verfehlte, kam er und gab mir Hinweise, die hauptsächlich darin bestanden, dass er meinen Standpunkt korrigierte. Nach einer Weile warf ich absichtlich daneben, und schließlich kapierte er. Dieser Abend endete damit, dass ich gegen eine Wand gepresst wurde, die Beine um seine Taille geschlungen, während er stöhnte, wie sexy ich doch aussähe, wenn ich eine Axt schwang. Offensichtlich habe ich inzwischen einen Narren an der Sache gefressen.

Es ist schwer, mit Ronans unglaublichem Charisma zu konkurrieren, ganz zu schweigen von der romantischen Geschichte um *The Knight Cap*.

Tori ist bestimmt nicht immun dagegen, wenn man den verträumten Blick bedenkt, als sie Ronan erwähnt. Ich kann das nachempfinden, denn ich habe diesen Blick ebenfalls, wenn ich in seiner Nähe bin. Ich räume fertig auf, schicke meine Kellner nach Hause und sorge dafür, dass alles für den nächsten Morgen vorbereitet ist. In der Stille, die folgt, schaue ich rasch in die Bücher. Ich weiß nicht genau, wozu das gut sein soll, weil ich sowieso schon weiß, dass ich gerade auf einem schmalen Grat balanciere.

Noch demoralisierter schließe ich ab und gehe nach nebenan ins *Knight Cap*, um zu sehen, wie Ronans Abend läuft. Natürlich ist die Band spitze und das Publikum außer Rand und Band. Ich entdecke Tori drüben am Tresen, wo sie mit Ronan plaudert. Hin und wieder wirft sie den Kopf zurück und lacht über etwas, das er sagt.

Tory ist eine umwerfende und makellose Frau. Sie ist stets bereit für ein Foto und eine erfolgreiche Unternehmerin, die in der Welt herumreist. Sie ist klug, ausgebufft und atemberaubend. Ja, sie hat einen prominenten Athleten zum Freund, doch in letzter Zeit gab es Gerüchte über Ärger im Paradies, und Ronan ist ein professioneller Flirt. Es mag harmlos sein, aber ich bin ein bisschen empfindlich nach dem misslungenen Abend.

Lars taucht plötzlich neben mir auf und reicht mir einen Shot. »Du solltest aufhören, sie mit deinem Laserstrahlblick töten zu wollen.«

»Was?«

»Tori. Du siehst aus, als wolltest du sie vernichten. Er flirtet nicht. Er unterhält sich nur und ist völlig blind für sie.« Lars grinst.

»Ich weiß, dass er nicht flirtet«, kontere ich.

»Du bist ganz schön frostig. Ich weiß ja, dass es euch zwei schlimm erwischt hat, aber mir war nicht klar, wie schlimm.«

»Ich weiß nicht, wovon du redest.« Ich mache mich gedanklich bereit, hinüberzugehen und Hallo zu sagen, ohne irgendetwas Dummes dabei anzustellen. Ich möchte Lars sagen, dass sein Freund, der Comedian, grottenschlecht war, aber ich habe wohl viel zu miese Laune, also beschließe ich, es für später aufzuheben.

Lars schnaubt und reicht mir einen Cocktail. Ich weiß nicht, wo er die Cocktails oder Shots hernimmt, aber ich habe nicht vor, Nein dazu zu sagen. »Was auch immer du sagst, Blaire. Gib ihm noch ein paar Minuten, bevor du rübergehst und dein Territorium absteckst. Ich weiß, dass ihr zusammen seid und so, aber er würde dich nicht sabotieren, also solltest du ihm die gleiche Höflichkeit entgegenbringen.«

»Ich würde Ronan nie sabotieren!«, sage ich verärgert.

»Nicht absichtlich, aber du hast so einen Ausdruck in den Augen, als wolltest du einen Zickenkrieg mit ihr anfangen. Und ich denke, es ist nur menschlich, das schützen zu wollen, was einem gehört.«

»Wie einfühlsam. Obwohl ich noch nie in einen Kampf verwickelt war und bestimmt nicht in einen geraten möchte mit der Person, die das Potenzial hat, meinen oder Ronans Laden bekannt zu machen.«

»Ich will nicht sagen, dass du dich tatsächlich mit ihr prügeln würdest. Du würdest wahrscheinlich eher etwas tun oder sagen, womit du deine Chancen vergeigst, wenn du so besitzergreifend bist. Also bleibst du lieber bei mir, bis sie sich wieder auf den Weg macht.« Er legt den Arm um meine Schultern und drückt sie. »Er geht mit dir heim, und das ist das Einzige, was zählt.«

Tori scheint keine Eile zu haben, und ich bin müde und gereizt, weshalb ich zu dem Schluss komme, dass es besser ist, nach Hause zu fahren, als meine schlechte Laune an Ronan auszulassen, wo er heute Abend eindeutig Erfolg hat.

»Ich fahr nach Hause.«

»Soll ich Ronan was ausrichten?«

»Schon okay. Ich schicke ihm eine Nachricht, dass wir uns morgen sehen.«

»Kannst du denn fahren?«

»Ich hatte nur den einen Shot und drei Schluck von dem hier.« Ich reiche ihm mein noch fast volles Cocktailglas.

»Willst du wirklich gehen?«

»Er muss sich auf seinen Kram konzentrieren, und ich will nicht die anhängliche Freundin sein.«

Ich verlasse die Bar durch den Vordereingang, hauptsächlich, damit Ronan mich nicht sieht. Ich verstehe, was Daphne meinte, dass alles komplizierter würde, wenn ich erst einmal anfangen würde, mit der Konkurrenz zu schlafen. Sie lag nicht falsch. Ich will nicht, dass er verliert, aber ich will ebenfalls gewinnen. Es ist eine seltsame Position, und im Augenblick könnte ich wirklich gute Presse brauchen, um mein Geschäft zu stärken.

Ich schicke Ronan eine Nachricht, als ich nach Hause komme, in der ich ihm mitteile, dass ich kurz da gewesen sei, aber er und Tori sich unterhalten hätten und ich nicht unterbrechen wollte, weshalb wir uns morgen sähen. Ich füge noch ein paar Kuss-Emojis hinzu, damit es fröhlich und nicht nach eifersüchtiger oder trübseliger Freundin aussieht, obwohl ich in Wirklichkeit beides bin.

Ich ziehe mir ein bequemes Nachthemd an, lege mein Kleid für morgen zurecht und mache mich bereit, ins Bett zu gehen. Ich putze mir die Zähne, hole mir ein Glas Wasser und lege mich hin. Kaum habe ich das Licht ausgeschaltet, als mein Telefon summt. Es ist keine Nachricht, sondern ein Anruf von Ronan.

Ich überlege, ob ich ihn zur Mailbox umleiten lasse, aber das wäre eine fiese Reaktion. Es ist nicht Ronans Schuld, dass mein letzter Auftritt nicht so toll war, seine Band aber schon. Oder dass er wahnsinnig attraktiv und charmant ist und die Frauen wegen ihm den Verstand verlieren. Ich eingeschlossen.

Ich nehme den Anruf an. »Hallo.«

»Ebenfalls hallo. Du bist gegangen, ohne dich zu verabschieden. Ich dachte, ich schlafe heute bei dir.« In seiner Stimme klingt kein Vorwurf mit, nur ein wenig Enttäuschung.

»Du warst mit Tori beschäftigt, und ich wollte nicht stören.«

Er schweigt einen Moment lang. »Alles okay?«

»Ja, nur müde nach so einem langen Tag.« Es ist mehr ein Ausweichen als eine Lüge.

»Heißt das, ich bin heute nicht willkommen?« Diesmal schwingt Kränkung in seiner Enttäuschung mit.

Ich sollte mir diese Nacht gönnen, vor allem wegen meiner Stimmung, aber ich fühle mich egoistisch und bedürftig. »Natürlich nicht, ich habe dich immer gern in meinem Bett. Ich schließe die Tür nicht ab, dann kannst du einfach reinkommen.«

»Ich bin in einer Viertelstunde da.«

Ich starre noch immer an die Decke, längst nicht mehr so erschöpft, wie ich es war, als ich unter die Bettdecke geschlüpft bin. Ich weiß, dass ich morgen müde sein werde, aber die Gedanken wollen einfach nicht zur Ruhe kommen.

Als sich die Tür zum Schlafzimmer knarrend öffnet, schalte ich die Lampe neben dem Bett ein und flüstere: »Hallo.«

»Hallo.« Während ich dabei zusehe, wie sich Ronan bis auf die Boxershorts auszieht, durchströmt Wärme meine Glieder, und an die Stelle verbliebener Müdigkeit tritt Verlangen. Sobald er sich zu mir ins Bett gelegt hat, ziehe ich ihn zu einem Kuss zu mir heran und verliere mich in ihm.

Eine halbe Stunde später bin ich an seine Seite geschmiegt, den Kopf auf seiner Schulter, während ich mit den Fingerspitzen die Äste entlangfahre, die sich an seiner Schulter hinaufwinden und in Vögel verwandeln, die zum Flug ansetzen. Es ist ein wunderschönes, raffiniertes Tattoo.

»Die Band heute Abend war toll«, sage ich leise.

»Stimmt. Ich war beeindruckt. Wie war der restliche Comedy-Abend?« Er hatte während der ersten Vorstellung, als sich alle kaputtlachten, reingeschaut.

»Hat toll angefangen und schwach geendet.«

»Oh nein, das tut mir leid, Schätzchen.« Er presst seine Lippen auf meine Stirn und hebt mein Kinn an. »Was ist passiert?«

»Die letzte Vorstellung war mies. Ich hätte es bei zweien belassen sollen, als Betty abgesagt hat, aber ich dachte, es schadet nicht, jemand Neuem eine Chance zu geben. Ich glaube, Toris Anwesenheit hat ihn nervös gemacht, und er hat es irgendwie vermasselt.«

»Vielleicht war es gar nicht so schlecht.«

»Oh doch. Aber ist schon okay. Ich freue mich, dass dein Abend gut gelaufen ist.«

»Ich auch, aber es gefällt mir nicht, dass es bei dir nicht so war.« Seine Aufrichtigkeit bringt mich innerlich in einen Konflikt. Ich will, dass er Erfolg hat, aber ich will ebenfalls erfolgreich sein.

»Es wäre schön gewesen, einen besseren Eindruck auf Tori zu machen. Ich könnte eine positive Presse und mehr Kunden gebrauchen.«

»Dein Laden hat gebrummt heute Abend.«

»Stimmt, aber du weißt, wie ruhig es schon war, wenn wir keine gemeinsamen Veranstaltungen gemacht haben. Ich will Callies Stunden nicht noch mehr reduzieren, aber wenn es so weitergeht, muss ich das vielleicht.«

Er runzelt die Stirn. »So schlimm?«

Ich rudere zurück, weil ich ihm nicht die Stimmung verderben will mit meinen schlechten Nachrichten. »Ich bin nur vorsichtig. Ich darf einfach nicht zu weit in die roten Zahlen rutschen, also muss ich Kosten einsparen, wo ich kann.« Ganz zu schweigen davon, dass ich in Erwartung von Tori alle Register gezogen und wahrscheinlich mehr ausgegeben habe, als ich hätte sollen.

Er schweigt einen Moment. »Ich habe eine Idee«, sagt er dann nachdenklich.

»Ich bin ganz Ohr, denn mir sind sie gerade ausgegangen.«

»Wieso machen wir keine Straßenveranstaltung?«

Ich drehe mich so, dass ich sein Gesicht sehen kann. »Wie meinst du das?«

»Wenn wir gemeinsam Veranstaltungen machen, haben wir beide höhere Einnahmen, stimmt's?«

»Eindeutig.«

»Was, wenn wir das Prinzip auf die Restaurants und Geschäfte in der Straße anwenden? Wir könnten alle mit einbeziehen und ein großes Straßenfest am Wochenende veranstalten mit dem Fokus auf kleinen Geschäften. Wir könnten das für den Valentinstag planen.«

Die Idee muntert mich auf. »So eine Art Love-is-in-the-Air-Event?«

»Genau. Es könnte uns allen guttun und es wäre ein hübscher Mittelfinger in Richtung *Dick and Bobby's*, weil sie uns das Leben schwermachen.«

»Das gefällt mir! Und Valentinstag ist so etwas wie mein Lieblingsfeiertag!«

»Wieso überrascht mich das nicht?« Ronan streicht mir das Haar hinters Ohr und lächelt verschmitzt. »Wir können morgen ja mal Klinkenputzen und sehen, wie die Resonanz ist. Ich bin mir sicher, wir sind nicht die Einzigen, die von *D&B* getroffen wurden, und ich lasse auf keinen Fall zu, dass sie dir deinen Traum kaputtmachen.«

Mein Herz macht einen Satz, und meine Bedenken treten in den Hintergrund, zumindest für heute Nacht, weil ich weiß, dass wir in der Sache zusammenstehen. Jedenfalls hoffe ich das.

@buttercreamandbooze:
Wir passen zusammen wie Cupcakes und Buttercreme.

19

Und der Preis für die Beste Bar geht an …

Blaire

Wie sich herausstellte, sind sämtliche kleinen Geschäfte in der Straße daran interessiert, an dem Event teilzunehmen. Die Bars und Restaurants spüren die Auswirkungen von *D&B*, und alle sind der Meinung, dass gegenseitige Werbung nicht schaden kann.

Ronan vereinbart ein Treffen im *Knight Cap*, wo wir ein sich über das gesamte Wochenende erstreckendes Themenevent entwickeln, das Mitte Februar stattfinden soll, gestützt von Valentinstagfeiern. Ich bin dankbar, dass Renata, meine neue Bäckerin, sich problemlos in ihre neue Rolle eingefunden hat. Natürlich hat es ein paarmal geholpert, aber sie hat viele Ideen und ist eine Meisterbäckerin, weshalb ich mir sicher sein kann, dass sie dazu in der Lage ist, die Herausforderungen, die auf uns zukommen, zu meistern.

Daphne hatte die Idee, einen Fotostand vor dem *Buttercream and Booze* aufzustellen, um das Event zu präsentieren. Seit den Junggesellinnenabschieden wird sie häufig für Hochzeiten, Verlobungsfeiern und Geburtstage gebucht. Weil der Valentinstag mit Romantik und Paaren zu tun hat, ist es eine tolle

Gelegenheit für sie, sich bekannter zu machen und potenzielle neue Kunden zu werben.

Es ist auch nicht von Nachteil, dass die lokalen Zeitungen und Fernsehsender das mit dem Event aufgreifen, was uns hilft, eine größere Reichweite zu bekommen. Das Geschäft läuft auch wieder besser – nicht so, wie es war, bevor *D&B* auftauchten, aber zumindest bin ich nicht mehr ganz so besorgt darüber, Callies Stunden kürzen zu müssen. Vorerst.

Ein paar Tage vor dem Love-is-in-the-Air-Event summt mein Telefon mit einem Hinweis auf ein neues Video auf Toris YouTube-Kanal. In den vergangenen Wochen hat sie die zehn Top-Ten-Bars abgeklappert und die Auswahl auf fünf reduziert. Ich habe das Video gesehen, das sie am Tag nach ihrem Besuch bei *B&B* und *The Knight Cap* hochgeladen hat. Sie war so nett, in ihrem Video nur die wenigen lustigen Momente des letzten Comedians zu zeigen – viele waren es nicht – und sich ansonsten auf die gute Stimmung, die themenbezogenen Drinks und Cupcakes und meinen eklektischen Sinn für den Stil des Cafés zu konzentrieren.

Ich überlege, Ronan anzurufen, bevor ich das Video anschaue, aber Daphne ist da, um ihren Fotostand aufzubauen und hübsche Bilder für das bevorstehende Valentinstagspektakel zu machen, also drängen wir uns vor meinem Telefon zusammen, und ich lade das Video.

»Bereit?«, fragt Daphne.

Ich nicke, und wir drücken beide die Daumen, nachdem ich auf Play getippt habe. Natürlich lässt sich Tori alle Zeit der Welt, um über die vielen faszinierenden Bars zu sprechen, die sie während ihrer Tour durch den Pazifischen Nordwesten besucht hat. »Ich muss zugeben, es war ein harter Wettkampf, und es gibt ein paar großartige Bars dort draußen. Ich werde die Top Ten auf meiner Seite posten, denn die Zahl einzugrenzen war eine Herausforderung, aber es gibt eine Bar, die wahrlich hervorstach!« Sie macht eine Kunstpause. »Es ist nicht nur das Essen oder die Atmosphäre, sondern das Gesamtpaket, und mein Sieger hat alles, was dazu gehört. Ein charmantes, gemütliches Ambiente, die beeindruckendste Auswahl an Craftbieren und einen wirklich charismatischen, supersexy Besitzer.« Sie fächelt sich auf dramatische Weise Luft zu.

»Er hat gewonnen«, murmle ich, und Daphne drückt meine Hand.

»*The Knight Cap* hat alles, was dazu gehört und mehr, weshalb es das Tori-Taylor-Gütesiegel und den Titel ›Die beste Bar im Pazifischen Nordwesten‹ bekommt! Ich kann es gar nicht erwarten, diesen Sieg mit Ronan Knight zu feiern!«

In dem Video werden ein paar Highlights von ihrem Besuch in *The Knight Cap* gezeigt. Ronan war wirklich bestechend, und Tori lobt die Bar, die Atmosphäre und den umwerfenden Eigentümer über den Klee.

»Tut mir leid, Blaire. Ich weiß, wie sehr du gewinnen wolltest.« Daphne legt mir den Arm um die Schulter und drückt mich.

»Danke. Zum Glück hat er gewonnen, wenn ich denn schon verlieren muss.« Es ist mehr eine Frage, denn so sehr ich mich auch für Ronan freue, so sehr bin ich über meine Niederlage enttäuscht.

»Du darfst ruhig traurig sein. Du hast großen Anteil daran, dass seine Veranstaltungen so erfolgreich waren, vor allem die Karaoke-Abende, und deine Gäste waren im Anschluss stets in seiner Bar und nicht umgekehrt.«

Sie hat recht. Auch wenn wir beide einen Vorteil daraus ziehen konnten, war Ronan derjenige, der am meisten von unserem Deal hatte und jetzt profitiert er auch noch von der ganzen

Extrawerbung. »*The Knight Cap* hat eine Tradition und eine Geschichte, mit der ich nicht konkurrieren kann.«

»Trotzdem warst du hervorragend.« Sie tippt auf die Kommentare, wo Tori einen Link zu ihren zehn Favoriten im Pazifischen Nordwesten gepostet hat. *Buttercream and Booze* steht jetzt auf Platz zwei, direkt hinter *The Knight Cap*.

Es ist in jedem Fall eine gute Werbung, gleichwohl erlaube ich mir einen Moment lang, enttäuscht zu sein, vor allem, weil wir zum Ende hin so dicht beieinanderlagen, und wenn mein letzter Comedian nicht so schlecht gewesen wäre, hätte ich vielleicht eine Chance gehabt. Ich rufe mir ins Gedächtnis, dass es nicht Ronans Fehler war, dass meine ursprüngliche Darstellerin krank geworden ist, oder dass sein Cousin nur einen schwachen Ersatz angeboten hatte. Trotzdem nervt es ziemlich.

»Ich sollte wohl rübergehen und ihm gratulieren.«

»Schon, aber wenn du später einen ganzen Becher Eiscreme essen musst und Frust schieben willst, bin ich für dich da, alles klar?«

»Danke.« Sie umarmt mich und richtet mein Haar, bevor sie mich nach nebenan gehen lässt.

Es ist kaum zehn Uhr, aber ich treffe Ronan hinterm Tresen an, wo er mit Lars Shots kippt.

Sein strahlendes Lächeln wird noch breiter, als er mich sieht, und er zeigt auf den Fernseher über dem Tresen mit Toris Video-Blog auf dem Bildschirm. »Babe! Hast du es gesehen?«

»Habe ich. Glückwunsch für den Sieg.« Ich schlüpfe hinter den Tresen, und er hebt mich hoch und wirbelt mich herum.

Als er mich wieder absetzt, halte ich mich an seinen Armen fest, um nicht umzukippen. Sein breites Lächeln verschwindet. »Tut mir leid, dass du nicht gewonnen hast.«

Ich lege eine Hand in seinen Nacken, entschlossen, seinem Sieg keinen Dämpfer zu verpassen. »Entschuldige dich nicht. Wenn ich gegen jemanden verlieren wollte, dann gegen dich.«

Er senkt den Kopf, und seine Lippen berühren meine. Er schmeckt nach Tequila. »Ohne dich hätte ich nicht gewonnen. Ohne die gemeinsamen Veranstaltungen hätte ich keine Chance gehabt. Ich wünschte, es könnte zwei Sieger geben.«

»Nun, das würde den Preis abwerten.« Ich streiche mit den Handflächen über seine Brust. »Weiß es Gramps schon?« Ich habe mir angewöhnt, regelmäßig mit Henry zu telefonieren. Er kommt auch häufig im Laden vorbei, um Hallo zu sagen und auch wegen der Cupcakes. Ich musste ihm versprechen, Ronan nichts von seinem kleinen Laster zu verraten.

»Noch nicht. Soll ich ihn anrufen? Oder es ihm vielleicht lieber persönlich erzählen? Lieber persönlich, oder?«

»Auf jeden Fall persönlich.« Ich lächle angesichts seiner Begeisterung.

»Ja. Gute Entscheidung. Kommst du mit? Ich will, dass du mitkommst. Kannst du Callie den Laden für eine Stunde überlassen?« Er küsst mich erneut und macht mir so eine Antwort unmöglich.

Als er mich schließlich wieder loslässt, versichere ich ihm, dass ich ihn begleite, wenn er unbedingt will. Ich gehe zurück ins *B&B*, um Callie Bescheid zu geben, dass sie sich eine Weile um alles kümmern muss.

Ich treffe Ronan hinten draußen, und er hält mir seine Autoschlüssel hin. »Ich bin zu aufgedreht, um zu fahren.«

Ich schmunzle und setze mich ans Steuer, wobei ich staune, wie leicht sich der Wagen im Vergleich zu meinem SUV lenken lässt. Es dauert zwanzig Minuten, um zu Gramps zu kommen, und Ronan redet wie ein Wasserfall, seine Aufregung ist ansteckend und liebenswert. »Wir sollten eine große Party feiern, meinst du nicht? Denkst du, heute Abend ist zu früh? Können wir so schnell etwas in den sozialen Medien posten, oder sollten wir es auf morgen verschieben? Ist das zu nah an der Straßenparty dran?« Er trommelt auf die Armlehne und hält lang genug inne, um tief durchzuatmen. »Vielleicht sollte es nur mit dem Personal sein, um meine Wertschätzung dafür zum Ausdruck zu bringen, wie sehr sie mit ihrer harten Arbeit dazu beigetragen haben. Oh! Ich sollte auch der Band Bescheid sagen. Wenn sie nicht gebucht sind, könnten sie heute Abend spielen!«

»Ich denke schon, dass wir für heute Abend eine Party organisiert kriegen, solange du das Essen nicht liefern lassen willst, und wir können das die ganze Woche fortsetzen, um den Sieg zu feiern.«

»Glaubst du, Daphne würde gern ein paar Fotos machen?«, fragt Ronan. »Ich würde sie auch bezahlen.«

»Sobald wir bei Gramps sind, schicke ich ihr eine Nachricht, um zu sehen, ob sie verfügbar ist. Du kannst eine Party extra fürs Personal feiern. Du könntest sogar die Bar dafür schließen und dir das gesamte Essen liefern lassen. Und ja, ruf die Band an und frag, ob sie verfügbar ist.«

»Ich weiß wirklich nicht, wie ich das alles ohne dich geschafft hätte.« Er drückt meine Hand und legt das Handy ans Ohr.

Als wir Gramps' Adresse erreichen, hat Ronan die Band für den Abend gewonnen. Es ist kein Problem, denn wir haben sie bereits für das gesamte Wochenende gebucht. Ich schicke eine Nachricht an Daphne, und noch bevor wir zur Eingangstür gelangen, hat sie zugesagt, Fotos zu machen, besteht allerdings darauf, kein Geld dafür zu nehmen. Ich bin mir nicht sicher, ob Ronan das annehmen wird, aber Daphne war schon immer überaus großzügig, weshalb er vielleicht einen anderen Weg finden muss, um sie zu entschädigen, zum Beispiel mit Freibier und Essen. Er klopft, bevor er mit dem Schlüssel hineingeht. Leise dringen Geräusche vom Fernseher in den Eingangsbereich.

»Gramps?«

»Ronan? Was tust du denn um diese Zeit hier?«

»Ich habe aufregende Neuigkeiten«, ruft er.

»Ich bin im Wohnzimmer und schaue *Der Preis ist heiß*!«

Ronan hebt einen ausgestreckten Finger und senkt die Stimme. »Einen Moment. Manchmal sitzt er in Unterhosen herum, und das ist kein hübscher Anblick.«

»Ich warte.«

Er späht um die Ecke und hält dann die Daumen hoch, also folge ich ihm ins Wohnzimmer.

Gramps' Blick schnellt von Ronan zu mir und wieder zurück. »Oh, der Herr sei gepriesen!« Er bekreuzigt sich. »Du hast meine Gebete erhört, Dottie. Endlich passiert es.« Ein strahlendes Lächeln breitet sich auf seinem Gesicht aus. »Ihr werdet heiraten!«

»Äh.« Ronan und ich werfen uns einen fragenden Blick zu. »Nein, Gramps, wir werden nicht heiraten.«

Gramps macht ein bestürztes Gesicht. »Nicht?«

»Wir sind erst zwei Monate zusammen.«

»Wenn man's weiß, dann weiß man's.« Gramps' Augen werden erneut groß, dann kneift er sie zu schmalen Schlitzen zusammen. »Wenn du Blaire geschwängert hast, dann versohle ich dir den Hintern, Junge.«

»Okay, erst einmal versohlst du niemandes Hintern, und meinen schon gar nicht, und zweitens, nein, ich habe Blaire nicht geschwängert.«

»Oh.« Er sinkt in seinen Sessel. »Na ja, dann können die Neuigkeiten ja nicht so toll sein, oder?«

»Vor zwei Sekunden wolltest du mir noch den Hintern versohlen, weil ich Blaire angeblich geschwängert habe, und jetzt bist du enttäuscht, dass ich es nicht getan habe?« Ronan klingt amüsiert.

»Ich dachte, wenn sie schwanger ist, bist du so anständig und heiratest sie.«

»Nun, würde ich vielleicht auch, wenn wir nicht im einundzwanzigsten Jahrhundert wären. Die Leute bekommen dauernd Kinder, ohne verheiratet zu sein.« Er wendet sich mir zu. »Nicht dass ich nicht heiraten oder Kinder haben wollte. Ich würde nur nicht erwarten, dass du ernst machen wolltest, falls ich dich aus Versehen schwängere.«

»Das ist vertretbar.«

»Willst du denn heiraten und Kinder bekommen?«

»Jetzt? Nein. Aber irgendwann in der Zukunft hätte ich nichts dagegen, wenn das Timing passt. Aber darüber können wir ein andermal reden. Von mir aus in ein paar Monaten.« Ich lege ihm eine Hand auf den Arm und beuge mich zu Henry hinunter, der vergnügt lächelt.

»Oh, richtig.« Ronan räuspert sich. »Erinnerst du dich noch an die YouTuberin, von der ich dir erzählt habe?«

»Die Lady mit den wahnsinnig langen Wimpern, die diese Videos macht, die nicht zur unanständigen Sorte gehören?«

Ich unterdrücke ein Lachen.

»Genau die«, bestätigt Ronan. »Sie war vor zwei Wochen hier in Seattle.«

»Stimmt, ich erinnere mich.«

»Und sie hat beim *Knight Cap* Halt gemacht.«

»Sie benutzt meine Bar aber nicht, um unanständige Videos zu drehen.«

»Gramps, wir haben doch schon festgestellt, dass sie keine unanständigen Videos macht. Sie hat das *Knight Cap* zur besten

Bar im Pazifischen Nordwesten erklärt. Es wird auf ihrem YouTube-Kanal gebracht, und sie ist Partner von *Food and Drink* und *The Seattle Morning Show*, also bringen sie das auch. Wir haben's geschafft, Gramps! Wir haben die Bar wieder flottgemacht, und das wird sie am Leben halten.«

Henry klappt die Fußstütze seines La-Z-Boy-Ruhesessels herunter und steht langsam auf. Er kommt zu uns geschlurft und umarmt Ronan. »Ich bin so stolz auf dich.« Er klopft ihm ein paarmal auf den Rücken, bevor er ihn an den Armen packt, Augen feucht und mit einem zitternden Lächeln auf den Lippen. »Dottie wäre es auch, wenn sie hier wäre. Ich weiß, dass sie mit einem strahlenden Lächeln vom Himmel zu dir herunterschaut. Sie hat immer an dich geglaubt.«

»Ich weiß.«

Er klopft Ronan auf die Brust und wendet sich mir zu, um auch mich in die Arme zu schließen. »Du hast ihm Feuer unterm Hintern gemacht, also hoffe ich, dass er dir gesagt hat, wie viel du ihm bedeutest.«

Ich erwidere die Umarmung und bin vor Rührung ganz sprachlos, vor allem, weil ich Ronans und Henrys Geschichte kenne und weiß, wie viel diese Bar ihm und der Familie bedeutet.

Ronan erzählt Henry, dass er am Abend eine Party veranstalten will, und dass es schön wäre, wenn er wenigstens zum Abendessen in die Bar käme, um zu feiern.

»Machst du Scherze? Ich komme sofort mit. Wartet ein paar Minuten, bis ich fertig bin.« Seine Hausschuhe machen ein schlurfendes Geräusch, als er den Flur entlanggeht.

»Ich kann nicht glauben, dass er dachte, ich hätte dich geschwängert.«

Ich kann nicht glauben, dass er dachte, Ronan hätte um meine Hand angehalten. »Mir gefällt, dass er so rechtschaffen ist.«

»Na ja, der Grund, warum er es nicht erwarten konnte, meine Großmutter zu heiraten, war bestimmt zur Hälfte, weil er ihr an die Wäsche wollte. In den Sechzigern war das eben so.«

Ich verdrehe die Augen. »Du denkst also, das war eben so. Es war auch nicht anders als jetzt. Teenager hatten auch damals schon Sex, nur dass es heute leichter ist, an Verhütungsmittel zu kommen, und die Kids wissen heute auch, dass Aufstehen nach dem Sex eine Schwangerschaft nicht verhindert.«

»Okay, wir müssen aufhören, über Sex und Teenager und Schwangerschaft zu reden, weil das widersprüchliche Botschaften an meine untere Körperhälfte aussendet und mich in Schwierigkeiten bringt.«

Ich blicke zu seinem Schritt. »Bist du etwa erregt?«

»Nur ein bisschen.« Er klingt auf amüsante Weise abwehrend.

Ich stupse gegen seine Hose. »Hast du einen halben Ständer?«

»Du hast zweimal das Wort ›Sex‹ und ›Verhütung‹ benutzt, und ein paar Körperteile von mir kapieren nicht, dass das nicht sofort gemeint ist.«

»Du bist irre.«

»Ich bin aufgeregt, wegen vieler Dinge, nicht zuletzt wegen meiner Freundin, die die Nacht mit mir verbringt. Sag mir, dass du Callie dazu überreden kannst, morgen für dich zu öffnen. Ich möchte wirklich, dass du diesen Gewinn mit mir feierst, weil das ohne dich nie geklappt hätte.«

»Ich rede mit ihr, sobald wir wieder im *Knight Cap* sind.«

»Das ist genauso dein Sieg wie meiner.«

»Das ist deiner, Ronan. Deshalb brauchst du dich nicht zu schämen.«

»Ich weiß, wie viel dir das bedeutet.«

»Und dir auch, und Gramps auch.« So sehr ich mir den Sieg

auch für mich gewünscht hätte, ich kann Ronan deswegen nicht grollen. Es gibt hier so viel Liebe. Geschichte und Verbundenheit und Familie. Es ist unmöglich, mit einer so wunderschönen Story im Hintergrund zu konkurrieren. »Ich kann mir nichts Besseres vorstellen, um das Andenken deiner Großmutter zu ehren.«

Henry erscheint im Flur. »Was meint ihr? Nicht zu elegant für die Gelegenheit, oder?« Er zupft am Saum seiner Anzugjacke, und ich würde am liebsten in Tränen ausbrechen. Wie alles andere in diesem Haus erinnert er an die neunziger Jahre, und offensichtlich hat er ein wenig an Gewicht verloren, seit er ihn das letzte Mal getragen hat.

»Du siehst perfekt aus, Gramps. Du schlägst sie alle«, sagt Ronan mit brüchiger Stimme.

Henry blickt zu mir und zwinkert. »Blaire, ich brauche das Urteil einer Frau, nicht das von diesem Hipster-Dummkopf.«

Eine Mischung aus Kichern und Schluchzen dringt aus meiner Kehle, aber es gelingt mir, es halbwegs zurückzudrängen. »Du siehst wirklich schick aus.«

»Ich habe diesen Anzug schon eine Weile nicht mehr getragen, aber ich dachte, wenn es einen Grund gibt, den schottischen Tartan unseres Clans auszuführen, dann jetzt.« Er lächelt breit, und mein Herz schmilzt für den Mann, der die Bar seines Großvaters wieder zum Leben erweckt hat.

@buttercreamandbooze:
Was du heute kannst entkorken, das verschiebe nicht auf morgen …

20

Lass mich nicht hängen

Blaire

Die Feier in *The Knight Cap* ist fantastisch.

Ronan übernachtet anschließend bei mir und hält mich bis zu einer unchristlichen Zeit am Morgen wach. Ich unterdrücke meinen Groll angesichts seiner tief und fest schlafenden Gestalt, die ausgestreckt auf meinem Bett liegt, während ich auf Zehenspitzen umhergehe und nicht über unsere überall verteilten Klamotten zu stolpern versuche, um mich für die Arbeit fertigzumachen.

Wir haben nur noch drei Tage, um uns auf das Straßenfest vorzubereiten, was bedeutet, dass ich mich um allerlei kümmern muss. Ich lasse Ronan schlafen, während ich meinen Schlafmangel bereue – allerdings im Bewusstsein, dass es mein eigener verdammter Fehler war, bis zwei Uhr unterwegs gewesen zu sein und mich dann zu einem leicht betrunkenen Sexmarathon bis vier überreden zu lassen. Schlafmangel ist wirklich nicht das, was ich gerade gebrauchen kann.

Ich bin spät dran heute Morgen, weshalb ich mich mit dem Dekorieren der Cupcakes beeilen muss, bevor *B&B* öffnet. Ich bin froh, dass Callie da ist, um zu helfen, weil ich noch immer mit dem Verzieren beschäftigt bin, als wir öffnen. Es herrscht ein reger Betrieb mit der morgendlichen Kundschaft und Leuten, die ihre Bestellungen abholen. Ich unterstütze Callie dabei, alles unter Kontrolle zu bringen, bin aber leider dafür, dass ich auf Zack sein muss, mit Kaffee zu unterversorgt. Aber ich kann nicht behaupten, dass ich von der Anzahl der Kunden, die wir haben, enttäuscht bin. Es ist mehr los als sonst in letzter Zeit, vielleicht wegen der Bekanntgabe der Besten Bar und der Top-Ten-Liste, die Tori gleich darauf gepostet hat.

Sobald der erste Ansturm vorbei ist, bleibt es bis zum Mittag relativ ruhig, was bedeutet, dass ich mich endlich um die Festvorbereitungen und die tausend Fragen, die damit verbunden sind, kümmern kann. Ich erwarte, dass Ronan vorbeischaut und Hallo sagt, seine Cupcake-Sucht befriedigt und mit mir die Bestellliste für Samstag durchgeht. Was allerdings nicht passiert.

Nach dem Lunch husche ich hinüber ins *Knight Cap* in der Hoffnung, Ronan zu Gesicht zu bekommen, aber er ist nicht da. Lars ist erst zur Abendschicht da, und Lana, eine der Barkeeperinnen, scheint nicht zu wissen, wo Ronan ist oder wann er auftaucht.

Ich schicke ihm eine Nachricht und erkundige mich, wann er kommt und Zeit hat, sich mit mir um letzte Dinge zu kümmern. Zwei Stunden und einen weiteren Zustrom von Kunden später hat er noch immer nicht zurückgeschrieben, weshalb ich die offenen Fragen allein beantworte.

Es ist beinahe vier Uhr nachmittags, als er auftaucht und viel fitter und ausgeruhter aussieht, als ich mich fühle. »Hey Süße.« Er beugt sich über den Tresen und küsst mich auf die Wange. Mit dem Daumen fährt er über den Ring unter meinem Auge. »Tut mir leid, dass ich dich so lange wachgehalten habe. Hältst du durch?«

Ich bekämpfte dieses sanfte Gefühl, das ich immer bekomme, wenn er mich berührt, und bringe mir in Erinnerung, dass der Tag schon zu mehr als der Hälfte vorbei ist und er sich nicht hat blicken lassen. »Mir geht's gut. Wo warst du?«

»Ach, weißt du, unterwegs gewesen und Zeug fürs Wochenende besorgt.«

»Hast du meine Nachricht bekommen?«

»Was?«

»Ich habe dir schon vor Stunden eine Nachricht geschickt.« Ich spüre, wie sich Verärgerung angesichts seiner nicht gerade reumütigen Miene breitmacht.

»Wirklich? Ich muss sie verpasst haben. Was ist los? Was brauchst du?«

Ich blinzle ihn an und versuche herauszufinden, wieso er plötzlich so … weit weg ist. Beschäftigt? Ich weiß nicht, was das ist, aber ich finde es frustrierend. »Wir haben in zwei Tagen ein Fest. Ich hätte beim Sammeln der Fragen von den anderen Geschäften und der Koordination ein bisschen Hilfe gebrauchen können, aber du warst nirgends anzutreffen.«

Er merkt allmählich, dass ich sauer bin. »Es tut mir leid. Ich wollte dich nicht hängen lassen. Ich habe mich um kurzfristige Sachen gekümmert. Wer will Fragen beantwortet haben?«

»Vorerst keiner mehr.«

»Fantastisch. Du bist immer so gut organisiert. Das wird bis Samstag alles erledigt sein.« Er klopft sich auf die Hosentasche, als sein Handy summt. Er checkt den Bildschirm. »Da muss ich rangehen. Ich komm später noch einmal vorbei.« Er küsst mich erneut auf die Wange, schnappt sich den Cupcake, den ich – wie eine Idiotin – vor ihn hingestellt habe und verschwindet mit dem Telefon am Ohr durch den Vordereingang.

Allerdings kommt er später nicht noch einmal vorbei. Und als ich irgendwann selbst in der Bar vorbeischaue, um zu sehen, ob er da ist und um mit ihm ein paar letzte Punkte zu besprechen, erfahre ich, dass er schon vor zwei Stunden gegangen ist, um sich, laut Lars, um ein paar *Dinge* zu kümmern.

»Weißt du, wann er zurückkommt?« Es ist schon nach neun, und ich war den ganzen Tag beschäftigt. Wegen des Schlafmangels kann ich kaum noch aus den Augen schauen.

Lars zuckt mit den Achseln.

»Keine Ahnung. Er hatte es irgendwie eilig und hat gesagt, dass er wieder hier zu sein versucht, bevor wir zumachen.«

»Versucht?«, äffe ich ihn nach. »Was zum Henker macht er um diese Zeit am Abend?«

Lars schenkt mir einen um Verzeihung heischenden Blick. »Ich weiß es wirklich nicht. Er hat sich fast den ganzen Tag in seinem Büro versteckt, und als er wieder rausgekommen ist, war er nur ein paar Minuten hier, bevor er den nächsten Anruf entgegennehmen musste. Soll ich ihm ausrichten, dass du hier warst?«

Irritiert winke ich ab, und mir ist zum Heulen zumute: »Nein. Lass nur. Ich spreche morgen mit ihm. Ich bin völlig fertig, und ich brauche dringend Schlaf heute Nacht.«

»Ihr habt wohl noch bis in die frühen Morgenstunden gefeiert, was?« Er reckt sein Kinn und nickt wissend.

Ich mache mir nicht einmal die Mühe zu antworten. Ich bin mir sicher, mein Gesichtsausdruck spricht Bände.

»Du bist doch eine ganz Wilde, oder? Alles hübsch anständig und zugeknöpft an der Oberfläche, aber wenn du mal loslegst, hinterlässt du Knutschflecken?« Er zieht fragend eine Braue hoch.

Ich starre ihn wütend an, wobei mein Gesicht den gleichen Rotton annimmt wie der seines Karohemds. Es gab ein paar Kratzspuren auf Ronans Rücken und meine Handabdrücke auf seinem Hintern von meinen Schlägen, während der ich ihn bat, fester zuzustoßen. Die Handabdrücke waren am Morgen wahrscheinlich verschwunden, aber ich bin mir sicher, die Kratzspuren sind noch da. »Was zum Henker hat er dir erzählt?«

Lars' Grinsen wird breiter. »Überhaupt nichts. Ronan könnte nicht verschwiegener sein. Das war nur eine Vermutung von mir, und anscheinend hatte ich recht. Der Mistkerl Ronan hat echt Glück.«

Ich lache und weiß nicht so genau, wie er daraus ein Kompliment machen konnte. »Bis morgen.«

Ich überlege, Ronan eine Nachricht zu schicken, als ich zu Hause bin, aber eigentlich ist er damit dran, sich bei mir zu melden. Ich ziehe was Bequemes an, schaffe es aber nicht einmal, mir das Gesicht zu waschen oder mein Make-up zu entfernen, bevor ich einschlafe. Auf meiner Bettdecke.

*

Am nächsten Morgen bin ich ein wenig ausgeruhter und fühle mich nicht mehr so ausgelutscht und mehr wie ein menschliches Wesen. Ronan hat in einer Textnachricht geschrieben, dass es ihm leidtäte, mich gestern Abend verpasst zu haben, aber dass er es wiedergutmachen werde. Gefolgt von einem Haufen Emojis, einschließlich Aubergine und dem mit der heraushängenden Zunge und mehreren Handsymbolen, die andeuten, was er vielleicht damit vorhat.

Normalerweise fände ich das witzig. Aber heute Morgen nicht. Ich beschließe, ihm nicht gleich zu antworten, weil ich wegen meiner schlechten Laune Lust hätte, etwas Schnippisches und nicht so Nettes zu schreiben. Natürlich habe ich nicht ausreichend Schlaf bekommen.

Wie sich herausstellt, begegne ich Ronan nicht. Denn er ist nicht im *Knight Cap*. Sein Wagen steht nicht auf dem Parkplatz und war auch noch nicht gesichtet worden. Es kann auch gut möglich sein, dass ich jede Stunde nachgeschaut habe.

»Okay, was ist?«, fragt Daphne, als ich den Flur entlanggehe, nachdem ich zum tausendsten Mal überprüft habe, ob Ronan da ist. »Ich weiß nicht, was los ist, aber vielleicht brauchst du einen Cupcake und ein paar Valium, damit du dich endlich entspannst.«

»Ich bin völlig entspannt«, fauche ich.

Sie packt mich am Ellbogen und schiebt mich in Richtung Büro.

»Was tust du da?«

»Eine Szene verhindern. Rein da.« Sie stößt mich hinein und versperrt mir den Weg.

Ich werfe die Arme in die Luft. »Ich habe keine Zeit für so etwas! Es gibt zu viel zu tun!«

»Jetzt entspann dich mal, Blaire. Wir sind zu fünfundneunzig Prozent für morgen bereit. Es sind nur noch ein paar Kleinigkeiten, die geklärt werden müssen. Die sozialen Medien pushen den Event, und die Leute freuen sich darauf. Aber du machst Callie ganz verrückt, wenn du ihr auf jede ihrer Fragen eine schnippische Antwort gibst.«

»Ich bin nicht schnippisch!« Ich schließe die Augen und massiere mir die Schläfen. »Tut mir leid. Ich bin einfach … überfordert und dachte, Ronan würde mir helfen, aber er ist unauffindbar und hat alles mir überlassen.«

»Ist er nicht nebenan?«

»Nein. Ist er nicht. Er war den ganzen Tag noch nicht da und gestern auch nicht.«

Daphnes Ton wird sanfter. »Weißt du denn, wo er ist?«

»Anscheinend Besorgungen machen. Das letzte Mal, als ich ihn länger als fünf Sekunden gesehen habe, war vor zwei Tagen, als er bei mir übernachtet hat, nachdem er erfahren hatte, dass er den Beste-Bar-Preis gewonnen hat.« Erregt gehe ich in meinem kleinen Büro auf und ab. Es ist allerdings nicht groß genug dafür, weshalb ich gezwungen bin, nach zwei Schritten umzukehren, woraufhin ich mit Daphne zusammenstoße. »Was, wenn ich nur Mittel zum Zweck für ihn bin? Was, wenn es einfach nützlich war, die Kleine zu vögeln, die bestens organisiert ist und bei Veranstaltungen die Regie übernimmt? Was, wenn er seinen Cupcake bekommen und ihn auch aufgegessen hat?«

»Ganz bestimmt hat er seinen Cupcake bekommen und ihn auch aufgegessen«, murmelt Daphne.

»Das ist kein Witz. Er ist seit zwei Tagen nicht aufgetaucht, und ich musste mich um alles kümmern! Natürlich mit deiner und Callies Hilfe, und der von seinen Leuten, aber er sollte eigentlich auch hier sein und mitmachen, aber das ist er nicht.«

»Hast du überhaupt versucht, ihn zu fragen, wo er ist und was er macht?«

»Dazu müsste er erst einmal meine Textnachrichten beantworten. Und jetzt, wo er den Wettbewerb gewonnen hat und die Bar seines Großvaters gut läuft, wird er wahrscheinlich diese Brauerei eröffnen, was das Ende für uns bedeutet.«

Daphne zieht eine Braue hoch. »Du bist in ziemlich fatalistischer Stimmung.«

»Ich bin realistisch. Denk darüber nach. Zuerst die ganzen Streiche, das Kapern meiner Eröffnung, die verrückte Glitzerbombe. Und dann rufen wir einen Waffenstillstand aus, als *D&B* eröffnet, und schmeißen die ganzen Veranstaltungen gemeinsam. Er hat davon mehr als ich. Und einmal kam einer von Toris Leuten, um sich alles genau anzuschauen. Es war am selben Morgen, an dem Ronan mich dazu überredet hat, bei ihm zu frühstücken.«

»Das war bestimmt ein dummer Zufall«, verteidigt ihn Daphne.

»Nur dass *er* es rechtzeitig zu dem Treffen mit Toris Leuten geschafft und sie mit seinem Charme und seinem Charisma für sich gewonnen hat.« Ich werfe die Hände in die Luft. »Was war damals, als er Cappuccinos gemacht und die Maschine ausgerechnet in dem Moment ihren Geist aufgegeben hat! Wenn ich nicht jemanden gehabt hätte, der sie repariert, wäre ich an dem Abend ernsthaft aufgeschmissen gewesen.«

»Davon wusste ich nichts.« Daphne kaut auf ihrer Unterlippe.

»Die Reparatur war teuer, aber dann war alles okay, und ich habe nicht mehr daran gedacht. Aber dann hat mir Lars am *selben Abend*, als Tori kam, den Namen eines miserablen Comedians gegeben. Was, wenn mich Ronan mit seinen herausragenden Fähigkeiten im Bett nur ablenkt und mich die ganze Zeit sabotiert? Weißt du noch, wie verrückt es im Food-Truck-Business zuging? Die Leute haben immer wieder Reifen aufgeschlitzt und darum gestritten, wo sie sich hinstellen dürfen. Es war hässlich. Vielleicht hat er ja nur mit mir geschlafen, um dieses verdammte Ding zu gewinnen und um das zu bekommen, was er will, nämlich seine Brauerei!«

»Das wäre ziemlich berechnend und irgendwie das Verhalten eines Soziopathen, meinst du nicht?« Daphne klingt nicht mehr wie die Stimme der Vernunft, sondern so, als wäre sie inzwischen genauso besorgt wie ich.

»Jedenfalls hat er den Wettbewerb gewonnen, und Gramps macht das Startgeld für die Brauerei locker, worauf er die ganze Zeit hingearbeitet hat. Und schau, wo ich stehe, ohne Gewinn und mit einem abwesenden Freund, der mich wahrscheinlich abserviert.« Ich schlage mir die Hände vors Gesicht, als könnte das die Tränen aufhalten. »Verdammt! Ich kann mir einen Zusammenbruch gerade nicht leisten!«

»Hol tief Luft, Blaire. Ich verstehe, dass du aufgebracht bist, und im Ganzen betrachtet sieht das vielleicht schlecht aus, aber solange du nicht mit ihm gesprochen hast, weißt du es nicht genau, oder? Und ehrlich gesagt ist das überhaupt nicht wie das Food-Truck-Business, denn das war wirklich verrückt.«

»Ist es nicht ein ziemlich großer Zufall, dass er gleich nach dem Preisgewinn auf einmal unerreichbar ist und wir diese riesige Veranstaltung machen, damit unser Geschäft nicht den Bach runtergeht?«

»Ja, das stimmt schon, aber ich will auch nicht, dass du so halbinformiert explodierst und die Beziehung kaputtmachst, ohne die ganze Geschichte zu kennen.«

Sie hat recht. »Ich will nur nicht, dass mein Laden an die Wand fährt. Das kann ich nicht zulassen, denn dann ist mein Traum gestorben.«

»Mach dir keine Sorgen. Du hast ein fantastisches Wochenende geplant, und wir haben alles getan, um es zu bewerben. Hab ein wenig Vertrauen in dich selbst und deine Fähigkeit, das zu einem Erfolg zu führen, egal ob Ronan mitzieht oder nicht.«

»Ich sollte bei der ganzen Sache einen Partner haben.« Vielleicht ist das der eigentliche Tritt in den Hintern. Denn so hatte es sich angefühlt: wie eine Partnerschaft. In jeder Hinsicht. Es tut mehr weh, als mir lieb ist, dass der Mann, der angeblich an meiner Seite war, nur so lange geblieben ist, wie ich nützlich und notwendig war, so ähnlich wie mich Raphael benutzt hat, um an meine Familie heranzukommen. Am Ende hat meinen Eltern mehr an seinen Fähigkeiten als an meinem Wohl gelegen. Ich dachte, diesmal wäre ich schlauer. Ich dachte, ich wüsste es besser.

»Ich bin jetzt deine Partnerin. Du brauchst Ronan nicht, um einen Erfolg aus der Sache zu machen. Er ist eine hübsche Partybegleitung, und bestimmt ist er ein Rockstar im Bett, aber er ist nicht erforderlich, um das hier durchzuziehen. Du hast schließlich die ganzen gemeinsamen Veranstaltungen organisiert. Du hast dafür gesorgt, dass sie erfolgreich waren.«

»Na ja, anscheinend nicht erfolgreich genug.«

»Was ist schon dabei, dass du einmal einen schlechten Comedian hattest? Und damit, dass du den Titel ›Beste Bar‹ nicht gewonnen hast? Finde dich damit ab, und konzentriere dich auf das Hier und Jetzt. Du hast den Respekt deiner Kollegen. Sie sind mit all ihren Fragen zu dir gekommen, denk daran, wenn du mal wieder zu selbstkritisch bist oder glaubst, du genügst nicht. Und falls Ronan dich nur benutzt hat, trete ich ihm gern für dich in die Eier.«

»Mit Stahlkappenstiefeln.«

»Ja. Oder Stollenschuhen. Das würde einen Abdruck hinterlassen.«

»Das wäre keine angenehme Vorstellung.«

Jemand klopft leise an die Tür, und Daphne öffnet. »Was ist los, Callie?«

»Äh, tut mir leid, wenn ich störe.« Sie ringt nervös die Hände. »Die McClellands sind hier und wollen ihre Bestellung abholen, aber ich kann die Schachteln nicht finden.«

»Ich kümmere mich darum. Ich habe sie nicht nach vorn gebracht, weil sie eine Vanillecremefüllung haben und gekühlt werden müssen. Sag ihnen, ich bin gleich da«, sage ich viel freundlicher, als ich den ganzen Tag gewesen bin.

Ich schiebe den Gedanken an Ronans Abwesenheit beiseite. Ich kann es mir nicht erlauben, mich damit zu beschäftigen, und Daphne hat recht: Ich jage Callie Angst ein, anstatt Begeisterung für das Wochenende zu verbreiten.

Ich hole die McClelland-Bestellung und setze eine freundliche Miene auf. Es sorgt dafür, dass sich die anderen entspannen, und am Ende des Tages sind alle viel besserer Laune.

Ich schicke Callie früh nach Hause und poste einen Hinweis mit den geänderten Öffnungszeiten fürs Wochenende, damit wir in der Nähe der zahlreichen Veranstaltungen sein können.

Die Sonderangebote stehen schon auf der Tafel, die Cupcakes für morgen sind dekoriert und befinden sich im Kühlschrank, und wir sind gut versorgt mit Getränken und allem, was wir vielleicht brauchen, um »Love is in the Air« zum Erfolg zu verhelfen.

Ich öffne meinen Instagram-Account, um das Feedback zu überprüfen, und als Erstes taucht in meinem Feed eine Nachricht von Tori Taylor auf, was keine so große Überraschung ist. Aber die Tatsache, dass es sich um ein Foto von ihr und Ronan handelt, auf dem die beiden in einer gemütlich aussehenden Bar sitzen, die nicht das *Knight Cap* ist, habe ich bestimmt nicht erwartet. Und es wurde erst vor einer halben Stunde gepostet. So viel zu Besorgungen machen und bei den Vorbereitungen für das Event helfen. Ich bin versucht, den Post zu kommentieren, doch ist es nicht in meinem Interesse, kleinlich zu sein, wenn Tori im Spiel ist.

Ich gehe hinüber ins *Knight Cap*, bevor ich nach Hause fahre, nicht weil ich nach Ronan Ausschau halte, der viel zu sehr damit beschäftigt ist, Pläne mit Tori zu schmieden, als sich um das Event zu kümmern, sondern weil ich mit dem Personal sprechen will, falls dieses Fragen hat.

Lars bedient an der Bar zusammen mit Corbin, der letzte Woche eingestellt wurde und eine tolle Ergänzung des Teams zu sein scheint. Er hat den typischen Surfer-Look, lange blonde Haare, gebräunt, und er spricht jeden mit »Bro« und »Schätzchen« an. Die Frauen lieben es.

Lars wirkt peinlich berührt, als er mich näherkommen sieht. Ich hebe eine Hand, wobei ich mich aufgrund seiner Reaktion noch schlechter fühle. »Ich bin nicht auf der Suche nach Ronan. Ich will mich nur vergewissern, dass ihr für morgen startklar seid.«

Er blinzelt mich ein paarmal an, sagt aber nichts.

»Muss noch irgendwas geklärt werden?«, frage ich.

»Ähhh … Ich glaube nicht. Ich soll um halb zehn hier sein, um die Bar fit zu machen und um elf zu öffnen. Ich werde den ganzen Tag Getränke servieren und mich um alles andere für einen problemlosen Ablauf kümmern.«

»Was ist mit dem Rest der Crew?«

»Die ist im Bilde. Wir haben deine To-do-Liste, und Lana ist beim Dekorieren große Klasse.« Er zeigt auf die Herzgirlanden, die kreuz und quer in der Bar aufgehängt und mit Blumenkranz tragenden Cupidos durchsetzt sind. Die Herzen sind rotschwarz kariert, damit sie zum Rest der Ausstattung passen. »Ich denke, wir sind bereit, falls morgen nicht irgendetwas Größeres dazwischenkommt.«

»Okay, super. Schick mir eine Nachricht, wenn du was brauchst oder dir bei einer Sache nicht sicher bist.«

»Mach ich.« Zwei College-Mädchen treten an die Bar.

»Dann überlasse ich dich mal deinem Job.«

Als ich mich zum Gehen wende, ruft Lars. »Blaire.«

Ich halte inne und sehe ihn mit einem fragenden Lächeln an.

»Denk nicht das Schlimmste.«

Ich nicke, und er wendet sich den Mädchen zu.

Das ist allerdings einfacher gesagt als getan. Ich gebe nach und schicke Ronan eine Nachricht, bevor ich ins Bett schlüpfe.

Ich gehe nicht davon aus, gut zu schlafen oder überhaupt ein Auge zuzutun, aber einen Versuch ist es wert. Es ist schon weit nach Mitternacht, als ich in einen unruhigen Schlaf sinke. Und noch immer nichts von Ronan.

@buttercreamandbooze:
Das Leben ist kurz – iss den Cupcake.

21

Das erklärt alles

Blaire

Als mein Wecker klingelt, bringe ich als Erstes mein Missfallen darüber zum Ausdruck, wie schnell der Morgen da ist. Dann fällt mir wieder ein, dass heute ja der »Love is in the Air«-Event stattfindet und ich mich um eine Million Dinge kümmern muss, bevor *B&B* öffnet.

Ich sehe außerdem nach, ob sich Ronan gestern noch gemeldet hat. Das hat er. Um vier Uhr früh. Die Nachricht ist nichtssagend:

Ronan: Sorry, ist schon spät, morgen wird toll, bis dann.

Kein Küsschen-Emoji, keine Herzchen oder Auberginen. Ich lasse die Nachricht unbeantwortet. Meine Reaktion ist leicht passiv-aggressiv, aber ich sage lieber nichts als etwas Gemeines. Ich will den Tag nicht mit einem Streit beginnen.

Ich schalte die Kaffeemaschine ein, dusche und mache mich fertig für einen hoffentlich fantastischen Tag. Die *Seattle*-Zeitung soll vorbeikommen und auf die lokalen Geschäfte aufmerksam machen, die bei der Kneipentour »Love is in the Air« mitmachen. Ich hoffe, die gute Presse ist eine Hilfe für uns alle und bringt die schädlichen Auswirkungen der großen Ketten ans Licht, wenn sie auftauchen und kleine Läden unterbieten.

Auf meinem Kleid prangt eine Kombination aus Herzen und Pfeilen schießenden Cupidos. Es ist schon älter, und ich habe es mit einer breiten karierten Schleife um die Taille mit einem Cupcake, Cocktails und Biergläsern drauf aufgehübscht. Ich habe außerdem eine spezielle Schürze für den heutigen Tag.

Ich schlucke schwer, als ich mich im Spiegel betrachte. Ich hatte gehofft, dass Ronan und ich die vergangene Nacht gemeinsam verbringen würden, dass er hier wäre, um mir beim Zurechtmachen für das Event zuzusehen, für das wir so hart gearbeitet haben.

Ich schiebe die negativen Gedanken beiseite, denn sie tun mir nicht gut. Um halb acht bin ich unterwegs. Wir öffnen erst am späteren Vormittag, aber ich will schön früh im *B&B* sein, um mich zu vergewissern, dass alles vorbereitet ist, und um die zu beruhigen, die Bammel vor dem großen Tag haben.

Ich parke meinen SUV hinter dem Laden und bin überrascht zu sehen, dass Ronans Truck bereits da ist. Daphne lauert bereits auf mich, als ich das *B&B* betrete. Sie packt mich an den Schultern. »Du musst nach nebenan gehen. Sofort.«

Ich stelle meine Handtasche auf den Tresen. Ich habe es nicht eilig, Ronan heute Morgen zu treffen. »Wieso bist du schon hier?«

»Weil ich nicht schlafen konnte und … aus bestimmten Gründen.« Sie versucht mich umzudrehen, aber ich rühre mich nicht. »Komm schon, du musst das sehen.«

»Was sehen?«

»Ich kann es dir nicht sagen. Ich muss es dir zeigen.«

»Dann zeig's mir später. Ich habe eine Menge zu tun.« Ich werfe einen Blick aus dem Fenster und bemerke, dass sich bereits eine Menschenmenge gebildet hat, obwohl wir erst in ein paar Stunden öffnen. Ich blinzle. »Ist das ein Kamerateam? Was ist los da draußen?«

Ich gehe zur Tür, drehe mich jedoch plötzlich um. Daphne folgt mir so dicht auf den Fersen, dass sie mit mir zusammenstößt und beinahe einen Tisch umwirft. »Muss ich meinen Lippenstift nachziehen?«

»Nein. Du siehst perfekt aus. Aber du solltest den Mantel ausziehen.«

»Es ist kalt draußen.«

»Du wirst es überleben. Ich verspreche es.« Sie zerrt an den Ärmeln meines Parkas, als wäre ich ein Kleinkind, das Hilfe braucht. Sobald ich ihn losgeworden bin, öffne ich die Tür und trete hinaus. Die Straße ist abgesperrt, damit die Leute sie entlanggehen können und kein Verkehr das Event stört. Wir mussten einen Antrag beim Stadtrat einreichen, um das möglich zu machen.

Mitten auf der Straße steht Ronan und sieht in seinem Karohemd und seiner schwarzen Sportjacke wirklich umwerfend aus. Er trägt ebenfalls ein Paar dunkler verwaschener Jeans und seine Stahlkappenstiefel. Und er ist umgeben von den Medien. Es sind mehrere Nachrichtenteams, Leute von *The Seattle Morning Show* und Tori.

»Was zum Henker ist los?«, murmle ich.

»Dein Freund ist großartig; das ist los.« Daphne drückt meinen Arm.

Es ist, als könnte Ronan meine Anwesenheit spüren in dem Moment, in dem ich vor die Tür und auf den Gehweg trete. Sein Blick wandert weg von Tori – die neben ihm steht und für diese Tageszeit übertrieben perfekt aussieht – zu mir. Er lächelt breit und streckt eine Hand aus. »Da ist sie ja, der Grund für all das hier.«

»Er meint dich! Geh.« Daphne stößt mich in die Seite.

Er macht einen Schritt nach vorn, löst sich dabei aus der Gruppe und zwinkert. »Komm schon, du Hübsche, du brauchst nicht verlegen zu sein.«

Ich schaue ihn wütend an und spüre, wie meine Wangen heiß werden. Er hat die gleichen Worte letzte Woche gesagt, als er Sex auf dem Tresen im *Knight Cap* wollte. Nach Feierabend natürlich. Obwohl das Licht ausgeschaltet war und das dunkle Schild die Frontscheiben fast bedeckte, war ich gehemmt. Schließlich habe ich allerdings nachgegeben. Und ihn danach den Tresen gründlich säubern lassen, während ich zusah und ihm sagte, er sei ein schlechter Einfluss und dass wir das beim nächsten Mal stattdessen auf dem Küchentresen in seiner Wohnung machen sollten. Er wunderte sich, warum er nicht selbst darauf gekommen war.

»Was ist das alles hier?«, frage ich, als ich ihn erreiche.

Er antwortet nicht gleich. Umfasst einfach nur mein Gesicht mit seinen kalten Händen – denn es ist frisch hier draußen –, beugt sich hinunter und drückt sanft seine Lippen auf meine. »Du siehst zum Anbeißen aus.«

»Kannst du bitte damit aufhören, Dinge zu sagen, bei denen ich rot werde?«

»Deine Wangen passen zu den roten Herzen auf deinem Kleid.« Er lächelt an meinen Lippen und tritt dann zurück, sodass ich ihn ansehen kann. »Es tut mir leid, dass ich die letzten beiden Tage nicht da war, aber jetzt weißt du, warum.«

»Ich bin ganz verwirrt von dem, was hier passiert. Ist das Thom Thomas von Channel Five?«

»Ganz genau.«

»Und Claudia Carmichael von *Food and Drink*?«

»In der Tat. Komm, ich stelle dich vor.« Ronan verschränkt seine Finger mit meinen.

»Sehe ich gut aus?« Ich streiche mein Kleid an der Vorderseite glatt.

»Du siehst zum Anbeißen aus, schon vergessen?« Er zieht an meiner Hand und führt mich zu der Gruppe von Medienleuten. Leute, die ich seit Jahren aus dem Fernsehen kenne, und sie sind hier wegen Ronan. »Das ist Blaire Calloway. Sie ist der Grund dafür, dass das alles passiert.«

Ich möchte widersprechen, weil er es war, der ein Straßenfest vorgeschlagen hat, aber auf einmal schüttle ich die Hände all dieser einflussreichen Leute. Tori streckt ihre aus. »Wie schön, dich wiederzusehen, Blaire. Das ist wirklich beeindruckend, was du hier machst. Ich bin eine große Fürsprecherin kleinerer Läden.«

»Deine Eltern haben *Organically Yours* gegründet«, erwähne ich.

»Stimmt, als ich noch klein war. Ich weiß, wie hart sie gearbeitet haben, um ihr Geschäft bekannt zu machen und auf dem aktuellen Stand zu bleiben, was mich hierher gebracht hat.«

»Du hast für so viele unabhängige Ladenbesitzer Erstaunliches bewirkt«, sage ich. Denn das stimmt. Sie ist stets auf neue Produkte oder Start-ups konzentriert und gibt kleineren Firmen, die sich konsolidieren wollen, den Vorzug. Eine Empfehlung von jemandem wie Tori sorgt für Gesprächsstoff und Aufmerksamkeit. Sie ist ein wirkungsvolles Marketingtool.

»Du ebenfalls.« Tori lächelt, als wäre sie in ein Geheimnis eingeweiht.

»Tut mir leid, ich verstehe nicht.« Ich blicke zwischen ihr und Ronan hin und her.

»Das alles …« Tori zeigt auf die Läden, die sich auf den Tag vorbereiten, und auf die geschmückte Straße.

»Du hast das möglich gemacht, Blaire«, sagt Ronan.

»Aber es war deine Idee.«

»Ich habe nur den Vorschlag gemacht. Du hast ihn in die Tat umgesetzt. Ich war nur Zuschauer und habe Befehle von der Cupcake-Queen entgegengenommen.« Er lächelt mich an, und so viele Gefühle spiegeln sich in seiner Miene wider. Das hervorstechendste ist Stolz, und das lässt mein Herz höherschlagen.

»Ich wollte nur, dass wir eine Chance zum Kampf haben, und daher war es das Beste, sich zusammenzutun«, erkläre ich.

»Und du hattest absolut recht damit. Ich wollte dafür sorgen, dass die richtigen Leute hier sind und es sich ansehen, also habe ich mit Tori geredet.«

Ich bin mir sicher, man sieht mir meine Verwirrung an.

»Ronan fand es eine gute Idee, nicht nur *The Knight Cap* zu präsentieren, sondern die gesamte Community, weil alle mitmachen«, sagt Tori. »Es ist beeindruckend, so viele Läden gemeinsam an einem Strang ziehen zu sehen, anstatt sich zu bekämpfen. Ich hielt es für eine fantastische Idee, also habe ich ein bisschen herumtelefoniert und erklärt, was passiert, und natürlich brauchte ich dabei Ronans Hilfe.«

»Weshalb du die letzten beiden Tage verschwunden warst«, flüstere ich. Ich fühle mich schrecklich, weil ich das Schlimmste angenommen hatte, auch wenn ich zu meiner Verteidigung sagen muss, dass ich mir schon früher einmal die Finger verbrannt hatte.

»Ich weiß, ich hab dich hängen lassen, aber ich wollte das unbedingt durchziehen. Zusammen mit ihr.«

Er zeigt zwischen ihm und Tori hin und her.

Ronan hat auf das Rampenlicht verzichtet, damit wir alle etwas davon haben, und ich dachte die ganze Zeit, er würde mich hintergehen. Ich wedle mit der Hand vor dem Gesicht und versuche, meine Gefühle unter Kontrolle zu bringen, die am liebsten in Form von Tränen aus meinen Augen kullern würden.

Er zieht mich an sich und senkt den Kopf, sodass seine Lippen an meinem Ohr sind. »Sind das Glückstränen?«

»Und ob«, murmle ich an seiner Brust. Mein Freund ist der Beste.

Den ganzen Tag über stehen die Leute Schlange, was fantastisch ist. Ich werde beinahe ohnmächtig vor Schreck, als meine Familie am späten Nachmittag auftaucht. Eltern, Tante, Onkel, Maddy und Skylar saugen mit ihrer Anwesenheit irgendwie den gesamten Sauerstoff aus meinem Laden. Sie sind aufgebrezelt, als wollten sie ein Restaurant mit Diamant-Level besuchen, meine Familie fällt nun mal gerne auf. Doch so, wie ich mich kleide, bin ich auch nicht viel anders.

»Was macht ihr denn hier?« Ich ziehe die Latexhandschuhe aus und werfe sie in den Müll. Während ich mir die Hände an der Schürze abwische, gehe ich um die Vitrine herum, um ihnen Luftküsschen zu geben.

»Dein Freund hat angerufen und gesagt, du würdest einen Event organisieren, und dass es toll wäre, wenn wir kommen und sehen könnten, was du auf die Beine gestellt hast«, sagt meine Mom.

»Was für ein hübscher Laden!«, bemerkt Maddy.

»Das ist er«, stimmt Skylar, wenn auch zögerlich, zu.

Mein Vater zieht mich in eine Umarmung. »Das ist wirklich unglaublich, Blaire. Du hast Beeindruckendes geleistet, und das ganz allein.«

»Nicht ganz allein. Ronan war bei dem Event eine große Hilfe.« Bis auf die letzten beiden Tage, aber das sei ihm verziehen.

»Ich meine den Laden hier.« Mein Dad zeigt auf die Schlange mit Leuten, die auf Cupcakes und Cocktails warten – oder alkoholfreie Cocktails, weil ein Haufen Familien zu dem Straßenfest gekommen ist. Es gibt nur noch Stehplätze, und die Kunden bestellen Cupcakes zum Mitnehmen, damit sie noch andere Läden besuchen können. »Du hast deinen Traum verfolgt, und das hast du ganz allein getan. Ich bin stolz auf dich, mein Schatz.«

Mein Blick ist verschleiert angesichts des Lobs und der Anerkennung.

Ich bin völlig baff, als alle einen Cupcake und einen Cocktail probieren. Sogar Maddy und Skylar – obwohl sie beide von der zweistündigen Joggingrunde plus der Entgiftung sprechen, der sie sich unterziehen müssen wegen des einen Cupcakes, den sie verspeist haben.

Mein Vater mischt sich unter die Leute und erzählt jedem begeistert, dass er mein Vater sei und ich den hervorragenden Geschäftssinn und das Talent zum Backen von ihm geerbt hätte.

Als wir schließen, sind nur noch zwei einsame Death-by-Chocolate-Cupcakes übrig.

Ich bringe sie nach nebenan, wo die Band bereits angefangen hat zu spielen. Ronan und ich sind bestimmt völlig fertig, wenn die Bar schließt, aber wir nehmen einen Tag frei, wenn das alles vorbei ist, damit wir ein wenig Schlaf nachholen und Zeit allein verbringen können.

Ich entdecke Gramps am anderen Ende des Tresens, wo er ein Glas Guinness trinkt. Als er mich sieht, erhellt ein breites Lächeln sein Gesicht. Ich umarme ihn von der Seite und frage laut: »Gefällt's dir?«

»Und wie. So voll habe ich den Laden seit sehr langer Zeit nicht gesehen. Dottie wäre stolz auf euch beide.« Er zeigt mit dem Daumen zur Band. »Aber wenn ich ehrlich bin, klingt das da nur nach Lärm. Ich trinke aus und mach mich auf den Heimweg.«

»Willst du das hier zum Dessert?« Ich klappe den Deckel der Schachtel auf.

»Das musst du mich nicht zweimal fragen.« Er zwinkert und nimmt einen.

Ich überlasse ihn seinem Drink und pirsche mich an Ronan hinter dem Tresen an. »Gramps hat Spaß.«

Er blickt auf meine Füße, kommentiert aber das Fehlen von angemessenem Schuhwerk nicht. »Ich bin beeindruckt, dass er überhaupt noch hier ist. Ich dachte, er würde früher abhauen, um nicht die Wiederholung von *Jeopardy* zu verpassen.«

»Zum Glück gibt es einen digitalen Videorekorder. Hat er das immer mit Dottie geschaut?«

»Jeden Abend um halb acht. Sie sind gegeneinander angetreten, um zu sehen, wer die meisten Fragen beantworten konnte.«

»Haben sie die Punkte gezählt?«

»Natürlich.«

»Er vermisst sie bestimmt sehr.«

Ronan nickt. »Das tut er. Wir beide vermissen sie. Aber ich würde lieber jemanden vermissen, als nie die Gelegenheit gehabt zu haben, eine solche Zuneigung zu erleben. Sie war sein Ein und Alles.«

»Das macht es wohl schwer, sich mit weniger zufriedenzugeben.« Ich hebe das Kinn, überwältigt von dem plötzlichen Schwall Emotionen. Ich weiß eigentlich nicht, wie es ist, eine Liebe wie diese zu erleben. Meine Eltern sind die unkonventionellsten Menschen, die ich kenne, und der Gedanke, einen Seelenverwandten zu finden, ist mir gar nicht gekommen.

Lars unterbricht – sein Timing nervt –, um Ronan um Hilfe am Tresen zu bitten, denn sie sind überfordert, und ich nehme ihn in Beschlag. Ich ziehe Stiefel an und mixe ein paar Drinks.

Als die Band zu spielen aufhört, löst sich die Menge langsam auf.

»Ich fasse es nicht, wie gut das gelaufen ist.« Ich fülle die Spülmaschine mit Gläsern und trockne die sauberen ab, bevor ich sie ins Regal stelle. »Oder dass du es geschafft hast, Thom Thomas von Channel Five hierher zu bringen, oder dass du auf das Rampenlicht mit Tori verzichtet hast, damit wir alle was davon haben.«

Ronan legt die Bierkrüge in die Kühltruhe. »Ehrlich gesagt war es Tori, die die Strippen gezogen hat, denn sie hat die Verbindungen. Ich habe nur die Idee vorgestellt, und sie ist mitgegangen. Tut mir leid, dass ich dich die letzten beiden Tage habe hängen lassen, aber ich wollte, dass *B&B* die Aufmerksamkeit bekommt, die es verdient.«

»Ich habe ein schlechtes Gewissen, dass ich sauer auf dich war.« Und an seiner Aufrichtigkeit und Loyalität gezweifelt habe. Auch wenn ich mächtig unter Stress gestanden habe und er sich gleich, nachdem er den Beste-Bar-Preis gewonnen hatte, aus dem Staub gemacht hat.

Er lacht. »Lars meinte, du hättest nicht gerade begeistert ausgesehen, als du vorbeigeschaut hast. Ich hatte ihm erzählt, dass ich ein paar Dinge probieren würde, aber nicht genau, worum es ging, weil ich mir nicht sicher war, ob er den Mund halten würde. Und ich wusste, ich würde es dir erzählen wollen, aber für den Fall, dass ich scheitern würde, wollte ich dich auch nicht enttäuschen. Es war wirklich schwierig.«

»Tut mir leid, dass ich die letzten Tage nicht gerade nett zu dir war.« Wenn ich gewusst hätte, dass er etwas plant, hätte ich mich vielleicht beruhigt und wäre nicht so passiv-aggressiv gewesen. Es ist eine wichtige Erinnerung daran, dass ich meine Meinungen und Vermutungen nicht auf frühere Erfahrungen stützen kann und Ronan nicht wie Raphael ist.

»Es ist nicht dein Liebreiz, wegen dem ich zurückkomme, Blaire.« Er zwinkert.

Ich will ihm gerade eine freche Antwort geben, als Tori in der Bar auftaucht. »Hast du vielleicht ein paar Minuten Zeit für ein Interview? Ich wüsste gerne, wie der heutige Tag für dich und die anderen von Eigentümern betriebenen Läden in der Straße war.«

Ich mache Anstalten, mich ein wenig zurückzuziehen. »Du bekommst die paar Minuten.«

Ronan packt mich an der Taille, bevor ich zu weit weg bin. »Ich glaube, Tori will eigentlich dich interviewen, Blaire, weil du das alles hier organisiert hast.«

Ich schaue abwechselnd ihn und Tori an. »Aber es ist dein Rampenlicht.«

»Am besten würde mir gefallen, wenn ihr das zusammen macht. Ronan hat bereits in den letzten beiden Tagen die meisten Fragen beantwortet, aber ich möchte sie auf Video und würde auch gern deine Sicht der Dinge hören, Blaire. Ist es okay für dich, wenn wir das live machen? Es ist lebendiger so, weiß du? Und es fühlt sich nicht nach Drehbuch an.«

»Bist du damit einverstanden?«, will Ronan von mir wissen.

»Klar, natürlich. Wir können es live machen.« Als würde ich mir diese Gelegenheit entgehen lassen.

»Großartig.« Tori macht ihrem Team Zeichen, aufzubauen, und drei Frauen mit Make-up-Pinseln kommen herein und gehen auf mein Gesicht los. »Dürfen wir dich ein bisschen nachschminken, Blaire?«

»Ähm, klar.« Eine der Frauen flitzt an der Theke entlang auf mich zu, Pinsel und Make-up-Koffer in der Hand.

Tori tippt sich auf die Unterlippe. »Ich denke, ihr solltet hinter dem Tresen stehen. Ich mag das Licht, und der Hintergrund ist fantastisch. Sind das deine Großeltern?« Sie zeigt auf das Bild hinter Ronan.

»Das sind sie.«

Sie blickt von dem gerahmten Foto zu uns und wieder zurück. »Es ist, als würde sich die Geschichte wiederholen.« Sie machte eine kleine Tanzbewegung. »Wirklich ausgezeichnet.«

Zwei Minuten später bin ich nachgeschminkt, und als das Mädchen auf Ronan zugeht, hebt er beide Hände. »Ist es okay, wenn du mich damit verschonst?«

Tori entlässt sie mit einer Handbewegung, und sie setzt sich an die Bar. Ich mache ihr einen leckeren Cocktail, und wir legen den letzten Death-by-Chocolate-Cupcake auf einen Teller. Sie ist wirklich gut im Product-Placement, sorgt dafür, dass der Untersetzer mit dem Logo von *The Knight Cap* so daliegt, dass die Zuschauer es leicht entziffern können, und die Schachtel mit dem *B&B*-Aufkleber ebenfalls sichtbar und prominent platziert ist.

»Und ihr beide, hübsch eng beisammen, bitte.« Tori gestikuliert, bis sich unsere Schultern berühren. »Du kannst ruhig deinen Arm um Blaire legen, Ronan.«

Er legt ihn mir um die Schulter und ich meinen um seine Taille. Ich hebe das Kinn an, während er zu mir herunterblickt, und wir beide lachen. Er drückt mir einen Kuss auf die Schläfe.

»Oh mein Gott, ist das nicht süß«, seufzt Tori.

»Seid ihr so weit?«, fragt der Kameramann.

Tori hebt einen Daumen. »Okay, wir gehen live rein, drei, zwei, eins.« Der Typ richtet die Kamera erst auf Tori, die ihre Schultern strafft. »Tori Taylor hier, und heute Abend feiern wir ›Love is in the Air‹ mit dem Gewinner des Beste-Bar-Wettbewerbs, *The Knight Cap*, aber Ronan Knight wollte das Rampenlicht mit den anderen eigentümergeführten Geschäften hier in der Gegend teilen, also haben sie dieses Straßenfest konzipiert, und es war einfach großartig! Ich habe in meinem ganzen Leben nicht so viel Spaß gehabt! Ronan, erzähl mir, was dich dazu gebracht hat, einen so außergewöhnlichen Tag zu organisieren.«

»Alice im Wunderland«, platzt Ronan heraus.

Ich muss anerkennen, dass Tori nur ganz kurz zögert. »Das Remake von Tim Burton?«

»So hat er mich bei unserer ersten Begegnung genannt«, erkläre ich.

»Oh? Klingt nach einer tollen Geschichte. Erzählt!«

Ronan und ich schauen uns an. »Mach schon. Ich würde gern deine Version hören.« Ich knuffe ihn spielerisch.

Sein Lächeln wird breiter. »Bist du sicher, dass ich die Geschichte erzählen soll?«

»Denk einfach daran, in wessen Bett du heute Nacht schläfst.« Ich klimpere mit den Wimpern.

Ronan beißt sich auf die Lippe, wahrscheinlich um nicht noch breiter zu grinsen. Er hebt mein Kinn an und küsst mich sanft. Ich glaube, ihm ist nicht einmal mehr bewusst, dass er gefilmt wird, denn er schaut nicht in die Kamera.

»Ich werde den Moment, als ich dich kennengelernt habe, nie vergessen. Gott, du warst so aufgebracht und schön und wütend. Ich hätte das damals niemals zugegeben, aber jetzt kann ich sagen, dass es wirklich fies war, mit den Renovierungen zu beginnen, ohne vorbeizukommen und mich vorzustellen.«

»Erzähl uns mehr davon.« Tori wendet ihre Aufmerksamkeit Ronan zu.

Ronan blinzelt ein paarmal, und ihm wird klar, dass er nicht nur mit mir spricht, sondern mit Tausenden von Leuten plus den Abonnenten. »Äh. Ich hatte mit meinem Großvater vereinbart, ihm mit dem *Knight Cap* zu helfen. Wir haben meine Großmutter vor einer Weile verloren, und die beiden waren der Inbegriff von Seelenverwandten. Sie haben alles gemeinsam gemacht, sogar den Laden haben sie zusammen geführt.

Nachdem sie gestorben ist, war es schwer für ihn, sich allein darum zu kümmern.«

Tori nickt mitfühlend. »Du stehst deinem Gramps sehr nah.«

»Das tue ich.« Als Nächstes erzählt er von der Vereinbarung mit seinem Großvater über das Startgeld für die Brauerei.

»Du hast aber vorher schon hier gearbeitet, stimmt's? Es war dein erster Job«, fügt Tori hinzu, um von dem traurigen Thema vom Verlust der Großmutter abzulenken.

»Ich habe gespült, Tische abgeräumt und bedient – worin ich nicht so gut war –, bevor ich schließlich hinter dem Tresen stand. Es ist etwas ganz anderes, als die Bar zu führen.«

»Und du hast ein paar Neuheiten eingeführt.«

»Ja, und sie waren für meine Nachbarin nicht gerade von Vorteil.« Er lächelt mich an. »Sie kam herein und war sauer wegen der Probleme, die ich ihr gemacht habe.«

»Er hatte am Anfang nicht viel Verständnis dafür«, füge ich hinzu.

»Oh, ich hatte sogar sehr viel Verständnis, das war das Problem.«

Ich lege den Kopf schräg. Das höre ich zum ersten Mal.

»Ich konnte keine Ablenkung gebrauchen. Ich musste die Bar profitabel machen, danach wäre der nächste Schritt dran. Das war mein Plan, und dann ist das mit Blaire passiert. Ich habe noch nie jemanden getroffen, der so entschlossen ist, es zu schaffen. Sie kommt aus einer Familie von Gastronomen, und sie ist Bäckerin. Das ist nicht das Gleiche. Wir hätten keine Konkurrenten sein sollen, aber wir waren es. Blaire ist eine Wucht; sie ist klug und schön und ehrgeizig und einzigartig. Ich glaube, es hat zwei Wochen gedauert, bis ich mich in sie verliebt habe, obwohl ich mir wirklich große Mühe gegeben habe, es nicht zu tun.«

»Du hast dich in deine Rivalin verliebt?« Tori presst sich die Hand aufs Herz, und ich starre hinauf zu Ronan und versuche herauszufinden, was hier eigentlich läuft.

Sein Ausdruck wird panisch, so als würde ihm plötzlich klar werden, was er gesagt hat und wo. Er wendet sich nicht an Tori, sondern an mich. »Ich bin bis über beide Ohren in dich verliebt«, sagt er leise und voller Inbrunst.

»Ich bin ebenfalls über beide Ohren in dich verliebt«, flüstere ich. Hätte ich nicht die Entscheidung getroffen, mein eigenes Ding zu machen, wäre ich ihm nie begegnet und hätte nie die Gelegenheit gehabt, mich zu verlieben.

Sein Lächeln ist wunderschön. Er beugt sich herunter und drückt seine Lippen auf meine. »Ich kann es gar nicht erwarten, dich nach Hause zu bringen und dir zu zeigen, wie sehr ich dich liebe«, murmelt er.

Ich bin ganz dafür, aber ich weiß nicht genau, ob Toris Abonnenten das wissen müssen. »Die Kameras laufen«, sage ich an seinen Lippen und versuche zu verhindern, dass er seine Zunge zwischen meine gleiten lässt.

Sein Blick schnellt zu Tori und dem Kameramann. »Verdammt. Stimmt. Ich vergesse die ganze Zeit, dass das ja live ist.«

Wir brechen in schallendes Gelächter aus, und Tori dreht sich zur Kamera. »Ich denke, wir alle wissen, dass es hier ein Happy End gibt. Also besucht *The Knight Cap* und *Buttercream and Booze*, und vielleicht werdet auch ihr euer Liebesglück finden.«

@buttercreamandbooze:
Wer sagt, man kann die wahre Liebe nicht auf dem Grund eines Martiniglases finden?

EPILOG

Ich liebe dich mehr als Cupcakes

Ronan
Drei Monate später

Gramps hievt sich auf einen der Barhocker und zieht eine meiner selbstgebrauten Flaschen aus der Innentasche seines Mantels und stellt sie auf den Tresen. »Mach die für mich auf, Ronan.«

Ich schüttle den Kopf, tue aber, worum er mich bittet, und nehme ein Bierglas aus dem Eisfach.

»Nein, nein. Ich trinke aus der Flasche.«

»Du darfst nicht aus der Flasche trinken, Gramps.«

»Ich tue, was ich will. Es ist meine verdammte Bar.«

»Macht dir der Kerl das Leben schwer?« Blaire taucht neben mir auf.

»Er lässt mich mein Bier nicht aus der Flasche trinken.« Gramps wirft mir einen empörten Blick zu. »Ich werde keine Kneipenschlägerei mit ihm anzetteln.«

Ich lache und schüttle den Kopf. »Das weiß ich doch. Das Problem ist, dass wir das hier nicht führen, und wenn die Leute es sehen, wollen sie vielleicht wissen, welches das ist, aber niemand außer dir trinkt es, weil du es mitgebracht hast.«

»Dann schenkt es ebenfalls aus, und ich muss meins nicht mehr mitbringen.«

Ich zucke mit den Achseln. »Ich habe nicht genug Platz, um es jetzt schon in großen Chargen zu brauen.«

»Ich habe dir gesagt, ich stelle dir einen Scheck aus«, knurrt er.

Ich stütze einen Arm auf dem Tresen auf. »Wann hast du das gesagt?«

Er wedelt mit einer Hand in der Luft. »Ich bin alt, wie soll ich mich daran erinnern. Nachdem du den Beste-Bar-Preis gewonnen hast, habe ich gesagt, ich stelle dir einen Scheck aus für die Start-up-Kosten.«

»Bist du dir sicher, dass du es laut ausgesprochen hast?«

Gramps wirft mir einen bösen Blick zu und wendet sich an Blaire. »Hast du das gehört? Er setzt einem alten Mann zu, indem er sein Gedächtnis infrage stellt. Das ist Altersdiskriminierung, nichts anderes!«

»Vielleicht hast du ihm den Scheck bereits ausgestellt, und er will dich nur glauben machen, dass du es nicht getan hast«, scherzt Blaire.

Ich stütze mich auf dem Tresen auf und unterdrücke ein Lächeln. »Auf wessen Seite bist du?«

Sie grinst mich an. »Auf niemandes.«

»Klingt, als wäre sie auf meiner.« Gramps zwinkert ihr zu und lächelt sie liebevoll an. »Wann steckst du Blaire einen Ring an den Finger? Alle warten darauf, wie du weißt.«

»Ja, Gramps, ich weiß. Sie sollen mal wieder runterkommen.« Ich küsse Blaire auf die Schläfe. Wir sind erst seit ein paar Monaten zusammen, aber ich kann mir ein Leben ohne sie nicht mehr vorstellen. »Ich habe in letzter Zeit über die Situation mit der Brauerei nachgedacht.«

»Ich werde es vermissen, gemeinsam mit dir zur Arbeit zu fahren.« Blaire drückt meinen Arm.

»Darum geht es ... Lars ist ein anständiger Kerl, aber er ist noch lange nicht so weit, den Laden zu übernehmen, und ich mag, was wir hier auf die Beine gestellt haben.«

Ich lege den Arm um Blaires Schulter und ziehe sie an mich. »Den Leuten gefällt sehr, was wir machen, und ich könnte die Brauerei vorübergehend stilllegen, bis wir einen festen Ort dafür gefunden haben.«

»Aber darauf arbeitest du doch die ganze Zeit hin«, sagt Blaire.

Gramps nickt und nimmt einen Schluck von seinem Bier, die Mundwinkel leicht zu einem Lächeln verzogen, als wüsste er bereits, was kommt. »Die McCurdeys nebenan überlegen, ob sie verkaufen sollen. Jedenfalls erzählt das Bertie so gut wie jedes Mal, wenn ich rübergehe, um Aufschnitt zu kaufen.«

»Wenn sie verkaufen, können wir mal schauen, was alles umgebaut werden müsste. Es wäre kein großer Aufwand, eine Verbindungstür einzubauen«, sage ich.

»Ist eine Überlegung wert.« Gramps richtet seine Aufmerksamkeit auf Blaire. »Das wäre vielleicht der richtige Zeitpunkt, dein Anliegen zur Sprache zu bringen. Wahrscheinlich seid ihr der gleichen Meinung.«

Blaire schenkt ihm einen bedeutungsvollen Blick. »Ich bin mir nicht sicher, ob das der richtige Moment ist.«

Ich schaue zwischen den beiden hin und her, verunsichert, dass Gramps und Blaire anscheinend hinter meinem Rücken Gespräche führen. »Der richtige Moment wofür?«

Gramps hat so etwas wie ein Grinsen im Gesicht und wendet sich ab, als zwei seiner Freunde hereinkommen – sie erscheinen inzwischen mindestens einmal die Woche für Bier und Chickenwings, – und rutscht vom Hocker. »Ich lasse euch Turteltauben mal allein.«

»Willst du mir erklären, worum es eigentlich geht?« Ich zeige zwischen Gramps und Blaire hin und her, während er zu einem der Stehtische schlurft.

Er ist seit einiger Zeit viel besser drauf. So froh darüber, wie es der Bar geht, froh, dass sie wieder von Leben erfüllt ist. Und ich, ehrlich gesagt, auch.

Blaire hakt sich bei mir unter. »Komm, reden wir in deinem Büro.«

»Willst du mich mit Sex ablenken?«

Blaire lacht. »Das könnte ich, mach ich aber nicht. Vor allem nicht, weil Gramps hier ist.«

Ich schlüpfe als Erster ins Büro, um ein paar Unterlagen auf dem Schreibtisch zusammenzuschieben, die Blaire besser noch nicht zu sehen bekommt. Ich schließe die Tür, setze mich auf die Schreibtischkante und überlasse ihr den neuen Chefsessel. So sehr Gramps den alten auch geliebt hat, er fiel schon auseinander. Im wahrsten Sinne des Wortes. Vor zwei Wochen ist eine der Armlehnen abgefallen, und mehr Hinweise brauchte es nicht, um einen bequemen Sessel zu kaufen.

»Worüber haben du und Gramps hinter meinem Rücken denn geredet?« Ich sage es leichthin, aber ich weiß nicht, ob es auch so ankommt.

Blaire nimmt eine meiner Hände in ihre Hand und fährt an dem Tattoo auf meinem Handgelenk entlang. »Es war nur etwas, das ich vor ein paar Wochen mehr im Spaß gesagt habe.«

»Okay.« Ich warte darauf, dass sie das näher ausführt, doch nach ein paar Sekunden des Schweigens hake ich nach. »Blaire? Willst du es mir nicht sagen?«

»Ich habe nur erwähnt, dass es viel einfacher wäre, unsere gemeinsamen Veranstaltungen zu machen, wenn wir eine Tür zwischen *B&B* und *The Knight Cap* hätten.« Sie lacht, doch es klingt schrill und nervös.

Das muss ich Gramps lassen; er weiß wirklich, wie man ein Gespräch erzwingt, zu dem ich irgendwie noch nicht bereit war. Ich verschränke meine Finger mit ihren. »Ach ja? Und was hat Gramps dazu gesagt?«

Sie winkt mit ihrer freien Hand ab. »Ach, du kennst doch Gramps.«

»Du hast also nur einen Scherz gemacht? Über eine Tür zwischen unseren Läden?«

Ihr Gesichtsausdruck ist irgendetwas zwischen verlegen und nervös. »Ich ziehe schon mit dir zusammen. Bestimmt willst du mich nicht Tag für Tag die ganze Zeit um dich haben. Außerdem hat Gramps mit den ganzen Renovierungen schon genug Veränderungen verdauen müssen.«

Letzten Monat habe ich vorgeschlagen, dass sie bei mir einzieht. Es dauert vielleicht fünf Minuten länger bis zur Bar, aber meine Wohnung ist auch doppelt so groß wie ihre und hübscher, und mein Bett ist größer. Sie wohnt wirklich in einer Absteige, wenngleich ich das nicht laut aussprechen würde. Also bringt sie jetzt nach und nach mit dem Auto ihre Sachen zu mir.

»Ich wäre sehr froh darüber, dich die ganze Zeit um mich zu haben, jeden Tag und jede Nacht.« Ich hebe unsere verschränkten Hände und küsse sie auf den Handrücken. »Aber ich kann sehr gut verstehen, wenn das zu viel für dich ist.«

»Ich kann nicht genug von dir kriegen, Ronan. Das weißt du. Jedenfalls war es nur eine dumme Idee, die ich da von mir gegeben habe, weil es kalt und regnerisch war und ich keinen Regenschirm dabeihatte.«

»Was, wenn ich das gar nicht für so eine dumme Idee halte?«

Sie blickt zwinkernd zu mir hoch. »Was meinst du?«

»Ich meine, was, wenn wir uns dauerhaft zusammentun würden? Ich liebe dich, und ich liebe diesen Laden, und wir arbeiten wirklich gut zusammen.«

»Das tue ich auch, und ich liebe dich ebenfalls.« Sie schenkt mir ein zärtliches, fragendes Lächeln.

»Ich weiß, wie wichtig es für dich ist, das allein zu machen, und das will ich dir auch gar nicht wegnehmen, aber am meisten freue ich mich auf die gemeinsamen Veranstaltungen mit dir. Und worauf ich mich jeden Tag am meisten freue, ist, dich zu sehen.«

Blaire legt die Finger auf ihre Lippen. »Im Ernst?«

»Ich finde, wir sind ein tolles Team.«

»Das finde ich auch.« Sie lächelt, und dann wird ihre Miene ernst. »Wir müssen einen Durchbruch machen.«

»Bei der Verbindungswand muss man lediglich auf die Elektrik achten, und die kann man leicht umgehen.«

Sie legt den Kopf schräg und denkt nach. »Was ist mit den Kabinen und der Fotowand?«

»Wir verlieren nur eine Kabine, um den Durchgang zu machen, und wir könnten jemanden dort postieren.«

»Du klingst, als hättest du bereits einen Plan dafür gemacht.« Sie lacht.

»Ich habe mal eine grobe Zeichnung angefertigt und mir ein paar Sachen angeschaut.«

»Warte. Du hast selbst schon darüber nachgedacht?« Sie verzieht die Mundwinkel zu einem leicht ironischen Lächeln. »Das meinte Gramps also, als er gesagt hat, wir wären der gleichen Meinung.«

»Ich will dich auf keinen Fall dazu drängen, Blaire. Ich weiß, wie wichtig dir deine Unabhängigkeit ist und wie hart du dafür gearbeitet hast, um deinen Traum nicht zu gefährden. Du sollst nur wissen, dass ich das gerne mit dir zusammen machen würde, falls du interessiert bist, aber es wäre auch okay, wenn du nicht …«

Sie springt vom Stuhl auf und schlingt ihre Arme um mich.

»Ich bin interessiert. Ich weiß, dass ich immer davon geredet habe, meinen Traum nicht gefährden zu wollen, aber mir ist auch klar geworden, dass ich wirklich gerne einen Partner hätte. Den *richtigen* Partner hätte. Ich wollte es allein machen, weil niemand je geglaubt hat, dass ich es könnte, und jetzt weiß ich, dass ich es kann. Mein Lieblingsplatz ist direkt neben dir. Ich will, dass wir das zusammen machen.« Sie streicht mit den Händen über meine Brust. »Aber was passiert mit der Brauerei?«

»Ich will das hier nicht aufgeben – uns, die Bar, die Verbindung, die ich zu dir habe, und dieser Ort hier ist viel zu wertvoll. Der Plan war, ihn zum Laufen zu bringen und dann den nächsten Schritt zu tun, aber es ist so viel mehr passiert. Ich habe dich.«

»Und Cupcakes. Vergiss die nicht.«

Ich lache leise und beuge mich hinunter, um sie zu küssen. »Und Cupcakes. Wir machen das also zusammen?«

»Es gibt niemandem, mit dem ich das lieber tun würde.«

»Erzählen wir Gramps die gute Nachricht. Er drängt mich schon seit geraumer Zeit, dich zu fragen.«

»Seit wann denkst du darüber nach?«

»Eine Weile.« Ich lasse es mir durch den Kopf gehen, seit ich den Beste-Bar-Preis gewonnen habe. Aber ich hatte mich schon vorher in sie verguckt.

Ich ziehe sie hinter mir her und zeige Lars heimlich einen ausgestreckten Daumen auf dem Weg zu Gramps' Tisch. Lars nickt mir kurz zu und zieht sein Handy aus der Gesäßtasche, um rasch eine Nachricht zu tippen.

Ich begutachte die Kabinen neben Gramps' Tisch, froh, dass sich das heute alles ergeben hat. Als hätte das Schicksal wieder eingegriffen und mir etwas in den Weg gelegt, um mich zu zwingen, innezuhalten und nachzuschauen, was ich da vor mir habe. In diesem Fall zerrt es an meinem Arm und hüpft in Richtung Gramps.

Sein Blick begegnet meinem, und eine Vorahnung verursacht mir einen Knoten im Magen. Er und ich haben in den vergangenen Monaten zahllose Male zusammengesessen, um das genau zu besprechen, wobei ich gefragt habe, ob ich zu schnell bin, und er hat mir geantwortet, dass ich viel zu langsam sei. Ich war mir nicht sicher, was weitere Veränderungen in *The Knight Cap* anging, aber er hat mir versichert, dass Grams einverstanden wäre. Grams hat immer gesagt, dass es nicht darum gehe, Dinge zu reparieren, sondern darum, sie zu verändern, damit sie sich wie neu anfühlten.

Und genau das würden wir tun.

Gramps erhob sich von seinem Hocker, ein bisschen wackelig, ebenso wie ich. »Also? Gefällt dir die Idee?«

Blaire lacht und lässt meinen Arm los, um ihn zu drücken. »Ich liebe dich. Ich denke, es ist perfekt.«

Er erwidert ihre Umarmung und zwinkert mir über ihre Schulter hinweg zu. »Ich wusste es.«

Dann lässt er sie los, und ich trete vor und umarme ihn. »Danke, dass du an mich glaubst.«

»Zu jeder Zeit, mein Sohn.« Seine Stimme bricht, und ich spüre, wie seine Gefühle hochkommen, die Traurigkeit über unsere Verluste – erst sein Sohn, mein Vater und meine Mutter, und dann Grams. Aber er gibt mir einen Klaps auf den Rücken, nimmt dann meine Hand in seine und gibt mir das letzte Puzzlestück. »Und jetzt zögere nicht länger.«

Ich nicke kurz und drehe mich zu Blaire um, die aussieht, als würde sie gleich in Tränen ausbrechen – wenn auch vor Glück –, und sinke auf ein Knie.

Sie bekommt große Augen vor Überraschung, hält den Blick aber auf mich gerichtet, als es ihr dämmert. Ich bin heute eine

Menge hoher Risiken eingegangen, und ich bin kurz davor, das größte von allen einzugehen.

Ich streiche mit dem Daumen über die abgewetzte Samtschachtel, was mir Kraft verleiht. Es ist kein neuer Ring, aber er ist besonders und voller Bedeutung, denn er gehörte meiner Großmutter. Ich klappe den Deckel auf, der Diamant fängt das Licht ein, und Regenbogen tanzen auf meinem Handrücken und Blaires Kleid.

»Oh, Ronan«, flüstert Blaire. Mit zitternden Fingern berührt sie ihre Lippen und lächelt, während ihr eine einzelne Träne über die Wange läuft.

»Blaire, lange Zeit wollte ich mich nicht verlieben, weil es schwer ist, jemanden, den man liebt, zu verlieren, vor allem wenn man nicht damit rechnet. Aber das hier, hier zu sein ...« Ich zeige auf die Bar und die ganzen Leute, die mir dabei zusehen, wie ich bei der Frau, die ich liebe, ein Wagnis eingehe – »und dir zu begegnen, hat alles geändert. Du bist durch diese Tür hier hereingestürmt und hast es mir unmöglich gemacht, mich nicht in dich, deine Entschlossenheit und deinen wunderbaren, kreativen Geist zu verlieben.« Ich drücke ihre Hand, und sie drückt meine ebenfalls. »Ich will dich jeden Tag an meiner Seite haben. An guten und an schlechten Tagen. Ich will, dass dein Kampfgeist und deine Wärme und dein Temperament meine Welt erhellen. Ich will dich für immer. Bitte heirate mich.«

»Und ob ich dich heiraten werde.«

Ich streife ihr den Ring über den Finger und stehe auf. »Sie hat Ja gesagt!«

Alle brechen in tosenden Lärm aus, als ich meine Arme um ihre Taille schlinge. Ich küsse sie, wahrscheinlich länger, als ich sollte, angesichts der vielen Leute um uns herum. Aber es ist mir egal, und ihr anscheinend auch. Wir haben uns für alle Zeiten gefunden, und ich muss sie nie mehr loslassen.

Blaire
6 Monate später

»Heute vor einem Jahr bin ich in einen Haufen Hundescheiße getreten.«

Meine Stylistin Frangelica – ja, wie der Likör – blickt mich kurz im Spiegel an und lächelt. »Echt?«

Daphne schnaubt und macht noch ein Foto.

Der Kameramann tritt nach rechts, um auf mein Gesicht zu schwenken.

»Ist das die Geschichte, als ihr euch zum ersten Mal begegnet seid?«, fragt Tori.

Sie ist kurz vorbeigekommen, als gerade mein Make-up fertig war, um ein paar Minuten mit mir zu haben, während Fran meine Haare zu Ende frisiert. Es ist mein Hochzeitstag, und ich bin wirklich nervös, weil er auf Toris YouTube-Kanal live übertragen wird.

»Genau.« Ich will schon nicken, als mir wieder einfällt, dass Fran an meiner Frisur arbeitet.

»Oh! Ich kenne nur Ronans Sicht! Ich will deine hören!«, Tori klatscht erwartungsvoll in die Hände.

Also erzähle ich ihr meine Version, einschließlich der kleinen Details, dem Gepolter, das wir für ein Erdbeben hielten, dem zerbrochenen Einhornglas, der Art und Weise, wie ich kein Wort mehr herausbrachte und nur mit Mühe Sätze aneinanderreihen konnte, weil er so entwaffnend attraktiv und nicht aus der Ruhe zu bringen war. Ich rufe mir in Erinnerung, wie verärgert und fassungslos ich war, so sehr, dass ich in die Hundekacke trat, die ich selbst mit einer Blume markiert und vergessen hatte. Die Geschichte zu erzählen, beruhigt meine Nerven.

So viel ist im vergangenen Jahr geschehen, aber die letzten sechs Monate glichen einem fantastischen Wirbelsturm. Lars hat Ronans Heiratsantrag gefilmt und in den sozialen Medien geteilt, nachdem ich Ja gesagt hatte. Von da an geriet alles in etwas verrückte Bahnen, vor allem die fortwährende Fragerei der Leute, die miterleben wollten, wie wir den Bund fürs Leben schließen. Ja, es waren noch andere Variablen und Faktoren im Spiel, aber wenn wir nicht miteinander konkurriert und uns schließlich zusammengetan hätten, um *D&B* auszustechen, hätten wir uns vielleicht nicht verliebt. Schlampige Klempnerarbeiten haben dazu geführt, dass *D&B* nach dem ›Love is in the Air‹-Event schließen musste, und sie sind an das andere Ende der Stadt gezogen. Das Gebäude gegenüber wurde für eine Softwarefirma mit fünfzig neuen Mitarbeitern umgebaut, was mehr Umsatz für uns bedeutet.

Was ebenfalls bedeutet, dass *The Knight Cap & Cupcakery* gut laufen.

Als wir die Wand zwischen *B&B* und *The Knight Cap* durchbrochen haben, mussten wir eine Möglichkeit finden, die beiden völlig verschiedenen Konzepte aufeinander abzustimmen. Anstatt alles komplett umzukrempeln, haben wir einen Weg gefunden, das Karo bei mir zu integrieren und das mit den Cupcakes bei ihm, ohne das Maskuline gänzlich zu beseitigen.

Meine Familie taucht auf, als ich die Geschichte beende. Es gibt zahlreiche Umarmungen und vors Gesicht geschlagene Hände, um Tränen zu unterdrücken. Meine Eltern haben im vergangenen Jahr endlich eingelenkt, haben Unterstützung angeboten und Lob erteilt, ohne alles an sich reißen zu wollen. Ronan ist allerdings auch sehr gut darin, nicht zurückzuweichen und ihnen höflich mitzuteilen, dass sie sich zurückhalten sollen. Ich bin auch schon besser darin geworden.

Schließlich scheuchen wir alle aus dem Hinterzimmer hinaus – es ist nicht für mehr als zwei, drei Personen gedacht –, damit Daphne mir in mein Kleid helfen kann.

Es ist nicht das typische Brautkleid. Es repräsentiert vielmehr mich und Ronan und wo wir uns kennengelernt haben, nämlich hier. Es ist champagnerfarben, und das Bustier ist vollständig rotschwarz kariert. Es passt zu Ronans Smoking mit roter Weste und karierter Krawatte.

»Ronan verliert den Verstand, wenn er dich in diesem Kleid sieht«, murmelt Daphne. »Hoffentlich steht er die Hochzeitsparty durch, anstatt dich in sein Büro zu zerren.«

Ich schnaube laut, als wäre das eine abwegige Vorstellung. »Von wegen.« Ich spüre, wie ich rot werde, vor allem, weil meine Mom auch im Raum ist.

»Lars sagt etwas anderes«, murmelt sie.

»Was hast du da gesagt?«

Sie schenkt mir ein gleichmütiges Lächeln. »Hmm?«

Ich stupse sie gegen die Schulter. »Seit wann klatschen du und Lars über das, was Ronan und ich hinter verschlossenen Türen tun?«

Ihr Lächeln wird zu einem Schmunzeln. »Du meinst verschlossene Bürotüren, die direkt gegenüber vom Lagerraum sind.«

Ich kann ihr deswegen nicht auf den Zahn fühlen, denn es klopft an der Tür, aber ich merke mir vor, Lars später die Hölle heiß zu machen dafür, dass er Daphne von dem Zwischenfall im Büro erzählt hat. Er sollte das mit ins Grab nehmen.

Daphne öffnet meinem Vater die Tür. »Glücks-Blaire, du siehst umwerfend aus.« Er gibt mir eine feste Umarmung, und ausnahmsweise mal hasse ich den Kosenamen nicht. Er hält mich auf Armeslänge weg, Augen feucht und ein trauriges Lächeln im Gesicht. »Bist du bereit dafür?«

»In meinem ganzen Leben war ich noch nie so bereit für etwas.« Was stimmt. Ich kann es gar nicht erwarten, Ronan zu heiraten, denn dann können wir offiziell mit unserem »auf ewig« beginnen. Ich hake mich bei ihm unter. »Bist du bereit, mich zum Altar zu führen und mich gehen zu lassen?«

»Niemals, aber ich kann sehen, wie sehr ihr euch liebt, also werde ich meine Gefühle hintanstellen.« Er zwinkert und drückt meinen Arm. »Wenn man es recht bedenkt, bin ich wohl nicht der Richtige, dir irgendwelche Weisheiten mit auf den Weg zu geben, was das Thema ›Ehe‹ betrifft.«

Ich lege den Kopf an seine Schulter. »Du hast mir beigebracht, dass die Liebe nicht immer in eine hübsche kleine Schublade passt, was mich zu einem besseren Menschen gemacht hat. Außerdem sind normale Familien langweilig.«

Er lacht leise und beugt sich herunter, um mich auf die Wange zu küssen. »Ich bin froh, dass er dich genug liebt, um es mit dem Rest der Familie aufzunehmen.«

»Wir sind nur im Paket zu haben, was? Dann lass uns mal da rausgehen, damit ich den heiraten kann, den ich will.«

Der Hochzeitsmarsch beginnt – natürlich mit Dudelsäcken –, und wir gehen den kurzen Flur entlang, dann nach links ans Ende der Bar, wo Ronan wartet.

Er legt sich eine Hand auf die Brust und reckt das Kinn zur Decke; für einen kleinen Moment schließt er die Augen und murmelt etwas, das Gramps dazu veranlasst, seinen Arm zu drücken. Natürlich ist er Ronans Trauzeuge.

Als ich auf ihn zugehe, vorbei an meiner Familie und Freunden und Tori und dem Kamerateam, komme ich mir vor, als würde ich rückwärts durch die Zeit stürzen, Alice, die ins Wunderland reist, bis zu dem Moment, als Henry und Dottie vor genau sechzig Jahren am selben Ort ihr »für immer« fanden. Die Geschichte wiederholt sich manchmal auf die märchenhafteste Weise.

Als ich schließlich bei Ronan angekommen bin, küsst mich mein Dad auf die Wange, und ich nehme Ronans Hand. Er sieht umwerfend und glücklich und ein bisschen nervös aus, und so, als würde er gleich in Tränen ausbrechen. Wie ich ebenfalls.

»Gott, du bist so schön.« Er drückt meine Hände. »Du siehst aus wie für mich geschaffen.«

Ich erwidere den Druck. »Weil ich das bin.«

Und ich weiß zweifelsfrei, dass Ronan mir gehört. Dass wir in guten wie in schlechten Zeiten Seite an Seite stehen werden, dass wir streiten und weinen und lachen und uns lieben werden.

Er ist die Glasur auf meinem Cupcake. Bis ans Ende meiner Tage.

@the_knightcapncupcakery:
Eine ausgewogene Diät bedeutet, einen Cupcake in der einen und ein Bier in der anderen Hand.

DANKSAGUNG

Hubs and kidlet, ihr seid mein Fels in der Brandung, und ich habe unglaubliches Glück, eure Liebe und Unterstützung zu haben. Mom, Dad und Mel, ihr seid großartige Cheerleader, und ich vergöttere euch.

Deb, du richtest mich jedes Mal wieder auf, wenn es nötig ist, machst dich über mich lustig, wenn ich zu viel Drama an den Tag lege und mich lächerlich aufführe, und feierst alle Siege mit, egal wie klein sie sein mögen. Du bist eine einmalige Freundin, und es ist ein großes Glück, dich zu haben.

Kimberly, ich bin so dankbar für deine Freundschaft und dafür, wie unglaublich geschäftstüchtig du bist. Danke, dass ich auf dich zählen kann.

Sarah, ich bin wirklich gesegnet, dich an meiner Seite zu haben; du sorgst dafür, dass ich bei Verstand bleibe, und ich liebe dich dafür.

Hustlers, danke für die unerschöpfliche Unterstützung und Freundschaft.

Tijan, du bist wie eine herzliche Umarmung und eine sanfte Seele, danke, dass du du bist.

Leigh, danke für die Stimme der Vernunft, die du bist, wenn sich Zweifel einstellen.

Ein großer Dank geht an Leah, Estelle und mein Team bei Forever für die vielen großen Ideen, die Unterstützung und den

Enthusiasmus bei jedem neuen Projekt. Ich habe Glück, mit solchen wunderbaren, innovativen Frauen zusammenarbeiten zu dürfen.

Sarah, Jenn, Hilary, Shan und mein Team bei Social Butterfly, ihr seid eine fantastische Truppe, und ich bewundere euch. Danke für alles, was ihr tut.

Sarah Musings, du bist eine fantastische Grafikerin, danke, dass du mir dein Talent zur Verfügung stellst.

Gel, du bist ein Zauberer der Grafik, und ich bewundere deinen kreativen Geist und dein unkonventionelles Denken. Danke, dass du meinen Worten Leben einhauchst.

Beavers, ich bin so dankbar für euch. Ihr seid mein Schutzraum und der Ort, wo ich hingehe, wenn ich lachen und meine Begeisterung mit jemandem teilen möchte.

Ich empfinde so viel Liebe für die unglaublichen Frauen in dieser Gemeinschaft, die meine Freundinnen, Kolleginnen, Lehrerinnen und Cheerleader sind: Deb und Katherine, Tijan, Marty, Karen, Teeny, Erika, Shalu, Kellie, Ruth, Kelly, Melanie, Leigh, Marnie, Julie, Lou, Laurie, Kathrine, Angela, Holiday's. Danke, dass ihr so viel Einfluss auf mein Leben habt. Ich darf mich glücklich schätzen, euch zu haben.

Meine Leser:innen, Blogger:innen und Bookstagrammer:innen: Danke, dass ihr Bücher liebt und an Happy Ends glaubt.

Ihre Liebesgeschichte beginnt mit einem Brief …

Vi Keeland / Penelope Ward
SLEEPLESS IN MANHATTAN
Aus dem amerikanischen Englisch von Antje Görnig
352 Seiten
ISBN 978-3-7363-1540-2

… einem Brief von einem kleinen Mädchen, das sich eine Freundin für seinen Vater wünscht. Sebastian Maxwell hat vor einigen Jahren seine Frau verloren und erzieht seine zehnjährige Tochter Birdie nun allein. Als Sadie auf der Suche nach der Verfasserin der herzzerreißenden Briefe an seiner Haustür auftaucht, denkt er nicht an die Liebe. Doch nach einem Blick in ihre blauen Augen beginnt er das erste Mal seit Langem an ein neues Glück zu glauben. Aber dann muss er feststellen, dass alles auf einer Lüge basiert …

»Vi Keeland und Penelope Ward liefern eine süße, lustige und romantische Liebesgeschichte … Perfekt! « PUBLISHERS WEEKLY

LYX

Wahre Liebe muss standhaft sein

Kylie Scott
SOMETHING PURE
Aus dem australischen
Englisch von
Katrin Reichardt
432 Seiten
ISBN 978-3-7363-1541-9

Alice hat so ihre Zweifel an der wahren Liebe – bis Beck auftaucht. Vom ersten Moment an ist da dieses Funkeln und Prickeln zwischen ihnen. Doch als Becks Vater überraschend stirbt, erfährt Alice, dass der Hilfskellner einer milliardenschweren Unternehmerfamilie entstammt. Als Beck sie bittet, ihm zur Seite zu stehen, kündigt Alice kurz entschlossen ihren Job und folgt ihm nach Denver. Dort findet sie sich in einer Welt wieder, in der Schein mehr wert ist als Sein. Alice und Beck müssen nun jeden Tag darum kämpfen, ihre Liebe nicht zerstören zu lassen ...

»Diese Geschichte ist so anders, so süß, so erfrischend.« BENEATH THE COVERS BLOG

LYX

Liebe und Hass – zwei Seiten der selben Medaille …

Kristen Callihan
DEAR ENEMY
Aus dem amerikanischen
Englisch von
Anika Klüver
512 Seiten
ISBN 978-3-7363-1539-6

In der Highschool waren sie Erzfeinde – zehn Jahre später hassen sie sich noch immer. Delilah Baker und Macon Saint sind wie Hund und Katz, doch als Delilahs Schwester den erfolgreichen Schauspieler bestiehlt und dieser Samantha anzeigen will, muss Delilah alles tun, um ihre Familie zu beschützen. Sie bietet Saint an, ein Jahr als persönliche Assistentin für ihn zu arbeiten.
Und während sie ihre Feindschaft weiter pflegen, stellen sie fest, dass Hass und Liebe sehr dicht beieinander liegen …

»Von erbitterter Feindschaft zu tiefer Liebe – dieser Roman zeigt Kristen Callihans Talent auf ganzer Linie!« KIRKUS REVIEWS

LYX